GILLES LEGARDINIER

Monsieur Blake und der Zauber der Liebe

W0341627

GOLDMANN
Lesen erleben

Buch

Andrew Blake, erfolgreicher 66-jähriger Geschäftsmann aus London, ist in einem Alter, in dem viele wichtige Menschen von ihm gegangen sind. Dazu gehört seine geliebte Frau Diane, deren Tod er nicht überwinden kann. Außerdem ist ihm der ewig gleichbleibende Alltag einfach zuwider. Andrew braucht dringend eine Veränderung. Kurzerhand übergibt er die Leitung der Firma seiner liebenswerten Sekretärin und macht sich auf den Weg nach Frankreich – um im Herrenhaus de Beauvillier inkognito als Butler zu arbeiten. Dort kennt ihn niemand, dort kann er sich vor dem Leben zurückziehen.

Doch die Menschen der Domaine de Beauvillier erfordern alles andere als eine passive Einstellung zu den Dingen. Die Dame des Hauses steckt in großen Schwierigkeiten und droht ihren Besitz zu verlieren. Odile, die feldwebelhafte, mürrische Köchin, die all ihr kulinarisches Talent in die Gerichte für ihren Kater Mephisto steckt, hat eigentlich ein Herz aus Gold. Das Hausmädchen Manon ist unglücklich verliebt, und auch den Gärtner Philippe, der in einer einsamen Hütte am Ende des Parks lebt, gilt es, mit dem Rest der Bewohner zu vereinen. Und so stürzt Andrew, der von allem genug hatte, wieder mitten in den Zauber der Liebe und das magische Chaos des Lebens hinein.

Weitere Informationen zu Gilles Legardinier
sowie zu lieferbaren Titeln des Autors
finden Sie am Ende des Buches.

Gilles Legardinier

Monsieur Blake und der Zauber der Liebe

Roman

Aus dem Französischen
von Karin Ehrhardt

GOLDMANN

Die französische Originalausgabe erschien 2012
unter dem Titel »Complètement cramé«
bei Fleuve Noir, département d'Univers Poche, Paris.

Dieses Buch ist auch als E-Book erhältlich

MIX
Papier aus verantwortungsvollen Quellen
FSC® C014496

Verlagsgruppe Random House FSC® N001967
Das FSC®-zertifizierte Papier *Pamo House* für dieses Buch
liefert Arctic Paper Mochenwangen GmbH.

1. Auflage
Deutsche Erstveröffentlichung August 2014
Copyright © der Originalausgabe 2012 by Fleuve Noir
Copyright © der deutschsprachigen Ausgabe 2014
by Wilhelm Goldmann Verlag, München,
in der Verlagsgruppe Random House GmbH
Umschlaggestaltung: UNO Werbeagentur, München
Umschlagmotiv: plainpicture/Cornelia Hediger;
FinePic®, München
Redaktion: Kathrin Heigl
MR · Herstellung: Str.
Satz: DTP Service Apel, Hannover
Druck und Bindung: GGP Media GmbH, Pößneck
Printed in Germany
ISBN: 978-3-442-48076-0
www.goldmann-verlag.de

Besuchen Sie den Goldmann Verlag im Netz

1

Die Nacht war recht kühl. Mitten in London, unter dem Glasdach des Hotels Savoy, lief ein älterer Herr im Smoking nervös auf und ab und blickte wiederholt auf das Display seines Handys. Der Veranstalter der festlichen Gala, die im großen Salon stattfand, durchquerte das Hotelfoyer und kam auf ihn zu. Durch die Drehtür zog der Klang der Blechinstrumente, die Cole Porter spielten.

»Immer noch nichts?«, fragte er.

»Ich versuche die ganze Zeit, ihn zu erreichen, aber er meldet sich nicht. Geben Sie mir noch eine Minute.«

»Ich hoffe nur, es ist nichts Schlimmes vorgefallen.«

Im Sterben zu liegen wäre in diesem Fall die einzige Entschuldigung, die ich gelten lassen würde!, dachte der Mann mit dem Telefon.

Sobald sich der Veranstalter wieder entfernt hatte, wählte er die Festnetznummer seines ältesten Freundes. Nach der Ansage des Anrufbeantworters sagte er mit tonloser Stimme: »Andrew, hier ist Richard. Wenn du da bist, heb bitte ab, ich flehe dich an. Alle warten auf dich. Ich weiß nicht, was ich ihnen noch alles erzählen soll …«

Plötzlich wurde der Hörer abgenommen.

»Wo warten sie denn alle auf mich?«

»Gott sei Dank, du bist da! Jetzt sag nicht, dass du den Exzellenz-Preis der Industrie vergessen hast. Ich habe dir doch gesagt, dass ich für deine Nominierung sorgen würde.«

»Das ist wirklich nett von dir, aber mir ist gerade nicht danach.«

»Andrew, du bist nicht nur nominiert worden, du hast gewonnen! Noch mal zum Mitschreiben: Du bist der Preisträger.«

»Das ist ja sagenhaft. Und was ist der Preis? Wenn man sich das Alter der Teilnehmer so anschaut, sicher nichts Aufregendes. Ein Einlauf vielleicht? Oder eine Darmspiegelung?«

»Das ist wirklich kein guter Zeitpunkt für deine Witze. Du ziehst dir jetzt sofort etwas Anständiges an und machst dich auf den Weg hierher.«

»Das kannst du vergessen, Richard. Ich erinnere mich, dass du mir von diesem Preis erzählt hast, und ich erinnere mich auch sehr genau, dir gesagt zu haben, dass er mich nicht im Geringsten interessiert.«

»Kannst du dir vorstellen, in welche Lage du mich bringst?«

»Du hast dich selbst in diese Lage gebracht, mein Freund. Ich habe um nichts gebeten. Das ist, als hätte ich dir zwei Tonnen Austern bestellt, weil ich dich gut leiden kann, und dann mache ich ein Riesentheater, weil du sie nicht essen willst.«

»Du kommst jetzt sofort hierher! Oder ich erzähle deiner Putzfrau, dass du ein Voodoo-Priester bist, und sie wird nie wieder einen Fuß in deine Wohnung setzen.«

Blake lachte schallend auf: »Du sitzt wohl ganz schön in der Tinte, wenn du schon so einen Blödsinn anbringst. Der armen Margaret Angst einjagen zu wollen, also wirklich! Das ist, als würde ich damit drohen, deine Frau beim Komitee zum Schutz des Guten Geschmacks anzuschwärzen, für das, was sie ihrer Frisur und eurem Pudel angetan hat …«

»Lass Melissa da raus. Andrew: Ich scherze nicht. Wenn du nicht sofort herkommst, bin ich zu allem fähig.«

»Wie damals, als du mir den Diebstahl des Hausäffchens von Lady Robertson anhängen wolltest? Sie war bis zu ihrem Tod davon überzeugt, dass du den Affen aufgefressen hast. Und überhaupt, Margaret wird dir kein Wort glauben. Ich werde ihr sagen, dass du Drogen nimmst. Und wenn du es dennoch schaffst, sie zur Kündigung zu überreden, spendiere ich dir, deiner Frau und ihren Haaren eine Woche auf den Bahamas.«

»Jetzt lass die Frisur meiner Frau aus dem Spiel!«, rief Ward entnervt. »Es reicht! Ich habe mich dafür eingesetzt, dass du diesen Preis bekommst, also tu mir den Gefallen, und hol ihn ab – und zwar schnell.«

»Ich liebe es, wenn du die Stimme erhebst. Dein Temperament hat mich schon in unserer Jugend tief beeindruckt. Selbstverständlich bin ich dir dankbar, dass du dir so viel Mühe gemacht hast, aber ich habe keine Lust, an diesem Zirkus teilzunehmen. Ich war von Anfang an offen zu dir. Diese Gesellschaften sind langweilig, und die Trophäen, die von irgendwelchen selbstverliebten Leuten vergeben werden, haben für mich keine Bedeutung. Deshalb werde ich nicht kommen. Punkt. Aber wenn du Lust auf ein Glas Wein hast, sehr gern, ich habe heute Abend nichts weiter vor.«

Ward erstickte fast an seiner Wut: »Hör mir gut zu, Blake: Wenn du mich jetzt hängen lässt, ist es um unsere Freundschaft nicht gut bestellt.«

»Ach, mein lieber Richard … In den vielen Jahren, die wir uns schon kennen, hätten wir uns Hunderte von Malen zerstreiten können. Was wir uns nicht schon alles an den Kopf geworfen haben …«

In mehr als fünf Jahrzehnten hatte Andrew Blake die Geduld seines Freundes in der Tat schon oft schwer strapaziert, an diesem Abend jedoch erreichte er neue Dimensionen.

»Andrew, bitte …«

»So wie ich zurzeit drauf bin, bist du der Einzige, der mir noch ein bisschen Spaß macht. Weißt du was? Du kannst ihnen sagen, ich hätte mir den Kopf gestoßen und wüsste nicht mehr, wie ich heiße. Ja, versuch einfach, die Gesellschaft ein bisschen zu erheitern! Erzähl ihnen, dass ich mich für SpongeBob Schwammkopf halte und dass ich dich in meinem letzten lichten Moment gebeten hätte, den Preis für mich entgegenzunehmen. Du kannst ihn sogar behalten.«

In diesem Moment erschien der Veranstalter wieder vor dem Hotel, um sich nach dem neusten Stand der Dinge zu erkundigen. Während er rasch näher kam, flüsterte Ward in sein Handy: »Das wirst du mir büßen, Kumpel.«

»Keine Sorge. Das Leben kümmert sich schon drum, alter Freund. Bis bald.«

Richard Ward unterbrach die Verbindung, setzte ein betrübtes Gesicht auf und verkündete: »Andrew Blake befindet sich in der Notaufnahme.«

»Ach du meine Güte!«

»Glücklicherweise besteht keine Lebensgefahr. Wenn es Ihnen recht ist, werde ich den Preis in seinem Namen entgegennehmen. Ich bin sicher, er wird untröstlich sein, Ihnen den Abend verdorben zu haben …«

2

Andrew Blake saß hinter seinem Schreibtisch. Er klappte das Notebook zu, schloss die Augen und ließ seine Hände langsam, wie ein Blinder, der sich ganz auf seinen Tastsinn konzentriert, über die glattpolierte Holzfläche des Schreibtischs gleiten. Vor ihm hatte schon sein Vater an diesem Möbelstück gesessen. Damals hatte es noch keine Computer gegeben. Es war eine andere Zeit gewesen.

Die Lider noch immer geschlossen, fuhr Andrew mit den Fingerspitzen über die abgerundeten Kanten der abgenutzten Eichenplatte, strich sanft über die Seitenteile und die Messinggriffe der Schubladen. Warmes Holz, kühles Metall. So viele Empfindungen, so viele Erinnerungen. Diesem Ritual gab er sich nur dann hin, wenn er sich wirklich schlecht fühlte, wenn ihn die Kraft verließ. Und so war es an diesem Abend. Von dem kleinen Unternehmen, das er geerbt hatte, war der Schreibtisch das einzige Stück, das konstant geblieben war. Alles andere hatte sich im Laufe der Zeit verändert: die Firmenadresse, der Umsatz, die Maschinen, die Umgebung, die Menschen, er selbst. Das war so weit gegangen, dass Andrew zuweilen nicht mehr erkennen konnte, wofür er den größten Teil seines Lebens geopfert hatte.

Ohne die Augen zu öffnen, zog er die unterste Schublade auf der rechten Seite heraus und ließ seine Finger ins Innere gleiten. Tastend erkannte er das große Heftgerät, das er als Kind nur mit viel Mühe hatte hochheben können, drei abgegriffene

Notizbücher, ein Feuerzeug, einen Briefbeschwerer aus Bronze, den ihm seine Mitarbeiter geschenkt hatten. Diese Relikte aus einer anderen Zeit riefen in ihm nicht nur Erinnerungen wach, sondern versetzten ihn wahrhaftig in Zeiten zurück, in denen das Leben einfacher gewesen war. Früher einmal war noch nicht alles von ihm abhängig gewesen, früher hatte er noch nicht gewusst, wie es war, weit und breit der Älteste zu sein. Durch die Berührung dieser alltäglichen Gegenstände erschuf er die Welt, der sie entstammten, wieder neu: vom Klingeln des uralten Telefons bis hin zu dem Geruch von Schmiere und heißem Blech, der aus der nahen Werkstatt herüberwehte. Direkt neben sich hörte er die tiefe Stimme seines Vaters in schnellem Redefluss. Was würde er über das heutige Leben seines Sohnes denken? Welchen Rat würde er ihm geben? Im Laufe der Jahre war Andrew nun selbst zu Mr Blake geworden. Blinzelnd öffnete er die Augen und schob die Schublade wieder zu.

Schon vor langer Zeit hatte er diese Sensibilität für Dinge entwickelt, die man zum letzten Mal tut, oft, ohne sich dessen bewusst zu sein. Auslöser war ein bestimmtes Ereignis gewesen: sein letztes gemeinsames Essen mit seinem Vater. Am Ende der schlichten Mahlzeit hatte seine Mutter die beiden lachend ermahnt, sich ein wenig zu beeilen, weil sie den Anfang eines Fernsehfilms nicht verpassen wollte. Worüber hatten sie sich unterhalten? Über dies und jenes. Sie hatten mit der Sorglosigkeit von Menschen miteinander geplaudert, die in dem Glauben leben, sich am folgenden Tag jederzeit mehr erzählen zu können. Doch eine Hirnblutung in der Nacht änderte alles. Und so war dieses banale Essen wesentlich geworden, endgültig. Obwohl jener Abend vor fast vierzig Jahren stattgefunden hatte, empfand Andrew, wenn er daran dachte, immer noch den gleichen engen Schmerz in der Brust, den gleichen Schwindel, als würde ihm der Boden unter den Füßen weggezogen. Seit jenem Erlebnis trug er immer die Angst mit sich herum, das Leben könnte ihm etwas wegnehmen, Dinge, an denen ihm etwas lag. Nein, schlimmer noch: Es war die Furcht, die Menschen zu verlieren, die er liebte. Daraus hatte er eine persönliche Philosophie entwickelt: alles genießen, in jeder Sekunde, schließlich konnte es im nächsten Moment wie ein Kartenhaus zusammenstürzen.

Angst bewahrt jedoch nicht vor Gefahr, und sie hatte nicht verhindern können, dass das Schicksal erneut hart zuschlug. Seit jenem Abend hat er viele letzte Male erlebt: seine Frau, Diane, die sich lachend an seine Schulter lehnte, während er sie umarmte – an einem Donnerstagmittag. Seine Tochter, Sarah, die von ihm eine Gutenachtgeschichte einforderte – ein Dienstagabend. Sein letztes Tennis-Match. Das letzte Mal, dass sie sich zu dritt einen Film angesehen hatten. Die letzte Blutanalyse, deren Ergebnisse er sich noch ohne Sorge angesehen hatte. Die Liste war endlos und wurde mit jedem Tag länger. Alle diese Dinge gingen vorüber, bevor man ihren wahren Wert erkannte. Bis man sie eines Tages auf der falschen Seite der Waagschale angehäuft sah.

Wenn er erschöpft war, hatte Andrew das deprimierende Gefühl, sein Leben liege hinter ihm und er sei nur noch deshalb da, um seinen Pflichten in einer Welt nachzukommen, die er nicht mehr zu schätzen wusste. Seine Träume drehten sich um die Vergangenheit, und bald würde er bei seinen Lieben sein.

Andrew griff nach dem großen Umschlag, dessen Inhalt er heimlich und methodisch seit Wochen zusammengetragen hatte. Papiere, immer diese Papiere. Er öffnete ihn nicht, überdachte stattdessen noch einmal gründlich seine Entscheidungen und alles, was damit zusammenhing. Bedächtig wog er eine nach der anderen ab und bereute keine von ihnen. Da klopfte es. Hastig stopfte er den Umschlag in die oberste Schublade.

»Herein!«

Ein junger Mann im Anzug stand in der Tür.

»Verzeihen Sie bitte, Mister Blake. Ich würde gerne mit Ihnen sprechen.«

»Hat Ihnen unser vierstündiges Meeting nicht gereicht, Mister Addinson?«

»Es tut mir sehr leid, dass Sie so negativ auf unsere Vorschläge reagiert haben. Sie sollten noch einmal darüber nachdenken.«

Wäre Blake noch ein junger Gepard, wäre er ihm ins Gesicht gesprungen, um ihn in Stücke zu reißen. Aber er war schon ein alter Löwe und lachte deshalb nur kurz spöttisch auf.

»Nachdenken? Ich glaube, dazu bin ich noch sehr gut in der Lage. Gerade weil ich nachgedacht habe, machen mich Ihre ›Vorschläge‹ so wütend.«

»Es ist zum Besten der Firma …«

»Sind Sie da ganz sicher? Fordern Sie mich nicht heraus, Addinson. Sie und Ihre Kollegen haben mich heute schon genug geärgert.«

»Wir wollen doch nur das Beste für uns alle.«

»Für uns alle? Für wen arbeiten Sie eigentlich, Mister Addinson? Was hat man Ihnen an diesen Hochschulen, die Sie offenbar in dem Glauben verlassen haben, alles zu wissen, eigentlich beigebracht? Unsere Kunden, für die wir unsere Arbeit tun, sind Ihnen doch völlig egal. Ihr Motto heißt: so viel wie möglich verkaufen, auch wenn die Menschen es nicht brauchen, immer billiger produzieren, auch wenn es auf dem Rücken der Arbeiter ausgetragen wird, die in den Fabriken schuften, und schließlich die Produktionsstätten verlagern, um noch mehr Profit einzustreichen.«

»Das sehen Sie nicht ganz richtig.«

»Ich pfeife auf Ihr Urteil. Ich habe dieses Unternehmen schon geleitet, als Sie noch ein vages Projekt in den Köpfen Ihrer Eltern waren. Als ich meinen Job angefangen habe, musste ich zuallererst einmal die Werkhallen fegen. Ich kannte hier die Namen jedes Arbeiters, seiner Frau, seiner Kinder; ich sah sie sogar heranwachsen. Nun halten Sie mich für einen alten Schwätzer, was? Sie glauben, meine Ansprache sei rückständig und paternalistisch? Ich will Ihnen mal etwas sagen: Das interessiert mich nicht. Ich bin der Chef, und Sie sind mein Angestellter.«

»Die Zeiten ändern sich, Mister Blake. Man muss sich anpassen.«

»Anpassen. An die perversen Systeme, die von Menschen wie Ihnen ersonnen wurden? Sie und Ihresgleichen denken nur an sich selbst. Aber lassen Sie es sich gesagt sein: Eines Tages werden Sie Ihrer eigenen Maßlosigkeit zum Opfer fallen. Sie sind sicher kein Dummkopf, Addinson, aber es ist nicht die Intelligenz, die den Wert eines Menschen bestimmt, sondern das, was er daraus macht.«

»Ihre hohen Prinzipien werden unsere Firma nicht retten können, Mister Blake.«

»Und Ihre niederen Prinzipien werden sie ruinieren. Und vergessen Sie nicht: Es ist immer noch *meine* Firma. Seit mehr als sechzig Jahren produzieren wir Dosen aus Metall. Unsere Kunden schätzen unsere Produkte, weil sie stabil und funktionell sind. Sie haben vielleicht nicht so viel Glamour wie der neonfarbene Plastikmüll, der ein paar Wochen lang angesagt ist, aber sie sind nützlich. Wir haben eine Aufgabe, Mister Addinson. Die Menschen zählen auf uns! Ich weiß nicht einmal, ob Sie dieses Konzept verstehen … Also, noch einmal zum Mitschreiben: Wir werden, trotz Ihrer verworrenen Theorien, die Wandstärke unserer Dosen *nicht* verringern, um die Wiederverkaufsrate zu heben. Und wir werden unsere Produktionsstätten *nicht* verlagern, nur damit wir mit ausgebeuteten Arbeitskräften mehr Profit machen können. Lassen Sie uns einfach weiterhin unseren Job tun! Was mich zu der interessanten Frage bringt: Was ist eigentlich

Ihr Job, Mister Addinson? Optimieren? Outperformen? Marktsynergien nutzen? Opportunitäten ausschöpfen? Statt Klartext zu reden, werfen Sie nur mit leeren Worthülsen um sich, dabei hat dieses ganze aufgeblasene Fachchinesisch keinen Zweck außer dem, sich den Anschein von Wichtigkeit zu geben.«

»Ohne uns würden Sie nichts verkaufen …«

»Glauben Sie, ja? Ein halbes Jahrhundert lang haben wir nichts anderes gemacht. Naiv wie ich bin, war ich seit jeher der Meinung, dass Dinge, die gebraucht werden, problemlos Käufer finden. Nur die Nutzlosigkeiten, die unsere Zeit hervorbringt, müssen mit allen Tricks angepriesen werden. Aber zurück zum Thema: Ich werde nicht zulassen, dass Sie Ihre noch nicht einmal ausgewachsenen Krallen an meiner Firma wetzen.«

»Vielleicht werden Sie keine Wahl haben, Mister Blake. Ich stehe mit meiner Meinung nicht allein da. Die Banken sehen es genauso.«

»Ist das eine Drohung?«

»Ich bin zu Ihnen gekommen, um die Wogen zu glätten, und Sie beleidigen mich!«

»Sie sind gekommen, um mich herauszufordern, und ich habe reagiert. Und nun gehen Sie. Für heute habe ich genug von Ihnen gesehen. Aber zuvor möchte ich mich bei Ihnen bedanken, Addinson: Sollte ich den geringsten Zweifel gehabt haben, wie es weitergehen soll, dann haben Sie ihn mir gerade genommen.«

»Was wollen Sie damit sagen?«

»Sie werden feststellen, dass auch ich zu Innovationen fähig bin … Guten Abend.«

3

Heather, sind Sie noch da?«

In ihre Notizen vertieft hatte die junge Frau ihren Chef nicht kommen hören. Beim Klang seiner Stimme fuhr sie auf.

»Guten Abend, Mister Blake. Ich bin gerade dabei, das Protokoll des Meetings von heute Nachmittag zu schreiben. Die Marketingabteilung will es bis morgen haben.«

»Vergessen Sie das, und gehen Sie nach Hause.«

»Aber …«

»Heather, Sie sind meine Assistentin und nicht die der Marketingleute. Wenn ich Ihnen sage, dass Sie die Sache verschieben können, dann wird niemand etwas dagegen haben.«

»Natürlich, Mister Blake.«

Die junge Frau ließ sich nicht zweimal bitten und schob die Blätter zurück in die Mappe. Dabei ging ihr durch den Kopf, dass Andrew Blake nur äußerst selten in ihr Büro kam. Sie betrachtete ihn aufmerksamer. Er sah müde aus an diesem Abend. Großgewachsen, graumeliertes Haar, ein feingeschnittenes Gesicht, ein offener Blick hinter runden Brillengläsern. Am rechten Mundwinkel hatte er wieder diese kleine Falte, die ihm einen leicht verbitterten Ausdruck verlieh. In letzter Zeit hatte sie diese Verspanntheit oft bei ihm beobachtet. Heute hatte er seine rote Fliege umgebunden und trug ein dunkelgrünes Samtsakko. Heather hatte seinen Kleidergeschmack, oder vielmehr dessen Abwesenheit, schon immer amüsant gefunden, aber sie mochte ihren Chef trotzdem sehr gern.

Nun stand er mit einem großen Umschlag in der Hand vor ihr und sagte nichts.

»Soll ich den für Sie verschicken?«

»Nein, aber da Sie gerade hier sind, möchte ich etwas mit Ihnen besprechen.«

Er rieb sich die Augen mit der geschlossenen Faust. Das tat er regelmäßig, wie ein müdes kleines Kind, mit angehobenen Ellbogen und fest geschlossenen Lidern. Schon als sie in der Firma angefangen hatte, war ihr diese Angewohnheit bei ihm aufgefallen. Sie fand sie anrührend. Ein alter Mann mit den Gesten eines Kindes. Im Laufe der Zeit hatte sie weitere Eigenheiten bemerkt: Mit seinen Füßen malte er Kreise unter dem Schreibtisch, und in Sitzungen, die ihn langweilten, also in praktisch allen, spielte er mit seinen Stiften herum. Sie kannte ihn gut. Es gab keine Vertraulichkeiten, aber sie waren sich nah. Sie wusste über seine kleinen Macken Bescheid, das Lineal, das immer rechts vom Telefon lag, seine Liebe zur Präzision, seine Integrität. Obwohl sie nie über ihr Privatleben sprachen, konnte sie sofort erkennen, ob er obenauf war oder deprimiert. Er erkundigte sich immer, wie es ihr ging, und wenn sie antwortete, hörte er wirklich zu. Nie hatte er ihr Informationen vorenthalten, und seine Bürotür machte er nur dann zu, wenn er mit seinem alten Freund Richard Ward telefonierte. Bei diesen Gesprächen hörte sie ihn manchmal lachen. Sonst nie.

Andrew Blake ging einen Schritt auf sie zu.

»Heather, ich werde für einige Zeit abwesend sein.«

»Gesundheitliche Probleme?«, fragte sie sofort besorgt.

»Es gibt auch andere Gründe zu verschwinden, selbst für einen alten Mann wie mich.«

Er setzte sich auf den Stuhl vor ihrem Schreibtisch.

»Im Moment kann ich Ihnen nicht mehr sagen, aber ich bitte Sie, mir zu vertrauen.«

Er legte den Umschlag vor sie hin.

»Heather, Sie arbeiten jetzt schon seit mehr als drei Jahren für mich, und ich habe Sie beobachtet. Sie sind eine ernsthafte junge Frau und ein guter Mensch. Ich vertraue Ihnen voll und ganz. Bevor ich zu meiner Entscheidung gekommen bin, habe ich gründlich nachgedacht. Diese Firma hier bedeutet mir sehr viel.«

»Warum sagen Sie mir das alles? Sie machen mir Angst. Sind Sie sicher, dass alles in Ordnung ist?«

»Heather, Sie sind so alt wie meine Tochter, und ich weiß, dass Sie über Ihr weiteres Leben nachdenken. Sie fragen sich, welche Richtung Sie ihm geben sollen, Sie möchten sich weiterentwickeln. Das ist absolut normal. Ich habe bemerkt, dass Ihre Zeitung oft auf der Seite mit den Stellenanzeigen aufgeklappt ist … Und ich für meinen Teil bin an einem Punkt angelangt, an dem ich mich frage, was nach mir kommt. So sieht es also aus: Da ich für einige Zeit fort sein werde, habe ich meinen Anwalt gebeten, Dokumente vorzubereiten, die Sie mit allen Vollmachten ausstatten.«

Die junge Frau erblasste.

»Nein, tun Sie das nicht«, sagte sie erschrocken. »Alles wird wieder gut, ganz sicher! Sie sind die Seele dieser Firma, die Jungs aus der Werkstatt lieben Sie. Die Ärzte werden Sie bestimmt wieder hinkriegen. Geben Sie sich nicht auf …«

Heather sprach hastig, Stimme und Blick voller Emotionen. Blake war gerührt, und ein Lächeln – ein richtiges – stahl sich in sein Gesicht. Um sie zu unterbrechen, legte er seine Hand auf ihre.

»Es ist alles bestens, Heather. Wie ich schon sagte, ich bin nicht krank. Bei dem, was ich habe, kann mir kein Arzt helfen. Ich leide bloß unter einem akuten Schon-über-sechzig-Syndrom, das ist alles. Kein Grund zur Sorge. Hören Sie zu, Heather, ich habe Folgendes vor: Ich werde mich für eine unbestimmte Zeit zurückziehen und während meiner Abwesenheit darüber nachdenken, was ich aus der Zeit, die mir noch bleibt, machen möchte. Und inzwischen werden Sie meinen Platz einnehmen.«

»Das kann ich unmöglich!«

»Jedes Mal, wenn es galt, eine Entscheidung zu treffen, haben Sie mir Ihre Meinung mitgeteilt, und oft deckte sie sich mit meiner. Bleiben Sie bei Ihrem Gefühl. Lassen Sie sich nicht von unseren überbezahlten Idioten einwickeln. Stellen Sie niemanden ein, es sei denn, die Produktion verlangt danach. Im Notfall, oder auch einfach wenn Sie einen Rat brauchen, können Sie Richard Ward anrufen oder Farrell aus der Produktion.«

»Lassen Sie sich hier denn gar nicht mehr blicken?«

»Nicht bevor ich wieder zurück bin.«

»Werde ich Sie telefonisch erreichen können oder wenigstens per Mail?«

»Ich weiß es noch nicht. Aber ich werde Sie hin und wieder kontaktieren.«

»Das glaub ich einfach nicht! Sie können doch nicht einfach so weggehen. Bestimmt gehen wir pleite, und ich werde schuld sein!«

»Trauen Sie sich ruhig etwas zu. Wer weiß, vielleicht schlagen Sie sich sogar besser als ich. Vergessen Sie nicht, dass ich meine Firma niemals jemandem anvertrauen würde, an den ich nicht glaube.«

Er wies auf den Umschlag.

»Nehmen Sie sich Zeit, alles in Ruhe zu lesen. Benderford, der Anwalt, kommt morgen früh vorbei und lässt Sie unterzeichnen. Sie werden sich nun eine Assistentin suchen müssen. Ich hoffe, Sie haben bei Ihrer Wahl ein glückliches Händchen, genauso wie ich es bei Ihnen hatte. Und jetzt ab nach Hause. Ab morgen haben Sie einen neuen Job.«

»Werden Sie morgen nicht mehr da sein?«

»Nein, Heather. Sobald Sie die Papiere unterzeichnet haben, sind Sie die Geschäftsführerin. Ich wünsche Ihnen viel Glück. Seien Sie einfach nur Sie selbst, und alles wird gut gehen, ganz bestimmt.«

Blake stand auf und umrundete den Schreibtisch. Dann neigte er sich zu der jungen Frau hinunter und küsste sie vorsichtig auf die Stirn. Es war das erste Mal, dass er sich diese Freiheit nahm, und er tat es ebenso aufrichtig wie unbeholfen. Es war schon lange her, dass er die Gelegenheit hatte, jemanden zu küssen, und sei es nur freundschaftlich.

Eine Weile verharrten sie bewegungslos, jeder in seinen persönlichen Ängsten und Zweifeln versunken.

4

Jedes Mal, wenn Andrew Blake das Browning, ein Restaurant in Saint James, betrat, empfand er die seltene Genugtuung, sich an einem Ort zu befinden, der sich seit seiner Jugend nicht verändert hatte. Dieselben dicken Türen, durchbrochen von kleinen Butzenscheiben mit Randschliff, dieselben blankpolierten Kupferläufe, die höfliche Verbeugung des Oberkellners – Terrence, schon seit acht Jahren da – und dasselbe von rubinrotem Samt und Holzvertäfelung geprägte Ambiente. Hier pflegte Andrew zweimal im Monat mit Richard Ward zu Mittag zu essen, heute aber hatte er um die Gesellschaft des Freundes gebeten, ohne die traditionellen zwei Wochen abzuwarten.

In einem Alter, in dem Männer ihre Gesprächspartner für gewöhnlich in mehr oder weniger selbstgefälligen und verschrobenen Clubs fanden, gönnte sich Andrew den Luxus einer alten Freundschaft, die schon seit der Schulzeit Bestand hatte.

Terrence begrüßte ihn mit einer leichten Verbeugung und verkündete: »Mister Ward ist bereits eingetroffen. Ich führe Sie zu Ihrem Tisch, Mister Blake.«

Dieses seltene Vorkommnis versetzte Andrew in mildes Erstaunen, während er dem Oberkellner folgte, der sich zwischen den bereits besetzten Tischen hindurchschlängelte. Es schien ihm, als wären die Gänge schmaler als früher. Oder hatte ihn das Alter unbeholfener gemacht?

Das Browning zeichnete sich durch eine Besonderheit aus: In seiner Mitte befand sich ein weitläufiger freier Raum, um den herum kleine Nischen angeordnet waren. In diesen konnten die Gäste in Ruhe speisen und waren dennoch nicht von der Atmosphäre abgeschnitten. In einer der Buchten wartete sein Freund.

Die beiden Männer umarmten sich zur Begrüßung.

»Und«, fragte Blake, »wie ist der Abend gelaufen?«

»Als ich auf dem Podium stand, kam ich mir vor, als würde ich eine Grabrede auf dich halten. War ein komisches Gefühl. Du hättest wirklich kommen sollen …«

»So, eine Grabrede? So bald würde ich nicht damit rechnen. Wenn es wahr ist, dass die Guten zuerst gehen, werde ich bestimmt bis zum Ende übrig bleiben.«

»Du bist ja heute wieder ein kleiner Sonnenschein«, kommentierte Ward, »aber ich freue mich trotzdem, dich zu sehen.«

Sie setzten sich.

»Wie geht es Melissa?«, fragte Blake, während er die Speisekarte aufschlug.

»Sie ist in New York mit einer Freundin, ich weiß nicht mehr, mit welcher. Die beiden klappern Galerien ab und hoffen, irgendwelche Kunstwerke aufzutreiben, mit denen sie ein Landhaus dekorieren können. Soll mir recht sein, solange es nicht unseres ist … Sie werden sowieso wieder nichts finden außer Schuhen. Und du? Warum habe ich das Vergnügen, dich schon heute wiederzusehen? Willst du mir etwa von einem Besuch beim Onkel Doktor erzählen, der dir die gleichen schlechten Neuigkeiten verkündet hat wie dem Rest von uns? Willkommen im Klub, Kumpel!«

Blake zeigte keine Reaktion. Ward neigte sich zu ihm vor und sagte mit einem süffisanten Lächeln: »Sag nicht, dass du beim Proktologen warst. Das wäre zu schön! Ich habe mit Sommers um eine Flasche Wein gewettet, dass es noch in diesem Jahr endlich so weit sein würde.«

Blake sah seinen Freund mit ernstem Blick an.

»Richard, ich habe mich entschieden.«

Ward brauchte einen Moment Zeit, um die Information zu verdauen.

»Hast du mit Sarah darüber gesprochen?«

»Meine Tochter ist 10 000 Kilometer weit weg, und der einzige Mann, der ihr etwas bedeutet, ist ihr angetrauter Ingenieur. Was bei mir los ist, interessiert sie nicht.«

»Und trotzdem hat sie sich eingehend nach dir erkundigt, als ich sie letzten Monat gesehen habe. Ich bin nur ihr Patenonkel, bekomme sie aber komischerweise öfter zu Gesicht als ihr eigener Vater …«

Blake wandte seine Augen ab und vertiefte sich wieder in die Speisekarte. Ward stimmte stillschweigend zu, das Thema zu wechseln.

»Mach dir keine Umstände«, sagte er leichthin, »ich habe schon für dich bestellt.«

»Wieso?«

»Weil du immer drei Stunden brauchst, bevor du dann doch das Gleiche nimmst wie ich. Ich habe mir gedacht, wir könnten das Ganze ein bisschen abkürzen.«

Andrew nahm es unbeeindruckt hin. Er sah wieder zu seinem Freund, mit spürbarer Unruhe.

»Hat alles geklappt, worum ich dich gebeten habe?«

Ward antwortete, die Stimme mit Absicht erhoben: »Es wird nicht leicht werden, dein Gesicht und deinen Körper so hinzukriegen, dass du Marylin ähnlich siehst. Selbst mit Brustimplantaten wirst du am Ende vermutlich eher so aussehen wie ihre Wachsfigur nach einem Brand …«

Einige Herren im Raum drehten sich nach ihnen um.

»Richard, ich meine es ernst.«

»Ich weiß. Das ist ja das Traurige. Natürlich hat es geklappt. Aber ich bin nach wie vor nicht überzeugt, dass es eine gute Idee ist. Ein bisschen Abstand zu deiner Arbeit tut dir bestimmt gut, aber nach Frankreich zurück …«

»Es ist mein Wunsch. Man könnte sogar sagen, es ist das Einzige, was mich noch ein wenig reizt.«

»Ja, gut, aber du könntest die Sache anders angehen. Denk noch mal darüber nach.«

»Du bist jetzt schon der Zweite, der mir sagt, ich solle nachdenken. Wollt ihr mir alle weismachen, dass ich senil werde?«

»Fahr zu Sarah, und bleib für den Rest des Sommers bei ihr. Sie hat sich dort wirklich nett eingerichtet. Und sie hat ein Gästezimmer.«

»Ich bin kein Gast.«

»Andrew, wie soll ich sagen … Wenn du nach Frankreich zurückgehst …«

Richard zögerte einen Moment, dann rang er sich durch: »Verzeih mir, wenn ich so offen bin, aber dass du dich in deinen Erinnerungen vergräbst, wird Diane auch nicht zurückbringen.«

»Das ist mir bewusst. Glaub mir. Jeden einzelnen Tag.«

»Warum willst du es dann?«

»Ich fühle mich hier fehl am Platz. Ständig stelle ich mir die Frage, warum ich überhaupt zur Arbeit gehe. Die ganze Zeit über grüble ich, bedauere dies und das. Inzwischen bin ich so weit, dass ich mich jeden Abend vor dem Schlafengehen frage, wozu ich eigentlich noch am Leben bin.«

»Jeder von uns hat solche Phasen. Ab und zu muss man da eben durch – und dann geht es plötzlich wieder. Fang mit Golfspielen an. Besuch uns mal wieder. Melissa beklagt sich schon, dass sie dich kaum noch sieht. Sie hat ihre Leidenschaft für die italienische Küche entdeckt und wäre entzückt, wenn sie ein neues Versuchskaninchen hätte … Versuch auf andere Gedanken zu kommen, dann wird es schon wieder besser. Es ist ja nicht das erste Mal, dass du deprimiert bist.«

»Diesmal ist es anders.«

»Und nun? Alles, was dir einfällt, um deine Krise zu überwinden, ist diese versponnene Idee? Abgesehen davon, dass ich sie nicht gutheiße, bin ich nicht im Geringsten überrascht. Ich weiß noch, dass du schon nach dem Studium alles hinschmeißen wolltest. Erinnerst du dich noch? Du hast dir ein Segelboot gekauft, um dann festzustellen, dass du zur Seekrankheit neigst und dass sich das Ding doch nicht so einfach wie ein Tretboot fahren lässt. *Seamaster* – was für ein pompöser Name – liegt sicher immer noch auf dem Grund der Reede von Portsmouth, aus der du es nicht einmal hinausgeschafft hast.«

Bei der Erinnerung an das Desaster fing Richard an zu lachen, wurde aber sofort wieder ernst, als er in Blakes Gesicht sah.

»Was versprichst du dir eigentlich davon? Da, wo ich dir die Stelle organisiert habe, wissen sie nichts über dich. Ich habe dichtgehalten. Diese Leute nehmen das alles ernst.«

»Das ist mir klar.«

»Mein Lieber, ich mache mir Sorgen um dich. Du solltest ausgehen und dich unters Volk mischen, statt dich zu verstecken. Du bist in der glücklichen Lage, bei guter Gesundheit zu sein, in einem Alter, in dem viele andere Dauergast beim Arzt oder gar im Krankenhaus sind.«

»Du hast doch gar keine Ahnung, wie es mir wirklich geht.«

»Jetzt spiel mir mal nicht den Tattergreis. Ich darf dich daran erinnern, dass wir nur vier Monate auseinander sind.«

»Ja, aber du hast Melissa. Ich bin allein. Außer dir gibt es in meinem Leben niemanden mehr. Sarah ist weit weg und lebt ihr eigenes Leben. Ich bin nicht von Bedeutung, für niemanden.«

»Jetzt hör aber auf! Wie dem auch sei, dein Plan, nach Frankreich zurückzugehen, ist mehr als unausgegoren. Ich weiß nicht, womit ich das verdient habe, dass ich schon wieder in eines deiner Abenteuer hineingezogen werde. Wie wird die Sache diesmal ausgehen? Bei wem werde ich mich entschuldigen dürfen? Das war schon immer so, beim ersten Mal waren wir noch keine zwölf. Du hattest mich überredet, mit dir zusammen in einen Müllcontainer zu klettern, um die alte Mrs Morrison zu erschrecken.«

»Das *war* aber auch eine Hexe! Jemand musste etwas gegen sie unternehmen. Die alte Schreckschraube hat jeden einzelnen Ball aufgeschlitzt, der sich in ihren Garten verirrte. Nicht mal den neuen Lederball von Matt hat sie verschont, den er zum Geburtstag bekommen hatte. Sie war ein Albtraum.«

»Kein Wunder, dass niemand groß getrauert hat, als man sie mit gebrochenem Genick am Fuß ihrer Treppe fand.«

»Die Bälle haben sich verschworen, todsicher. Sie haben sich gerächt und sie zu Fall gebracht.«

»Und sie haben bis heute dichtgehalten!«, witzelte Ward.

»Inzwischen könnten sie eigentlich gestehen, die Sache ist längst verjährt!«, versuchte Blake einen draufzusetzen. »Womit wollten wir sie damals eigentlich erschrecken? Das ist mir vollkommen entfallen …«

»Und das aus gutem Grund, du Nase! Der Müllwagen kam vorbei, bevor wir Gelegenheit dazu hatten. Um ein Haar wären wir da drin zu Brei zerquetscht worden …«

Blake sah die Szene plötzlich vor sich.

»Stimmt! Hatte ich ganz vergessen!«

»Zum Glück sind wir immer noch da, um die Geschichte erzählen zu können.«

Sie schwelgten eine Weile in Erinnerungen. Doch schon bald verdüsterte sich Blakes Miene wieder.

»Das war einmal«, sagte er wegwerfend.

»Das ist unsere Geschichte, Andrew. Hör auf, alles so zu sehen, als hättest du nichts mehr vom Leben zu erwarten. Da, wo du hinwillst, ist es auch nicht einfacher. Die Gutsbesitzerin ist verwitwet, und ich will nicht, dass du ihr Leben noch komplizierter machst, als es schon ist. Aber da du dich auf dieses Projekt schon so sehr versteift hast, versprich mir wenigstens, dass du dir richtig Mühe geben wirst.«

»Wie kannst du bloß daran zweifeln?«

»Von einem Kerl, der sich als seine eigene Mutter verkleidet hat, um beim Direktor ›ihren Sohn‹ zu entschuldigen, erwarte ich das Schlimmste …«

5

Die verwunschene herbstliche Landschaft auf dem Weg durch den Wald, die eine zauberhafte Stimmung verbreitete, vermochte Blake nicht von seiner Müdigkeit abzulenken. Sein Tag hatte schon im Morgengrauen begonnen: früh aus dem Bett, zum Bahnhof, in den Zug nach Paris, von dort aus in einen weiteren Richtung Provinz, und dabei ständig von unzähligen Menschen umgeben, die mit einer sagenhaften Geschwindigkeit eine Sprache sprachen, die ihm zugleich vertraut und nach all den Jahren auch ein wenig fremd war. Und obwohl er sein Ziel bald erreicht haben dürfte, konnte er nicht darauf hoffen, sich dann erst einmal ausruhen zu können.

»Das ist wirklich komisch«, sagte der Taxifahrer, »ich fahre schon seit zehn Jahren in dieser Gegend Taxi, aber hier bin ich noch nie gewesen. Ich wusste nicht einmal, dass dieser Weg irgendwo hinführt. Die Stadt ist ganz in der Nähe, und doch könnte man meinen, mitten in der Wildnis zu sein.«

Domaine de Beauvillier, Route de Beauvillier. Die Adresse ließ keinen Zweifel an der Bedeutsamkeit des Ortes aufkommen. Die asphaltierte Straße schlängelte sich durch eine hügelige, bereits rotbraun gefärbte Waldlandschaft, ehe sich auf einer Anhöhe die Bäume lichteten und den Blick auf eine Mauer freigaben, an der der Wagen nun entlangfuhr. Einige Kilometer weiter, in einer Talsohle, befand sich eine lang gezogene Einbuchtung in der Mauer, in deren Zentrum ein monumentales Portal aufragte. Zwischen zwei massiven Pfeilern, auf denen verwitterte

Steinlöwen thronten, hing ein hohes Gittertor aus Schmiedeeisen in seinen rostigen Angeln, das mit einem »B« verziert war. Der Wagen hielt.

»Wir sind da.«

Der Fahrer warf einen Blick auf das Grundstück und fragte: »Ist das eine Seniorenresidenz?«

»Ich hoffe nicht …«

»Auf jeden Fall haben Sie Glück, das Wetter ist schön. In dieser Region ist die Spätsaison oft noch sehr mild.«

Andrew bezahlte für die Fahrt und stieg aus. Der Fahrer hievte seinen Koffer aus dem Wagen, wünschte ihm einen guten Tag und fuhr dann rasch davon. Andrew sah dem Auto nach und fühlte sich plötzlich sehr allein.

Er atmete tief ein und aus. Die Luft war mild, ein leichter Wind bewegte das dürre Gras, das sich bis zu der Auffahrt vor dem Portal ausgedehnt hatte. Das Tor wurde offenbar nur selten geöffnet. In einen der Pfeiler war der Name der Residenz eingemeißelt: Domaine de Beauvillier. Durch das Gitter konnte man in der Ferne hinter einer Baumgruppe ein imposantes Gebäude mit vielen spitzen Türmchen erahnen. Auf der rechten Seite des Portals gab es einen kleineren Eingang, den man als Fußgänger passieren konnte.

Das von der Mauer zurückgeworfene Sonnenlicht blendete. Nach einer Weile entdeckte Andrew eine Sprechanlage. Das Gerät war in keinem guten Zustand. Entschlossen drückte er auf den Knopf – keine Reaktion. Auch erneutes Klingeln brachte keinen Erfolg. Da beschloss er, die kleine Tür aufzudrücken, die quietschend nachgab.

Der Ort war so vollkommen still, dass man ihn für verlassen hätte halten können. Sorgfältig schloss er die Tür hinter sich und schlug den gekiesten Weg ein. Seine Schritte machten das gleiche Geräusch wie einst bei seinem Onkel Mark in Pillsbury.

Während seine Eltern den Nachmittag bei ihm verbracht hatten, war er stundenlang auf der mit Kies bestreuten Allee auf und ab gelaufen, nur um dieses besondere Geräusch zu hören.

Blake ging geradeaus weiter. Das lang vergessene seltsame Gefühl, das die Entdeckung eines völlig unbekannten Ortes mit sich bringt, wurde wieder lebendig. Plötzlich fragte er sich, ob er vielleicht mit Hunden rechnen musste, die sich mit Gebell auf ihn stürzen würden. Selbst mit Brille sah er nicht besonders gut in die Ferne. Er würde sie kommen hören, aber was dann? Wegrennen hatte jedenfalls keinen Sinn. Leise übte er, möglichst akzentfrei »Hilfe!« zu sagen.

Sein Koffer wurde immer schwerer, die Rollen waren auf dem unebenen Boden nutzlos. Auf beiden Seiten der Allee dehnte sich der Park scheinbar endlos aus. Zwischen den Bäumen konnte er hier und da die Fassade hindurchblitzen sehen. Als der Weg eine Biegung um einen Kastanienhain machte, erfasste sein Blick endlich ungehindert das gesamte Gebäude, ein großartiges Herrenhaus mit Mauern aus kieseligem Kalkstein und roten Ziegeln. Der Bau war erstaunlich unregelmäßig, in der Mitte beherrscht von einem eckigen Turm, zu dessen Fuß sich die Freitreppe ausdehnte. Zu beiden Seiten des Turms erstreckten sich Gebäudeflügel mit einer Fülle von Giebeln und engen Balkonen. Jede Etage hatte ihren eigenen Fenstertyp: hoch im Erdgeschoss, etwas niedriger in der ersten und zweiten Etage, bis hin zu Gauben jeder Größe, die auf der Dachfläche Akzente setzten. Die Sparrenköpfe der Vordächer trugen zum bunten Gesamteindruck bei, dem kein einheitlicher Stil zuzuordnen war. Das Herrenhaus ließ normannische, neogotische und märchenhafte Einflüsse erkennen …

Andrew ging mit bewusst ruhigen Schritten in Richtung Freitreppe. Er war sich der Wichtigkeit des ersten Eindrucks bewusst und rechnete insgeheim damit, vielleicht beobachtet zu werden. Vorsichtig betrat er die breiten, im Halbkreis angeordneten Stufen, die von fächerförmig angeordneten, trüben Glasscheiben überdacht waren. Bevor er sich bemerkbar machte, nahm er sich noch einen Augenblick Zeit, um sein Erscheinungsbild zu kontrollieren.

Dann griff er zur Kette der Türglocke, darauf bedacht, fest genug daran zu ziehen. Dabei übertrieb er es ein wenig, und die Glocke erklang in unverhältnismäßiger Lautstärke.

Andrew wartete, und wie jedes Mal, wenn er warten musste, begannen ihm unzählige Fragen durch den Kopf zu gehen. Hatte er sich in der Adresse geirrt? Was, wenn das Haus verwaist war? Bei seinem Glück würde er die Besitzerin womöglich tot und steif vorfinden, wie die Maus, auf die er letztens beim Aufräumen der Garage gestoßen war.

Da sah er einen Schatten hinter den bunten Türglasscheiben. Jemand machte sich an dem Schloss zu schaffen, und im nächsten Moment öffnete sich die Tür. Eine Frau um die fünfzig trat heraus: kräftig, aber nicht dick, das brünette Haar zu einem Pferdeschwanz zusammengebunden. Sie betrachtete ihn ohne Scheu.

»Guten Tag. Sie müssen der neue Majordomus sein.«

»Ja, der bin ich. Ich habe einen Termin mit Madame Beauvillier.«

»Kommen Sie herein. Ich bin Odile, ihre Köchin.«

»Ich hoffe, Madame ist wohlauf?«

Wenn die Frau ihm geantwortet hätte, dass ihre Chefin tot und steif in der Garage lag, hätte Andrew angefangen, an Zeichen zu glauben.

»Madame hat Sie bereits heute Mittag erwartet. Bitte warten Sie hier, ich werde Sie melden.«

Nach dem blendend hellen Licht des Parks brauchte Andrew einige Augenblicke, bis er sich an das Halbdunkel der Eingangshalle gewöhnt hatte. Die Köchin entfernte sich, ihre Schritte machten auf den mit blauen Blumenornamenten verzierten Fliesen klappernde Geräusche. Der Raum war mit bunt zusammengewürfelten Stücken möbliert, die wahrscheinlich früher einmal alle irgendwo anders gestanden hatten. Nach einigen Minuten brach die Frau die Stille wieder mit ihren energischen Schritten.

»Madame wird Sie jetzt empfangen. Sie können Ihr Gepäck auf der Bank ablegen. Möchten Sie etwas trinken?«

»Im Moment nicht, danke.«

»Hatten Sie eine angenehme Reise?«

Die für gewöhnlich freundlichen Worte klangen bei ihr seltsamerweise recht hart.

»Ja, danke der Nachfrage.«

Die Köchin führte ihn über eine schöne Treppe aus Eichenholz in die erste Etage. Dort bog sie in einen von einigen Stufen unterbrochenen Korridor ein und klopfte an die erste Tür. Als eine Stimme Eintritt gewährte, öffnete sie die Tür und trat zurück, um den Besucher vorbeizulassen.

Die Vorhänge waren zugezogen. Madame Beauvillier saß hinter einem Schreibtisch. In der relativen Dunkelheit war nur ihre Silhouette zu erkennen. Ein schmaler Lichtstrahl, der sich zwischen den Vorhängen hindurchzwängte, fiel auf einige um eine Schreibauflage angeordnete Gegenstände: säuberlich gestapelte Heftordner, ein Telefon, eine kleine Bronzestatue, die eine Ballerina darstellte, und einen Federhalter aus Porzellan.

Sie erhob sich und streckte die Hand aus.

»Monsieur Blake. Das ist doch richtig?«

»Zu Ihren Diensten, Madame. Ich freue mich, Ihre Bekanntschaft zu machen.«

Andrew ergriff die Hand. Sie zitterte. Die Herrin des Hauses setzte sich wieder in ihren Armstuhl und lud ihn mit einer Geste ein, auf dem ihr gegenüberstehenden gepolsterten Stuhl

Platz zu nehmen. Die Sitzgelegenheit war derart niedrig, dass Blake, obwohl recht hochgewachsen, zu seiner Gesprächspartnerin aufsehen musste.

»Ich habe mir wegen Ihrer Verspätung Sorgen gemacht, aber da wir Ihre Handynummer nicht hatten, konnten wir Sie nicht erreichen.«

»Das tut mir leid. Ich hätte sie Ihnen geben sollen. Wahrscheinlich habe ich meine Ankunftszeit in Paris mit der meiner Ankunft hier verwechselt …«

»Vergessen wir das. Ihre Referenzen sind ausgezeichnet, und Sie wurden mir wärmstens empfohlen. Ich stelle Sie daher für vier Monate auf Probe ein – bis Anfang nächsten Jahres also.«

»Vielen Dank, Madame.«

Trotz der schlechten Lichtverhältnisse konnte Blake anhand der wenigen Bewegungen auf eine recht stolze Haltung seiner Arbeitgeberin schließen, er erkannte eine akkurate Frisur und präzise Gesten. Und dennoch war da noch etwas anderes an ihrem Körperausdruck, eine Art Erschöpfung. Ihre melodische Stimme klang jünger, als es ihr Alter vermuten ließ. Richard hatte ihn informiert, dass sie, ein paar Monate hin oder her, in Andrews Alter war.

»Man hat mir zu verstehen gegeben, dass Sie Frankreich recht gut kennen«, meinte sie.

»Ich hatte früher oft die Gelegenheit, Ihr Land zu bereisen. Meine Frau war Französin. Seit ihrem Tod bin ich nicht mehr hier gewesen.«

»Das tut mir leid.« Dann fuhr sie mit neutraler Stimme fort: »Odile, die Sie bereits kennengelernt haben, wird Ihnen die Organisation des Hauses erklären und Sie über Ihre Pflichten aufklären. Ich verlange nicht, dass Sie eine Uniform tragen, wohl aber Hemd und Krawatte. Ihr freier Tag ist der Montag. Ich lege größten Wert auf Pünktlichkeit. Sie werden feststellen, dass dies ein ruhiges Haus ist. Wir empfangen nicht sehr oft Gäste. Und nun muss ich mich von Ihnen verabschieden, da ich einigen Pflichten nachzukommen habe. Sollten Sie Fragen haben, wenden Sie sich bitte an unsere Köchin.«

»Sehr wohl, Madame.«

Andrew erhob sich, um zu gehen. Doch als er den Raum gerade verlassen wollte, rief ihn Madame Beauvillier noch einmal zurück: »Monsieur Blake?«

»Ja, Madame?«

»Heute sind Sie über die Freitreppe ins Haus gelangt. Dies sollte eine Ausnahme bleiben. Die Angestellten benutzen den Dienstboteneingang, der sich auf der Westseite befindet, oder den Kücheneingang auf der Rückseite.«

Andrew steckte dies ein, ohne mit der Wimper zu zucken.

»Selbstverständlich, Madame.«

»Willkommen bei uns, Monsieur Blake.«

6

Die Anordnung der Räume im Gutshaus war genauso komplex, wie es seine Architektur vermuten ließ. Als Andrew ohne Begleitung zurück nach unten ging, verlief er sich beinahe. Er zögerte, dann ging er ein Stück seines Wegs zurück und fand sich schließlich vor einer Tür wieder, die zu der Bedienstetenküche zu führen schien. Odile stand mit dem Rücken zu ihm und füllte eine Zuckerdose auf. Das Licht fiel in einem weichen Schimmer durchs Fenster und durch die mit kleinen Scheiben verglaste Tür, die nach draußen führte. Andrew trat ein. Als ihn die Köchin hörte, drehte sie sich hastig um.

»Das hier ist mein Reich«, sagte sie barsch, »niemand darf hier ohne meine Erlaubnis rein.«

Blake erstarrte.

»Ich habe nichts gegen Sie persönlich«, fuhr sie fort, »aber ich glaube, dass wir uns Ihre Dienste weder leisten können noch sie wirklich benötigen. Aber ich bin nicht die Chefin, außer in diesem Raum.«

Andrew wich zur Türschwelle zurück. Odile legte den Deckel auf die Zuckerdose und wischte sich die Hände an ihrer Schürze ab.

»Immer noch keinen Durst?«, fragte sie.

»Ich hätte gerne ein Glas kaltes Wasser, bitte.«

Odile ging zu dem großen Kühlschrank und entnahm ihm eine Karaffe. Dann trat sie hinter den langen Tisch, der mitten im Raum stand, und stellte die Karaffe und ein Glas darauf ab.

Sie blickte über die Schulter zu Andrew.

»Na, dann kommen Sie mal rein, ich werde Sie schon nicht fressen.«

»Sie haben gerade gesagt, ich …«

»Ich mag es, wenn die Dinge klargestellt sind, das ist alles.«

»Das sind sie.«

Odile zog einen Stuhl heran und setzte sich. Andrew überflog den Raum mit einem Blick. Ein beeindruckender Gasherd nahm die ganze Breite der Feuerstelle eines alten Kamins ein. Hängeschränke, Regale und Gerätschaften an den Wänden schwebten über hochmodernen Arbeitsplatten mit darunter liegenden Einbauschränken. Alles machte einen methodisch geordneten Eindruck. Nichts tanzte aus der Reihe, nicht einmal die Geschirrtücher, die säuberlich gefaltet auf der Stange vor dem Herd hingen. Andrew bemerkte eine prachtvolle Angorakatze, die in Sphinx-Pose auf dem Boden lag. Das Tier hatte karamellfarbenes, mit dunkleren Flecken gesprenkeltes Fell, seine Augen waren geschlossen und die Schnauze leicht angehoben, als würde es an etwas schnuppern.

»Er heißt Mephisto«, sagte Odile stolz.

»Ein schönes Tier.«

»Versuchen Sie nicht, ihn zu streicheln, das kann er nicht leiden. Er hat seinen eigenen Kopf, außer mir lässt er niemanden an sich ran.«

Odile goss Wasser in sein Glas und fragte: »Hat Madame Ihnen alles erklärt?«

»Sie sagte, das würden Sie tun …«

»Also gut. Wir sind jetzt zu viert in ihren Diensten. Ich kümmere mich um das Essen und helfe Madame bei allen persönlichen Dingen. Jeden Morgen kommt eine junge Frau, die putzt, die Wäsche macht und bügelt. Sie heißt Manon. Sie werden sie morgen sehen. Das Gelände pflegt der Gutsverwalter, der die

Jagdhütte am anderen Ende des Grundstücks bewohnt. Hier im Haus hat er nichts zu suchen, aber alles, was draußen passiert, fällt in seinen Aufgabenbereich. Fragen?«

»Was wird von mir erwartet?«

»Wenn ich es richtig verstanden habe, werden Sie sich um das Sekretariat von Madame kümmern, ihre Post und so was. Sie werden die Gesellschaft bedienen, wenn sie Besuch empfängt. Außerdem werden Sie ihre Zeitung bügeln.«

Andrew glaubte sich verhört zu haben.

»Ich werde was?«

»Sie werden ihre Zeitung bügeln. Ich zeige es Ihnen morgen früh. Madame wünscht ihre Zeitung um genau sieben Uhr, zusammen mit ihrem Frühstück. Ich mache das Tablett fertig, Sie bringen es rauf. Danach gehe ich ihr beim Ankleiden zur Hand. An Ihrem ersten Tag bleibe ich an Ihrer Seite, und wir werden alles Stück für Stück angehen. Sie möchten sicher Ihr Zimmer sehen?«

Andrew stürzte sein Wasser hinunter. Odile hatte den Raum bereits verlassen.

7

Je höher man stieg, desto enger und steiler wurden die Treppen. Andrew mühte sich mit seinem Koffer ab, während er Odile folgte, die beim Gehen die Räumlichkeiten kommentierte.

»Im Erdgeschoss empfängt Madame Besuch, vor allem im kleinen Salon. Der große Salon ist für Gesellschaften gedacht, aber sie hat schon lange keine mehr ausgerichtet. Sie mag es nicht, wenn man in die Bibliothek geht. Im ersten Geschoss sind ihre privaten Gemächer und ein paar Zimmer, die nicht mehr benutzt werden. In der zweiten Etage und darüber hält sie sich nie auf. Dort ist das alte Büro von Monsieur.«

»Haben Sie ihn gekannt?«

»Nein, ich habe hier vor acht Jahren angefangen, und ich glaube, er ist mindestens drei Jahre vorher gestorben. Was ist mit Ihnen? Wie kommt es, dass Sie hier bei uns gelandet sind?«

Die direkte Frage überraschte Andrew, der seine Alibigeschichte noch nicht so gut beherrschte. Außer Atem improvisierte er: »Meine ehemalige Chefin ist verstorben, also musste ich mir einen neuen Job suchen.«

»Nicht genug Ersparnisse, um sich aus dem Berufsleben zurückzuziehen?«

»Das Sozialsystem funktioniert in Großbritannien anders als in Frankreich …«

»Ja, davon hab ich schon gehört. Vieles ist dort anders …«

Sie erreichten die dritte Etage.

»Hier ist unser Reich«, sagte Odile und zeigte auf den langen, engen und gekrümmten Gang, von dem mehrere Türen abgingen. »Mein Zimmer ist da drüben. Sie werden sich am anderen Ende einrichten. Die übrigen Zimmer sind mit Gerümpel vollgestellt. Keiner betritt sie jemals. Der alte Trödelkram und wir teilen uns die Etage, so ist das nun mal.«

Odile führte den Neuankömmling zu den ihm zugedachten Räumlichkeiten.

»Schon komisch«, bemerkte Andrew, »in Frankreich wird das Personal immer in den höchsten Etagen untergebracht, oberhalb der Herrschaften. Bei uns in England ist es genau umgekehrt. Ich finde es paradox, dass die Bediensteten höher wohnen als ihre Herren …«

Odile drehte sich zu Blake um und strafte ihn mit einem strengen Blick.

»Vergessen Sie nicht, dass wir die Revolution hatten. Bei uns hätte Ihre Königin ihren Kopf schon lange nicht mehr auf den Schultern … Da geht's lang.«

Sie setzte ihren Weg fort. Etwas friedlicher erklärte sie: »Ihr Zimmer ist nicht groß, aber der Ausblick ist wunderschön. Sie haben ein kleines Bad mit Toilette. In Anbetracht des Zustands der Leitungen sollten wir nicht zur gleichen Zeit zu duschen, es sei denn, Sie wünschen mit einem erfrischend kalten Guss aufzuhören. Duschen Sie lieber morgens oder abends?«

»Morgens.«

»Perfekt. Dann sind keine Probleme zu erwarten.«

Sie öffnete eine Tür, wobei sie peinlich genau darauf bedacht war, nicht über die Schwelle zu treten, und bedeutete Blake mit einer Geste hineinzugehen.

»Das ist Ihr Zimmer. Ich zeige Ihnen gleich, wo Bettwäsche und Handtücher sind. Es gehört nicht zu Manons Pflichten, bei Ihnen sauber zu machen, aber Sie können sich diesbezüglich mit ihr verständigen.«

Mit vom Treppensteigen erhöhtem Puls trug Andrew seinen Koffer ins Zimmer. Falls ihm vorgeschwebt hatte, sich wieder jünger zu fühlen, war die Gelegenheit dazu ideal, denn das Zimmer wies alle Merkmale einer Studentenbude auf: Die Mansarde war mit einem schmalen Bett, zwei Regalen, einem kleinen Kleiderschrank und einem winzigen Schreibtisch mit dazugehörendem Stuhl möbliert – in einem von einer verblassten Tapete mit geometrischen Mustern geprägten Ambiente.

»Ich lasse Sie jetzt in Ruhe auspacken. Kommen Sie wieder nach unten, wenn Sie fertig sind. Wir haben noch mehr zu besprechen.«

»Vielen Dank, dass Sie mich begleitet haben.«

Odile schloss wortlos die Tür hinter sich. Blake blieb erst einmal regungslos stehen und nahm sich Zeit, sein Zimmer in aller Ruhe zu betrachten. Er trat ans Fenster. Der Nachmittag war schon fortgeschritten, und die Schatten wurden lang. Der Ausblick auf den Park war tatsächlich wunderschön. Viele der großen Bäume trugen noch Blätter, die vor der sinkenden Sonne in verschiedenen Rottönen leuchteten. Das Herrenhaus war derart verschachtelt gebaut, dass Andrew die Entfernung seines Zimmers zum Haupteingang nicht zu bestimmen vermochte. Er ging zum Bett und drückte mit seiner Hand auf die Matratze, um seine neue Schlafstätte zu testen. Mit einem Mal fühlte er sich so müde, dass er sich auch mit einem Brett begnügt hätte. Er öffnete den Kleiderschrank und sah sich die Regaleinlagen an. Dann ging er ins Badezimmer, wo er die Wasserhähne aufdrehte, die seltsam vibrierten, bevor sie das Wasser ausspuckten.

Schließlich setzte er sich auf den Stuhl und atmete durch. Was machte er hier eigentlich? Richard hatte ganz recht, wenn er sein Vorhaben lächerlich fand. Sich für einen Butler auszugeben … Die Stimmung im Haus war alles andere als entspannt. Er dachte an die Hausherrin, die ihm den Haupteingang verboten hatte, und an die Köchin, die sich wie der Kommandant eines Kriegsschiffs aufführte. Lustig würde das hier nicht werden. Und dann noch ein Kater, der Mephisto hieß – vielleicht würde es sogar die Hölle sein …

Andrew beschloss, sich erst einmal um seinen Koffer zu kümmern, den er mühsam auf das Bett hievte. Am liebsten hätte er sich damit begnügt, seine Hemden aufzuhängen und den Rest, so wie er war, samt Koffer in den Schrank zu schieben, aber keines der Regale sah stabil genug aus, um das Gewicht tragen zu können. Schließlich entschied er sich, später auszupacken, und lehnte sich an die Wand, um sein neues Reich zu betrachten. Das letzte Mal, dass er eine neue Wohnung bezogen hatte, war vor zwanzig Jahren gewesen, zusammen mit Diane in ihrem Landhaus in Debney. Einen Augenblick lang fühlte er diesen aufregenden Schauer, mit dem einem bewusst wurde, dass man einen neuen Ort nach seinem Geschmack einrichten konnte, ohne jemanden nach seiner Meinung oder Erlaubnis fragen zu müssen. Dann ging ihm auf, dass er hier in keiner Weise frei schalten und walten konnte. Außerdem war er allein. Niemand würde von seinen Entscheidungen überrascht sein, sie gutmütig belächeln oder gar diskutieren wollen. Und niemand würde ihm beim Einrichten helfen. Andrew verließ sein Zimmer und hoffte, das Gefühl, das ihm den Hals zuschnürte, dort zurücklassen zu können.

Beim Hinuntergehen konnte Andrew Blake den Puls des Hauses in seinem eigenen Rhythmus wahrnehmen. Er war dankbar dafür, denn es brachte ihn auf andere Gedanken. Jetzt konnte er in Ruhe beobachten, riechen, hören: das knarzende Parkett, die Schatten abgehängter Gemälde an den Wänden, die verschlissenen Teppiche, die gedämpfte Stille eines Hauses, dessen Prunk vor langer Zeit verblasst war.

Er nahm sich Zeit, den Geländern zu folgen, auf den Treppenabsätzen aus den Fenstern zu schauen und beim Passieren der Etage der Hausherrin die Ohren zu spitzen. Als er auf der Schwelle zur Küche stand, bemerkte er, dass der Kater immer noch in der gleichen Pose dasaß, aber näher am Herd als zuvor, wie eine Statue, die man ein kleines Stück verschoben hatte. Die Tür nach draußen stand offen. Andrew wagte es nicht, den Raum zu betreten. Er machte ein leises Geräusch, um Mephistos Aufmerksamkeit auf sich zu lenken, aber der Kater beliebte nicht einmal zu blinzeln. Blake versuchte es mit immer ausgefalleneren Geräuschen, während er sich zu dem Tier bückte. Da kam Odile aus dem Küchengarten und überraschte ihn.

»Haben Sie ein Problem?«, fragte sie mit erhobener Braue.

»Aber nein, absolut nicht«, sagte er und richtete sich hastig auf.

»Gefällt Ihnen Ihr Zimmer?«

»Es ist mehr als zufriedenstellend«, bemerkte er und ergänzte in Gedanken, dass er dort ohnehin nicht lange bleiben würde.

Die Sonne ging gerade unter. Ihr warmes Licht spiegelte sich in den an der Wand aufgereihten Kupfertöpfen, die die goldenen Strahlen in den Raum zurückwarfen. Ein Windhauch verirrte sich ins Innere der Küche. Es gab dort nichts, was er durcheinanderbringen oder bewegen konnte, nur das weiche Fell des Angorakaters erschauerte.

»Nun bleiben Sie da nicht so stehen, kommen Sie rein.«

»Ich dachte …«

»Ist schon gut. Da wir unter demselben Dach leben werden, können wir auch nett zueinander sein.«

Odile hatte Salat mitgebracht, von dem sie nun in der Spüle unter fließendem Wasser die Erde abwusch.

»Gibt es hier einen Gemüsegarten?«, fragte Blake.

»Er ist nicht so groß, wie ich ihn gerne hätte, aber für unsere

Zwecke reicht er. Ich kann ihn Ihnen morgen zeigen, wenn er Sie interessiert.«

»Sie kochen also für alle? Auch für den Mann, der im Jagdhaus wohnt?«

»Oh, den hatte ich ganz vergessen! Es wäre besser, Sie würden sich bei ihm vorstellen, solange es noch hell ist. Er ist ein bisschen eigen.«

»Was meinen Sie mit ›eigen‹?«

Odile schwieg sich dazu aus und wies auf die Tür, die zum Garten führte.

»Gehen Sie den Weg da runter, immer der Allee folgend. Dann weiter geradeaus, ohne in die Waldhügel abzubiegen – Sie können sich eigentlich gar nicht verlaufen. Es ist nicht weit, aber von hier aus ist die Jagdhütte nicht zu sehen: Es ist ein kleines gemauertes Haus, mit rankenden Rosen bewachsen. Am besten machen Sie sich sofort auf den Weg. Und bei der Gelegenheit können Sie ihm sagen, dass er sein Essen abholen kann. Wir haben zwar ein Haustelefon, aber es funktioniert nicht …«

Sie wollte sich gerade wieder ihrem Salat zuwenden, als sie hinzufügte: »Wenn Sie möchten, warte ich auf Sie mit dem Essen. Ich erinnere mich noch an meinen ersten Abend hier. Das Personal hat mich damals ganz allein essen lassen, an genau diesem Tisch. Es war grässlich. Also, ich weiß zwar nicht, was wir uns erzählen sollen, aber wenn ich Ihnen das ersparen kann …«

»Vielen Dank.«

Odile nickte zögerlich. Sie konnte einen wirklich überraschen. Der Kommandant hatte also doch ein Herz.

Andrew ging hinaus und schlug den beschriebenen Weg ein. Bald war das Geräusch des fließenden Wassers aus der Küche schon nicht mehr zu hören. Das Licht nahm rasch ab, die Bäume waren nur noch große dunkle Schatten. Blake hatte sich zu dieser Tageszeit noch nie gerne draußen aufgehalten, zur blauen Stunde, wie Diane zu sagen pflegte. Schon immer hatte er sich bei Sonnenuntergang trübsinnig und zutiefst einsam gefühlt, wenn er nicht zu Hause und von seinen Lieben umgeben war. Um dieses Gefühl abzuschütteln, atmete er tief durch und beschleunigte seine Schritte.

8

Während der Teil des Besitzes, der sich vor dem Herrenhaus befand, alles in allem klassisch angelegt war – Rasenflächen, Alleen und symmetrische Hecken, die im Übrigen mal wieder geschnitten werden müssten –, trug die Rückseite alle Merkmale eines üppig wuchernden Parkgartens, mit Blumenbeeten, Baumgruppen und einem langen zentralen Rasenstück als verbindendem Element. Die großflächige Landschaft breitete sich zwischen zwei baumbewachsenen Hügeln aus. Andrew hatte Mühe, in dem abnehmenden Tageslicht die Umrisse der Vegetation zu erkennen, und stolperte einige Male über Steine und Grasbüschel, die aus dem festgetretenen Boden hochragten. Auf seinem weiteren Weg passierte er eine Gartenlaube, entdeckte eine verlassene Voliere und erspähte schließlich das kleine Haus mit seinen erleuchteten Fenstern. Das rechtwinklige Gebäude am Ende der unkrautüberwucherten Blumenbeete, das sich an eine Gruppe großer Eschen schmiegte, war nicht sehr groß.

Andrew verließ den Weg und nahm eine Abkürzung über den Rasen. Er war fast an der Tür, als er plötzlich erhobene Stimmen und laute Geräusche hörte. Zwei Männer stritten miteinander, begleitet vom Poltern und Quietschen unsanft hin und her geschobener Möbel. Andrew wich zurück und beschloss, vorerst nicht anzuklopfen. Auf Zehenspitzen ging er zum Fenster und spähte vorsichtig hinein, konnte jedoch niemanden sehen. Währenddessen wurden die Stimmen immer aufgebrachter. Die Auseinandersetzung fand offenbar in dem angrenzenden Raum statt. Um ganz sicher zu sein, schlich er an der Mauer entlang bis zum anderen Fenster. Dort bahnte er sich einen Weg durch die Blumenrabatte und legte seine Hand an die Scheibe, um besser hineinsehen zu können. Gerade als er die Augen zusammenkniff, wurde sein Arm brutal gepackt und auf den Rücken gedreht. Andrew stöhnte vor Schmerz auf. Er fühlte einen kalten Gegenstand, der ihm unsanft unter den Kiefer gerammt wurde. Eine Stimme direkt neben ihm flüsterte in sein Ohr: »Ich warne dich, Arschloch, wenn du auch nur die kleinste Bewegung machst, blase ich dir deine Rübe weg, mache Gulasch aus dir, und dann verfüttere ich dich an meinen Hund …«

Auch wenn Andrew nicht alles verstand, hatte er die Botschaft im Wesentlichen begriffen.

»Ich bin hier, um guten Tag zu sagen«, presste er mit erstickter Stimme und nach hinten geneigtem Kopf hervor.

»Ja, genau, Kumpel … Diese Leier kenne ich. Und ich komme in Frieden, bring mich zu deinem Häuptling. Na dann: Guten Tag. Und übrigens heißt es um diese Zeit guten Abend. Wolltest du dir schon wieder mein Werkzeug unter den Nagel reißen, du schleimige Kellerassel? War letztes Mal noch nicht genug dabei, oder was? Jetzt hör mir gut zu, du Wurm: Du darfst dich ganz langsam und vorsichtig umdrehen, damit ich mir deine Banditenvisage bei Licht anschauen kann. Wenn du keine Mätzchen machst, kannst du dir morgen vielleicht noch den Sonnenaufgang angucken.«

Der Mann verstärkte noch einmal seinen Polizeigriff und zwang Blake, sich umzudrehen.

»Himmel, Arsch und Zwirn! Schämen sollten die sich!«, schimpfte der Mann, als er in das Gesicht seines Gefangenen sah. »Jetzt schicken die auch noch Senioren an die Front! Das ist ja unerhört. Sag mal, du bist aber nicht allein hier, oder? Mit deinen Teepflückerinnen-Ärmchen hast du mir bestimmt keine zweihundert Kilo Material geklaut. Wo sind deine Komplizen?«

»Ich habe keine Komplizen. Und Sie tun mir weh. Mein Name ist Blake, und ich bin der neue Majordomus.«

Der Mann blinzelte verwirrt. Er hatte den englischen Akzent erkannt, der mit dem der Zigeuner, die ihm das Leben schwermachten, nicht viel gemein hatte. Rasch nahm er den Gewehrlauf von Blakes Hals und ließ ihn los.

»Der Majordomus …«, wiederholte er entgeistert. »Ich hielt Sie für …«

»Hundegulasch, ich weiß.«

Blake schob den Lauf von sich weg und rieb sich mit schmerzverzerrtem Gesicht den Arm.

»Eine komische Art, Leute zu begrüßen«, brummte er.

»Sie haben meinen Schnittlauch plattgemacht«, empörte sich der Mann und zeigte auf die zerdrückten Pflanzen.

»Madame Odile lässt Ihnen ausrichten, dass Sie sich Ihr Essen abholen können.«

Der Mann zupfte an Blakes Kleidung herum.

»Ich bin wirklich untröstlich, Monsieur Steak.«

»Blake, ich heiße Blake. Und jetzt werde ich besser gehen.«

»Sie können jetzt nicht gehen! Das geht nicht. Kommen Sie rein, ich lasse was springen.«

»Was denn? Den Hund an meine Gurgel?«

»Nein, Mann, ich lade Sie auf einen Drink ein, um Ihre Ankunft zu feiern.«

Nachdem er sich wie eine blutrünstige Bestie aufgeführt hatte, trug er jetzt das freundlichste Lächeln der Welt zur Schau. Andrew sah ihn an, irritiert und ein wenig beunruhigt. Langsam verstand er, was Odile mit ihrem »eigen« meinte.

Der Mann streckte ihm seine Hand entgegen: »Philippe Magnier. Ich bin hier der Gutsverwalter.«

Andrew zögerte einen Moment, ehe er einschlug.

»Andrew Blake. Tut mir leid wegen Ihrem Schnippellauch.«

»Schnittlauch. Ein aromatisches Kraut aus der Familie der Liliengewächse. Und übrigens, es stimmt, was ich vorhin sagte: Um diese Tageszeit sagen wir hier ›guten Abend‹ – ›guten Tag‹ heißt es bis 16 Uhr. Na ja, ist ein bisschen regional abhängig.«

»Und ab 18.30 Uhr wird man für ein ›guten Tag‹ erschossen, oder was?«

»Seien Sie nicht mehr böse. Ich habe doch gesagt, dass es mir leidtut. Und im Übrigen guckt man den Leuten nicht so in die Fenster.«

»Gerade als ich anklopfen wollte, habe ich Kampfgeräusche gehört.«

»Ach, das! Das war nur im Fernsehen! Danny will das Geld nicht an die Polizei rausrücken, obwohl er damit James freibekommen würde, also hat sich Todd auf ihn gestürzt.«

»Ich werde dann mal gehen. Sicher wird gleich Bill auftauchen, um sie alle einzukassieren.«

»Ach, Sie kennen die Folge schon?«

Blake seufzte schwer und wandte sich zum Gehen. Magnier hielt ihn zurück.

»Nein, jetzt mal ohne Witz, bleiben Sie. Bitte. Ich bin ja wirklich froh, dass wieder ein Mann ins Haus kommt, weil, wissen Sie, die drei Gazellen sind schon eine Nummer für sich.«

»Die drei Gazellen?«

»Madame Beauvillier, Odile und die kleine Manon. Sie sind, wie soll ich es sagen, ein bisschen unausgeglichen.«

Andrew ließ sich von Magnier bis zur Tür ziehen.

»Na, kommen Sie schon, geben Sie sich einen Ruck.«

»Wenn ich die Sitten hier richtig verstehe, wird es das letzte Mal sein, dass ich durch diese Tür gehen darf. Das nächste Mal nehme ich dann den Müllschlucker oder das Fenster …«

Magnier sah ihn erstaunt an.

»Wie meinen Sie das?«

Andrew zuckte mit den Schultern und trat über die Schwelle. Da sah er sich einem jungen Golden Retriever gegenüber, der ihn begeistert ankläffte. Der Hund war noch jung, völlig aufgedreht und hatte haselnussbraunes Fell.

»Youpla, sitz!«, rief Magnier und machte eine Handbewegung. »Keine Angst, er ist ganz lieb.«

Und wirklich, der Welpe begrüßte den Neuankömmling mit großem Enthusiasmus. Er leckte Andrews Hände gründlich ab, sogar zwischen den Fingern.

»Wenn das der Hund ist, der mich fressen sollte, und sei es auch in kleinen Würfeln, dann hätte er einiges zu tun gehabt …«

Magnier holte zwei Gläser und eine Flasche aus dem Küchenschrank und erklärte: »Er leistet mir Gesellschaft. Und er hat mich auf Sie aufmerksam gemacht. Aus ihm wird noch ein guter Wachhund.«

Blake kraulte das Tier hinter den Ohren und murmelte: »Das nächste Mal sagst du ihm auch gleich, dass ich kein Dieb bin. Du scheinst hier noch der Normalste von der ganzen Bande zu sein.«

»Na dann – auf unsere bemerkenswerte erste Begegnung!«

Magnier hob sein Glas. Blake tat es ihm gleich, während er sich sein von dem Gewehrlauf noch immer schmerzendes Kinn rieb. Er stürzte den Inhalt des Glases hinunter und schnappte nach Luft.

»Ganz schön kernig, nicht?«, lachte Magnier.

»Jetzt muss ich aber wieder zurück. Odile wartet auf mich.«

»Sie kann ruhig noch ein bisschen warten, das kann ihr nur guttun. Sie hält sich schon viel zu lange für die Chefin hier. Ich begleite Sie nach oben.«

9

Nach einem schnellen Abendessen half Andrew Odile, den Tisch abzuräumen. Zwischen langen Gesprächspausen tauschten sie lediglich ein paar Belanglosigkeiten aus. Blake nutzte die Gelegenheit und beobachtete verstohlen Mephisto, in der Hoffnung, ihn endlich beim Öffnen seiner Augen oder besser noch bei einer Bewegung zu ertappen. Doch der Kater spielte seine Rolle einer ausgestopften Sphinx in aller Perfektion. Das Tier hatte sich doch tatsächlich wieder ein Stück vom Herd entfernt, ohne dass Andrew hätte sagen können, wann das passiert war. Ganz großes Kino.

Als der Moment kam, in dem Blake im Begriff stand, sein Zimmer aufzusuchen, konnte er sich weder daran erinnern, was er gegessen hatte, noch worüber Odile und er gesprochen hatten, was wahrscheinlich der als Vorspeise genossenen Niedertracht des Verwalters geschuldet war.

»Gute Nacht, Madame Odile, und vielen Dank, dass Sie mich an Ihrem Tisch willkommen geheißen haben.«

»Gern geschehen. Gute Nacht, Monsieur Andrew. Vergessen Sie nicht: Morgen früh fangen wir um 6 Uhr an, dann steigen wir voll in die Materie ein.«

Andrew nickte. Auf dem Weg zur Tür drehte er sich noch einmal um.

»›Madame Odile‹, ›Monsieur Andrew‹ – finden Sie nicht, dass das ein bisschen angestaubt klingt? Wenn Sie mögen, könnten wir uns vielleicht bei unseren Vornamen nennen …«

»Das Angestaubte ist mir lieber als eine unangebrachte Vertraulichkeit, Monsieur Andrew.«

»Wie Sie wollen. Auch wenn ich es erstaunlich finde, dass Ihnen der Jane-Austen-Stil sympathischer ist, wo ich Ihnen doch etwas nach Victor Hugo vorgeschlagen habe …«

Die Köchin ließ jede Reaktion vermissen, und Blake ging hinaus.

Die einsame Energiesparlampe in seinem Raum verbreitete ein derart kaltes Licht, dass selbst eine gemütliche Puppenstube darunter wie ein industrieller Fleischkühlschrank ausgesehen hätte. Wenn Andrew sich hinlegen wollte, musste er seinen Koffer diesmal wohl oder übel auspacken. Er öffnete ihn und holte methodisch ein Kleidungsstück nach dem anderen heraus, ehe er die Sachen in den Schrank einsortierte. Anschließend gelang es ihm, den leeren Koffer auf den schmalen Schrank zu hieven, aber dort wirkte er derart wuchtig, dass das Gesamtbild dem eines Champignons nicht unähnlich war. In dem winzigen Bad verteilte er seine Toilettenartikel auf die vorhandenen Flächen und stellte zwei Zahnbürsten in das Glas auf der Spiegelablage.

Auf seinem Bett lag jetzt nur noch eine kleine Tasche. Aus ihr holte er einen Fotorahmen hervor, der zu seinem Schutz sorgfältig in einen weinroten Pyjama eingewickelt war. Das Foto zeigte ihn, seine Frau und seine Tochter während eines Urlaubs unter der südlichen Sonne Frankreichs. Diane strahlte, Sarah lachte, beide hatten ihre Köpfe an seine Schultern gelehnt. Dies war wahrscheinlich eine ihrer schönsten Erinnerungen. An jenem Tag hatte der Wind alle Sonnenschirme am Strand und auf den Caféterrassen mit sich gerissen und damit für eine surreale Panikatmosphäre gesorgt, die die drei zum Lachen brachte. Man konnte das Vergnügen in ihren Gesichtern lesen. Damals hatten sie keine Ahnung gehabt, dass sie gerade die letzten gemeinsamen Urlaubstage miteinander verbrachten. Ein weiteres letztes Mal.

Andrew klappte den Fuß des Fotorahmens auf und stellte das Bild auf seinen Nachttisch. Er griff erneut in seine Tasche und holte ein kleines Plüschkänguru hervor, das er sorgfältig, mit dem Gesicht nach vorne, neben das Foto setzte.

»Hallo Jerry«, begrüßte er ihn.

Die Ohren und die Schnauze des Stofftiers waren abgewetzt, und seine kleinen verschrammten Knopfaugen glänzten nicht mehr. Andrew sah das Känguru zärtlich an. Nach einem kleinen Zögern nahm er es schließlich in die Hand und drückte es an sich. Er presste seine Nase zwischen die Pfoten, um seinen Geruch aufzunehmen, dann stellte er es vorsichtig wieder an seinen Platz zurück. Bilder überfluteten ihn. Manche Gegenstände haben die Macht, die Zeit zurückzudrehen, doch den Schmerz können sie nicht nehmen. Der Trost, den sie für einen Moment gewähren, muss teuer bezahlt werden, denn das Glück, das sie verheißen, entfernt sich, wenn man sie wieder loslässt, umso weiter, wie eine Welle, die sich in der Brandung zurückzieht.

In Andrews Tasche lag nur noch sein Handy. Er stellte sich unter die Lampe, um es einzuschalten, aber das Gerät fand kein Signal. Wie ein Goldsucher, der seinen Metalldetektor hin und her schwenkt, schritt Blake langsam die wenigen Meter bis zum Fenster ab, auf der Suche nach Empfang. Doch es gab nicht die Spur eines Netzes. Im Grunde machte es nichts, wer sollte ihn schon anrufen wollen?

Er putzte sich die Zähne und betrachtete sich in dem ungewohnten Spiegel. Die neue Umgebung und das andere Licht zwangen ihn, sich wieder neu zu entdecken. Wenn er nicht dieses Spiegelbild von sich sehen würde, wie es dort stand und sich bewegte, und nur darauf vertraut hätte, was er in seinem Innersten fühlte, hätte er sich für tot halten können.

Andrew legte sich hin und fühlte das kühle Betttuch an seinem Körper. Zum geschätzten achtmillionsten Mal nahm er seine Brille ab, klappte sie zusammen und legte sie auf den Nachttisch. Jerry war das Letzte, was er sah, bevor er das Licht ausmachte. Sein Kopf drückte eine Mulde ins Kissen. Die Bettwäsche roch nach einem jener synthetischen Düfte, die vermeintlich an Frühling erinnern sollten. Sein eigenes Bett fehlte ihm jetzt schon. Wann hatte er zuletzt in einem Einzelbett geschlafen? Wenn er vor langer Zeit geglaubt hatte, es zum letzten Mal getan zu haben, dann hatte er sich damals geirrt. Wie jeden Abend wünschte er Diane, die schon lange schlief – seit sieben Jahren, vier Monaten und genau neun Tagen –, eine gute Nacht.

10

Das Geräusch klang wie Donner in der Ferne, aufgestiegen aus einem schlechten Traum. Es folgte der Lärm unbarmherzigen Bombardements in einem totalen Krieg. Schließlich ein dumpfer Schlag und eine furchterregende Stimme: »Monsieur Blake, es ist 6:15 Uhr. Sie haben verschlafen!«

Wiederholtes Klopfen. Andrew drehte sich mühsam im Bett herum und versuchte zu sich zu kommen. Plötzlich schwang seine Tür auf, und Odile erschien auf der Schwelle.

»Beeilen Sie sich! Wir sind spät dran. Das wird Madame gar nicht gefallen!«

Er langte nach seiner Brille und setzte sich im Bett auf.

»Und wenn ich nackt geschlafen hätte?«, fragte er indigniert.

»Dann wäre Ihnen ganz schön kalt geworden«, sagte die Köchin unbeeindruckt. »Nehmen Sie schnell Ihre Dusche, ich erwarte Sie in fünf Minuten unten.«

Andrew stand so schnell auf, dass ihm schwindelig wurde. Er nahm sich nicht einmal die Zeit, die richtige Einstellung am Wasserhahn zu finden, um angenehm warm duschen zu können. Stattdessen seifte er sich unter eiskaltem Wasser ein und schrie beim Abduschen laut auf, weil das Wasser plötzlich kochend heiß wurde. Kaum wach und schon entnervt, aber immerhin war er pünktlich unten.

»Da es Ihr erster Tag ist, habe ich die Zeitung schon mal für Sie reingeholt«, erklärte Odile. »Kommen Sie mit in den Waschraum, ich zeige Ihnen, wie man sie bügelt.«

Andrew lief durch neue Korridore und gelangte schließlich in den Raum mit der Waschmaschine und dem Trockner. Die Köchin zeigte auf ein Bügelbrett, auf dem schon der *Figaro* lag.

»Bevor Sie beginnen, legen Sie die ›Zeitungs-Schutzhülle‹ über das Bügelbrett, ansonsten gelangt die Druckerschwärze auf das Brett, und Manons Bügelwäsche wird schmutzig.«

Sie drückte ihm ein kleines Bügeleisen in die Hand.

»Stufe 3. Nicht heißer, sonst fängt die Zeitung Feuer. Ich weiß, wovon ich rede.«

»Stufe 3, alles klar.«

»Und benutzen Sie nur das Bügeleisen mit dem grünen Griff. Das andere ist das von Manon und die …«

»Schon verstanden, Druckerschwärze und so weiter.«

»Und jetzt sind Sie dran.«

»Ich soll die Zeitung bügeln?«

»So ist es. Das entfernt nicht nur die Falten, es fixiert gleichzeitig die Druckerschwärze. Auf diese Weise bekommt Madame keine schwarzen Finger. Machen Sie es in England nicht genauso in den großen Häusern?«

»Wir können nicht einmal lesen«, brummte Andrew. »Sobald wir die Revolution geschafft haben, werden wir uns von euch Karl den Großen ausleihen, um Schulen zu erfinden.«

Er gab sich große Mühe. Der Geruch der erhitzten Druckerschwärze schlug ihm auf den Magen. Sein Blick blieb an einer großen Schlagzeile hängen: »Stahl-Aktienkurse steigen um mehr als 20%: Bedrohung für Industrie.«

Odile protestierte: »Madame hasst es, wenn man ihre Zeitung vor ihr liest.«

»Glauben Sie denn, dass die Blicke von Engländern die von ihnen gelesenen Seiten abnutzen? Und wie sollte sie es überhaupt erfahren? Hat sie einen Lügendetektor in ihrem Strickkörbchen?«

»Madame strickt nicht, und Sie sollten nicht so despektierlich über sie reden. Sie wären überrascht, wozu sie fähig ist ...«

»Ich wäre schon beeindruckt, wenn sie ihre Zeitung lesen könnte, ohne Angst zu haben, sich die Finger einzuschwärzen. Das ist eine lächerliche Manie.«

»Gerade Sie sollten nicht von lächerlichen Manien sprechen.«

»Was wollen Sie denn damit andeuten?«

Andrew unterbrach seine Bügelarbeit, um Odile anzusehen, die ihm prompt entgegenschleuderte: »Madame schläft wenigstens nicht mit einem Kuscheltier neben ihrem Bett wie ein Baby.«

Andrew warf seine Hände in die Luft.

»Nicht nur, dass Sie es sich herausnehmen, ungebeten in das Zimmer eines Mannes zu kommen, den Sie gerade erst kennengelernt haben ...«

»Sie waren spät dran, Madame hätte Sie sonst entlassen!«

»... nein, Sie schnüffeln auch noch in seiner Privatsphäre herum!«

»Ganz und gar nicht.«

»Aber nachdem Sie schon so indiskret waren, erzähle ich Ihnen jetzt eben Jerrys Geschichte.«

»Kein Interesse. Ich weiß nicht einmal, wer dieser Jerry ist, von dem Sie da reden.«

»Jerry ist das Stoffkänguru, über das Sie sich gerade lustig gemacht haben. Ich unternehme niemals eine Reise ohne ihn. Er war das Lieblingsstofftier meiner Tochter. Sie hat ihn von ihrem Paten als Mitbringsel von einer Australienreise im Alter von fünf Jahren geschenkt bekommen und ihn ihre ganze Kindheit über mit sich herumgeschleppt. Wenn er verloren gegangen wäre, hätte es ein Riesendrama gegeben. Jahrelang lag er im Bett an ihrer Seite, und wenn er nicht da war, konnte sie nicht einschlafen. Und dann, eines Tages, saß er nur noch in einer

Ecke des Betts, sie nahm ihn nicht mehr in den Arm. Ein wenig später verbannte sie ihn auf ein Regalbrett. Und noch später, als sie bei uns ausgezogen ist, um ihr Studium zu beginnen, hat sie ihn zurückgelassen. Das war sicher nicht ungewöhnlich, aber es hat mich getroffen. Damals habe ich mir angewöhnt, jeden Morgen in das leere Zimmer meiner Tochter zu gehen, um ihrem verlassenen Freund einen guten Tag zu wünschen. Und seitdem nehme ich ihn überall mit hin. Lachen Sie ruhig darüber, wenn Sie wollen.«

»Es tut mir leid, wirklich. Ich wollte nicht …«

Der dicke Qualm, der plötzlich von der Zeitung aufstieg, unterbrach das Gespräch.

»Oh verflixt!«, rief Odile aus und riss das Bügeleisen hoch. »Die Aktienkurse brennen!«

»Das nennt man ›Börse in Flammen‹.«

»Ja, lachen Sie nur. Sie wird uns alle beide entlassen.«

»Kein Problem. Sehen Sie nur: Die Stellenanzeigen sind noch intakt …«

Als Andrew allein am Tisch in der Personalküche saß, goss er sich eine Tasse Tee ein. Nachdem der Tag mit viel Getöse begonnen hatte, genoss er nun eine Tasse stark gezuckerten Earl Grey. Sein Blick fiel auf den Kater, der den Anschein machte, als hätte er sich seit dem Vorabend nicht bewegt.

»Also, Mephisto, was ist dein Geheimnis? Tu mir den Gefallen und mach deine Augen auf, damit ich wenigstens den Beweis habe, dass du nicht ausgestopft bist.«

Einen Augenblick lang spielte er mit dem Gedanken, sich auf den Kater zu stürzen, um eine Reaktion zu provozieren, doch bevor er zur Tat schreiten konnte, kam Odile herein.

»Also, das glaub ich jetzt nicht!«, schimpfte die Köchin und ließ sich auf einen Stuhl fallen. »Wenn *ich* auch nur einen Quadratzentimeter ihrer geliebten Zeitung angekokelt hätte, wäre ein riesiges Donnerwetter über mich hereingebrochen. Und bei Ihnen – kein einziges Wort! Schlimmer noch: Sie sind unrasiert, und sie sagt nichts – und dann findet sie es auch noch lustig, dass Sie eine grüne Fliege zu einem blauen Hemd tragen … Ich bin regelrecht empört.«

Andrew lächelte. »Sie haben recht. Und sie hat noch nicht einmal die Nase gerümpft, als ich ihr das Tablett vorgesetzt habe. Ihre Toasts rochen köstlich, aber der Duft meiner gegrillten Zeitung hat alles überlagert …«

Odile sah auf ihre Uhr.

»Haben Sie Manon schon gesehen?«

»Nein. Vielleicht ist sie noch nicht da.«

»Doch, ich habe sie vom Fenster aus auf dem Fahrrad gesehen. Außerdem ist sie normalerweise nur donnerstags zu spät.«

Odile wandte sich an ihren Kater: »Wünsch mir Glück, Mephisto. Ich muss wieder rauf und Madame bei ihrer Morgentoilette helfen.«

Sie stand auf. Mit einem dünnen Stimmchen näselte Andrew: »Viel Glück, miauuu …«

Odile drehte sich ruckartig um und starrte das immer noch unbewegliche Tier hoffnungsvoll an.

»Hast du was gesagt, Mephisto?«

»Machen Sie sich nichts vor: Er kriegt ja nicht einmal seine Augen auf …«

Gut, dass sie keine Bratpfanne in der Hand hatte, sonst hätte sie ihn wahrscheinlich erschlagen.

11

Blake räumte gerade das benutzte Geschirr zusammen, als er einen lauten Pfiff aus einer Trillerpfeife hörte, der aus der großen Eingangshalle kam. Das einzige Mal, dass er einen ähnlich lauten Pfiff gehört hatte, war bei einem Strafstoß im Europapokalspiel gewesen. Er ließ beinahe seinen Stapel Teller fallen und eilte in Richtung der Geräuschquelle. Der Kater hatte nicht einmal gezuckt.

Als er um die Ecke bog, stieß er fast mit einer jungen Frau zusammen, die aus dem Wäscheraum kam, Kopfhörer auf den Ohren.

»Was ist denn hier los?«, fragte Blake beunruhigt.

Die Unbekannte zog den Kopfhörer ab und zeigte auf den Absatz der ersten Etage, wo Odile stand, die Trillerpfeife an einem Band um den Finger hin und her schwingend. So wie sie da posierte, kerzengerade, im Gegenlicht des Fensters auf die Halle herabblickend, sah sie ein wenig aus wie ein blutsaugender transsilvanischer Graf, der seine Opfer begrüßte.

»Warum haben Sie gepfiffen?«, fragte Blake.

»Um Ihnen Manon vorzustellen. Man weiß nie, wo sie gerade steckt. Und mit ihrer Musik auf den Ohren hört sie nie, wenn ich rufe. Also pfeife ich.«

Das Mädchen lächelte Blake an und schien unsicher, ob es ihm die Hand reichen oder einen Hofknicks wie vor der Königin von England machen sollte.

»Guten Tag«, sagte sie schließlich einfach.

Andrew fand sie auf Anhieb sympathisch. Sie hatte große Augen mit tiefschwarzen Wimpern und lange kastanienbraune Haare, die mit einer Spange zusammengehalten wurden. Sie wirkte lebhaft und anmutig wie eine Tänzerin. Obwohl sie ganz ruhig dastand, strahlte sie Energie aus.

»Guten Tag«, antwortete er. »Es tut mir leid, dass unsere erste Begegnung so rabiat ausfällt. Ich hätte auch gewartet, bis Sie einmal in der Küche vorbeikommen.«

»Kein Problem«, sagte sie und lächelte. »Dann gehe ich jetzt wieder in den Wäscheraum und hänge weiter die Laken auf.«

In diesem Moment ertönte eine laute Glocke. Zuerst dachte Blake an die Haustür, aber Odile rief beim Hinauflaufen: »Madame ruft!«

Dracula hat also einen Meister, dachte Blake. Tröstlich war das nicht gerade. Er drehte sich zu Manon um und fragte: »Wenn ich es richtig verstehe, dann ruft Odile Sie mit der Trillerpfeife, und Madame ruft Odile mit einer Glocke, stimmt das?«

»So ungefähr.«

»Und wie werde ich gerufen? Mit einer Schreckschusspistole oder vielleicht einer Rassel?«

»Die Schreckschusspistole ist schon für den Verwalter reserviert, seit die Wechselsprechanlage kaputt ist.«

»Reizend. Und wie soll man in dieser Flugzeugträger-in-Alarmbereitschaft-Atmosphäre die Nerven behalten?«

»Ich kann Ihnen meinen zweiten MP3-Player leihen. Wenn man ihn richtig laut stellt, hört man sie nicht mehr.«

»Das ist nett von Ihnen. Aber in meinem Alter dauert es ohnehin nicht mehr lange, bis ich nichts mehr höre.«

Im Korridor der ersten Etage erklangen Getöse und wildes Getrampel. Odile raste die Treppe hinunter und rief in Panik: »Es gibt kein Wasser mehr im Badezimmer von Madame, aber ich höre deutlich, wie es läuft …«

»Was ist unter ihrem Badezimmer?«, fragte Blake.

Odile zog die Stirn kraus, während sie angestrengt nachdachte.

Doch da rief Manon schon aus: »Die Bibliothek! Direkt darunter!«

»Madame möchte nicht, dass man dort hineingeht«, protestierte Odile.

»Wir haben keine andere Wahl«, antwortete Blake. »Manon, zeigen Sie mir, wo sie ist.«

Als Andrew den Raum betrat, sah er das Wasser von der Decke tropfen. Odile blieb wie angewurzelt auf der Türschwelle stehen.

Blake erklärte mit einem Schmunzeln: »Madame hat vielleicht kein Wasser mehr in ihrem Badezimmer, aber ich darf mit Freude verkünden, dass sie ab sofort über fließend Wasser in ihrer Bibliothek verfügt.«

»Was sollen wir bloß tun?«, fragte Odile völlig außer sich.

»Wir drehen das Wasser ab, und zwar schnell, sonst können Sie ihr ein Bad zwischen den Enzyklopädien einlassen. Wo ist der Hauptabsperrhahn?«

»Im Keller.«

»Könnten Sie ihn schnell zudrehen?«

»Nein.«

»Wie bitte?«

»Ich geh da nicht runter.«

»Darf ich darunter verstehen, dass dies zu meinen Aufgaben gehört?«

Odile stand wie versteinert da. Blake bohrte nach: »Können Sie mir wenigstens zeigen, wo dieser Hahn ist?«

»Auf gar keinen Fall. Da kündige ich lieber. Da unten sind große haarige Spinnen und diese furchtbaren Mäuse …«

»Sie hat eine Spinnen- und Mäusephobie«, seufzte Manon.

»Und Sie, Manon, können Sie mir wenigstens zeigen, wo es zum Keller geht? Und zwar schnell, das Wasser tropft schon auf die Bücher.«

»Der Keller ist dort drüben. Aber ich habe keine Ahnung, wo dieser Absperrhahn ist.«

Als sie die staubige und schlecht ausgeleuchtete Treppe hinuntereilten, musste Andrew daran denken, wie außerordentlich ruhig er das Haus noch am Vorabend gefunden hatte.

12

Die volle Mittagssonne nutzend legten Blake, Odile und Manon die nassen Bücher zum Trocknen am Zaun des Gemüsegartens entlang aus. Magnier, der gerade sein Mittagessen abholte, sah die ausgebreiteten Wälzer und bemerkte:

»Nun hat sie sich also doch entschlossen, den ganzen Krempel für den Flohmarkt auszusortieren …«

Blake richtete sich mühsam auf, grüßte Magnier und entgegnete, während er den Einband von *Die kleine Zigeunerin* von Miguel de Cervantes abtupfte: »Bevor sie diesen kapitalen Fehler begeht, sollten Sie wenigstens dieses eine Buch hier lesen. Es ist eine Geschichte über Zigeuner, die Sie vielleicht nützlich finden könnten.«

Magnier warf einen Blick darauf.

»Die triefen ja, Ihre Schinken.«

»Ein Problem mit den Wasserleitungen.«

»Solange die durchs Haus laufen, ist es nicht mein Problem.«

Odile erschien in der Küchentür und zeigte auf eine Art Vogelhäuschen, das an der Mauer hing und eine Kunststoffdose mit Deckel enthielt. »Ihr Essen ist an seinem Platz. Und vergessen Sie nicht, mir die anderen Behälter zurückzubringen.«

Ohne ein weiteres Wort wandte sie sich wieder ihren Beschäftigungen zu. Magnier holte die Dose heraus und machte sich auf den Rückweg. Als er an Blake vorbeiging, sagte er: »Sagen Sie, hätten Sie Lust, an einem der kommenden Abende bei mir auf ein Gläschen vorbeizukommen?«

»Warum nicht? Vielleicht in ein paar Tagen …«

»Wann immer Sie mögen, Monsieur Brake.«

Manon kam mit einer neuen Ladung Bücher aus dem Haus.

»Das sind die Letzten, die anderen sind in Ordnung«, verkündete sie. »Zum Glück haben Sie schnell reagiert, sonst wären Möbel und Parkett auch hinüber. So sind wir gerade noch mit einem blauen Auge davongekommen.«

Blake nahm ihr einen Teil des Stapels ab.

»Danke, Manon.«

Zusammen legten sie die restlichen Bücher in die Sonne. Odile war am Herd beschäftigt. Blake nutzte die Gelegenheit, um diskret zu fragen: »Sagen Sie mal, Manon, waren Magnier und Odile schon immer so?«

»Was meinen Sie mit ›so‹?«

»Ich meine, wie Hund und Katze.«

»Ich kenne sie nicht anders. Er setzt keinen Fuß ins Haus, außer Madame verlangt es, und sie geht nicht nach draußen, wenn sie es vermeiden kann, außer in den Gemüsegarten.«

»Kommt es denn nie vor, dass Sie Ihre Mahlzeiten alle zusammen einnehmen?«

»Bei meinen Arbeitszeiten geht das leider nicht. Ich muss um halb drei in der Schule in der Stadt sein.«

»Was machen Sie da, wenn ich fragen darf?«

»Ich helfe bei den fest angestellten Lehrkräften aus. Und nebenbei versuche ich, mich auf die Aufnahmeprüfung für das Grundschullehramt vorzubereiten.«

»Das ist ja ein wunderbares Ziel!«

»Letztes Jahr habe ich den Termin verpasst, und da ich bei meiner Mutter lebe, musste ich diesen Job hier annehmen. Aber es macht Spaß.«

»Da wir hier gerade beim Frage- und Antwortspiel sind: Sie besitzen doch ein Handy, Manon?«

»Natürlich. Allerdings nicht das allermodernste.«

»Haben Sie hier Empfang?«

»Nicht die Spur. Einmal hab ich Monsieur Magnier sagen hören, dass der einzige Platz, an dem man Netz hat, auf dem Hügel im Wald ist.«

»Welcher Hügel ist das genau?«

»Irgendwo da drüben.«

Sie machte eine vage Bewegung in Richtung eines Waldstreifens hinter dem Verwalterhaus. Dann sah sie auf die Uhr.

»Jetzt muss ich aber los. Auch wenn es bergab geht, brauche ich mit dem Fahrrad doch eine ganze Weile bis ins Zentrum.«

»Ja, fahren Sie nur, Manon. Bis morgen. Und kommen Sie nicht zu spät, sonst verpasst Ihnen Odile mit dem nächsten Pfiff noch die rote Karte.«

»Aber ich bin doch immer pünktlich!«

»Bis auf donnerstags, wenn ich das richtig verstanden habe.«

»Das ist wegen Justin. Am Mittwochnachmittag ist keine Schule, also treffen wir uns und bleiben abends länger auf, wissen Sie …«

Die junge Frau senkte den Blick und lächelte schüchtern, was Blake sehr anrührend fand.

»Und so gehört sich das auch in Ihrem Alter. Na, hauen Sie schon ab.«

Manon verabschiedete sich mit einer Geste. Blake stellte das letzte Buch, das noch in seinen Händen verblieben war, in die Sonne. Es war nur ganz leicht feucht. *Der letzte Tag eines Verurteilten* von Victor Hugo. Diane hätte jetzt sicher gesagt, das sei ein Zeichen.

Als Blake die Küche betrat, bemerkte er sofort, dass Odile schlecht gelaunt war. Ihre Bewegungen waren abrupter als sonst, und als sie mit ihm sprach, drehte sie sich nicht einmal um.

»Dieser Morgen hat mir den Appetit verdorben«, erklärte sie mit gereiztem Unterton. »Im Kühlschrank finden Sie etwas zu essen, im mittleren Fach. Die Mikrowelle ist dort drüben. Madame möchte Sie um Punkt 15 Uhr in ihrem Büro sehen.«

»Sehr wohl.«

»Wenn es etwas Wichtiges geben sollte, ich bin oben auf meinem Zimmer.«

»Fühlen Sie sich nicht gut?«

»Doch, ganz im Gegenteil. Zum ersten Mal seit Ewigkeiten werde ich mich zwischen zwei Mahlzeiten ausruhen können. Da Madame es für nötig befunden hat, Sie einzustellen, können Sie sich auch ebenso gut nützlich machen. Heute Nachmittag gehört der Laden voll und ganz Ihnen.«

Blake fand es seltsam, sich auf einmal allein in Odiles Hochburg vorzufinden. Der Kater saß da wie immer, vielleicht ein wenig näher am Ofen als am Morgen. Blake öffnete den Kühlschrank und fand etliche aufeinandergestapelte Gläser mit zumeist nicht identifizierbarem Inhalt. Dann entdeckte er dazwischen einen einsamen Teller. Er nahm die Frischhaltefolie ab, öffnete eine Schublade nach der anderen, bis er schließlich eine Gabel fand, und setzte sich an den Tisch. Vom ersten Bissen an war er beeindruckt. Das Gericht war eine delikate Mischung aus halb rohem Lachs und jungem Gemüse. Andrew leerte seinen Teller mit Genuss und säuberte ihn dann in der Spüle, während er darüber nachdachte, ob Odile die Feinfühligkeit, die sie im Umgang mit anderen vermissen ließ, vielleicht in ihre Kochkunst steckte. Anschließend ging er zurück nach draußen, um die Trocknung der Bücher zu überwachen, und nutzte die Gelegenheit dazu, sich für einige Augenblicke in die Sonne zu setzen. Insgeheim war er froh, Madame Beauvillier bald zu sehen. Er hatte ihr einiges zu sagen.

13

»Nun, Monsieur Blake, sagen Sie mal: Wie würden Sie Ihren ersten halben Tag bei uns beschreiben?«

»Als recht bewegt ...«

Da die Sonne noch nicht direkt durch die Fenster schien, waren die Vorhänge offen, und Andrew konnte Madame Beauvillier endlich ausgiebig betrachten. Ihr Gesicht zeugte von Charakter. Sie hatte zarte, nicht mehr ganz glatte Hände und trug keinen Schmuck, bis auf einen sehr schlichten Ehering, der ein wenig zu locker an ihrem Ringfinger saß.

»Dieses Leck ist ein großes Problem«, sagte sie nervös. »Ich mache mir Sorgen um die Bücher. Ich hänge nämlich sehr an ihnen, müssen Sie wissen. Sie waren die Leidenschaft meines verstorbenen Mannes François.«

»Sie können ganz beruhigt sein. Manon hat alles gesäubert und getrocknet, keines der Bücher hat Schaden genommen. Wir werden sie morgen wieder in die Regale stellen können.«

»Ich bin sehr froh, das zu hören. Aber leider ist das Problem mit den Leitungen damit noch nicht gelöst. Was für ein Chaos, ich habe das Gefühl, in diesem Haus bricht allmählich alles zusammen ... Lassen Sie sich von Odile die Nummer von Herrn Pisoni geben, er kümmert sich um alle Reparaturen am und im Haus. Bestehen Sie darauf, dass er so schnell wie möglich kommt.«

»Pisoni. Ja, Madame.«

Andrew stellte sich vor, wie sie wohl als jüngere Frau ausgesehen hatte: blond, mit langem Haar. Sie war bestimmt ausgesprochen hübsch gewesen. Heute trug sie die unauffällige Frisur von Frauen ihres Alters, bei der die grauen Haare ordentlich in sanften Wellen frisiert waren. Ihre Augen waren noch immer von einem Blau, dem früher sicher mehr als ein Mann verfallen war.

Sie nahm den Faden wieder auf: »Morgen früh, wenn der Briefträger da war, werden Sie meine Post aus dem Briefkasten am Haupttor holen. Wir werden sie gemeinsam öffnen, und ich werde Ihnen sagen, welche Antwortschreiben Sie aufzusetzen haben.«

Blake hörte ihr nur halb zu, so sehr faszinierte ihn ihr Gesicht. Die Lippen waren schmal und gerade, was ihr ein strenges Aussehen verliehen hätte, wäre es nicht von ihrer melodiösen Stimme wettgemacht worden. Sie sprach noch eine Weile weiter, ohne dass er bewusst zuhörte, dann schloss sie mit den Worten: »So, das wär's für heute.«

Blake nickte, erhob sich und war schon auf dem Weg zur Tür, als sie ihm noch etwas hinterherrief: »Ach, übrigens: Morgen kommt eine sehr gute Freundin zu Besuch, Madame Berliner. Ich erwarte sie zur Kaffeezeit. Bereiten Sie bitte alles im kleinen Salon für 15 Uhr vor. In den kommenden Tagen werde ich noch weitere Gäste empfangen, darüber werde ich Sie aber noch rechtzeitig in Kenntnis setzen.«

Andrew ging hinaus. Die Dinge, die er eigentlich hatte ansprechen wollen, waren ihm überhaupt nicht in den Sinn gekommen. Er war zu sehr damit beschäftigt gewesen, Madame Beauvillier zu studieren.

Als Odile herunterkam, lehnte Blake am Türpfosten der Küche und blickte durch die offen stehende Tür zum Garten hinaus in die Landschaft.

»Gab es irgendwas, das ich wissen müsste?«

»Nein, alles in Ordnung. Ich habe gerade die letzten Bücher reingeholt. Wenn wir sie über Nacht im Waschraum lagern, werden sie morgen trocken sein.«

»Wunderbar.«

»Sagen Sie mal, ich dachte, die Chefin empfängt nicht oft …«

»Na ja, im Moment möchte sie gerne mit ihrem neuen Spielzeug angeben.«

»Welches neue Spielzeug?«

»Sie.«

Blake steckte es kommentarlos ein. Mit einem spöttischen Lächeln auf den Lippen stellte sich die Köchin neben ihn in die Tür.

»Wie finden Sie meinen Gemüsegarten?«

»Sehr schön.«

»Hatten Sie an Ihrem vorherigen Arbeitsplatz auch einen?«

»Wissen Sie, Gemüse ist nicht ganz mein Fachgebiet, eher das Blech. Wenn mir Gemüse über den Weg lief, habe ich es für gewöhnlich sofort in Dosen abgefüllt …«

Blake bemerkte augenblicklich, dass sein kleiner Scherz die offizielle Version seiner beruflichen Laufbahn gefährdete, aber Odile schien nichts aufgefallen zu sein. Sie sagte nur: »Ich friere Gemüse lieber ein. Ich finde, tiefgefroren schmeckt es besser als aus der Dose.«

Menschen hören eben nur das, was sie hören wollen. Blake wechselte das Thema.

»Verlässt Madame Beauvillier denn nie ihre Räume?«

»Doch, aber eigentlich nur, wenn sie Besuch hat.«

»Was für eine Verschwendung, sich so zu verkriechen, wenn man ein derart großes Haus und einen solchen Park besitzt.«

»Das muss jeder für sich selbst entscheiden.«

Sie ging wieder ins Haus und wandte sich an Mephisto: »Du hast bestimmt Hunger, mein Großer.«

Der Kater rührte sich nicht. Im Moment saß er besonders nah am Herd. Als Odile die Kühlschranktür öffnete, sagte sie zu Andrew: »Es wird langsam kühl, Monsieur Blake. Lassen Sie die Tür nicht mehr allzu lange offen.«

Andrew warf einen letzten Blick zum Himmel, dann zu dem bewaldeten Hügel.

»Ist gut, ich komme jetzt auch rein.«

Odile machte sich am Kühlschrank zu schaffen. Blake schloss die Tür hinter sich und sagte:

»Kann ich Sie etwas fragen?«

»Ich höre.«

»Wenn ich jemanden anrufen möchte …«

»Es gibt einen Festnetzanschluss im Büro von Madame. Sie hat nichts dagegen, wenn man ihn in dringenden Fällen benutzt. Wo hab ich den Teller bloß hingetan …?«

»Ach übrigens, vielen Dank für das Mittagessen. Die Terrine war einfach köstlich.«

Odile drehte sich zu ihm um: »Die Terrine?«

»Ja, die Sie mir auf dem Teller angerichtet haben.«

Odile errötete heftig.

»Sie haben Mephistos Mahlzeit aufgegessen?«

Plötzlich öffnete der Kater die Augen. Blake war darüber fast noch verblüffter als über die Bemerkung der Köchin. War es möglich, dass Mephisto sie verstanden hatte? Sein Blick hatte einen fast übernatürlichen Orangeton.

»Es tut mir sehr leid«, entschuldigte er sich halbherzig, »aber es war wirklich köstlich, fast noch besser als …«

Er unterbrach sich.

»Beenden Sie ruhig Ihren Satz«, sagte Odile verärgert. »Besser als das, was ich für Sie koche, ist es das?«

»Das wollte ich nicht sagen. Es war einfach nur ausgezeichnet.«

»Wollen Sie etwa wie Magnier behaupten, es sei besser, meine Katze zu sein als mein Kollege?!«

»Ich habe nichts dergleichen gesagt.«

Mephisto folgte dem Schlagabtausch, indem er seinen Kopf dem jeweils Redenden zuwandte. Blake war fasziniert.

»Mein armes Baby!«, rief Odile aus und stürzte sich mit Schmusegesten auf den Kater. »Mama wird dir schnell ein neues Leckerchen kochen.«

Dann wandte sie sich an Blake, radikal den Tonfall ändernd: »Heute Morgen machen Sie sich über mich lustig, und heute Abend essen Sie meinem Kater sein Futter weg. Mir reicht's! Verschwinden Sie aus meiner Küche!«

14

Trotz Zwielicht und seiner schlechten Augen war Blake entschlossen, nichts unversucht zu lassen. Er musste unbedingt telefonieren, selbst wenn er dafür auf einen Baum klettern musste. Auch wenn es aus seiner Sicht durchaus ein Notfall war, konnte er unmöglich vom Herrenhaus aus anrufen, wo man ihn eventuell hätte belauschen können. Langsam ging er die Allee hinunter und bog hinter der verlassenen Voliere in Richtung Hügel in den Wald ein. Er schlug sich zwischen die Bäume und begann mit dem Aufstieg zum Hügelkamm. Hin und wieder peitschten ihm niedrig hängende Äste ins Gesicht, aber das hielt ihn nicht auf. Ohne langsamer zu werden, stapfte er beharrlich weiter, bisweilen an Baumstämmen Halt suchend, wenn er über Büsche und Brombeergestrüpp stolperte.

Als er sein Ziel schließlich erreichte, fand er sich inmitten eines kleinen Urwalds wieder, der jeden seiner Schritte erschwerte. Der Wind blies eisig. Von hier aus konnte er die Dächer des Herrenhauses und ein Gutteil des Tals erkennen, in das sich die benachbarte Stadt ausdehnte.

Vorsichtig holte er sein Telefon aus der Tasche. Er wusste, dass er größte Mühe haben würde, es wiederzufinden, wenn es ihm in diesem dunklen Dickicht aus Zweigen und verdorrten Pflanzen auf den Boden fiel. Allein dieser Gedanke ließ ihm den Angstschweiß auf die Stirn treten. Ohne sein Handy war er verloren. Er rückte seine Brille auf der Nase zurecht und kniff die Augen zusammen, um zu erkennen, ob er Empfang hatte. Manon hatte recht gehabt. Gutes Kind. Sein Adressbuch enthielt nur fünf Namen. Er drückte auf »Richard Ward«, und schon beim vierten Klingeln wurde abgenommen.

»Hallo Richard, hier ist Andrew.«

»Guten Abend, wie geht es dir, mein alter Freund?«

»Nicht so gut. Ich brauche deine Hilfe.«

»Steckst du in einem Müllwagen fest? Säuft dein Boot ab?«

»Du kannst es dir nicht vorstellen. Ich bin mitten im Wald im Land der Bekloppten.«

»Eine hübsche Definition für Frankreich.«

»Richard, ich blase das Ganze ab. Ich will zurück nach Hause.«

»Aber du bist doch gestern erst angekommen. Diesen Punkt haben wir sehr gründlich besprochen.«

»Wenn du wüsstest, was ich in diesen wenigen Stunden schon alles ertragen musste …«

»Haben sie dich gezwungen, Schnecken zu essen? Verschimmelten Käse?«

»Fast: Es war Katzenfutter. Und das Schlimmste ist, es hat mir geschmeckt.«

»Du stehst auf Katzenfutter? Vergiss nicht, darüber mit einem Seelenklempner zu reden, bevor du es einem Arzt sagst, damit er deine Verstopfung behandeln kann.«

»Richard, du hattest völlig recht, es war eine blöde Idee herzukommen.«

»Das hättest du dir früher überlegen sollen, mein Lieber. Du hast versprochen, es wenigstens bis zum Ende der Probezeit auszuhalten. Darauf hast du mir dein Wort gegeben.«

»Aber gestern hat mir der Hausverwalter fast den Arm gebrochen. Und dann hat er mir seine Flinte an den Hals gehalten, weil ich seinen Schnippellauch plattgemacht habe.«

»Alle Achtung … Du führst ja ein spannendes Leben, ich

werde noch ganz neidisch. Wenn ich daran denke, dass Melissa und ich einfach nur einen Film im Fernsehen angeschaut haben …«

»Ich flehe dich an. Ich bin sechsundsechzig und über solche Dummheiten längst hinaus.«

»Ich gratuliere dir, Kumpel. Du hast es schon doppelt so lange ausgehalten wie Christus. Weiter so! Aber wenn jemand mit einem großen Kreuz und Nägeln um die Ecke kommt, lauf so schnell du kannst und schrei um Hilfe, dann werde ich Verstärkung schicken.«

»Ich bin am Ende, und du machst dich über mich lustig.«

»Du warst schon vor deiner Abreise am Ende, alter Knabe, und an dieser Stelle möchte ich noch mal daran erinnern, dass du es warst, der wegwollte. Du hast mich regelrecht angebettelt. Und wir sind uns einig geworden: Du schließt deine Probezeit korrekt ab, ohne dass ich mich für dich schämen müsste, und danach kannst du tun, was immer du willst.«

»Und wenn das die letzten Monate sind, die ich noch zu leben habe?«

»Versuch nicht, auf die Tränendrüse zu drücken. Und überhaupt, wärst du noch in London, würdest du deine letzten Tage ganz sicher auch verplempern.«

»Ich könnte Sarah besuchen …«

»Andrew, du solltest dich was schämen! Du benimmst dich wie ein zehnjähriger Bengel, der das Blaue vom Himmel herunterlügt, nur um sich vor etwas zu drücken.«

»Du willst mir also nicht helfen?«

»Das habe ich bereits getan, als ich wieder einmal deinen Launen nachgegeben habe. Ich habe dir diesen Posten organisiert, und du beißt dich da jetzt durch. Alles Gute, Andrew. Ruf mich an, wenn es etwas Wichtiges gibt. Und inzwischen: Hör auf, den Schnippelbauch anderer Leute plattzumachen.«

Ward hatte aufgelegt. Andrew stand da, allein im Dunkeln, inmitten von Gestrüpp. Er schwankte und blieb mit seinem Absatz irgendwo hängen, verlor das Gleichgewicht und fiel der Länge nach rückwärts in einen Haufen Dornengestrüpp. Sein Telefon wollte er um keinen Preis loslassen.

»Bloody hell!«, fluchte er herzhaft.

Tränen der Wut und Verzweiflung stiegen ihm in die Augen, aber ein Rest von Würde und Stolz verbot es ihm, sich gehen zu lassen. Er sah sich schon in diesem Waldstück darniederliegen, wo ihn Youpla irgendwann finden würde, zerstückelt von Wölfen und Eichhörnchen. Seine verstreuten Körperteile würden in Odiles Plastikdosen gepackt und nach Großbritannien geschickt werden. Andrew brauchte einige Minuten, um seinen von Hirngespinsten geplagten Geist zu beruhigen. Schließlich richtete er sich unter Schwierigkeiten auf und begann, sich Ranke um Ranke aus seiner botanischen Falle herauszuarbeiten. Als er es schließlich geschafft hatte, war er erschöpft.

Während er den Hügel hinunterstolperte, wurde ihm bewusst, in welchem Zustand seine Kleidung war. Sein Pullover und seine Hose waren zerrissen, Hände, Arme und Gesicht waren überall zerkratzt und brannten. Zum Glück war die Parkallee nicht mehr weit. Erleichtert erreichte Blake den Waldrand. Außer Atem überlegte er einen Augenblick lang, ob er Magnier um Hilfe bitten sollte, aber die Vorstellung, wieder das Gewehr vor die Nase gehalten zu bekommen, hielt ihn davon ab.

Er wollte gerade den Weg zum Herrenhaus einschlagen, als er einen Schatten sah, der um das Haus des Gutsverwalters herumschlich. Blake versteckte sich rasch hinter einem Baumstamm. Im Lichtschein eines der Fenster entdeckte er tatsächlich eine Gestalt, die offenbar unbemerkt bleiben wollte. Der Dieb war wieder da. Blake arbeitete sich zu einem Hortensienbusch vor, um einen besseren Blick auf ihn zu haben. Was sollte er tun?

Magnier durch Rufe warnen? Sich selbst um den Taugenichts kümmern? In seinem Alter könnte es gefährlich werden, sich mit einem Jüngeren anzulegen …

Zwischen den Blättern sah er, wie sich der Schatten an der Mauer entlangbewegte. Da öffnete sich plötzlich die Tür, und Youpla stürzte hervor. Aber statt dem Unbekannten an die Gurgel zu springen, hüpfte er schwanzwedelnd um ihn herum! Magnier erschien auf der Schwelle. Die Gestalt, die nun auf ihn zuging, war schmal und eher klein von Wuchs. Blake war zu weit weg, um sicher sein zu können, aber es handelte sich wahrscheinlich um ein junges Mädchen. Er seufzte. Der Gutsverwalter und seine Besucherin gingen gemeinsam ins Haus zurück, und die Tür schloss sich hinter ihnen.

Blake lief humpelnd ins Herrenhaus zurück. Von nun an würde er in seinem Zimmer – wie ein Sträfling, der das Zeitgefühl nicht verlieren will – die Wand für jeden durchlebten Tag mit einem Strich markieren. Die Freiheit lag noch in weiter Ferne, er hatte vier lange Monate abzusitzen.

15

Ist heute Morgen alles im Haus in Ordnung?«, fragte Madame Beauvillier.

»Odile bereitet das Gebäck für heute Nachmittag vor. Manon ist mit dem Bohnern der Treppen fertig und kümmert sich gerade um die Wäsche. Nur Herr Pisoni hat sich verspätet.«

»Für ihn nicht ungewöhnlich. Es ist schon ein Wunder, dass Sie überhaupt so schnell einen Termin bekommen haben. Ich frage mich, was Sie ihm erzählt haben …«

»Sagen wir mal: Ich habe die Situation so drastisch wie möglich dargestellt.«

»Haben Sie die Post mitgebracht?«

»Ich habe sie gerade geholt. Was das Haupttor betrifft, habe ich im Übrigen einen Vorschlag: Meinen Sie nicht, wir sollten die Klingelanlage reparieren lassen?«

»Wenn es nicht zu teuer wird, meinetwegen. Schließen Sie sich mit Philippe kurz, dann schauen wir mal.«

Mit kindlicher Ungeduld beäugte sie die Post. Blake legte das kleine Paket mit Umschlägen aller Sorten und Größen auf ihrem Schreibtisch ab. Madame Beauvillier öffnete umständlich einen nach dem anderen mit Hilfe eines Brieföffners in Degenform. Zu großen Teilen bestand ihre Post aus Werbesendungen und Katalogen: »Fordern Sie Ihren Gewinn an!«, »Nur noch eine Verlosungsrunde und der Goldbarren gehört Ihnen«, »Ihre Nummer wurde gezogen!«, »Nutzen Sie Ihre Gewinnchance auf eine herrliche Multimedia-Anlage« …

Andrew war erstaunt, wie ernst seine Arbeitgeberin diese Mogelpackungen nahm. Madame Beauvillier las alles gründlich, sie betrachtete die angeblich offiziellen Stempel und die reißerischen Aufforderungen so, als seien es echte notarielle Schreiben. Wiederholt reichte sie ihrem Majordomus eine Teilnahmeerklärung.

»Antworten Sie ihnen unverzüglich, dass wir im Moment nichts bestellen möchten, dass wir jedoch unsere Teilnahme an der Verlosung bestätigen.«

Blake glaubte einen Moment lang, seine Chefin wolle ihn auf den Arm nehmen, aber das war offensichtlich nicht der Fall. Inmitten der Flut von Prospekten befand sich ein einsamer grüner Umschlag, auf den die Adresse des Hauses mit Hand geschrieben war. Seltsamerweise machte sich Madame Beauvillier nicht die Mühe, ihn zu öffnen, sondern schob ihn direkt in den Aktenvernichter, der neben dem Schreibtisch stand. Mit einem einer Kreissäge nicht unähnlichen Geräusch kam der Brief in feinen Streifen am anderen Ende heraus und fiel in den Auffangbehälter, während sie sich schon mit entzücktem Lächeln auf den Lippen den nächsten Umschlag vornahm, der einen Gewinn versprach …

Blake wohnte dem seltsamen Schauspiel bei, ohne eine Regung zu zeigen. Er fühlte sich in die Zeit zurückversetzt, als er und seine Cousins Spione gespielt hatten. Damals hatten sie so getan, als wären die »Geheimdokumente«, die sie einander durch aus alten Kartons gebastelte Schalter zusteckten, von extremer Wichtigkeit und nicht nur einfache Zeitungsausschnitte. Am Ende ihrer morgendlichen Beschäftigung schien Madame Beauvillier sehr zufrieden zu sein, als hätte sie eben eine sehr dringliche und immens wichtige Aufgabe erledigt.

Als Andrew ihre Etage verließ, wusste er nicht mehr, was er von seiner Chefin halten sollte. Er traf auf Manon, die eine stilisierte Bärenskulptur auf einer Anrichte entstaubte. Blake hatte den Eindruck, dass sie sich lediglich den Anschein gab, beschäftigt zu sein, während sie eigentlich auf jemanden wartete.

»Monsieur Blake«, sagte sie leise.

»Ja, Manon?«

»Ich möchte Sie etwas fragen.«

»Worum geht es?«

»Ich möchte lieber mit Ihnen als mit Odile sprechen, weil sie sich so schnell über alles aufregt. Es geht um Folgendes: Am kommenden Dienstag ist der Geburtstag von Justin, und ich möchte ihn überraschen.«

»Möchten Sie Ihren Lohn vorzeitig ausbezahlt bekommen?«

»Nein, das muss nicht sein, aber ich würde gern für diesen Tag freibekommen, weil ich einiges organisieren möchte.«

»Wie sieht Ihr Dienstagprogramm normalerweise aus?«

»Ihre Etage und die beiden Salons.«

»Das sollten wir überleben. Ich werde mit Madame reden.«

Die junge Frau machte einen kleinen Freudenhüpfer.

»Vielen Dank, Sie sind ein Goldstück!«

Andrew war der entsprechende französische Ausdruck nicht geläufig. Als Manon seine zweifelnde Miene bemerkte, fügte sie erklärend hinzu: »Ich meine damit, Sie sind schwer in Ordnung, sozusagen ein englisches Sahneschnittchen.«

Andrew wollte gerade zu einer Antwort ansetzen, als er von einem Klopfen an der Tür unterbrochen wurde. Er ging die Treppe hinunter, doch Odile war ihm schon zuvorgekommen und hatte dem Besucher geöffnet.

»Guten Tag, Monsieur Pisoni.«

»Ich grüße Sie! Verdammt lange her, seit ich das letzte Mal hier war.«

»Nun … bis jetzt war alles in Ordnung, also gab es keinen Grund, Sie kommen zu lassen«, meinte die Köchin trocken.

»Und ich dachte schon, Sie waren unzufrieden und hätten diesen Typen aus Plassart genommen. Die ganzen leichten Arbeiten in der Gegend kriegt er ab, nur wenn irgendwas unmöglich ist und es einen richtigen Fachmann braucht, dann muss der gute alte Pisoni herhalten! Ich warte seit ewigen Zeiten auf den Tag, an dem ich von einem Kunden angerufen werde, der nur ein kleines Problem hat, aber dieser Tag wird wohl nie kommen.«

Der Mann war klein, rundlich und offensichtlich von hitzigem Temperament. Er war nicht allein gekommen. Hinter ihm betrat ein großer Muskelprotz mit einem Werkzeugkasten das Haus.

Odile stellte die Anwesenden einander vor.

»Ab sofort ist es Monsieur Blake, unser neuer Majordomus, der Ihre Arbeiten überwachen wird.«

Die beiden Männer gaben sich die Hand.

»Blake, das klingt englisch«, bemerkte Pisoni.

»Zweifellos, weil ich Engländer bin.«

»Dann lassen Sie uns mal versuchen, besser miteinander auszukommen als unsere Vorfahren. Ich bin übrigens Korse.«

»Wenn die Leitungen bis morgen nicht in Ordnung sind, verbanne ich Sie nach Elba.«

»Ich mag es nicht besonders, wenn man über unseren Kaiser Scherze macht, er war ein großer Mann.«

»So groß nun auch wieder nicht, nach dem, was man hört … Aber Spaß beiseite: Auch wenn die Franzosen in dem Ruf stehen, beim Anblick von Seife die Flucht zu ergreifen, lassen Sie uns mal ins Bad gehen und gucken, was es zu reparieren gibt.«

Odile und die drei Männer stiegen nach oben in den Trakt der Madame, deren Büro leer war. Odile klopfte an die angrenzende Tür.

»Madame, der Klempner ist da.«

Madame brauchte erstaunlich lange, um sich blicken zu lassen. Als sie schließlich ihre Tür öffnete, schien sie durcheinander zu sein. Die Vorhänge des Schlafzimmers waren zugezogen. Blake betrat es zum ersten Mal. Es war klein, viel kleiner, als der Korridor draußen vermuten ließ. Odile scheuchte alle rasch ins Badezimmer. Hier stand oder lag nichts herum, keine Kosmetika, keine Handtücher – alles war offensichtlich im Hinblick auf den Besuch der Handwerker weggeräumt worden. Dennoch schwebte ein zarter Duft in der Luft, vielleicht Jasmin, versetzt mit etwas, das an ein Medikament erinnerte. Blake nahm noch einen weiteren Geruch wahr, den er nicht auf Anhieb identifizieren konnte.

»Oleg, reich mir mal die Spitzzange rüber.«

Der Große öffnete den Kasten und holte das gewünschte Werkzeug heraus. Mit dem Gehabe eines Chirurgen glitt Pisoni unter das Waschbecken, ehe er sich daranmachte, die Revisionsklappe der Badewanne zu untersuchen.

Dann richtete er sich auf und fing an zu lamentieren: »Oh, là, là! Das sollen Leitungen sein? Die wurden wohl noch von den alten Ägyptern gelegt, sieht ja aus wie aus der Pharaonenzeit! Wenn Sie das so lassen, wie es jetzt ist, dann prophezeie ich Ihnen, werden Sie bald noch mehr Rohrbrüche haben, noch mehr Schäden. Und eines Tages ist das Haus dann so feucht und durchgeweicht, dass es über Ihnen zusammenfällt und alle unter sich begräbt, bis zum letzten Mann. Die Katastrophe steht unmittelbar bevor.«

Odile schaute entsetzt drein, während Blake bemerkte: »Das haben Sie aber hübsch gesagt. Man könnte meinen, es sei ein Bibelzitat. Es könnte sich um die achte ägyptische Plage handeln, die am wenigsten bekannte, über die man nie spricht: der Fluch der Waschbeckendichtung.«

Pisoni ignorierte den Einwurf und wandte sich an Odile:

»Die Entscheidung liegt ganz bei Ihnen, aber meine Meinung als Fachmann steht: Hier muss alles erneuert werden.«

Oleg sah seinen Chef mit einem merkwürdigen Ausdruck an, aber Pisoni holte unbeirrt ein Notizbüchlein hervor und schob hinterher: »Ich mache Ihnen einen Kostenvoranschlag, und zwar besonders schnell, weil es ein Notfall ist. In drei Wochen werden Sie ihn haben. Madame Beauvillier und ich kennen uns schließlich schon sehr lange, und ich vertraue ihr. Wenn sie möchte, kann ich mit den Arbeiten schon vorher anfangen.«

Odile war bereits drauf und dran einzuwilligen, da warf sie einen fragenden Blick zu Blake hinüber, der ruhig entgegnete: »Wenn es Ihnen nichts ausmacht, Monsieur Pisoni, werden wir die Reihenfolge einhalten. Zuerst sagen Sie uns, was Sie zu tun gedenken und was das kosten wird, und dann sagen wir Ihnen, ob wir es so machen.«

Pisoni versuchte alles, um nicht mit Andrew sprechen zu müssen: »Madame Odile, hier geht alles den Bach runter. Je eher man das Problem angeht, desto besser ist es. Es handelt sich um eine Frage der nationalen Sicherheit.«

Und um seinen Ausführungen Ausdruck zu verleihen, wandte er sich an seinen Mitarbeiter: »Oleg, gib mir mal den Hammer.«

Der Muskelprotz reichte ihm einen Vorschlaghammer, aber Blake schritt energisch ein.

»Sie fangen jetzt nicht damit an, wahllos irgendwas kaputt zu hauen. Zuerst machen Sie Ihren Kostenvoranschlag, und dann sehen wir weiter.«

»Was soll denn diese Trafalgar-Masche?«

»Fragen Sie Ihren Kaiser.«

16

Ich kann meinen freien Tag kaum noch abwarten«, grummelte Blake.

»Bis es so weit ist, nehmen Sie das schon mal mit«, antwortete Odile und legte ihm ein Tablett mit Feingebäck in die Hände. »Und verlieren Sie nicht die Hälfte unterwegs.«

Andrew trat aus der Küche, durchquerte die Eingangshalle und öffnete mit einem Schubs aus der Hüfte die Tür zum kleinen Salon. Madame Beauvillier saß auf einem ausgebleichten Sofa gegenüber ihrer Besucherin, Madame Berliner, die in ihrem Sessel in allen Farben leuchtete. Für den Besuch bei der Freundin hatte die Gattin eines Versicherungsmaklers ihre gesamten Preziosen angelegt. Wie ein kleines, eingeschüchtertes und ein wenig neidisches Mädchen betrachtete Madame Beauvillier das kokette Gebaren, mit dem sich ihre Besucherin in Szene setzte. Diese Frau genoss es ganz offensichtlich, sich reden zu hören.

»Meine Liebe, ich weiß wirklich nicht, wie Sie es schaffen, allein mit alledem fertigzuwerden, was die heutige Zeit so mit sich bringt.«

Blake hielt ihr das Tablett hin, in der Hoffnung, sie würde einen Moment lang verstummen. Als sie sich eines der von Odile liebevoll gestalteten Petits Fours griff, zerdrückte sie die rechts und links davon platzierten. Sie bemerkte es nicht einmal und verschlang ihren Bissen, ohne in ihrem Schwadronieren innezuhalten.

»Nehmen Sie nur mal unser Haus als Beispiel. Wir haben beschlossen, ein paar Renovierungsarbeiten durchführen zu lassen, und haben jetzt die allergrößten Schwierigkeiten, Handwerker zu finden, die auch tatsächlich arbeiten wollen. Aber es war einfach dringend nötig: Die Gästezimmer waren so was von unmodern, wir mussten sogar einen Raumausstatter engagieren, damit er sich der Sache annimmt. Sorgen über Sorgen! Aber inzwischen haben wir seine Entwürfe gesehen, und das hat uns für alles entschädigt. Es wird einfach gött-lich!«

Von dem Moment an, als sie das Haus betreten hatte, war sie Andrew unsympathisch gewesen. In ihrer gesamten Haltung und in ihrem Verhalten den Mitmenschen gegenüber war etwas, das ihn abstieß. Nun hielt er das Tablett seiner Chefin hin, die es als ihre Aufgabe ansah, eines der zerdrückten Gebäckstücke auszuwählen. Es war das erste Mal, dass Blake ihr physisch so nahe kam, ohne einen Schreibtisch zwischen ihnen. Ihr Blick hatte etwas Verstörendes, eine Mischung aus Traurigkeit und Anspannung. Er bot an, Kaffee nachzuschenken, während die Besucherin unbeirrt weiterschwatzte.

»Ich werde auch alle Vorhänge austauschen lassen, denn ich kann sie einfach nicht mehr sehen! Das Leben ist zu kurz, um sich mit Dingen zu umgeben, die einem nicht gefallen.«

Das Leben ist zu kurz, um auch nur eine einzige Minute in der Gegenwart solcher Leute wie dir zu verbringen, dachte Blake. Er hatte schon einige von dieser Sorte kennengelernt: Menschen, die von sich behaupteten, gute Zuhörer zu sein, aber im Endeffekt nur über sich selbst redeten, vor Glücklosen mit ihrem Glück prahlten und taktlos jedem über den Mund fuhren. Der Gesichtsausdruck von Madame Beauvillier ging ihm zu Herzen. Sie bemühte sich redlich, Interesse an den langatmigen Ausführungen ihres Gasts zu zeigen, und warf dabei immer wieder unruhige Blicke auf die Möbel in ihrem Salon, für die sie sich plötzlich schämte. Kein Wunder, dass sie sich nach solchen Begegnungen stundenlang in ihrem Zimmer verkroch.

»Danke, Monsieur Blake, wir kommen jetzt allein zurecht.«

Schamgefühl ist ohne Zeugen leichter zu ertragen.

Als Andrew abends am Küchentisch gegenüber Odile Platz nahm, brodelte es immer noch in ihm. Die Köchin betrachtete ihn mit einem amüsierten Lächeln.

»Was bereitet Ihnen so viel Freude, wenn ich fragen darf?«, murrte Blake.

»Sie. Normalerweise bin ich es, die sich in diesem Haus permanent aufregt. Es tut gut, mal von jemandem abgelöst zu werden.«

»Ist Ihnen überhaupt klar, worum es hier geht? Zuerst der betrügerische Handwerker und dann diese bösartige Frau – offenbar legt es jeder darauf an, Madame das Leben zu ruinieren.«

»Ich stimme Ihnen hundertprozentig zu. Aber warten Sie erst mal ab, bis Sie ihre anderen Bekannten kennenlernen …«

»Sind die alle von dieser Sorte?«

»Manche sind sogar noch schlimmer.«

»Sie hat doch gar keine Freude an diesen Besuchen.«

»Gewiss nicht, aber wenn man sich vor allem fürchtet, sogar vor dem eigenen Schatten, lässt man sich nun mal leicht überrumpeln … Entschuldigen Sie, ich sollte nicht so über Madame reden.«

Mephisto fixierte Blake mit seinem fast übernatürlichen Blick. Heute saß er mindestens einen Meter vom Herd entfernt. Andrew deutete mit einer Kinnbewegung auf den Kater.

»Ich glaube, er hat mir verziehen, dass ich sein Abendessen verputzt habe.«

»Er hat ein gutes Herz.«

»Ohne in der Wunde herumstochern zu wollen, aber es war einfach köstlich.«

»Und das, was ich für Sie koche, mögen Sie nicht? Wie dem auch sei … Madame mag keine Veränderungen, und Philippe isst alles, was ich ihm vorsetze, also sehe ich keinen Grund, mir ein Bein auszureißen.«

»Ich sage nicht, dass das, was Sie für uns kochen, nicht gut ist, ich sage nur, dass es für die Zubereitung einer solchen Terrine richtig viel Talent braucht.«

Odile erhob sich hastig, um sich nicht anmerken zu lassen, wie gerührt sie war. Sie schnappte sich ein Geschirrtuch, öffnete den Ofen, der leer war, und ging dann zum Spülbecken, um sich die Hände zu waschen, die sauber waren.

Blake zwinkerte dem Kater zu.

»Und du magst keine Streicheleinheiten?«

Der Kater wandte den Blick ab.

»Tja, Pech für dich«, fuhr Blake fort, »da verpasst du was.«

»Er mag es, gestreichelt zu werden«, mischte sich Odile ein, »aber nur von mir. Außerdem ist das nicht seine Zeit, weil er normalerweise …«

Doch bevor sie ihren Satz beenden konnte, sprang Mephisto auf, steuerte auf Blake zu und strich schnurrend um seine Beine. Die Köchin war gleichermaßen erstaunt wie eifersüchtig. Blake streichelte das Tier, das es sich genüsslich gefallen ließ.

»Odile, das ist wahrhaftig ganz Ihr Kater: ein bezauberndes Wesen hinter einem abweisenden Äußeren.«

Odile war immer noch sprachlos. Blake fragte: »Haben Sie eigentlich eine Ahnung, warum er seinen Platz in der Küche so oft wechselt?«

»Es ist ein Kater. Es muss da nicht unbedingt rationale Gründe für geben …«

»Da bin ich mir nicht so sicher. Erlauben Sie mir ein kleines Experiment? In den nächsten Tagen?«

»Was haben Sie vor?«

»Vertrauen Sie mir.«

»Wenn Sie mir versprechen, dass Sie Mephisto nicht wehtun werden und ich mich nicht aufregen muss …«

»Mephisto wird nichts passieren. Was Sie betrifft, kann ich allerdings für nichts garantieren …«

Die Köchin holte aus, als wollte sie ihr Geschirrtuch nach ihm werfen. Für einen Moment war die Atmosphäre herrlich unbeschwert.

»Madame Odile, Ihr Essen war köstlich, aber ich muss Sie jetzt verlassen. Ich muss mit Magnier dringend über die anstehenden Arbeiten sprechen. Unter anderem.«

17

Die Tür war noch nicht ganz offen, da sprang Youpla schon mit Begeisterung zwischen Blakes Beine. Er jaulte und wedelte fröhlich mit dem Schwanz, ein waschechter Wachhund.

»Monsieur Cake! Das ist aber nett, dass Sie vorbeischauen. Wenn ich das gewusst hätte, hätte ich etwas vorbereitet.«

»Tut mir leid, dass ich Sie so überfalle, aber ich muss mit Ihnen reden. Hoffentlich störe ich nicht.«

Magnier schüttelte sofort den Kopf und lachte ein wenig gezwungen. Blakes Besuch war ihm offensichtlich nicht ganz recht.

»Darf ich Ihnen etwas zu trinken anbieten?«

»Nein, danke. Ich hatte gerade etwas beim Essen.«

»Dann vielleicht ein Verdauungsschnäpschen?«

»Machen Sie sich bitte keine Umstände.«

»Spielen Sie denn wenigstens Schach?«

Andrew war nicht sicher, ob er die Frage richtig verstanden hatte.

»Was meinen Sie damit? Ist das wieder einer Ihrer Spezialausdrücke?«

»Nein, ich fragte einfach, ob Sie Schach spielen. Das Spiel mit den weißen und schwarzen Feldern, König, Dame, Turm, Läufer …«

»Warum wollen Sie das wissen?«

»Weil Sie nicht so aussehen, als könnte man mit Ihnen stundenlang um eine Flasche herumsitzen, also frage ich mich, womit wir uns beschäftigen könnten.«

Philippe war entwaffnend ehrlich.

»Ich habe Schach gespielt, als ich noch jünger war, aber es ist eine ganze Weile her.«

»Wunderbar. Wir werden es zusammen auffrischen. Aber das hat noch Zeit, zunächst: Worüber wollten Sie mit mir reden?«

»Ich bin der Meinung, wir sollten die Sprechanlage am Haupttor reparieren lassen, und dann auch gleich die, die Ihr Haus mit dem Haupthaus verbindet.«

Magnier rieb sich nachdenklich das Kinn und legte das Gesicht in Falten.

»Was die Sprechanlage am Haupttor betrifft, bin ich ganz Ihrer Meinung. Aber die bei mir … Wenn nur Sie sie nutzen möchten, sag ich nicht Nein, aber wenn es Odile sein soll …«

Andrew nutzte die Gunst der Stunde und wagte sich vor: »Was läuft da eigentlich zwischen Ihnen und Odile?«

»Falsch! Die Frage müsste vielmehr lauten: Was läuft da nicht zwischen Odile und mir? Ich darf noch nicht mal ihre Küche betreten, obwohl wir dieselbe Arbeitgeberin haben!«

»Gibt es zwischen Ihnen ein Problem?«

»Sie hatte schon immer Angst, ihren Job zu verlieren. Also vergrault sie alle, die ihr auf ihrem Territorium in die Quere kommen könnten. Ich war schon vor ihr auf dem Besitz beschäftigt, habe aber immer hier draußen gelebt. Für mich ist es nicht schwer, auf Abstand zu gehen. Aber mit Ihnen wird sie es nicht so leicht haben …«

»Ist sie mit den Jahren nicht ein bisschen selbstsicherer geworden?«

»Nicht wirklich.«

»Sie scheint über irgendetwas sehr verärgert zu sein.«

»Na ja, da war noch etwas … Ihnen kann ich es ja sagen. Ich lebe allein, sie lebt allein, also hab ich versucht, die Situation für uns beide ein bisschen zu verändern …«

»Ich verstehe.«

»Darauf hat sie allergisch reagiert und ist seitdem sauer auf mich, was sie mich bei jeder Gelegenheit spüren lässt. Ich war vielleicht nicht besonders feinsinnig, aber so schlimm nun auch wieder nicht.«

»Entschuldigen Sie bitte, dass ich Ihnen diese Fragen stelle, aber ich bin erst seit kurzem hier und versuche zu verstehen, warum so vieles aus dem Ruder läuft: im Herrenhaus, bei den Klempnerarbeiten und bei den Leuten im Kopf.«

»Die Welt ist nun mal, wie sie ist, Monsieur Clack! Das gehört zum Menschsein dazu. Keiner kann dem Chaos entrinnen, das unser unvollkommenes Universum regiert.«

»Es ist also wahr, was man sich erzählt …«

»Was meinen Sie?«

»Ich meine das Klischee, dass der Franzose immer über alles philosophiert. Also gut, Magnier, geben Sie mir ein Gläschen von Ihrer Wurmkur, und dann verschwinde ich.«

Philippe zauberte eilends zwei Gläser und eine Flasche ohne Etikett hervor.

»Wissen Sie was, Monsieur Flakes, draußen Schach zu spielen ist noch schöner als drinnen. Wir könnten es uns unter der Laube gemütlich machen und die letzten schönen Tage richtig auskosten.«

»Wissen Sie was, Monsieur Magnier, ich mag Sie wirklich gern. Aber wenn Sie meinen Namen noch ein einziges Mal verunstalten, werde ich Ihnen mit Ihrem plattgetretenen Schnippellauch das Maul stopfen.«

18

Den vierten Tag in Folge stellte Blake sein geheimnisvolles Gerät vorsichtig neben dem Kater ab, der auch die beiläufige Streicheleinheit gerne mitnahm.

»Ich werde dein Geheimnis schon noch lüften«, flüsterte er ihm zu.

Die Morgensonne tauchte die Küche in ein klares, helles Licht. Odile half Madame auf der ersten Etage beim Ankleiden. Um Punkt 9 Uhr hörte Andrew, wie jemand ein Türschloss aufsperrte. Er ging in die Eingangshalle, aber das Geräusch war von woanders hergekommen. Also machte er kehrt und sah am Ende des Westkorridors gerade noch flüchtig einen Schatten. Wenn es Manon war, warum war sie durch den Dienstboteneingang gekommen, den sonst niemand benutzte? Und was, wenn es nicht Manon war? Er musste sich unbedingt vergewissern. Mit forschen Schritten machte er sich auf die Suche nach dem Eindringling. In der Vorratskammer war niemand, im Waschraum auch nicht. Vorsichtig öffnete er die letzte Tür.

»Manon, sind Sie das?«

Die junge Frau stand in dem Abstellraum, wo die Putzmittel aufbewahrt wurden. Sie machte sich inmitten des Durcheinanders auf dem obersten Regalbrett zu schaffen.

»Guten Morgen, Monsieur Blake. Wie geht es Ihnen?«

Sie hatte sich beim Sprechen nicht umgedreht. Irgendetwas stimmte hier nicht. Andrew überlegte kurz, sie in Ruhe zu lassen, aber es entsprach nicht seinem Naturell, auf ein Problem zu stoßen, ohne gleichzeitig erfahren zu wollen, worum es sich genau handelte.

»Danke, es geht mir gut. Und Ihnen?«

»Alles cool.«

Die Stimme der jungen Frau klang anders als sonst. Andrew fragte: »Wie war die Geburtstagsfeier von Justin? Hatten Sie ausreichend Zeit, alles nach Ihren Vorstellungen vorzubereiten?«

Mit einem Seufzer unterbrach Manon ihre Suche zwischen den Putzmittelbehältern. Alle Spannung wich von ihr, als sie ihre Stirn gegen das Regal lehnte. Leise fing sie an zu weinen.

»Manon, was ist mit Ihnen?«

Andrew legte seine Hand auf ihre Schulter. Sie konnte nicht sofort antworten. Schluchzend brachte sie schließlich heraus: »Es war der schlimmste Abend meines ganzen Lebens.«

»Manchmal klappen die Dinge nicht so, wie man es sich vorstellt. Sie sollten es sich nicht übermäßig zu Herzen nehmen.«

Manon drehte sich zu ihm um. Ihr Gesicht hatte einen tieftraurigen Ausdruck, ihre Augen waren geschwollen und vom Weinen gerötet.

»Das ist es nicht«, sagte sie schniefend. »Er hat mich verlassen.«

»Er hat Sie an seinem Geburtstag verlassen? Aber warum nur?«

»Weil er ein Mistkerl ist.«

»Aber er wird doch einen Grund genannt haben.«

»Justin will kein Kind von mir.«

»Es ist vielleicht auch ein wenig früh für derartige Pläne …«

»Ganz und gar nicht. Ich bin im dritten Monat schwanger.«

Andrew wich vor Schreck einen Schritt zurück.

»Ich wollte ihn damit überraschen«, erklärte Manon. »Ich habe mich so gefreut, es ihm an seinem sechsundzwanzigsten Geburtstag sagen zu können. Zuerst dachte er, ich mache Witze, um ihn zu testen. Als er merkte, dass ich es ernst meinte, ist er wütend geworden. Er hat mir vorgeworfen, absichtlich schwanger geworden zu sein, aber das stimmt nicht! Er sagte, ich würde damit sein Leben verpfuschen und dass er das nicht zulassen würde. Wir haben uns gestritten, und dann ist er abgehauen. Zum Schluss hat er noch gesagt, dass er mich nie wiedersehen will.«

In dem winzigen Raum, inmitten von Regalen voller Kartons, Flaschen und Behälter, unter der nackten Glühbirne, die von der Decke baumelte, drehte Andrew einen Putzeimer um und bedeutete Manon wortlos, sich zu setzen. Er nahm ihr gegenüber auf einem Kasten mit Leergut Platz, zog eine Rolle Toilettenpapier aus dem Regal und reichte sie der jungen Frau.

»Für Ihre Nase.«

»Danke.«

»Haben Sie schon mit Ihrer Mutter darüber gesprochen?«

»Sie hasst Justin. Sie hatte mir schon vor einiger Zeit verboten, mich mit ihm zu treffen. Wenn sie jetzt erfährt, dass ich von ihm schwanger bin, wird sie mich davonjagen. Aber ich will es behalten. Wenn es sein muss, werde ich es allein großziehen! Es ist mein Baby, und ich fühle mich bereit dafür. Wenn ich Glück habe, wird es genauso aussehen wie sein Vater, und dann werde ich ihn in gewisser Weise jeden Tag um mich haben. Wenigstens das Kind werde ich in meinen Armen halten können …«

Manon brach erneut in Tränen aus. Andrew nahm ihre Hand.

»Darf ich Ihnen einen Rat geben?«

»Wenn Sie wollen … Aber es wird nichts ändern. Justin ist fort, nächstes Jahr im Mai bekomme ich ein Baby, ich werde meine Aufnahmeprüfung schon wieder vermasseln, und meine Mutter wird mich hinauswerfen.«

»Sie sehen alles viel zu negativ. Entspannen Sie sich ein bisschen, und dann lassen Sie uns gemeinsam nachdenken.«

»Sie haben gut reden! Versetzen Sie sich mal in meine Lage. Ich brauche jetzt keine Vorträge. Sie sind ja nett und alles, aber Sie können nicht nachvollziehen, was in mir vorgeht …«

»Es wird Ihnen bestimmt nicht leichtfallen, Manon, aber stellen Sie sich vor: Auch ich war einmal in Ihrem Alter. Und ich bin Vater einer Tochter, die kaum älter ist als Sie. Obwohl ich selbst nie schwanger war, kann ich mich sehr gut daran erinnern, was ich gedacht habe, als meine Frau mir mitgeteilt hat, dass ich bald Papa werden würde. Wir wollten ein Baby haben, wir haben es uns sehnlichst gewünscht. Und dennoch, an dem Abend, als sie mir davon erzählte, habe ich einen Anflug von Panik gespürt. Ich tat, was ich konnte, um es sie nicht spüren zu lassen, aber in meinem Innersten, für den Bruchteil einer Sekunde, hatte ich den Impuls wegzulaufen. Ich habe es meiner Frau nie gesagt. Sie sind der erste Mensch, dem ich das erzähle. Seitdem habe ich mich immer wieder gefragt, warum ich so unsinnig reagiert habe. Aber in vierzig Jahren habe ich lediglich einen Teil der Antwort gefunden. Ich glaube, ich hatte Angst vor der Verantwortung, die auf mich zukam. Ich hatte Angst, nicht mehr der junge, sorglose Mann sein zu können, der ich bis dahin war. Und um ganz ehrlich zu sein, hatte ich auch ein wenig die Befürchtung, meine Frau würde von da an jemanden mehr lieben als mich. Das ist keine Entschuldigung, aber vielleicht eine kleine Erklärung.«

Manon sah Blake unverwandt an. Er fuhr fort: »Ich kenne Justin nicht, aber ich werde Ihnen ein kleines Geheimnis verraten: Wir Männer ticken mehr oder weniger alle gleich. Wir sehen zwar unterschiedlich aus und haben Lebensläufe, die verschiedener nicht sein könnten, aber es sind die gleichen Motoren, die uns antreiben. Wir verbringen unser Leben damit, unsere Bedürfnisse zu erfüllen und unseren Pflichten zu genügen, mit den jeweiligen Mitteln, die uns zur Verfügung stehen. Bei euch Frauen ist das anders. Im Gegensatz zu uns handelt ihr nicht egozentrisch. Euer Leben ist nicht davon bestimmt, was ihr wollt oder könnt, sondern verläuft in Abhängigkeit von den Personen, die ihr liebt. Wir tun etwas zu einem Zweck, ihr dagegen für jemanden.«

»Soll das bedeuten, dass Justin zurückkommen wird?«

»Da ist er wieder: der weibliche Pragmatismus angesichts der großen abstrakten Theorien der Männer. Und doch habt ihr recht, das Leben ist etwas Konkretes. Ich würde Sie gerne beruhigen, Manon, aber ich weiß nicht, ob Justin zurückkommen wird. Ich kann beides nachvollziehen: Ihr Bedürfnis, ihm das freudige Ereignis auf die Weise mitzuteilen, wie Sie es getan haben, wie auch seine Reaktion darauf.«

»Er hat also Angst bekommen?«

»Wahrscheinlich. So sehr, dass er Ihnen wahllos Unsinn an den Kopf geworfen hat.«

»Und er ist eifersüchtig auf das Baby?«

»Das zu behaupten, wäre zu viel der Ehre für die Männerwelt, die nicht so weit, nicht so schnell denkt. Er hat erwartet, von Ihnen gefeiert zu werden, so jung und frei, wie er war …«

»… und so verdammt gut aussehend …«

»Und stattdessen haben Sie ihm erklärt, dass Sie beide von nun an für den Rest Ihrer Tage gebunden und für ein kleines Wesen verantwortlich sein würden.«

Manon seufzte schwer auf.

»Was war ich doch für eine Nuss …«

»Was für ein bewundernswert schnelles weibliches Urteil angesichts der männlichen Verzagtheit! Sie haben getan, was Sie für richtig hielten, und hatten damit völlig recht. Aber leider entspricht das Ergebnis einer Handlung nicht immer unseren Erwartungen. Wie haben Sie sich eigentlich seine Reaktion vorgestellt?«

»Ich habe seit Wochen darüber nachgedacht. Meine Lieblingsvorstellung war: Er springt vor Freude auf, nimmt mich in seine Arme und drückt mich an sich, aber nicht zu fest, aus Angst, das Baby zu zerquetschen. Dann rennt er aus der Wohnung in den nächsten Blumenladen und kauft dort alle roten Rosen auf, die er bekommen kann. Er kommt zu mir zurück, hält sie mir entgegen, fällt auf die Knie und hält um meine Hand an.«

»Einen Punkt haben Sie richtig vorhergesehen: Er ist tatsächlich hinausgerannt.«

»Es ist nicht nett von Ihnen, sich über mich lustig zu machen.«

»Manon, ich versuche nur, Ihnen zu zeigen, dass selbst in den schlimmsten Momenten nicht alles so schwarz ist, wie es scheint. Sie sind gesund, das Baby auch. Justin ist nicht aus der Welt. Es ist immer noch alles möglich.«

Manon putzte sich die Nase.

»Was soll ich denn jetzt tun?«

Ein schriller Pfeifton durchdrang das ganze Haus.

»Ende der Konferenz«, stellte Andrew fest. »Ich werde mir was überlegen.«

»Odile sucht mich bestimmt schon eine ganze Weile. Sicher ist sie inzwischen auf hundertachtzig. Versprechen Sie mir, ihr nichts zu sagen?«

»Versprochen. Ich mag mir im Moment jedoch gar nicht ausmalen, was sie denken wird, wenn sie uns beide aus dieser Abstellkammer herauskommen sieht.«

19

Blake und Magnier lagen Seite an Seite auf dem Badezimmerboden und kämpften mit den Schlauchklemmen des Wasserzuflusses unter der Badewanne.

»Halten Sie gut fest, Monsieur Blake, sonst geht alles in die Binsen.«

»Gut. Drücken Sie.«

Als Odile sie so eng nebeneinander liegen sah, wich sie verdutzt zurück. Schließlich war die Dichtung an ihrem Platz, und die beiden Männer kämpften sich in eine sitzende Position hoch. Die Köchin kommentierte mit erhobener Augenbraue: »Heute Morgen waren Sie mit dem Hausmädchen in der Besenkammer, und jetzt wälzen Sie sich mit dem Verwalter auf dem Boden im Badezimmer von Madame herum ...«

»Und der Tag ist noch nicht zu Ende. Passen Sie bloß auf ...«, witzelte Andrew.

Magnier kicherte. Odile war sichtlich nicht besonders glücklich darüber, ihn im Haus zu sehen. Blake stand unter einigen Mühen auf und verkündete: »Ich gehe jetzt in den Keller und lasse das Wasser laufen. Monsieur Magnier, prüfen Sie bitte, ob es irgendwo ein Leck gibt, und vergessen Sie dabei nicht das Waschbecken. Odile, falls es ein Problem gibt, pfeifen Sie zweimal kurz. Aber es kann ein Weilchen dauern, ich brauche meine Zeit, um diese verflixte Treppe runterzukommen. Ich lasse Sie jetzt allein.«

»Wir werden auch ganz brav sein«, sagte Magnier grinsend.

Die Köchin quittierte seine Bemerkung mit einem finsteren Blick.

Als Blake endlich wieder zurück war, lief das Wasser ohne die Spur eines Lecks aus den Hähnen.

»Damit können wir den Kostenvoranschlag von Pisoni in aller Seelenruhe abwarten«, sagte Odile erleichtert.

Als sie das Badezimmer durch das Schlafzimmer von Madame Beauvillier verließen, bestätigte sich der Eindruck, den Blake schon bei seinem ersten Blick auf den Raum gehabt hatte: Das Zimmer war in der Tat nicht sehr groß. Im Flur davor versuchte er die Länge der beiden Räume, des Schlafzimmers und des Badezimmers, zu addieren. Selbst wenn man großzügig schätzte, war die Wand im Flur sehr viel länger als die beiden aneinandergereihten Räume.

Magnier schaute nach rechts und links wie ein Kind, das ausnahmsweise einen verbotenen Bereich betreten durfte. Odile trieb die beiden vor sich her.

»Es bleibt also dabei?«, fragte Magnier Andrew. »Sie kommen nach dem Mittagessen vorbei, und ich zeige Ihnen den Park, ja?«

»Mit dem größten Vergnügen. Bei der Gelegenheit schauen wir uns gleich einmal die Sprechanlage an. Odile, wollen Sie sich uns nicht anschließen?«

Der Vorschlag traf die Köchin unvorbereitet. Sofort machte sie dicht wie eine Auster unter Zitronensaft.

»Danke, aber ich habe keine Zeit. Ich muss die Einkaufsliste für die nächste Woche vorbereiten.«

Dann wandte sie sich in deutlich schärferem Ton an Magnier: »Sie bekommen die Liste zusammen mit Ihrem Abendessen. Und vergessen Sie nicht schon wieder etwas. Madame empfängt im Moment häufiger.«

Als sich Magnier auf den Heimweg machte, blieb Odile mit Blake und Mephisto in der Küche.

»Ich habe Ihren Kater durchschaut«, erklärte Blake.

»Wenn Sie auch nur eine unfreundliche Bemerkung über Mephisto machen, werde ich mich eine Woche lang weigern, Sie zu bekochen.«

»22 Grad.«

»Was meinen Sie denn damit? Dass er Fieber hat?«

Dann, als ihr die möglichen Implikationen dieser Möglichkeit einfielen, brauste sie sofort auf: »Sie kranker Mensch, Sie, haben Sie seine Temperatur gemessen?«

»Beruhigen Sie sich. Ich habe nur die Temperatur an den Orten gemessen, wo sich Ihr Kater niederlässt. Mephisto mag es genau 22 Grad warm. Wenn der Ofen an ist, rückt er weg, weil es ihm zu heiß wird, und wenn die Tür zum Garten zu lange offen steht, rückt er näher an den Ofen heran, um die Kälte zu kompensieren.«

Odile war verblüfft. Sie betrachtete ihren Kater mit unverhohlener Bewunderung.

»Mephisto, du bist ein Genie!«

20

Als sie an der Hecke vorbei waren, öffnete Magnier eine Holztür und winkte Blake hinein. Andrew verfiel augenblicklich dem Charme dieses abgeschiedenen Gartenstücks.

»Es ist wundervoll«, sagte er leise.

»Achthundert Rosenbüsche, zweiundzwanzig Sorten – ich habe sie alle selbst gepflanzt und kümmere mich ganz allein um sie. Zu dieser Jahreszeit sind nur noch vereinzelte Blüten übrig, aber Sie müssten sich das Spektakel mal im Sommer anschauen. Gehen Sie ein Stück auf dem Weg, und atmen Sie tief durch. Der Duft ist stärker, wenn die Sonne scheint, aber selbst an einem Tag wie heute ist es ein Erlebnis.«

Blake trat vorsichtig zwischen die Blumenbeete. Von leuchtendem Weiß bis hin zum intensivsten Rot mischten sich hier alle Farben: Die Rosen strahlten in Creme, Orange, Karminrot, Zinnoberrot und endlos vielen Abstufungen davon. Andrew schritt langsam aus und füllte seine Lunge mit den Gerüchen, die ihm der leichte Windhauch in die Nase trug. Er spazierte durch den Duftgarten, als entdeckte er an diesem Ort eine neue Welt jenseits der Realität. Die Düfte waren wie schelmische Feen, die um ihn herumflatterten, seine Nasenlöcher kitzelten und ihm neue Empfindungen nahebrachten. Andrew schloss die Augen und dachte, er müsse diesen Ort unbedingt Diane zeigen …

»Ganz hinten habe ich mir eine Bank hingestellt.«

Die Stimme des Gutsverwalters brachte Blake in die Realität zurück.

»Es ist großartig«, sagte er, immer noch in Gedanken versunken.

»Ich bin wirklich froh, dass das mal jemand zu schätzen weiß. Ich selbst nehme es nicht mehr richtig wahr, so sehr bin ich inzwischen daran gewöhnt.«

»Kommt Madame denn niemals hierher?«

»Nicht mehr, seitdem Monsieur François gestorben ist. Er war es, der mir den Auftrag gab, diesen Rosengarten für sie anzulegen.«

»Sie haben Monsieur Beauvillier also gekannt?«

»Natürlich. Er hat mich eingestellt. Das war überhaupt eine seltsame Geschichte: An einem Montag vor mehr als fünfzehn Jahren wurde ich aus der Fabrik, wo ich als Dreher und Fräser gearbeitet hatte, entlassen. Man hat uns behandelt wie den letzten Dreck, von jetzt auf gleich haben sie unsere ganze Abteilung nach Hause geschickt, mit der Begründung, wir wären nicht mehr rentabel. Die gesamte Produktion sollte nach Polen verlagert werden. Ich stand vor einem Scherbenhaufen. Weil ich nichts gespart hatte, konnte ich meine Miete nicht mehr zahlen. In der ganzen Region war Arbeit schwer zu finden – eine richtige Katastrophe. Es war ein so großer Schock für mich, dass ich beschloss, meiner Mutter, die damals noch lebte – sie ruhe in Frieden –, nichts davon zu erzählen. Am nächsten Tag war ich wie jeden Dienstag mit meinem Fahrrad unterwegs, um sie zu besuchen, als ich einen großen Wagen bemerkte, der mir auf der Straße entgegenkam und irgendwie merkwürdig fuhr, in einer Art Zickzack. Dann kam er plötzlich ins Schleudern und rammte mit voller Wucht einen dicken Kastanienbaum! Der Aufprall war gewaltig, es gab einen Höllenlärm. Ich dachte im ersten Moment, den Fahrer hätte es erwischt. Ich ließ mein Fahrrad fallen und lief hin, um nach ihm zu sehen. Der Motor hatte Feuer gefangen, aber durch die gesprungene Windschutzscheibe sah ich, wie der Mann einen Arm bewegte. Ich bin zu ihm gelaufen, ohne groß nachzudenken, habe den armen Kerl aus dem Auto gezogen und ihn ein Stück weiter an einen Baum gelehnt. Im nächsten Augenblick flog die Karre in die Luft. Dieser Mann war Monsieur Beauvillier, der einen Schwächeanfall gehabt hatte. Nach zwei Monaten im Krankenhaus machte er mich ausfindig, und als ich ihm erzählte, was mir passiert war, bot er mir eine Stelle an. Ich kann Ihnen sagen, die Jahre, die dann kamen, waren mit Abstand die schönsten meines Lebens. Es war beinahe so, als hätte ich eine zweite Familie. Der Sohn der Beauvilliers, Hugo, war gerade mit seinem Studium fertig und kurz davor, nach Südafrika aufzubrechen. Ich kannte ihn nicht lange, aber er war ein sympathischer junger Mann. Es wurde viel gelacht in diesem Haus, Madame und Monsieur haben sich sehr gut verstanden. Und ich habe mich um alles gekümmert. Zu jener Zeit haben wir die Gärten neu angelegt. Monsieur hat mir erlaubt, die kleine Hütte wieder auf Vordermann zu bringen, und seitdem wohne ich da. Er hat das ganze Material für die Renovierung bezahlt. Ja, Monsieur François war ein guter Mensch. Leider machen Krankheiten keinen Unterschied zwischen guten und schlechten Menschen, und so starb er vor seiner Zeit. An dem Morgen, bevor er zum letzten Mal ins Krankenhaus kam, haben wir uns noch auf der Freitreppe vor dem Haus unterhalten. Er sprach mit mir über anstehende Arbeiten, wie immer, aber nach diesem Tag ist er nicht mehr nach Hause zurückgekommen.«

Sie waren jetzt am Ende des Wegs angelangt, und Magnier wies auf die Bank. Sie stand auf einer kleinen aufgeschütteten und grasbewachsenen Erhebung, so dass man einen guten Ausblick auf das Blumenmeer hatte.

»Wollen wir uns ein bisschen setzen?«

Andrew nahm Platz.

»Weiß Madame Beauvillier Bescheid, dass Sie den Rosengarten immer noch in Schuss halten?«

»Sie spricht nie darüber, aber sie wird es stark vermuten. Für gewöhnlich nimmt sie die Rechnungen genau unter die Lupe, deshalb wird ihr nicht entgangen sein, dass ich säckeweise Rosendünger kaufe. Bei manchen Ausgaben ist sie so kleinlich, und andererseits schiebt sie ihr Geld irgendwelchen Gaunern in den Rachen!«

»Welchen Gaunern?«

Magnier schaute hoch. Wie ein kleiner Junge, der aus Versehen etwas ausgeplaudert hatte, versuchte er, den Schaden wiedergutzumachen: »Ich hätte das nicht sagen sollen. Es geht mich schließlich nichts an.«

Andrew bedrängte ihn nicht weiter, sondern zeigte mit dem Kinn auf die Rosen: »Also sind Sie der Einzige, der etwas von dem Rosengarten hat.«

»So ist es, und Youpla und jetzt Sie!«

»Odile geht hier nie spazieren?«

»Ich möchte wetten, dass sie es gern täte, aber dann hätte sie den Eindruck, auf meinem Terrain zu sein, und das möchte sie auf keinen Fall … Wenn Sie wollen, zeige ich Ihnen ein andermal die hintere Ecke des Parks. Es gibt dort hervorragende Pilze. Der Weg ist etwas länger, aber Sie werden sehen, es lohnt sich. Es ist sehr schön dort, und man hat einen unverstellten Blick auf das ganze Tal und die Stadt.«

»Wie von dem Hügel da oben?«

»Genau … aber woher wissen Sie, dass man von da oben die Stadt sehen kann?«

»Hab ich nur vermutet … Der Besitz ist wirklich riesengroß.«

»Zu Monsieur François' Lebzeiten war er noch größer. Madame hat fast ein Viertel der Ländereien an Bauunternehmer verkauft, um wieder flüssig zu werden. Jetzt fehlt ihnen nur noch ein Stück, mit dem sie Wegerecht bekämen, dann könnten sie endlich eine Straße bis zu ihrem Grundstück legen und dort ihre Siedlung bauen. Natürlich bedrängen sie sie deshalb pausenlos, ihnen noch mehr Land zu verkaufen, aber bis jetzt hält sie sich tapfer.«

»War Madame Beauvillier immer schon so wie heute?«

»Das heißt?«

»So verschlossen, zurückhaltend und gleichzeitig …«

Er machte eine vage Geste und wartete auf Magnier, ihm ins Wort zu fallen.

»Als Monsieur François noch lebte, war sie fröhlich und lachte viel. Er rief oft nach ihr, weil er nicht ohne sie sein konnte. ›Nalie! Nalie!‹, hieß es ständig irgendwo im Herrenhaus, das war sein Kosewort für Nathalie. Vierzig Jahre lang wie frisch verheiratet. Zu Ostern und zum Jahreswechsel war ich immer bei ihnen zum Essen eingeladen, im letzten Jahr durfte ich sogar meine Mutter mitbringen. Ich habe ihr dafür extra ein neues Kleid gekauft. Nach dem Tod von Monsieur François war dann nichts mehr wie vorher. Madame zog sich mehr und mehr zurück, und ich habe nie wieder gehört, dass sie jemand bei ihrem Vornamen rief.«

Magnier blickte nachdenklich zum Himmel.

»Wir sollten uns jetzt die Sprechanlage ansehen, bevor wir klatschnass werden, meinen Sie nicht auch?«

»Sie haben recht. Aber meine Beine tun mir jetzt schon weh. Ich bin es nicht mehr gewohnt, so viel zu laufen.«

»Da, wo Sie vorher waren, gab es nicht viel Land, oder?«

»Nein, alles war sehr übersichtlich.«

Die beiden Männer verließen den Rosengarten.

»Wissen Sie, Monsieur Blake, ich bin wirklich froh, dass Sie hier bei uns angefangen haben.«

»Ich bin noch in der Probezeit.«

»Sie wäre ganz schön dumm, Sie nicht zu behalten.«

»Das ist nett von Ihnen.«

»Wenn ich darf, würde ich mir gerne eine Bemerkung über England erlauben …«

»Nur zu, es sei denn, ich soll den Tower von London herausrücken …«

»In der französischen Sprache haben wir eine Anredeform, die Sie nicht haben: das Duzen. Es ist eine sehr praktische Sache. Wenn Ihnen jemand fremd ist oder Sie die Person nicht besonders mögen, sagen Sie ›Sie‹, und alles bleibt schön höflich und distanziert. Zu Menschen aber, die Sie gernhaben, zu Ihrer Familie und Ihren Freunden zum Beispiel, können Sie ›du‹ sagen. Es ist so eine Art kleines Geschenk, das persönliche Nähe zeigt.«

»Und ab 18 Uhr können Sie auch ›guten Abend‹ zu ihnen sagen … Wenn Sie erlauben, habe auch ich eine Anmerkung zu Ihrem Land.«

»Ich bin ganz Ohr.«

»Ich fand es immer schon überraschend, dass in einer Demokratie, in der die Gleichheit eine derart große Rolle spielt, dieser Unterschied gemacht wird, während in unserer Monarchie, die sich so deutlich hierarchisch gibt, jeder gleich angesprochen wird, egal ob er ein König ist oder ein Kind.«

Magnier machte eine nachdenkliche Miene.

»Wenn ihr Engländer so clever seid, warum hat euer Königshaus dann ein französisches Motto?«

Andrew lachte auf.

»Ein Punkt für Sie, Bürger Magnier!«

»Was ich eigentlich sagen wollte, ist, dass wir uns vielleicht duzen könnten …«

»*Why not*, mein lieber Philippe …«

21

Andrew kam mit der letzten Tablettladung, die aus Tassen und benutzten Desserttellern bestand, aus dem kleinen Salon. Während Odile das Abendessen zubereitete, stellte er das Geschirr neben der Spüle ab.

»Wenn es Ihnen nichts ausmacht«, sagte er matt, »räume ich das später in die Spülmaschine. Im Moment bin ich fix und fertig.«

Er zögerte kurz, bevor er fragte: »Sagen Sie mal, kennen Sie die beiden, die heute bei Madame waren? Ich fand sie irgendwie unaufrichtig. Diese Art, wie sie ihre Stimmen gesenkt haben, wenn ich in der Nähe war … Merkwürdig. Und ihr Lachen klang vollkommen falsch. Ich habe den Eindruck, dass sie nichts außer Geld im Kopf haben.«

Als Odile nichts entgegnete, fuhr Blake fort: »Madame empfängt immer öfter. Wir haben jetzt fast jeden Tag Besuch.«

»Und Ihr Eifer wird nicht dazu beitragen, dass es in naher Zukunft weniger werden wird. Die Idee mit dem Kaminfeuer war aber auch wirklich ausgezeichnet. Dank Ihrer neuen Anordnung von Couchtisch und Sesseln könnte man meinen, der Salon sei einem Hochglanzmagazin für stilvolles Wohnen entsprungen.«

»Bei all dem Holz, das Philippe schlägt, wäre es eine Schande, wenn man nicht ab und an ein Feuerchen machen würde, vor allem in dieser Jahreszeit.«

»Philippe … so, so«, sagte die Köchin. »Magnier und Sie haben also nicht lange gebraucht, um ganz dicke miteinander zu sein.«

»Wenn Sie sich erinnern wollen, Madame Odile: Ihnen habe ich zuerst angeboten, uns bei unseren Vornamen zu rufen. Hätten Sie akzeptiert, dann wären wir jetzt auch wie Pech und Schwefel.«

Odile hob den Teller auf, den Mephisto sorgfältig saubergeleckt stehen gelassen hatte. Blake ließ sich seufzend auf einen Stuhl fallen.

»Ich spüre meine Beine nicht mehr …«

Die Köchin werkelte unbeirrt in der Küche herum. Sie öffnete einen der oberen Schränke und stellte sich auf die Zehenspitzen, um an die Schmorpfanne zu kommen.

»Darf ich mir eine Bemerkung erlauben?«, fragte Andrew vorsichtig.

»Schießen Sie los.«

»Warum stellen Sie die Küchenutensilien, die Sie am häufigsten benutzen, in die Schränke, die am schwersten zu erreichen sind? Sie könnten zum Beispiel den Platz der Pfannen mit dem der großen Töpfe tauschen, die ganz unten eingeräumt sind. Dadurch würden Sie sich sehr viel …«

Odile stellte ihre Schmorpfanne krachend ab.

»… Mühe ersparen.«

Sie baute sich vor Blake auf, stützte sich auf den Tisch, als hätte sie vor, Armdrücken zu machen, und kam Andrew so nahe, dass er ihren wütenden Blick auch ohne Brille noch scharf gesehen hätte.

»Nun hören Sie mir mal gut zu, Mister Ich-verschiebe-die-Möbel-und-mache-hübsche-Feuer: Sie sind noch nicht mal zwei Wochen hier und haben die Unverschämtheit, mir erklären zu wollen, wie ich *meine* Töpfe in *meiner* Küche einzuräumen habe? Für wen halten Sie sich eigentlich?«

»Ärgern Sie sich nicht, Madame Odile, ich habe diese Bemerkung nur aus Sorge um Ihren Rücken gemacht …«

»Lassen Sie meinen Rücken meine Sorge sein, und stecken Sie Ihre Nase nicht in Dinge, die Sie nichts angehen!«

Blake entgegnete darauf nichts mehr. Odile setzte ihm sein Essen vor, einen Eintopf mit aufgewärmter Ratatouille, und als sie ihm den Rücken zukehrte, sagte er zu Mephisto: »Du bist pflegeleichter, nicht wahr? Möchtest du gekrault werden?«

Der Kater drehte ihm den Kopf zu.

»Komm, mein Großer, vielleicht springt sogar ein Happen Fleisch für dich heraus …«

Mephisto erhob sich, streckte sich genüsslich und kam in erhabenem Raubtiergang auf Andrew zu. Er hob ihn auf und setzte ihn auf seinen Schoß. Odile kochte vor Wut. Blake murmelte dem Kater zu: »Na, hast du nicht vielleicht ein bisschen zugenommen? Du solltest wohl mehr Sport treiben. Ist aber auch kein Wunder bei dem tollen Essen, das du bekommst …«

Da explodierte Odile, und Mephisto suchte das Weite, ohne auf seine Würde Rücksicht zu nehmen.

»Primo, man fasst beim Essen keine Tiere an!«, wetterte sie. »Sekundo, er hat nicht zugenommen, es ist nur sein dichtes Fell, das ihn fülliger aussehen lässt …«

»Doch, ganz ehrlich, fühlen Sie nur …«

Nun brüllte Odile: »Und tritzio, wenn Ihnen mein Essen nicht passt, steht es Ihnen frei, sich woanders zu verpflegen!«

Mit diesen Worten zog sie Blake den Teller unter seiner Nase weg und warf den Inhalt in den Abfalleimer.

»Warum tun Sie das?«, rief er entgeistert. »Ich habe mit keinem Wort gesagt, das Essen sei schlecht, ich habe ja noch nicht mal davon gekostet. Ich sage ja nur, Sie sollten aus sich herausgehen, kochen, wonach Ihnen der Sinn steht, wie für Mephisto. Und außerdem glaube ich, dass es ›terzo‹ heißt …«

»Raus hier!«

Wäre Andrew sechzig Jahre jünger gewesen, hätte er sich nun hungrig in sein Zimmer zurückgezogen. Aber da er so alt war, wie er war, beschloss er, zum Verwalter zu gehen und ihn um ein Stück Brot anzubetteln.

22

Nachdem sich die Wehwehchen der ersten Tage beruhigt hatten, musste Blake sich eingestehen, dass er sich durch die regelmäßige Bewegung fitter fühlte. Langsam lernte er auch, an den richtigen Wegstellen auf die Stolperfallen zu achten, so dass er sicher ans andere Ende des Parks kam. Als er an sein Scharmützel mit Odile zurückdachte, musste er schmunzeln. Seltsamerweise konnte er ihr nicht böse sein.

Als Andrew an Magniers Tür klopfte, fing Youpla sofort an zu bellen, aber sein Herrchen zeigte sich nicht. Blake schaute sich um. Da es schon fast dunkel war, konnte er nicht viel erkennen.

»Philippe?«, rief er in die Nacht hinaus.

Keine Antwort. Da ging plötzlich die Tür auf, und Youpla stürzte auf ihn zu. Blake tätschelte seinen Kopf, während der Hund an seiner Hose schnupperte, an der er bestimmt den Geruch von Mephisto entdeckt hatte.

»Guten Abend, Andrew, ich hab heute nicht mit dir gerechnet …«

»Odile hat mich hinausgeworfen, weil ich es gewagt habe, sie zu kritisieren, also bin ich gekommen, um Asyl zu beantragen.«

»Ich verschließe meine Tür nicht, wenn ein politischer Flüchtling Einlass begehrt. Komm rein.«

Trotz seiner spaßigen Bemerkung fehlte es Philippe an rechtem Enthusiasmus, wie Andrew bemerkte.

»Störe ich?«

»Ich wollte gerade den Tisch decken. Wir können uns die Portion teilen, die Odile für mich vorbereitet hat.«

»Es ist eine Art Ratatouille mit Fleisch, näher konnte ich es noch nicht identifizieren.«

Andrew zog einen Stuhl heran und setzte sich, während Youpla pausenlos zwischen dem Esstisch und der geschlossenen Schlafzimmertür hin und her lief. Magnier sagte: »Du hast recht, wir sollten auch die Sprechanlage zwischen meiner Hütte und dem Haupthaus reparieren. Das würde vieles einfacher machen.«

Philippe legte Teller und Besteck auf den Tisch, während er in der Mikrowelle Odiles Essen aufwärmte. Dann sagte er: »Entschuldige mich einen Moment, ich glaube, ich habe vergessen, das Fenster im Badezimmer zuzumachen. Ich will nicht, dass Mücken reinkommen.«

Er machte die Schlafzimmertür einen Spaltbreit auf und quetschte sich hindurch. Als ihm der Hund folgen wollte, schob er ihn energisch zurück und machte die Tür sofort hinter sich zu. Der Hund starrte die Klinke schwanzwedelnd an.

»Du findest das also auch merkwürdig?«, flüsterte Blake. »Aber du weißt bestimmt, was er vor mir verbirgt.«

Magnier war schnell wieder zurück, kaum entspannter als zuvor.

»Manchmal bin ich ein wenig durcheinander«, sagte er entschuldigend und teilte das Essen auf die beiden Teller auf.

»Odile hat sich also wieder geärgert?«

»Nun, dazu braucht es bei ihr ja nicht viel. Und ich muss zugeben, dass es mir Spaß macht, sie ein bisschen zu necken.«

Magnier setzte sich und fing an zu essen.

»Guten Appetit«, sagte Andrew, »und danke, dass du mich aufgenommen hast.«

Nach dem ersten Bissen sahen sich die beiden Männer an.

»Das erinnert mich an das Kantinenessen in meiner Fabrik«, bemerkte Magnier.

»Und mich erinnert es an ein kleines Restaurant, das vom Ordnungsamt geschlossen wurde, weil sie Rattenfleisch serviert haben.«

»Das ist unmöglich, Andrew. Dafür hat Odile viel zu große Angst vor Ratten.«

»Krieg ist Krieg … Bei euch sagt man mjam mjam, stimmt's?«

»So ist es. Und bei euch?«

»*Yum yum.*«

»Das ist ja lächerlich! Das entspricht doch gar nicht dem Geräusch.«

»Dem Geräusch von was? Glaubst du vielleicht, ein Hahn sagt wirklich Kikeriki?«

»Und was macht er bei euch? Quak quak?«

»*Cock-a-doodle-do.*«

»Armes Vieh! Was gebt ihr dem nur zu fressen?«

In diesem Moment ließ die beiden ein lautes Gepolter aus Magniers Schlafzimmer hochfahren. Er sprang auf und lief in Windeseile in die Richtung, nicht ohne die Tür sofort wieder hinter sich zu schließen. Andrew meinte, ihn flüstern zu hören, gefolgt von einer hohen Stimme, die Antwort gab. Einer Kinderstimme.

»Ich kann nichts dafür!«, maulte der Junge.

Als die Tür wieder aufging, war Magnier aschfahl. Youpla stürzte ins Zimmer, in dessen Türrahmen nun ein Junge erschien, schwarzes Haar, dunkler Teint, ungefähr vierzehn. Philippe flehte Andrew mit seinem Blick an.

»Jetzt stell dir bloß nichts Unanständiges vor. Ich werde dir alles erklären.«

»Warum sollte ich mir so etwas vorstellen? Ich bin schließlich unangemeldet bei dir aufgetaucht. Wenn du dein Kind hier versteckst, geht es mich nichts an …«

»Das ist nicht mein Vater!«, rief der Junge ohne jede Scheu.

»Guten Abend, junger Mann«, sagte Blake. »Ich heiße Andrew. Und wie heißt du?«

»Yanis. Ich wohne im Tourterelles-Viertel, Haus Nummer 2. Wenn Sie wegen der Cola hier sind …«

Philippe gab dem Jungen ein Zeichen, still zu sein.

»Yanis hilft mir bei meinen Einkäufen«, erklärte er. »Das ist alles.«

Blake sah sich das Kind an. Es war von eher schmaler Statur und nicht sehr groß. Das musste die Person sein, die er neulich vom Hügel aus gesehen hatte. Philippe brachte einen dritten Teller.

»Yanis, hol dir einen Hocker aus der Küche und setz dich zu uns.«

Der Verwalter teilte seine Portion ein weiteres Mal und ließ sich dann seufzend auf seinen Stuhl fallen.

»Es wäre mir sehr recht, wenn Sie davon niemandem im Haus erzählen würden …«

»Bei größerem Stress siezen wir uns also wieder, ja?«

»Es ist eine komplizierte Geschichte.«

»Du musst mir nichts erklären. Es ist in Ordnung.«

»Ich habe Yanis vor mehr als einem Jahr kennengelernt, als ich in einem Supermarkt in seinem Viertel einkaufen war. Da ist es für mich am nächsten, weil nur mit Fahrrad und Anhänger ist das ganz schön anstrengend. Durch unser Waldstück gibt es eine Abkürzung, dann kommt man direkt am Stadtrand raus, fast bei den Wohnblocks. Aber egal. Es war ein Donnerstag, ich machte meine Einkäufe, und der Kleine hier hat sich erwischen lassen, als er ein Paket Kekse klauen wollte. Er hatte sie unter seinem T-Shirt.«

»Ich wollte sie bezahlen«, warf das Kind ein, »ich schwöre, dass ich sie bezahlen wollte.«

»Schwöre nicht, Yanis«, wies ihn Magnier zurecht. »Du hattest kein Geld bei dir, und als dich der Detektiv geschnappt hat, warst du schon fast aus dem Laden raus.«

»Das stimmt nicht …«

Philippe schüttelte den Kopf und erzählte weiter: »Es tat mir leid, ihn in dieser unangenehmen Lage zu sehen, also habe ich die Plätzchen bezahlt, damit man ihn gehen ließ. Und dann habe ich ihm vorgeschlagen, mir zu helfen, damit er ein bisschen beschäftigt ist.«

»Sie haben damals gesagt, es wäre nur einmal!«, begehrte der Junge auf. »Ich sollte Ihnen einmal bei den Einkäufen helfen. Aber dann haben Sie gedroht, alles meiner Mutter zu sagen, wenn ich nicht weitermachen würde.«

Magnier setzte sich gerade hin, peinlich berührt.

»Ganz so war es auch wieder nicht.«

»Und seitdem schickst du den Jungen einkaufen.«

»Inklusive Lieferung!«, präzisierte Yanis.

Philippe begehrte auf: »Jetzt mach aber mal einen Punkt! So sehr wirst du auch wieder nicht ausgenutzt: Ich gebe dir zu essen und ein bisschen Geld.«

»Und was ist mit Schule?«, fragte Blake.

Yanis wandte den Blick ab.

»Ich geh da nicht so oft hin.«

Magnier erklärte: »Sie gehen alle nicht regelmäßig hin. Yanis und die anderen Kinder aus seinem Viertel sind oft auf sich allein gestellt.«

»Du hast bestimmt Hunger«, sagte Blake zu dem Kind. »Iss.«

Yanis schnappte sich augenblicklich die Gabel und verschlang seine halbe Portion. Die beiden Männer sahen zu, wie er seinen Teller in rasanter Geschwindigkeit leer machte. Sobald er fertig war, sah er auf die Uhr.

»Ich muss los. Meine Mutter kommt gleich nach Hause.«

»Dann verzieh dich«, sagte Philippe. »Hast du die Einkaufsliste für übermorgen?«

»Na klar«, antwortete der Junge.

Er ging auf die Knie, um sich vom Hund zu verabschieden, lachte auf, als die feuchte Schnauze an seinen Hals stupste, und verließ das Haus.

Magnier wagte nicht, Andrew ins Gesicht zu blicken.

»Ich weiß, was du denkst«, sagte der Verwalter kleinlaut. »Du verachtest mich, weil ich seine Lage ausnutze und der Junge andere Dinge machen sollte als diese Sklavenarbeit.«

»Diese Erkenntnis kommt von deinem eigenen schlechten Gewissen, Philippe, nicht von mir. Aber ja, ich glaube wirklich, dass wir diesem Kind helfen sollten.«

23

Madame Beauvillier ging die Post des Tages durch: größtenteils Werbesendungen an diesem Morgen, ergänzt von Pröbchen und anderen Ramschgeschenken. Und noch mehr Kataloge … Es fanden sich aber auch zwei Briefe von der Bank, die sie eilig aufriss, ohne nach dem Brieföffner zu suchen. In ihrer Hast schien sie Andrews Gegenwart komplett vergessen zu haben. Sie überflog die wenigen Seiten und verweilte bei der letzten. Dabei nahm ihr Gesicht einen undefinierbaren Ausdruck an. Auch wenn Andrew ihn nicht präzise deuten konnte, hatte er keinen Zweifel, dass sie besorgt war. Der zweite Umschlag enthielt nur eine einzige Seite. Nachdem sie sie überflogen hatte, schob sie beide Briefe in die Schublade und widmete sich angestrengt lächelnd wieder den Prospekten.

Blake war diese seltsame Zeremonie sehr schnell ans Herz gewachsen. Die verlogenen Phrasen der Werbesendungen empörten ihn zwar nach wie vor, und er war immer noch irritiert, mit welchem Ernst Madame darauf reagierte, aber das fast tägliche Ritual erlaubte es ihm, die Dame des Hauses, die ihn immer neugieriger machte, nach Herzenslust zu studieren. Sie öffnete die wertlosen Geschenke und hübsch verpackten Kinkerlitzchen mit ehrlicher Freude und breitete sie vor sich aus wie Trophäen. Jeden Tag Bescherung.

Wie üblich war Andrew gerade im Begriff, mit seinem kleinen Bündel zu beantwortender Briefe den Raum zu verlassen, als Madame Beauvillier ihn, genauso wie jedes Mal, zurückrief, um ihn auf »einen wesentlichen Punkt« hinzuweisen, den sie zuvor zu erwähnen vergessen hatte. Diesmal beschloss Blake ihr zuvorzukommen.

»Wegen der Haussprechanlage wollte ich Sie noch informieren, dass Philippe und ich sie ohne weitere Kosten reparieren können. Das notwendige Material haben wir bereits. Was ich jedoch empfehlen würde, sofern Sie es für machbar halten, wäre eine Sprechanlage mit Bildübertragung und Toröffner am Besuchereingang. Das sollte nicht allzu teuer sein.«

»Im Moment ist keine gute Zeit für Ausgaben, egal welcher Art. Glücklicherweise haben Sie uns vor den Handwerkerkosten für die Badreparatur bewahrt. Ich weiß nicht, wie wir das hätten stemmen sollen.«

»Ohne indiskret klingen zu wollen, ist die finanzielle Lage denn so angespannt?«

»Diese Frage ist in der Tat indiskret, Monsieur Blake, aber da Sie es ohnehin früher oder später erfahren werden, kann ich auch gleich offen zu Ihnen sein. Ja, um meine Finanzen steht es sehr schlecht. Dies ist ein großer Besitz, das Haus muss unterhalten werden, und es braucht wenigstens ein Minimum an Personal, um zu funktionieren. Deshalb sind Sie hier, trotz des erhöhten Kostenaufwands. Leider habe ich in einige Anlagen investiert, die nicht nur die erhofften Zinsen vermissen lassen, sondern darüber hinaus mein Kapital haben schmelzen lassen wie Schnee in der Sonne.«

»Dürfte ich mir erlauben …«

»Nein, Sie dürfen nicht. Innerhalb dieser Mauern sind Sie mein Majordomus, und ich muss zugeben, dass Sie auf diesem Gebiet zu meiner größten Zufriedenheit tätig sind. Ihre Eigeninitiative, Ihr merklicher Einfluss auf Odile, auf die Kleine und sogar auf Monsieur Magnier sind mir positiv aufgefallen. Was jedoch die Führung meiner Geschäfte anbelangt, so möchte ich

Sie mit Nachdruck darum bitten, lediglich meine Anweisungen zu befolgen, ohne sich einzumischen. Ich meine bemerkt zu haben, dass Sie sich, vorsichtig ausgedrückt, kritische Urteile erlauben über Menschen, zu denen ich vollstes Vertrauen habe. Ich möchte es an dieser Stelle einmal ganz deutlich sagen, Monsieur Blake: Sie besitzen keinerlei Qualifikationen, um sich ein Urteil über die Führung eines Hauses erlauben zu können. Einen Besitz wie diesen hier zu verwalten ist fast so schwierig, wie eine Firma zu leiten. Mein Mann, der eine Fabrik und diverse Gesellschaften geführt hat, führte mich vor vielen Jahren ein wenig in die Materie ein. Sie hingegen wissen überhaupt nichts darüber. Dementsprechend wäre ich Ihnen sehr verbunden, wenn Sie sich an Ihren Kompetenzbereich hielten. Haben wir uns verstanden?«

Blake beherrschte sich nur mit großer Mühe.

»Selbstverständlich, Madame.«

Als er an diesem Morgen den Raum verließ, hatte Madame Beauvillier nichts mehr anzumerken.

Nach dieser Demütigung war Blake nicht in der Stimmung, nach unten zu gehen und es mit Odile aufzunehmen. Lieber stieg er ins dritte Obergeschoss hoch, um sich in seinem Zimmer für eine Weile zu erholen. Der Lärm des Staubsaugers zeigte an, dass Manon auf derselben Etage war. Er folgte dem Kabel und stellte fest, dass es in sein Zimmer führte, wo sie das Teleskoprohr gerade unter seinen Schrank schob. Sie nahm ihn aus dem Augenwinkel wahr und fuhr zusammen.

»Huch, Sie haben mich erschreckt.«

Hastig schaltete sie das Gerät aus und fügte an: »Das Bad ist fertig, die Handtücher ausgetauscht. Wenn Sie wollen, werde ich morgen die Bettwäsche wechseln und die Fenster putzen. Heute werde ich keine Zeit mehr dazu haben …«

»Ich danke Ihnen vielmals, Manon. Es ist mir wirklich unangenehm, dass Sie für diese zusätzliche Arbeit keine Bezahlung annehmen.«

»Das ist schon in Ordnung.«

»Aber strengen Sie sich nicht zu sehr an in Ihrem Zustand. Haben Sie etwas von Justin gehört?«

»Nein. Ich wache oft mitten in der Nacht auf und frage mich, was er gerade tut, woran er denkt. Und ich habe Angst, dass sich ein anderes Mädchen an ihn heranmachen könnte. Jedes Mal, wenn ich von hier zurück nach Hause fahre und mein Telefon wieder Empfang hat, klopft mir das Herz bis zum Hals. Ich warte und warte, aber nichts passiert. Sie sind ein Mann. Können Sie mir sagen, was in seinem Kopf vorgeht?«

»Ich wünschte, ich könnte sagen, was in meinem eigenen Kopf vorgeht …«

»Er hat keine Ahnung, was er mir damit antut.«

»Nur allzu oft merkt man das tatsächlich nicht, das ist wahr. Ich weiß, dass es Ihnen gegenüber unfair ist und für Sie eine zusätzliche Anstrengung bedeutet, aber ich glaube, Sie müssen ihm ein bisschen mehr Zeit lassen.«

»Wie lange denn noch?«

»Ein paar Tage mindestens.«

Manon seufzte. »Dann gehe ich jetzt. Ich bin hier sowieso fertig. Morgen bekommen Sie Ihre frische Wäsche.«

Sie bückte sich, um den Staubsauger aufzuheben, als ihr Blick auf das gerahmte Foto fiel, das auf der Bettkommode stand.

»Sind das Ihre Frau und Ihre Tochter?«

»Ja.«

»Sie sind beide sehr schön.«

Die junge Frau nahm den Rahmen in die Hand und betrachtete das Foto.

»Haben Sie nie daran gedacht, noch einmal zu heiraten?«

»Diane ist immer noch meine Frau. Es kommt Ihnen vielleicht albern vor, aber sie lebt immer noch mit mir zusammen.«

»Deshalb die zwei Zahnbürsten?«

»Sie haben es gemerkt …«

»Zuerst habe ich mir gedacht: Das wird so ein Engländer-Ding sein, eine Zahnbürste für die Zähne oben und eine für unten …«

»Sie haben vielleicht komische Vorstellungen! Und wann haben Sie gemerkt, dass es etwas anderes ist?«

»Die rote blieb immer trocken, und die grüne ist abgenutzter.«

»Und da haben Sie nicht gedacht, dass die Engländer vielleicht unten einfach keine Zähne haben?«

Die junge Frau kicherte und stellte das Foto wieder zurück.

»Und Ihre Tochter? Was macht sie so?«

»Sarah hat angewandte Physik studiert und an der Uni einen jungen brillanten Ingenieur kennengelernt, mit dem sie nach Los Angeles gegangen ist. Beide sind Spezialisten für seismische Vorhersagen.«

»Sie sieht Ihnen sehr ähnlich. Sehen Sie sie oft?«

Diesmal war es Andrew, der das Bild in die Hand nahm.

»Als sie noch klein war, standen wir einander sehr nahe. Aber ich habe immer viel gearbeitet und kam spät nach Hause. Es kam vor, dass ich ganze Wochenenden lang nicht zu Hause war. Dadurch ist regelrecht an mir vorbeigegangen, wie sie langsam erwachsen wurde. Meine Frau hingegen hat sie immer begleitet, sie war immer für sie da. Sie liebten einander sehr. Als Diane starb, war ich verwirrt und ratlos. Plötzlich hatte ich eine junge Frau vor mir, die ich letztendlich nur wenig kannte und bei der es mir nicht gelang, wieder die alte Nähe aufzubauen.«

»Das ist schade.«

»Ja, ein Schicksalsschlag mehr. Ich würde so gerne …«

Blake unterbrach sich aus Angst, den aufsteigenden Emotionen nachzugeben. Manon ging rücksichtsvoll aus dem Zimmer. In der Tür drehte sie sich noch einmal um.

»Etwas an Ihnen finde ich besonders beeindruckend, Monsieur Blake.«

»Tatsächlich? Ich kann mir nicht vorstellen, was es sein könnte.«

»Sie haben eine besondere Gabe, Probleme zu analysieren und dann alles mit einer Klarheit darzustellen, die überaus beruhigend wirkt.«

»Nett, dass Sie das sagen, Manon. Ich persönlich würde es vorziehen, etwas weniger gut analysieren zu können und dafür etwas mehr Mut zum Handeln zu haben …«

Als die junge Frau hinausging, holte Blake sie im Korridor ein.

»Manon!«

»Ja, Monsieur Blake?«

»Ich habe vielleicht eine Idee in Bezug auf Justin …«

24

Als Andrew die Küche betrat, stieg ihm sofort der Duft von Essen in die Nase. Odile wirbelte geschäftig herum, und Mephisto war wegen der Hitze bis zur Spüle zurückgewichen. Andrew hatte den ganzen Tag damit zugebracht, seiner Kollegin aus dem Weg zu gehen, um eine erneute Konfrontation zu vermeiden. An diesem Abend war er jedoch fest entschlossen, alles zu tun, um ihre Beziehung wieder geradezubiegen.

»Ich überlasse es Ihnen, den Tisch zu decken«, ließ die Köchin verlauten.

Der Satz war kurz und derart von Kochgeräuschen und dem Surren der Dunstabzugshaube untermalt, dass er ihre Stimmung nicht recht deuten konnte.

Als er an dem Kater vorbeiging, nahm er davon Abstand, ihn zu kraulen, in der Befürchtung, Odile könnte es als Provokation auffassen. Er öffnete das Geschirrfach. Keine Teller. Zunächst glaubte er, sich vertan zu haben, aber die Gläser waren ebenfalls verschwunden. Er nutzte die Zeit, in der Odile ihre Nase in einen Topf steckte, um in ein paar der anderen Schränke nachzusehen. Sie hatte alles umgeräumt. Jede Art von Küchenutensilien hatte einen neuen Platz erhalten, die am häufigsten gebrauchten standen nun am nächsten und waren am einfachsten zu greifen. Andrew verbot sich zu lächeln. Er versuchte sich völlig natürlich zu geben, als hätte er gar nichts bemerkt.

»Geben Sie mir bitte die Teller«, warf ihm Odile zu, während sie ein wachsames Auge auf ihre Töpfe hatte.

Als sie einen Deckel anhob und eine Prise Gewürz hinzufügte, breitete sich ein neuer Duft im Raum aus. Andrew sagte sich, wenn er nur brav war, würde er vielleicht das Glück haben, vom gleichen Gericht kosten zu dürfen wie der Kater …

»Setzen Sie sich«, befahl sie.

Keiner von beiden wagte einen offenen Blick. Odile stellte einen gut gefüllten Teller vor Andrew hin und erklärte: »Filet Mignon, karamellisiert, mit rosa Pfeffer und hausgemachtem Kartoffelpüree.«

Mephisto leckte sein Katzenmäulchen. Auch Blake lief das Wasser im Mund zusammen, aber er wartete, bis Odile ebenfalls saß und zu essen begann, ehe er seinen Teller in Angriff nahm. Seine Geschmacksknospen reagierten augenblicklich.

»Das ist exzellent. Wie schaffen Sie es nur, dass das Fleisch innen zart und gleichzeitig außen so wunderbar kross wird?«

»Ich bin über mich hinausgewachsen.«

»Also von mir werden Sie keine Klagen hören. Wo haben Sie so zu kochen gelernt?«

»Bevor ich hier gelandet bin, hatte ich einige andere Jobs. Eine Zeitlang habe ich in der Küche von Relais de Dormeuil gearbeitet, das ist ein ziemlich berühmtes Restaurant hier in der Gegend. Hat mir gut gefallen da. Fünf Jahre lang gehörte ich zur Küchenbrigade.«

»Küchenbrigade?«

»So nennt man das Team einer großen Küche.«

Andrew genoss das Essen. Ihm war, als hätte er seit Ewigkeiten den Geschmack einer Speise nicht mehr so intensiv wahrgenommen. Dagegen schien sogar die Küche seines Stammlokals Browning fade und langweilig.

»Kennen Sie viele Rezepte dieser Art?«

»Einige kommen schon zusammen.«

Er nahm noch einen Bissen und kaute langsam.

»Odile, das ist kein Gericht, das ist ein Kunstwerk!«

»Wenn es denn hilft, dass Sie aufhören, meinem Kater das Essen zu klauen …«

»Haben Sie dieses Gericht schon mal für Madame zubereitet?«

»Sie würde das nicht essen. Wie gesagt, Madame mag keine Veränderungen. Für sie mache ich immer das Gleiche: einmal in der Woche das Zarteste vom Rumpsteak, 70 Gramm, das sie immer zu neun Bissen kleinschneidet, dann ihren verflixten Broccoli, Reissalat mit Mais … Am Anfang habe ich noch versucht, ihr andere Gerichte vorzusetzen, aber sie hat sie nicht angerührt.«

»Darf ich mir eine Bemerkung erlauben?«

»Wenn es um die neue Ordnung in den Schränken geht, würde ich es vorziehen, Sie täten so, als hätten Sie nichts bemerkt.«

»Ich weiß nicht, wovon Sie sprechen.«

»Falls es etwas mit Mephistos Gewicht zu tun hat, gilt das Gleiche.«

»Ihr Kater ist schlank wie eine Gazelle.«

»Übertreiben Sie nicht. Geht es um das Rezept?«

»Ich habe mich etwas anderes gefragt: Warum essen Madame, Sie, Philippe und Manon nie zusammen?«

»Madame ist gerne für sich allein. Was Philippe betrifft …«

»Er benimmt sich sicher nicht so gesittet wie Sie, aber ich glaube, er ist ein guter Kerl.«

»Da habe ich so meine Zweifel. Am Anfang hat er mehr als peinliche Annäherungsversuche unternommen …«

»Manchmal ist man eben unbeholfen.«

»Als ich noch jung war, hatte ich eine Freundin, die einmal gesagt hat: Es ist nicht wichtig, auf welche Weise man Feuer fängt. Die Hauptsache ist, dass die Flamme lange brennt. Elegant ausgedrückt, nicht wahr? Wie dem auch sei, sie macht gerade ihre dritte Scheidung durch. Ich für meinen Teil lege Wert auf Umgangsformen. Der einzige Mann, mit dem es je funktioniert hat, hat mich so genommen, wie ich bin, und es war wundervoll.«

Neugierig schaute Andrew Odile an, als sie den Blick auf ihren Teller senkte. Plötzlich blickte sie wieder auf.

»Sie fragen sich bestimmt, warum ich hier bin und in meinem Alter immer noch ledig, wo ich doch einmal verliebt war?«

»Ich würde mir niemals erlauben …«

»Ist schon in Ordnung. Es tut gut, einmal darüber zu reden, denn seit ich hier bin, habe ich keiner Menschenseele davon erzählt. Die Geschichte ist ganz simpel, Monsieur Blake: Er ist gegangen. Meine große Liebe war der stellvertretende Küchenchef im Relais de Dormeuil. Seinetwegen habe ich kochen gelernt. Ich glaube, er mochte mich genauso sehr. Mit ihm war ich wirklich glücklich. Aber nach einigen Jahren hat man ihm eine Stelle als Küchenchef in Ihrem Land, in England, angeboten. Er hat mich gebeten, mit ihm zu gehen, und ich habe Nein gesagt.«

Odile hörte auf zu essen. Sie starrte auf ihren Teller und glättete das Püree mit der Gabel. Dann sah sie auf.

»Er hat versucht, mich zu überreden, aber ich hatte Angst. Es kommt mir seltsam vor, das jetzt vor jemandem auszusprechen, wo ich doch so lange gebraucht habe, es mir selbst gegenüber zuzugeben. Ich hatte Angst vor Veränderungen, Angst, alles hinter mir zu lassen, was mir vertraut war. Wie dumm ich doch war … Dann hatte ich noch die Befürchtung, dass ich ihm nicht mehr gut genug wäre, in seiner neuen leitenden Position. Wir haben uns getrennt. Ein halbes Jahr später habe ich bei Relais gekündigt und alles getan, was ich konnte, um in einer Küche zu arbeiten, die möglichst wenig mit meiner alten Arbeit gemeinsam hatte. Ich habe Kindern in Schulkantinen industriell vorgefertigte Gerichte wie Hacksteak und Pommes serviert und danach in zwei Altersheimen gearbeitet. Schließlich habe ich auf Madames Stellenanzeige geantwortet und mich hier vergraben. Jetzt finden Sie mich bestimmt erbärmlich …«

»Weil Sie eine Vergangenheit haben und einiges gerne anders gemacht hätten? Ganz sicher nicht.«

»Und Sie, bereuen Sie auch etwas?«

»Viele Dinge. Aber in meinem Alter sind die Fehler, die man begangen hat, nicht mehr so wichtig. Es sind vor allem die geliebten Menschen, die mir fehlen. Ich vermisse sie so sehr …«

»Dass Sie einmal geliebt haben, merkt man an der Art, wie Sie sich geben, wie Sie das Leben betrachten, es schimmert einfach durch … Auch Madame gehört zu dieser Kategorie, trotz ihrer abweisenden Art.«

»Der Kategorie, die die Liebe kennengelernt und wieder verloren hat?«

»So könnte man es zusammenfassen.«

»Anders als Madame und ich sind Sie nicht verwitwet, Odile. Haben Sie je wieder von diesem Mann gehört?«

»Bestimmt hat er jede Menge Ablenkung im Job gefunden, sich irgendwann neu verliebt und mich vergessen.«

»Haben Sie keinen Kontakt mehr zu ihm?«

»Nein. Ich schäme mich viel zu sehr, um mich noch einmal bei ihm zu melden.«

»Und jetzt kochen Sie nur noch für den Kater.«

»Mephisto urteilt wenigstens nicht.«

»Wenn ich Ihnen sage, was ich denke, werden Sie dann weiterhin Ihre köstlichen Gerichte für mich kochen?«

Odile lächelte, machte aber keine Versprechungen.

25

Warum sind die Nachtstunden so lang? Und warum sind sie so fürchterlich dunkel? Blake lag in seinem Bett und dachte nach – über Odile, Manon, Philippe und sogar Yanis. Sie alle hatten seltsame und oft chaotische Lebensläufe, die sie hier zusammengeführt hatten, und hinter seiner Fassade verbarg jeder von ihnen, unabhängig vom Alter, seine persönlichen Verletzungen und Risse … Andrew seufzte. Er war erst seit einigen Wochen in Frankreich, und schon philosophierte er über alles Mögliche und Unmögliche.

Da er die Vorhänge nie zuzog, schien der Mond ungehindert ins Zimmer und verbreitete seinen schwachen Schein. Das Haus war ruhig. Andrew stellte sich Philippe in seiner kleinen Hütte vor, Manon in ihrer Einsamkeit, Odile am anderen Ende des Gangs und Madame in ihrem Schlafzimmer, das nachts ebenso dunkel sein mochte wie tagsüber.

Die Stille der Gegenwart öffnete der Vergangenheit Tür und Tor, und eine Flut an Erinnerungen und Empfindungen überrollte Blake. Wie sollte er damit umgehen? Gab es ein Alter, in dem man die Fähigkeit zu fühlen verlor? War das menschliche Leben inzwischen so lang geworden, dass das Herz nach einer gewissen Zeit für das Zukünftige keinen Platz mehr übrig hatte und nur noch das empfand, was einmal gewesen war? Hatte es Tage gegeben, die Andrew gerne noch einmal erlebt hätte? Welche hätte er am liebsten vergessen? Wenn eine gute Fee erschienen wäre und angeboten hätte, ihn in die Vergangenheit zu versetzen, in welchen Augenblick hätte er sich zurückgewünscht? Um diese Frage zu beantworten, musste er sich damit auseinandersetzen, was ihm am meisten fehlte. Letztlich war er doch ganz froh, dass keine Fee kam, um ihm den Vorschlag zu machen. Auch wenn er nicht vergessen konnte, war er durchaus in der Lage, die schmerzlichsten Dinge zu verdrängen. Sich an die Gegenwart, an seine Aufgabe als Majordomus zu halten, war vielleicht die beste Lösung.

Wenn Andrew nicht wusste, was er über eine Situation oder eine Person denken sollte, fragte er sich oft, was Diane dazu gesagt hätte. Sie hatte viel und oft geredet, über alles Mögliche, aber wenn es um etwas Wesentliches ging, hatte sie die Gabe, es prägnant auf den Punkt zu bringen. Ein paar Worte zu einer Lebensentscheidung, ein Kommentar über das Verhalten eines Bekannten. Niemals verletzend, manchmal nachsichtig, immer treffend. Seltsamerweise gelang es Andrew nicht, sich vorzustellen, was Diane wohl über die Bewohner des Landsitzes gedacht hätte. Was sich jedoch bemerkbar machte, war die mahnende innere Stimme, die ihm ins Gedächtnis rief, dass letztendlich alle hier weniger klagten als er selbst. Auch sie waren einsam, und manchmal hatten sie sehr viel bessere Gründe als er, deprimiert zu sein. Er hatte nicht die Geldsorgen von Madame Beauvillier. Er lebte isoliert, weil er es so gewählt hatte, anders als Philippe. Er war vor allem geflüchtet, das ihn an sein verlorenes Leben erinnerte, anders als Odile, die mit Sehnsucht an das Leben dachte, das sie hätte haben können.

Ein undefinierbares Gefühl stieg in ihm auf. Es war eine Mischung aus Ärger, Schuldbewusstsein und Frustration. Wäre er dazu fähig, sein Bedauern auf die gleiche schlichte Weise zu gestehen wie Odile? Ganz sicher nicht. Und doch trug er mehr als genug davon in sich, auch wenn er es hinter klugen Phrasen und wohlgesetzten Worten verbarg. Würde ein Teil von ihm immer in der Vergangenheit leben, in der Erinnerung an den geliebten Menschen? Hatte er Diane auf einen zu hohen Sockel gestellt, und nun fehlte ihm die Kraft, sie wieder herunterzuholen? Aber wäre sie wirklich der einzige Bezugspunkt in seinem Leben, hätte er als logische Konsequenz sein Dasein beenden müssen. Und dazu fehlte ihm nicht nur der Mut, mit einem Mal erkannte er auch verstörend deutlich: Trotz des Leids, das er tief im Herzen empfand, war er nicht bereit, sein Leben aufzugeben. War das nun eine gute oder eine schlechte Nachricht?

26

In Frankreich fangen die Weißen an. Ist das bei euch auch so?«

»Seit dem ersten Schachturnier, das anlässlich der Weltausstellung in London im Jahr 1851 abgehalten wurde, ist es so auf der ganzen Welt üblich. Aber ist es normal, dass der König und die Königin bei euch noch ihre Köpfe auf den Schultern haben?«

Philippe lachte über die Bemerkung. Für ihr erstes Spiel in der Gartenlaube hatte sich der Gutsverwalter große Mühe gegeben: Er hatte zwei Packungen mit Plätzchen auf einem Plastikteller angerichtet, zu Ehren seines englischen Gastes eine Thermoskanne mit Tee gefüllt und Decken bereitgelegt, die sie, wenn auch abgenutzt und löchrig, vor der kühlen Brise schützten.

Magnier zog konzentriert einen Bauern. Seine Zungenspitze schaute zwischen den Lippen hervor, wie bei einem Kind, das seine Aufgabe extrem ernst nimmt. In perfekter Symmetrie schob auch Blake seinen Bauern vor.

»Möchtest du ein Plätzchen?«, fragte Magnier.

»Im Augenblick nicht, danke.«

In diesem Moment fühlte sich Blake mit einiger Rührung an die Sommerferien erinnert, die er auf dem Land bei seiner Cousine verbracht hatte. Sein Vater war in der Fabrik geblieben, und seine Mutter, die Umbauarbeiten am Haus überwachte, hatte ihn zu den Verwandten geschickt, zig Meilen entfernt, damit er den Arbeitern nicht zwischen die Beine geriet. Im Haushalt seiner Tante waren alle alt, bis auf Debby. Und dieses Mädchen war besessen von Puppen und Modenschauen, so dass Blake zum ersten Mal in seinem Leben bedauert hatte, keinen Bruder für männlichere Spiele zu haben. Er hatte mit seiner Cousine zwar nicht so viel Spaß wie mit seinen Jungs, aber das von ihr organisierte Puppenessen war trotzdem nett. Sie hatten Erde und Kiesel auf ihre Teller gehäuft, als Wein hatte das Wasser aus einem Tümpel gedient. Andrew erinnerte sich noch gut an den Tag, an dem Debby so tat, als würde sie aus dem Becher trinken, und darin einen großen, sich windenden Wurm fand. Sie hatte sich quer über den gedeckten Puppentisch übergeben. Später hatten sie richtiges Essen in ihre unter einem Weidenbaum eingerichtete Ecke mitnehmen dürfen. Andrew hatte seit Jahren nicht mehr an diesen Sommer gedacht, aber jetzt, in Philippes Gegenwart hier im Park, in einer notdürftig hergerichteten Gartenlaube, empfand er das gleiche Gefühl von Freiheit wie damals.

Youpla kam angelaufen, einen Stock im Maul. Er legte ihn Magnier vor die Füße und hörte nicht auf zu kläffen, bis sein Herrchen das Stück Holz so weit wie möglich in den Wald warf.

»Lass uns in Frieden«, brummte Magnier, »das hier ist eine ernste Sache.«

Er rückte den zweiten Bauern vor. Blake zog sofort mit einem Springer.

»England hat noch nie lange gefackelt, seine Kavallerie zu schicken …«, kommentierte Philippe. »Vor Waterloo kam es uns teuer zu stehen.«

»Ich bin nicht England, und trotz meines Alters war ich in Waterloo nicht dabei.«

»Du hast recht. Aber es ist einfach immer wieder so: Wenn man auf einen Ausländer trifft, versucht man ihn in die Klischees zu pressen, die über sein Land im Umlauf sind.«

»So ist es«, stimmte Blake zu.

»Läuft einem ein Spanier über den Weg, rufen sie ihm ›Olé‹

entgegen, bei einem Italiener kommen Pizza, Mafia und Venedig aufs Tapet. Ist das bei euch auch so?«

»In England ist es nicht anders. Wenn wir an einen Franzosen denken, sehen wir sofort einen Frosch mit einer Baskenmütze und einem Baguette vor uns, der viel herumnörgelt und versucht, sich mit Gegnern anzulegen, die größer und stärker sind als er. Aber wahrscheinlich irren wir uns, denn du siehst überhaupt nicht wie ein Frosch aus.«

»Und außerdem trägt bei uns schon lange keiner mehr Baskenmützen … Weißt du, wie man bei uns die Engländer einschätzt?«

»Nein, wie denn?«

»Pedantisch, affektiert, egoistisch und falsch.«

»Oh, vielen Dank.«

»Gern geschehen. Man hält euch auch für asexuell.«

»Asexuell?«

»Man sagt, wenn man wissen will, wie oft ein Engländer Sex hatte, braucht man nur seine Kinder zu zählen.«

»Und ich Armer habe nur eine Tochter! Und mit welchem Tier vergleicht ihr uns?«

»Ein Engländer ist bei uns schon eine Art Tier.«

Blake lachte.

»Meine Frau war Französin, aber sie hat es mich nie spüren lassen.«

Youpla war wieder mit seinem Stock zurück.

»Lass uns in Ruhe«, sagte Magnier, »geh und jage Hasen oder Eichhörnchen.«

Als der Hund sah, dass sein Herrchen keine Anstalten machte, sich um ihn zu kümmern, wandte er seine Aufmerksamkeit Blake zu. Er legte den Stock zu seinen Füßen ab und wich schwanzwedelnd ein paar Schritte zurück. Andrew nahm das Holz auf.

»Ihr habt euch verbündet, damit ich mich nicht auf die Partie konzentrieren kann, stimmt's?«

Blake warf den Stock an einer Baumgruppe vorbei. Wie ein Blitz flitzte der Hund hinterher.

Magnier horchte auf.

»Hast du die Glocke gehört?«

»Ich hab nicht darauf geachtet. Sollen wir weitermachen?«

Magnier ließ seinen Läufer durch den Korridor marschieren, der durch die gezogenen Bauern entstanden war. Blake wollte das schon kommentieren, biss sich aber gerade noch rechtzeitig auf die Zunge. Magnier nahm den Faden wieder auf: »Ich muss gestehen, dass ich deine Art, unsere Sprache zu sprechen, beeindruckend finde. Keine Fehler, immer das richtige Wort parat …«

»Vielen Dank.«

»Hast du bei deinem früheren Arbeitgeber viel Französisch sprechen müssen?«

»Nein, eher wenig, aber ich lese viel französische Literatur. Diane hat das auch getan, und es macht mir Freude, mich mit den Texten zu beschäftigen, die sie besonders mochte.«

Blake dachte, dass Magnier nach Titeln fragen würde, aber da hatte er seine sprunghafte Art außer Acht gelassen.

»Und noch etwas finde ich faszinierend«, fuhr er fort, »ich habe dich noch nie ein einziges Schimpfwort benutzen hören.«

»Ich halte so etwas für unnötig.«

»Du gebrauchst wirklich nie eins?«

»Ich versuche es zu vermeiden.«

»Und du beleidigst auch nie jemanden?«

»Man kann heftig reagieren, ohne gleich zu beleidigen. Manchmal erzielt man sogar eine größere Wirkung, wenn man seine Worte sorgsam wählt, anstatt irgendwelche Floskeln zu verwenden, die keinen Sinn mehr haben, weil sie von jedem inflationär benutzt werden.«

»Da ist was dran. Aber ich finde, dass der Reichtum einer Sprache auch daran gemessen werden kann, wie groß die Auswahl an Schimpfwörtern ist. Im Französischen haben wir eine stolze Sammlung. Es gibt ein ganzes Arsenal, von locker-flockig bis hin zu ernsterem Material. Du kannst jemanden leichthin als Trottel, Depp, Armleuchter oder Kamel bezeichnen, und wenn er dich richtig ärgert, einen Gang hochschalten und zu blumigeren Ausdrücken greifen. Wenn du willst, bringe ich dir ein paar bei, um deine Sprachkenntnisse zu vervollkommnen. Als letzte Maßnahme wird dann schweres Geschütz aufgefahren, indem man die Wörter miteinander kombiniert: Mistkerl, Drecksack, Vollidiot, Vollpfosten, Volltrottel …«

»Danke, Philippe.«

Eine Stimme von der Allee ließ sie hochfahren: »Ja, ist das denn die Möglichkeit? Was wird hier bitte schön gespielt?«

Odile tauchte auf, rot vor Anstrengung und Ärger.

»Wir spielen Schach, ein Sport für Gentlemen«, antwortete Magnier.

»Bei dem man sich Schimpfwörter an den Kopf wirft wie im Kindergarten, ja?«

An Blake gewandt fügte sie hinzu: »Und Sie haben die Glocke natürlich nicht läuten hören?«

»Ehrlich gesagt hat mich Philippe vor einer Weile darauf aufmerksam gemacht.«

»Und da haben Sie sich nicht gedacht, dass Madame vielleicht nach Ihnen ruft?«

»Ich wusste nicht, dass ich auf ein derartiges Signal hätte reagieren sollen. Und im Übrigen weigere ich mich, angelaufen zu kommen, wenn man nach mir bimmelt. Aber ich stehe zur Verfügung, wenn man mich anständig ruft.«

»Das können Sie Madame alles selbst erzählen, die seit einer geschlagenen Stunde auf Sie wartet.«

27

Ich verliere langsam den Verstand! Als er von der Arbeit kam, habe ich hinter ihm herspioniert. So weit ist es schon gekommen! Und das Schlimmste ist, dass es ihm auch noch gut zu gehen scheint. Er hat nicht mal Augenringe. Stellen Sie sich vor, er hat seinem Kollegen irgendeinen Witz erzählt und sich dann selbst darüber kaputtgelacht. Wie kann er nur? Ich trage sein Kind unterm Herzen, gehe durch die Hölle wegen ihm – und er vergnügt sich. Vielleicht hat er mich ja schon vergessen? Den Mittwochabend habe ich in seiner Straße verbracht und versucht, ihn durch die Fenster seiner Wohnung zu sehen. Viel konnte ich nicht erkennen, nur ein paar Gänge zum Kühlschrank und zurück. Wenn ich die Lichtspiele an der Zimmerdecke richtig gedeutet habe, dann hat er nichts anderes gemacht, als Konsolenspiele zu spielen oder fernzusehen. Und ich stand mir unterdessen draußen die Füße platt, vor Kälte zitternd, verzweifelt, schwanger! Ich hatte schon Angst, die Leute würden mich für eine Prostituierte halten. Und das alles nur seinetwegen! Zehn Tage – und zehn Nächte – warte ich nun schon, Monsieur Blake. Keine SMS, keine Mail, nichts. Ich schlafe nicht mehr, ich lebe nicht mehr. Ich bin am Ende.«

Die junge Frau rieb sich zum wiederholten Mal die Augen.

»Manon, weinen hilft hier nicht. Zehn Tage in einem Menschenleben sind nicht mehr als ein Wassertropfen. In Angelegenheiten dieser Art hat Übereifer noch nie etwas genützt.«

»Entschuldigen Sie bitte, aber das ist doch alles nur leeres Geschwätz!«, brauste sie auf. »Sie reden immer so schlau daher wie ein Buch. Für Sie ist das leicht, weil Sie nicht betroffen sind. Haben Sie noch nie so sehnlich auf etwas gewartet, dass es Sie buchstäblich krank gemacht hat? Hingen Sie noch nie in der Luft, auf eine Antwort wartend, von der Ihr Leben abhängen könnte, in einer Situation, auf die Sie keinen Einfluss nehmen konnten?«

Manons Bemerkung wirkte auf Blake wie ein Eimer kaltes Wasser. Sie hatte recht. Wenn er die Erinnerungen zuließ, ein kleines bisschen nur, hatte er die Qual der Wahl. Seine vorgefertigten Phrasen waren geschlossene Türen, hinter denen sich seine Gefühle versteckten, seine wahren Emotionen. Mit ihrer Bemerkung hatte Manon soeben eine dieser Türen aufgerissen, und Blake fühlte, wie ihn eine Flut an Erinnerungen überschwemmte. Er sah sich nach dem Konzert, bei dem er Diane zum ersten Mal gesehen hatte und ein gemeinsamer Freund versprochen hatte, ihm ihre Adresse zu geben: Sechs Tage hatte er wie ein Besessener gewartet. Oder nachdem sie monatelang versucht hatten, ein Baby zu bekommen – das tagelange Bangen und Hoffen, ob der Fötus lebensfähig sein würde: elf schlaflose Nächte. Und dann die Zeit, als seine Mutter noch darauf hoffte, den Krebs besiegen zu können. Wie viele Tränen hatte er heimlich geweint, solange sie auf das Ergebnis warteten? Er hätte Dutzende Beispiele nennen können. Nicht immer endeten diese Wartezeiten katastrophal, ganz im Gegenteil. Schließlich hatte er bei Diane geklingelt, unter dem lächerlichen Vorwand, ihr ein Tuch zurückzugeben, von dem er ganz genau wusste, dass es ihr nicht gehörte. Und Sarah war gesund zur Welt gekommen. Aber jedes Mal hätte er alles dafür gegeben, dass die Zeiger der Uhr schneller liefen und die Tage wie Sekunden vergingen.

Blake blickte zu Manon hoch und sagte leise mit belegter Stimme:

»An Ihrer Stelle würde ich ihm schreiben.«

»Das ist ja ganz nett, aber was soll ich ihm überhaupt sagen?«

Andrew rieb sich die Schläfe.

»Lassen Sie keinen Ärger einfließen, keine Vorwürfe. Wenn Sie wollen, werde ich Ihnen helfen.«

In Sekundenbruchteilen änderte sich der Gesichtsausdruck der jungen Frau. Ihr Blick war plötzlich voller Hoffnung und Dankbarkeit. Blake versuchte sie ein wenig zu bremsen: »Ich kann für nichts garantieren, aber einen Versuch ist es wert.«

Manon warf sich dem Majordomus an den Hals und küsste ihn auf die Wange.

»Sie sind ein Schatz! Ich hole sofort was zum Schreiben.«

Blake dachte naiv, die ersten Worte dürften noch kein Problem darstellen: »›Lieber Justin‹ …«

»Ich würde eher ›Mein geliebter Justin‹ schreiben.«

»Ihr Mädchen habt es gerne, uns Männer als euer Eigentum zu betrachten, aber das gefällt uns nicht besonders, vor allem am Anfang, glauben Sie mir.«

»Na gut, dann also ›Lieber Justin‹.«

»›Es ist schon zehn Tage her, seit wir uns das letzte Mal gesehen haben. Du fehlst mir. Ohne dich ist mein Leben nicht mehr so, wie es war. Ich verstehe, dass du nach der Nachricht von meiner Schwangerschaft das Bedürfnis hattest, dich zurückzuziehen. Ich habe wirklich gedacht, dir eine schöne Überraschung zu bereiten, aber jetzt weiß ich, dass du es anders aufgefasst hast. Ich hab es nicht darauf angelegt, schwanger zu werden, aber nun ist es passiert, das Kind ist von dir, und ich bin glücklich darüber. Es hat sich früher angemeldet als geplant, aber ich hatte ohnehin gehofft, dass wir eines Tages Kinder miteinander haben würden. Ich will dir nicht deine Freiheit und schon gar nicht dein Leben nehmen. Ich wünsche mir nur, ein Teil davon zu sein.‹«

Andrew machte eine Pause. Manon schrieb so schnell mit, wie sie konnte, und er fuhr fort: »›Ich habe keine Angst vor dem Alleinsein, aber ich habe Angst, ohne dich zu sein. Ich will nicht um jeden Preis irgendjemanden zum Partner haben, ich möchte mein Leben an deiner Seite verbringen. Ich möchte dich jeden Tag um mich haben, denn ich weiß, dass mein Leben mit dir um vieles schöner ist als ohne dich. Wenn wir einmal getrennt sein sollten, möchte ich auf dich in der Gewissheit warten, dass du wiederkommen wirst. Du bist so wichtig für mich wie die Luft, die ich atme, und ich dachte immer, dass ich es für dich auch bin. Sollte ich mich geirrt haben, musst du es mir sagen. Wenn ich als Einzige an unsere gemeinsame Zukunft geglaubt habe, musst du es mir sagen. Ich habe vor dir andere Männer gekannt, aber keiner hatte diese besondere Wirkung auf mich wie du. Nie zuvor habe ich so gefühlt. Ich liebe dich, wie du bist. Ich liebe es, dich anzusehen, dich zu beobachten. An deiner Seite glaube ich, ein besserer Mensch sein zu können. Ich glaube, mehr erreichen zu können, für uns beide, für uns drei. Du brauchst wahrscheinlich mehr Zeit, um herauszufinden, ob ich die Richtige für dich bin, ob du dich an mich binden möchtest. Auch wenn es wehtut: Ich bin bereit zu warten. Antworte mir, so schnell du kannst. Ich hoffe, du kommst zu mir zurück. Ich liebe dich.‹«

Manon beendete die Mitschrift mit einem seltsamen Gefühl. Jedes dieser Worte drückte ihre tiefsten Empfindungen aus, aber sie aus dem Mund eines Mannes zu hören, der ihr Großvater hätte sein können, verwirrte sie. Sie betrachtete Blake aufmerksam, aber sein Gesicht verriet keine Regung.

»Dieser Brief ist wunderschön«, sagte sie. »Ich hätte mich niemals so ausdrücken können, auch wenn es genau das ist, was ich für Justin empfinde. Wie schaffen Sie das nur?«

»Vor langer Zeit, kurz nach dem Beginn unserer gemeinsamen Geschichte, hat Diane einmal Schluss mit mir gemacht. Ich weiß nicht mal mehr, warum. Ich weiß nur noch, dass ich am Boden zerstört war. Es war ein Albtraum. Ich wusste, dass sie die Frau meines Lebens war, und ich war mir sicher, sollte ich sie verlieren, würde ich mit keinem anderen Menschen je wieder so glücklich werden. Wie Sie habe ich gewartet. Ich hatte schon fast vergessen, wie sehr ich gewartet habe. Wie Sie habe ich sie bespitzelt, an Orten, von denen ich wusste, dass sie dort sein würde. Wie Sie verstand ich nicht, wie sie einfach weiterleben konnte, wo ich doch so unglücklich war. Der Brief, den Sie Justin schicken werden, ist der, den ich ihr damals hätte schreiben sollen, wenn ich dazu fähig gewesen wäre.«

»Sie sind dazu fähig, denn Sie haben ihn mir diktiert.«

»Vierzig Jahre später, Manon. Als ich jung war, konnte ich die Dinge noch nicht so einfach und ehrlich sagen. Es braucht Zeit, das zu lernen. Wenn man jung ist, hat man Angst vor allem Neuen, denn man kennt es noch nicht. Wenn man alt ist, hat man Angst, etwas könnte zu Ende gehen. Man weiß viele Dinge, aber man hat nicht mehr die Gelegenheit, dieses Wissen anzuwenden. Wenn meine Erfahrung Ihnen nun behilflich sein kann, ist mein damaliges Leiden wenigstens nicht völlig vergeblich gewesen. Dieser Gedanke gefällt mir.«

Manon betrachtete das vollgekritzelte Papier.

»Ich schreibe jetzt alles in Schönschrift ab, und auf dem Heimweg lege ich ihm den Umschlag in den Briefkasten.«

»Nein, Manon. Sie sollten ihn mit der Post schicken. Er sollte nicht einmal erfahren, dass Sie in der Nähe seiner Wohnung waren. Männer können es nicht leiden, wenn man in ihr Territorium eindringt …«

28

Unter einem regenschwangeren Himmel hastete Magnier zum Haupttor, einen Schraubenzieher in der Hand.

Dabei schickte er ein Stoßgebet in Richtung der grauen Wolken: »Bitte, lass es funktionieren!«

Er öffnete das Fußgängertor, das nun mit einem elektrischen Türöffner ausgestattet war, und stellte sich vor das Bildschirmtelefon, das noch am selben Morgen an der Mauer angebracht worden war. Wie ein abergläubischer Spieler im Casino, der im Begriff steht zu würfeln, rieb er den Daumen an seinen Fingerspitzen, bevor er die Ruftaste drückte.

Blake, der bereits in der Halle des Gutshauses vor dem Empfänger wartete, reagierte sofort auf das Klingeln. Auf dem winzigen schwarz-weißen Bildschirm erschien das Konterfei von Magnier. Die Kamera hatte eine niedrige Auflösung und ein Weitwinkelobjektiv, was ihn wie eine kugelrunde Kröte mit riesigen Augen und kleinem Mund aussehen ließ. Blake wäre nicht überrascht gewesen, wenn er zu quaken angefangen hätte.

»Hörst du mich?«, fragte der Verwalter.

»Erst einmal, man sagt ›guten Tag‹, sonst wird nicht aufgemacht. Obwohl, wenn man die Uhrzeit bedenkt, wäre ›guten Abend‹ vielleicht die bessere Wahl …«

»Sehr witzig. Jetzt teste mal den elektrischen Türöffner, bevor ich die Suppe von oben abkriege.«

»Bei euch dreht sich alles immer nur ums Essen …«

Philippes Stimme kam im Vergleich zu den Mundbewegungen des Bildes ein wenig zeitverzögert an. Blake war von der surrealen Wirkung fasziniert.

»Andrew, worauf wartest du noch? Mach bitte auf!«

Blake betätigte die Taste für den Türöffner und hörte durch die Sprechanlage ein kurzes Klack-Geräusch.

»Es funktioniert!«, rief Magnier triumphierend.

Immer noch vor der Kamera stehend, inzwischen mit ein paar Regentropfen auf der Stirn, fiel seine fröhliche Miene urplötzlich in sich zusammen, und er erklärte: »Ich bin ein Mistkerl, weil ich den Jungen ausgenutzt habe.«

Blake war von dem plötzlichen Themenwechsel etwas überrumpelt. Selbst auf dem verzerrten Bild wirkte Magnier beschämt und kleinlaut.

»Wieso sagst du mir das jetzt? Das ist eine Sprechanlage, kein Beichtstuhl.«

»Weil es mir zu peinlich ist, dir das ins Gesicht zu sagen.«

»Es steht mir nicht zu, darüber zu urteilen. Das ist eine Sache zwischen dir und dem Jungen. Wenn es dir leidtut, musst du das mit ihm ausmachen.«

»Du sagtest etwas von einer Idee, um die Dinge wieder ins Lot zu bringen …«

»Ja, ich wüsste da tatsächlich etwas …«

»Dann möchte ich, dass wir das möglichst schnell über die Bühne bringen. Im Moment fühle ich mich echt mies.«

»Wann kommt Yanis wieder zu dir?«

»Heute Abend«, sagte Philippe und blinzelte ein paarmal, um die Regentropfen aus den Augen zu bekommen.

»Bist du bereit, mit ihm zu reden?«

»Es wäre einfacher, wenn du mir helfen würdest. Ich weiß ja nicht mal, was das für eine Idee ist …«

Blake überlegte kurz, dann sagte er entschlossen: »Ich komme nach dem Essen zu dir runter und erkläre es dir.«

Magniers Gesicht verzog sich zu einem sehr breiten Lächeln, das von der Kamera zusätzlich deformiert wurde, so dass er wie ein Wesen aus einem Science-Fiction-Film aussah, das – mit einem Schraubenzieher bewaffnet – aus den Tiefen des Weltalls gekommen war, um die Erde zu erobern.

»Und schon wieder sind Sie dabei, sich zu amüsieren«, kommentierte Odile, die unvermutet in der Halle aufgetaucht war.

»Ganz und gar nicht. Wir testen nur die neue Sprechanlage am Eingangstor«, verteidigte sich Blake.

»Ja, das höre ich, es klingelt ja pausenlos. Aber warum man dafür mysteriöse Verabredungen treffen muss, ist mir ein Rätsel.«

Andrew fiel keine passende Antwort ein, so dass er schweigend zusah, wie Odile lächelte und dann die Halle verließ. So alt der Majordomus auch war, er konnte nichts dagegen tun, wie ein auf frischer Tat ertappter Grundschüler auszusehen.

29

Können wir den Fernseher anmachen?«

»Noch nicht, Yanis. Philippe und ich möchten etwas Wichtiges mit dir besprechen.«

»Ich sag Ihnen gleich, ich mach keine Einkäufe mehr! Sie können mich bei meiner Mutter verpfeifen, das ist mir egal. Ich werd auf keinen Fall noch mehr tun. Sie sind doch Sklavenquäler!«

»Du meinst wahrscheinlich ›Sklaventreiber‹«, korrigierte Andrew ruhig.

»Sie verbessern mich nur, weil ich Ausländer bin.«

»Du bist in Frankreich geboren, mein Lieber. Von uns beiden bin nur ich Ausländer.«

Der Junge hatte sein Essen nicht angerührt. Unter dem Tisch fütterte er Youpla mit kleinen Brotstücken in der Meinung, niemand würde es bemerken. Wie mit Blake besprochen, hielt sich Philippe im Hintergrund. Blake setzte neu an: »Wir möchten dir einen Deal vorschlagen.«

»Dann haben Sie aber Pech gehabt, weil ich unheimlich gut verhandeln kann. Sie haben keine Chance.«

»Kommst du gerne hierher?«

Ein wenig verwirrt warf der Junge den beiden Männern einen hastigen Blick zu.

»Ja, schon, ist mal was anderes, und außerdem ist Youpla hier.«

»Was hältst du davon, öfter vorbeizukommen?«

»Um was zu tun? Sie sind doch wohl nicht homophil, oder was? Sonst sag ich meinem Bruder Bescheid, und dann kommt er mit seinen Freunden und haut euch zu Brei.«

»Du meinst wahrscheinlich ›pädophil‹. Aber, nein, du kannst ganz beruhigt sein. Woran wir gedacht haben, ist, dir Lesen und Rechnen beizubringen.«

»Ich kann rechnen!«

»Wirklich?«

»Genug, um die Einkäufe zu machen, ich komm ganz gut klar.«

»Und was ist mit Lesen?«

»Wozu soll das gut sein? Ich kann doch fernsehen … Auf jeden Fall komme ich zurecht.«

»Wie alt bist du, Yanis?«

»Fast siebzehn.«

»Aha. Stell dir vor, ich glaube dir sogar. Wir haben alle ein Alter, mit dem wir uns wohlfühlen, weil es dem entspricht, wie wir uns selbst wahrnehmen. Die jungen Leute sehen sich oft älter, die alten jünger … Ich zum Beispiel bin fünfunddreißig.«

»Das ist ja wohl gelogen, Monsieur Blake. Sie sind mindestens dreimal so alt!«

Blake lächelte.

»Du hast recht. Wenn du brav bist, werde ich dir eines Tages von meiner ersten Dinosaurierjagd erzählen, damals, als ich noch nackt in einer Hohle gelebt habe. Aber jetzt zurück zu dir. Wie alt bist du wirklich, Yanis? Raus mit der Sprache.«

Das Kind biss sich auf die Lippe.

»Vierzehn. Fast fünfzehn. In acht Monaten.«

»In welche Klasse gehst du?«

»In die fünfte. Ich bin sitzen geblieben, weil ich krank war …«

»Das macht nichts. Wenn ich richtig verstanden habe, ist es im Moment deine Mutter, die dir zu essen gibt und bei der du wohnst. Aber hast du schon mal darüber nachgedacht, wie dein Leben aussehen wird, wenn sie nicht mehr da ist? Was wird aus dir, wenn du für dich allein sorgen musst?«

»Ich habe jede Menge Kumpel, außerdem ist es noch lange nicht so weit. Mein Leben liegt noch vor mir. Aber ist mir schon klar, dass Sie das nicht nachvollziehen können ...«

Derart in die Zange genommen war Yanis bereit, mit jeder verfügbaren Unverschämtheit zu kontern, um seinen Kopf aus der Schlinge zu ziehen. Philippe machte schon den Mund auf, um ihn zurechtzuweisen, aber Andrew bremste ihn mit einer Geste.

»Du wirst es vielleicht erstaunlich finden, Yanis, aber die zwei Fossilien, die vor dir sitzen, waren auch mal kleine Jungs. In deinem Alter haben wir genauso viel Blödsinn gemacht. Unsere Mütter haben mit uns geschimpft. Wir haben unser Gemüse nicht gegessen. Wir haben unsere Tränen versteckt, wenn wir uns eine Abreibung eingefangen hatten, weil wir unsren Stolz hatten. Wir waren voller Träume und Illusionen, genau wie du. Und jetzt will ich dir ein Geheimnis verraten, mit dem du sehr viel Zeit sparen kannst: Träume bringen dich weiter. Sie werden zusammen mit dir immer größer, sie tragen dich in die Höhe. Was du jedoch schnell loswerden musst, sind deine Illusionen. Sie hindern dich daran, das Leben so zu sehen, wie es ist, und lassen dich am Ende zwangsläufig scheitern. Wenn du sagst, du hättest jede Menge Kumpel und das Leben noch vor dir, dann glaub mir, das ist eine Illusion.«

Yanis starrte seine beiden Gesprächspartner perplex an. Andrew fügte hinzu: »Ich muss zugeben, als ich so alt war wie du, hatte ich nicht so viel Energie und war auch nicht so schlagfertig. Ich glaube, ich hätte mich nie getraut, im Dunkeln allein durch diesen Wald hier zu gehen. Wahrscheinlich wäre ich beim ersten Knacken eines Asts schreiend davongelaufen. Oder, schlimmer noch, beim ersten Eulenschrei in Ohnmacht gefallen.«

»Sie hatten Angst im Dunkeln?«

»Du nicht?«

»Als ich klein war, fand ich es auch nicht so toll, aber als mein Vater noch bei uns war, hat er uns manchmal, wenn wir zu laut gespielt haben und er genervt war, ins Treppenhaus geschickt, wo wir auf unsere Mutter warten sollten. Sie kam immer sehr spät nach Hause, wir haben stundenlang gewartet. Jedes Mal, wenn das Licht ausging, saßen wir total im Dunkeln. Manchmal tauchten Leute aus dem Nichts auf – wir haben sie Gespenster genannt. Aber wir haben gelernt, damit klarzukommen.«

»Du sprichst über die Zeit, als du klein warst, in der Vergangenheit. Wie lange ist das her, was meinst du?«

»Weiß nicht, aber es ist schon ewig her.«

»Wenn du ganz viel Geld hättest, Yanis, was würdest du damit anfangen?«

»Richtig viel Geld?«

»So viel, wie du willst.«

»Die Frage mag ich. Meine Freunde und ich stellen uns das oft vor. Ich würde mir zuerst ein geiles Auto kaufen, Aston Martin oder so, mit allem Drum und Dran. Und ganz viele Klamotten. Und dann würde ich meiner Mutter auch was geben, damit sie ihren nervigen Job hinschmeißen kann.«

»Deine erste Wahl wäre ein Luxuswagen? Ich rede von Träumen, nicht von Illusionen …«

»Na ja, wenn ich darüber nachdenke, würde ich wohl zuerst meiner Mutter einen großen Fernseher kaufen, weil ihrer Schrott ist. Meine Ma ist eigentlich nur dann richtig zufrieden, wenn sie irgendwas im Fernsehen sehen kann, was ihr gefällt. Aber weil sie nur zwei Sender reinkriegt und das Bild springt, ist sie nicht so oft zufrieden …«

»Also gut. Hier ist der Deal, den Monsieur Magnier und ich dir vorschlagen: Jedes Mal, wenn du hierherkommst, werden wir dir helfen, lesen und rechnen zu lernen …«

»Ich hab Ihnen doch gesagt, dass ich das kann!«

»Lass mich ausreden. Wenn du es schaffst, auf das Niveau zu kommen, das in deiner Klasse Durchschnitt ist, geben wir dir Geld, damit du deiner Mutter einen Fernseher deiner Wahl schenken kannst.«

»Echt jetzt? Warum tun Sie das? Wollen Sie mir meine Augen oder meine Nieren abnehmen, um sie an Organhändler zu verkaufen, oder was?«

»Erscheint dir der Gedanke, jemand könnte dir einfach nur helfen wollen, so unglaublich?«

»Keiner macht was umsonst.«

»Wenn du das wirklich glaubst, bist du zu bedauern.«

»Ich brauche Ihr Mitleid nicht. Ich komme klar.«

»Yanis, glaubst du an das Glück?«

»Im Lotto, ja. Aber nicht im Leben.«

Blakes Augen begannen zu funkeln.

»Dann glaubst du auch an das Glück beim Kartenspiel?«, bohrte er nach.

»Mein Bruder sagt, das Glück hat keine Freunde. Vor dem Zufall sind wir alle gleich.«

»Exzellent. Philippe, besitzt du einen Satz Karten?«

»Müsste sich finden lassen.«

Der Verwalter ging in sein Schlafzimmer. Andrew sah dem Kleinen unverwandt in die Augen.

»Ich schlage dir ein Spiel vor, Yanis, ein einfaches Spiel, das auf Zufall basiert. Keine Tricks, keine komplizierten Regeln, du brauchst nur etwas Glück.«

»Passen Sie bloß auf, ich hab schon mal gespielt. Sie können mich nicht reinlegen.«

»Es gibt keine Fallen. *Du* mischst die Karten. *Du* bestimmst, wer anfängt. Der Erste von uns beiden, der die Karte zieht, die *du* bestimmt hast, gewinnt. Was meinst du?«

»Was gibt es zu gewinnen?«

»Wenn du gewinnst, musst du nicht lernen und kaufst deiner Mutter den Fernseher auf unsere Kosten. Wenn du verlierst, versprichst du, zum Lernen herzukommen, und sobald du das Klassenniveau erreicht hast, kaufst du deiner Mutter den Fernseher auf unsere Kosten.«

»Was soll denn das für ein Deal sein? In beiden Fällen kriegt meine Mutter den Fernseher!«

»Ja, aber wenn ich gewinne, kannst du ihr die Gebrauchsanweisung vorlesen.«

Magnier kam mit einem Satz Karten zurück, den er auf den Tisch legte. Yanis zögerte.

»Ich brauche Zeit, um darüber nachzudenken …«

»Du bist groß. Du brauchst keine Bedenkzeit. Und mein Angebot gilt nicht ewig. Du hast die Wahl, deiner Mutter Freude zu bereiten, weil du vielleicht im Glücksspiel gewinnst, oder deiner Mutter Freude zu bereiten, weil du Mut beweist.«

Yanis war versucht, Ja zu sagen, aber er war es nicht gewohnt, etwas zu entscheiden. Um sich Mut zu machen, suchte er sogar zu Youpla Blickkontakt. Dann erklärte er plötzlich: »Ich nehme Pik As. Und ich fange an.«

Blake streckte seine große Hand aus, um ihre Vereinbarung offiziell zu besiegeln. Der Junge drückte sie ungeschickt mit seiner kleinen. Magnier schob die Karten zu ihm hinüber, damit er sie mischte. Dabei verteilte er die Hälfte über den Tisch, aber ohne sich davon beirren zu lassen, sammelte er sie mit aufgesetzter Coolness wieder ein. Magniers Wohnzimmer wurde zur Kulisse eines wahrhaftigen Film noir. Yanis hob die erste Karte ab, als hinge sein Leben davon ab. Er zog sie verdeckt zu sich und hielt sie dicht über dem Tisch, damit sie niemand vor ihm sah. Als er den Blick darauf warf, stand ihm die Enttäuschung ins Gesicht geschrieben, noch bevor er die Karte für alle sichtbar aufdeckte: Kreuz Neun.

Blake zog die zweite Karte und deckte sie sofort auf: Karo Bube. Yanis drückte auf seinem Stuhl den Rücken durch und imitierte Blakes Vorgehen: Pik König.

»Nicht weit weg«, kommentierte er.

»Entweder ist es die Karte, oder sie ist es nicht. Du schießt das Tor, oder du schießt vorbei. Beinaheerfolge gibt es nicht.«

Blake drehte die nächste Karte um: Kreuz Zehn. Abwechselnd zogen sie die Karten vom Stapel. Die Spannung stieg in dem Maße, in dem der Stapel dünner wurde. Selbst Youpla schien gemerkt zu haben, dass etwas Wichtiges vor sich ging, und machte keinen Mucks. Magnier verfolgte den Spielverlauf und beugte sich immer weiter über den Tisch.

»Wie viele Karten haben wir schon gezogen?«, fragte Blake seinen Spielgegner.

»Weiß nicht. Zehn oder zwölf. Versuchen Sie nicht, mich abzulenken. Ich bin dran.«

»Du hast dreizehn gezogen und ich auch. Im Spiel sind zweiunddreißig Karten. Wie viele sind noch übrig?«

»Genug, um für meine Mutter den Fernseher zu gewinnen.«

Der Kleine deckte ein Herz Ass auf. Er reagierte enttäuscht. Blake legte seine Hand auf die oberste Karte des Stapels wie ein Cowboy, der seinen Colt ziehen will. Er sah dem Jungen intensiv in die Augen, der dem Blick nicht lange standhalten konnte, und sagte: »Ist dir eigentlich klar, Yanis, dass sich mit einer einfachen Karte dein Leben ändern kann? Und das hängt nur von deinem Glück ab, nicht wahr?«

Das Kind setzte ein spöttisches Lächeln auf, bis Blake mit einer knappen und schnellen Bewegung das Pik Ass aufdeckte.

»Sie haben geschummelt!«

»Wie hätte ich das denn tun sollen?«

»Woher wussten Sie, dass das Pik Ass kommen würde?«

»Wie du glaube ich an das Glück.«

»Ohne mich, Mann, so läuft das nicht.«

»Du hast mir dein Wort gegeben. Ein Mann muss immer zu seinem Wort stehen, vor allem, wenn er es war, der die Regeln vorgegeben hat. Dein Bruder und alle deine Freunde würden mir recht geben.«

Wütend schmiss Yanis die Karten durchs Zimmer.

»Wieso tun Sie mir das an?«, schrie er.

»Um dir zu helfen.«

30

Um den Geruch von heißer Druckerschwärze zu vertreiben, von dem Andrew immer leicht übel wurde, hielt er seine Nase über die Kaffeekanne.

»Werden Sie Ihrem Tee untreu?«, fragte Odile erstaunt, während sie die Gartentür öffnete.

»Ganz gewiss nicht. Ich mag nur gerne ein wenig Abwechslung.«

Die Köchin steckte ihren Kopf nach draußen und rief nach ihrem Kater: »Mephisto! Mephisto! Komm, mein Großer, deine Milch ist fertig!«

»Sie werden sich noch erkälten«, sagte Blake. »Wir könnten für Mephisto eine Katzenklappe einbauen. Dann könnte er kommen und gehen, ohne Sie zu stören.«

Während Odile weiterhin nach dem Kater Ausschau hielt, dachte sie über den Vorschlag nach.

»Ich bin mir nicht sicher, ob Madame damit einverstanden wäre.«

»Ich kann sie ja mal fragen. Apropos, finden Sie nicht auch, dass Madame in letzter Zeit ziemlich mitgenommen aussieht?«

»Als ich mir kürzlich die Bemerkung erlaubt habe, sie sähe ein wenig müde aus, hat sie mir versichert, es sei nichts.«

»Hat sie in letzter Zeit eine Kontrolluntersuchung beim Hausarzt machen lassen?«

»Seit ich da bin, ist noch kein Arzt hier gewesen. Sie schwört auf Pflanzen und stellt ihre eigenen Bio-Arzneien her …«

Der Kater kam angetrippelt, den Schwanz kerzengerade nach oben gerichtet, und lief zielgerichtet zu seiner Milchschüssel. Odile fuhr fort: »Heute Nachmittag erwartet Madame wichtigen Besuch.«

»Davon weiß ich gar nichts.«

»Sie hat wahrscheinlich vergessen, Ihnen Bescheid zu sagen. Es ist ein Arbeitsgespräch.«

Das Fragezeichen in Andrews Gesicht veranlasste Odile, ausführlicher zu werden: »Stören Sie sich nicht daran. Sie weiß, wie Sie über die Leute denken, die ihre Geldanlagen verwalten. Deshalb hat sie es vorgezogen, mir Bescheid zu geben und nicht Ihnen. So wie ich es verstanden habe, geht es um etwas Dringliches.«

»Ich könnte ihr dabei behilflich sein.«

»Sie scheint aber nicht überzeugt von Ihren Qualitäten als Berater, und sie ist nun mal die Chefin.«

Blake hatte sehr wohl gemerkt, dass Madame ihm kein einziges der Schreiben anvertraute, die mit ihrem Geld zu tun hatten. Dennoch hatte er sich vorgenommen, mehr über die Lage ihrer Finanzen und über ihre »Anlageberater« zu erfahren, auch wenn er sich die Informationen selbst zusammensuchen musste …

Er wechselte das Thema: »Ich möchte Sie um einen Gefallen bitten: Könnten wir für morgen Manon zum Mittagessen einladen?«

Die Köchin betrachtete den Majordomus mit Verwunderung, so dass er ergänzte: »Ihre Stimmung ist im Moment nicht die beste.«

»Trifft sie sich denn mittwochs nicht immer mit ihrem Freund?«

»Nein, in letzter Zeit nicht.«

»Und Sie glauben wirklich, ein Essen mit uns wird genügen, um ihr ein Lächeln auf die Lippen zu zaubern?«

»Ihre Kochkunst kann Wunder vollbringen …«

»Sie hat Sorgen. Und ist damit zu Ihnen gegangen?«

»Wissen Sie, es ist nichts Dramatisches …«

»Lassen Sie es sich gesagt sein, Monsieur Blake, dass für uns Frauen Liebesgeschichten immer dramatisch sind. Und ich stelle fest, dass sie darüber mit Ihnen gesprochen hat.«

»Ich glaube, Sie schüchtern sie ein wenig ein.«

»Wirklich? Ich würde nur zu gern wissen, warum. Manon ist ein korrektes Mädchen, aber sie hat nie von sich aus Kontakt gesucht. Sie kommt, macht ihre Arbeit und fährt wieder nach Hause. Wir haben privat nichts miteinander zu tun. Aber trotzdem hätte sie zu mir kommen können.«

»Ihr Leben spielt sich nicht hier ab.«

»Ganz am Anfang, als sie neu war, hat sie mir erzählt, dass sie gerne Lehrerin werden möchte. Dass das mit ihrem Job als Haushaltshilfe nicht viel zu tun hat, ist ja wohl klar.«

»Das Schicksal bringt uns nicht immer dorthin, wo man gerne wäre. Sie und ich sind dafür die besten Beispiele. Was meinen Sie also, darf sie sich morgen zu uns gesellen?«

Odile streichelte ihren Kater, der seine kleine Zunge in gleichmäßigem Rhythmus in die Milch tauchte.

»Ich weiß schon, was ich für sie kochen werde …«

31

Wind kam auf. Durch Böen hochgerissen, die zwischen den Ästen pfiffen, flog das Laub bis in die Baumspitzen, um dann wieder in Wirbeln zu Boden zu gleiten. Blake und Magnier drangen immer weiter in die Tiefen des Parks ein.

»Wir werden vielleicht nur wenige Pfifferlinge finden«, sagte Philippe, »aber für Steinpilze stehen die Chancen ganz gut.«

Der Gutsverwalter ging voran, einen Drahtkorb in der einen, den Stock in der anderen Hand. Beiläufig merkte er an: »Du kannst wirklich gut mit Kindern umgehen. Denn einfach ist der Knabe nicht. Wie hast du das mit dem Pik Ass nur gemacht?«

»Was meinst du?«

»Ich hab's doch gesehen. Du wusstest, dass die Karte kommen würde. Wie hast du das gemacht? Hattest du sie im Ärmel? Hast du noch ein paar andere Kartentricks auf Lager?«

»Das war reines Glück.«

»Komm schon, Andrew! Mir kannst du es doch sagen, ich werde es dem Jungen bestimmt nicht verraten, versprochen!«

»Das Einzige, worum es hier geht, ist, dass er das Klassenziel erreicht.«

»Das ist eine sehr edelmütige Idee, aber ich kenne ihn. Er ist ein Schlitzohr. Er wird alles dafür tun, um sich nicht zu sehr anstrengen zu müssen.«

»So sind doch alle Kinder. Es liegt an uns, dafür zu sorgen, dass er damit nicht durchkommt. Und wir können auch ganz schön schlitzohrig sein, nicht wahr?«

Magnier lächelte.

»Du hast doch eine Tochter, stimmt's?«

»Ja, Sarah. Aber sie musste ich nie zum Lernen anhalten. Sie nahm sich ein Beispiel an ihrer Mutter.«

»Du musstest ihr nie bei den Hausaufgaben helfen?«

»Ein- oder zweimal in Physik, aber da war sie schon an der Uni.«

»Ich frage nur, weil ich keine Ahnung habe, wie ich das mit Yanis anpacken soll.«

»Bevorzugst du Rechnen oder Lesen?«

»Nun ... das Einzige, was ich berechne, sind mein Lohn und die Dosierungen für Pflanzendünger oder Schutzmittel. Und was das Lesen betrifft ... ab und zu mal eine Zeitschrift ... Als Kind habe ich gerne in Büchern geschmökert, vor allem, weil ich mich in den Ferien oft furchtbar gelangweilt habe und das die einzige Möglichkeit für mich war, in eine andere Welt abzutauchen.«

»Dann kümmerst du dich um seine Lektüre, und ich übernehme die Mathematik.«

»In Ordnung, aber ich weiß immer noch nicht so recht, wie ich dabei vorgehen soll.«

»Lies ihm Geschichten vor, die du selbst magst. Was hast du am liebsten gelesen in deinen Ferien? In welche Erzählungen konntest du am tiefsten abtauchen? Bei welchen Büchern konntest du nicht anders, als sie heimlich im Bett zu verschlingen? Erinnere dich zurück, und lies ihm deine Lieblingsgeschichten laut vor. Nur wenige Seiten pro Besuch. So lange, bis er es nicht mehr erwarten kann, das nächste Kapitel zu hören. Dann wird er sich von alleine ans Lesen machen.«

»So hab ich das aber in der Schule nicht gelernt ...«

»Schule ist etwas komplett anderes. Die müssen dort mit viel zu vielen Kindern auf einmal klarkommen, also automatisieren sie und vermitteln Stoff wie am Fließband. Aber die beste Art zu lernen ist immer noch, sich von der Begeisterung anstecken zu lassen. Wir werden ihm nicht erklären, was es in Büchern zu finden gibt. Wir werden es ihn entdecken lassen.«

»Denkst du über alles so viel nach? Du warst in der Schule bestimmt in deinem Element.«

»Ich war kein besonders guter Schüler, das kannst du mir glauben! Ich wollte vor allem mit meinen Freunden zusammen sein. Sie zu sehen war meine einzige Motivation, in die Schule zu gehen. Wir haben viel Blödsinn zusammen gemacht, zum Leidwesen der Lehrer. In dieser Hinsicht waren wir nicht besonders schlau, aber was will man in dem Alter erwarten? Immerhin waren wir nicht allein.«

»Du bist nicht gerne allein?«

»Meine Frau hat immer gesagt, dass nur das von Wert ist, was man teilt. Und ich glaube, sie hatte recht.«

»Dann musst du mich ja für total beschränkt halten, weil ich wie eine Ratte in meiner kleinen Hütte lebe.«

»Manchmal haben wir keine Wahl. Ich bin ja auch ganz allein hier angekommen und mitten unter Fremden gelandet. Jeder ist in dem einen oder anderen Augenblick seines Lebens allein. Das Einzige, was einem bleibt, ist, den Weg zu den anderen zu suchen ...«

Magnier glaubte Traurigkeit aus Andrews Stimme herauszuhören. Er hätte ihm gern gesagt, dass er nicht mehr allein war, dass sie dabei waren, Freunde zu werden. Er wollte ihm die Hand auf die Schulter legen, um ihn aufzurichten, wie es Freunde in der Schule tun. Aber er wagte es nicht.

Blake schlug den Kragen seiner Jacke hoch. Magnier zeigte auf den Laubteppich vor ihnen.

»Diese Stelle hier schauen wir uns ein bisschen näher an«, sagte er, indem er mit seinem Stock in den Blättern wühlte.

»Pfifferlinge sind leichter zu finden wegen ihrer gelben Farbe, aber für Steinpilze muss man die Augen offen halten. Und bitte, pack nichts in deinen Korb, bevor du es mir nicht gezeigt hast. Wenn man nur einen Giftpilz zwischen die essbaren legt, kontaminiert er alle anderen. Der Pilz nimmt dir jeden Fehler übel.«

Blake fand den Ausspruch ein bisschen zu dramatisch für den Anlass: »Der Pilz nimmt dir jeden Fehler übel.« Die logische Fortsetzung ergab sich in seinem Kopf wie von selbst: »Der Pilz übt grausame Rache. Er steigt mit seinem kleinen runden Hut aus den Tiefen des Waldes auf, um erbarmungslos Vergeltung zu üben.« In diesem Moment sah Blake in der Ferne unter einer Gruppe alter, majestätischer Bäume ein Stück Land, das von einer niedrigen Mauer mit spitz zulaufenden Gitterstäben umfriedet war.

»Was ist das?«, fragte er. »Die Grundstücksgrenze?«

»Nein, das ist der Friedhof.«

Im Schutz einer großen Eiche, die wahrscheinlich mehrere hundert Jahre alt war, standen vier Grabsteine zwischen den Bäumen. Das eingefasste Grundstück ließ noch für drei weitere Grabstätten Platz übrig. Magnier legte seinen Korb und den Stab auf dem Boden ab und drückte das Türchen auf. Mit feierlichen Schritten strebte er auf einen Grabstein aus grob behauenem Granit zu. Blake folgte ihm.

»Hier ruht Monsieur François«, sagte er mit gedämpfter Stimme.

Mit gezielten Handbewegungen entfernte Philippe sorgfältig die auf die Steinplatte gefallenen Blätter. Jede Geste zeugte von Respekt. Nachdem er die Grabstätte von allen Blättern befreit hatte, stellte er sich in ehrerbietiger Pose mit gefalteten Händen davor. Blake beobachtete ihn. Der Gutsverwalter betrachtete intensiv den Grabstein und bewegte dabei seine Lippen, aber der

Rhythmus der Worte entsprach nicht dem eines Gebets. Richtete Philippe seine Worte vielleicht direkt an Monsieur Beauvillier? Der aufrecht stehende Mann, der leise vor sich hin murmelte, gab an diesem Ort einen seltsamen Anblick ab. Auch in dieser stillen Einfriedung, so wurde Blake bewusst, konnte der Tod den Wind nicht abhalten, die Blätter nicht daran hindern, auf die Gräber zu fallen, und all der Schmerz und die Erinnerungen vermochten es nicht, den Gang des Lebens zu unterbrechen.

Blake ließ Philippe in seiner Andacht allein und verließ den kleinen Friedhof. Durch die Gitter des Zauns betrachtete er die anderen Gräber. Familie Beauvillier, Familie Delancourt. Das dritte Grab trug keine Aufschrift.

Nach einer Weile bekreuzigte sich der Verwalter, wobei er die falsche Richtung wählte, und verließ ebenfalls den Friedhof. Kaum hatte er das Eingangstürchen durchschritten, sagte er mit einer Stimme, die ihre übliche Lautstärke wiedergefunden hatte: »Stell dir das mal vor, ich bin der Einzige, der überhaupt herkommt.«

Obwohl Magnier sich nur wenige Schritte von den Gräbern entfernt hatte, sprach er wieder mit seiner volltönenden Stimme. Auf der anderen Seite des Gitters schien der feierliche Zauber der Gedenkstätte nicht mehr zu wirken. Wie schon oft stellte Blake fest, dass vieles im Leben bestimmten Codes und Symbolen unterworfen war.

»Nicht einmal Madame?«

»In den ersten Jahren nach seinem Tod war sie ab und zu hier. Dann nur noch zu Allerheiligen. Und seit vier Jahren hat sie diesen Ort überhaupt nicht mehr betreten. Sie will nicht einmal wissen, ob ich mich um dieses Stück Land kümmere oder nicht. Ich verstehe das einfach nicht. Sie standen einander doch so nah.«

»Die Delancourts, sind das die Eltern von Madame?«

Magnier nickte.

»Monsieur François hatte darauf bestanden, sie hierher umbetten zu lassen. Er wollte die Familie zusammenführen.«

»Warum hat einer der Steine keine Aufschrift?«

»Ich weiß es nicht. Ich weiß noch nicht mal, ob da überhaupt einer begraben liegt. Es war schon so, als ich hier angefangen habe. Monsieur François hat nie darüber gesprochen, und ich habe mich nicht getraut zu fragen.«

»Standet ihr euch nahe?«

»Du meinst, Monsieur Beauvillier und ich? Ich glaube schon. Wir gehörten zwar verschiedenen Welten an, und ich hätte mir nie angemaßt, mich für seinen Freund zu halten, aber wir hatten einige gute Momente miteinander. Ich glaube, ich war für ihn so etwas wie ein Kamerad.«

»Ein hübsches Wort. Wir haben es übrigens ins Englische übernommen. *Comrade*. Er fehlt dir bestimmt.«

»Bevor ich ihn kannte, fühlte ich mich ein wenig verloren. Und seit er weg ist, bin ich es wieder …«

»Und der Sohn, Hugo?«

»Es ist Jahre her, dass er das letzte Mal hier war. Zuletzt habe ich ihn auf der Trauerfeier für Monsieur gesehen. Wenn ich zurückdenke, meine ich mich sogar zu erinnern, dass er noch am selben Abend abgereist ist, ohne hier zu übernachten. Seltsam, falls es so war. Ich war aber auch in einem Zustand …«

Plötzlich zeigte Philippe mit dem Stock auf den Boden unter einem Kastanienbaum.

»Siehst du ihn? Das ist der Erste in dieser Saison! Er ist für dich. In einem Omelett wird er sich bestimmt gut machen.«

32

»Danke, Monsieur Blake. Das wäre es für den Moment.«

Diese Worte waren der Startschuss für einen stillen Countdown, von dem Blake jede einzelne Sekunde zu nutzen gedachte. Er verbeugte sich respektvoll, dann zog er sich zurück und ließ Madame mit ihren beiden Finanzberatern allein, deren Lächeln sich derart ähnelte, dass es beinahe gruselig war. Als er den kleinen Salon verließ, achtete er darauf, die Tür sorgfältig hinter sich zu schließen.

In Anbetracht der Anzahl der Broschüren, die das Duo mitgebracht hatte, zusätzlich zu ihren Laptops, rechnete sich der Majordomus einen Zeitraum von mindestens fünfzehn Minuten aus, über den er risikofrei verfügen konnte. Rasch warf er einen Blick auf die Uhr und stieg die Treppe hoch, wobei er darauf achtete, die sechste Stufe auszulassen, die immer knarzte. Auf dem Treppenabsatz der ersten Etage lauschte er nach oben. Odile war im dritten Obergeschoss in ihrem Zimmer, wahrscheinlich las sie einen ihrer Kitschromane.

Als Blake sicher war, freie Bahn zu haben, schlich er auf die Räumlichkeiten von Madame zu. Leise betrat er das Vorzimmer und nahm sich den Schreibtisch vor. Die Schublade, in die Madame die Post legte, die sie ihm vorenthielt, war nicht abgeschlossen. Blake holte die wenigen Blätter heraus: Mahnschreiben von der Bank, dazwischen ein paar Briefe, die mit dem Briefkopf eines Bauträgers versehen waren. Außerdem fand er Bankauszüge und einen Geschäftsbericht über Madames Vermögensstand. Dieses Papier zog sofort seine Aufmerksamkeit auf sich. Die Aufstellung zeigte das ganze Ausmaß der Situation, in der sich Madame Beauvillier befand: Allein im letzten Halbjahr hatten die von ihr angelegten Beträge mehr als fünfzehn Prozent ihres Werts verloren. Als Blake durch die Dokumente blätterte, bemerkte er, dass die ältesten nur einige Wochen alt waren. Wo war der Rest?

Er rückte seine Brille auf der Nase zurecht und inspizierte auf Zehenspitzen das Zimmer. Im Sekretär befanden sich nur Bücher, Kataloge und Terminkalender der vergangenen Jahre. Der Schrank war vollgestopft mit alten Videokassetten, DVDs und einer Sammlung von allerlei Krimskrams, wahrscheinlich Andenken früherer Auslandsreisen. Trotz der gründlichen Durchsuchung bot das Büro keine weiteren Erkenntnisse.

Fest entschlossen, Antworten zu bekommen, wagte sich Andrew ins Schlafzimmer vor. Die Vorhänge waren zugezogen. Er erstarrte, als er im Halbdunkel eine Gestalt zu erkennen glaubte, und blieb einen Augenblick lang vor Schreck gelähmt stehen, ehe er das Licht einschaltete. Er hatte sich vor einem Nachthemd erschrocken, das auf einem Bügel an einem Wandschirm hing.

Blake war sich bewusst, dass er mit seinem Eindringen in diesen Raum eine Grenze überschritt, aber die Notwendigkeit, Bescheid zu wissen, rechtfertigte seiner Meinung nach dieses Vorgehen. Wenn er ganz ehrlich mit sich selbst war, suchte er nicht nur nach dem Platz, wo Madame ihre Geschäftspapiere aufbewahrte. Durch die Begehung des intimen Ortes erhoffte er sich außerdem, mehr über sie als Person zu erfahren.

Gegenüber dem gemachten Bett, auf einer schönen alten Kommode, thronte ein Flachbildfernseher, der fast ebenso breit war wie das Möbelstück. Links vom Bett, auf dem einzigen Nachttisch im Raum, neben einem Radiowecker mit blau leuchtenden Ziffern, hatte Madame die Vase mit den Rosen aus dem Garten platziert. Dass sie diesen privilegierten Platz für die Blumen gewählt hatte, stand im Widerspruch zu dem Desinteresse, das sie an den Tag gelegt hatte, als Blake sie ihr im Namen von Philippe überreichte.

Im Hinblick auf Möbel, die Dokumente enthalten könnten, gab es im Zimmer nur die Kommode, einen Kleiderschrank, ein Bücherregal und einen in der Wand eingelassenen Schrank. Blake begann mit der Durchsuchung der Kommode, aber als er auf Madames Unterwäsche stieß, beschloss er, sich hier nicht allzu lange aufzuhalten. Die letzte Schublade enthielt nach Größen geordnete Briefe und Kinderzeichnungen. Der Kleiderschrank quoll über vor Kleidung, die seltsamerweise nicht nach Art, sondern nach Farbe geordnet war. Das Bücherregal war mit alten, schön gebundenen Büchern bestückt, die wahllos neben literarisch belanglosen Werken jüngeren Datums standen. Der Wandschrank enthielt weitere Kleider und Kostüme, ergänzt von einigen Schuhschachteln.

Als Andrew auf der digitalen Anzeige des Radioweckers eine Zahl umspringen sah, wurde ihm plötzlich bewusst, dass ihm die Zeit davonlief – und er hatte noch immer nichts Bedeutsames gefunden. Diese ganze Dokumentengeschichte kam ihm mittlerweile seltsam vor. Im Geist trug er noch einmal die ihm bekannten Fakten zusammen. Sicher war, dass Madame ihre Dokumente in ihrem Wohntrakt aufbewahrte. Er kannte den Besitz mittlerweile gut genug, um zu wissen, dass es kein richtiges Archiv gab, außer vielleicht im Keller, den niemand jemals aufsuchte. Derzeit befand er sich im einzigen Raum des Hauses, in dem Madame ihre Zeit verbrachte und den Manon nicht aufräumen durfte. Wo sollten sich die Papiere also befinden, wenn nicht hier? Versteckte sie sie vielleicht in den Schuhschachteln, die er im Wandschrank gesehen hatte? Er öffnete ihn erneut und ging in die Knie, um den Deckel der ersten Schachtel anzuheben. Sie enthielt zwei Paar Pumps. In der daneben befanden sich Stiefeletten. Die anderen Schachteln hob er probehalber an, aber sie waren zu leicht, um eine größere Menge an Papieren enthalten zu können. Als er sie wieder an ihren Platz zurückschob, hörte er ein leises Geräusch. Zugleich hatte er den Eindruck, die Rückwand des Wandschranks hätte sich um einen Millimeter bewegt. Er schob seine Hand zwischen den Kleidungsstücken durch, um die hintere Wand zu erkunden. Als seine Fingerspitzen das Holz berührten, drückte er leicht dagegen. Zu seiner Überraschung schwang die Rückwand wie eine Tür auf. Seine Hände fingen an zu zittern, und sein Herz klopfte wild. Er drückte die Geheimtür ganz auf und sah in einen nachtschwarzen Raum, der sehr viel größer war als ein Schrankfach.

In diesem Augenblick läutete energisch die Glocke. Blake stand hastig auf, wobei er sich den Kopf mit voller Wucht am oberen Regalbrett stieß. Eilig ordnete er Kleiderbügel und Schuhkartons und verließ den Raum so schnell ihn die Füße trugen.

33

Ein markerschütternder Schrei zerriss die Stille des Gutshauses. Das entsetzliche Geheul schallte bis in die letzten Ecken einer jeden Etage und verwandelte sich schließlich in ein lang gezogenes Wehklagen. Andrew ließ vor Schreck fast das Ölkännchen fallen, mit dem er gerade das Schloss des Haupteingangs geschmiert hatte, und stürzte sofort los, in der Überzeugung, Madame sei etwas Furchtbares zugestoßen, aber als er die Treppe nehmen wollte, hörte er ein Wimmern aus der Personalküche. Er fand Odile auf dem Küchentisch zusammengesunken, das Gesicht zwischen den Armen verborgen, wimmernd wie eine Sterbende.

»Odile, was ist mit Ihnen?«

Die Köchin bewegte sich nicht.

»Geht es Ihnen gut? Odile, reden Sie mit mir! Ich rufe einen Krankenwagen.«

»Nein, das ist sinnlos«, murmelte sie. »Es ist zu spät …«

Auf den ersten Blick schien Odile unverletzt zu sein. War doch etwas mit Madame passiert? Vielleicht war sie gestürzt oder schlimmer noch … Da streckte die Köchin ihren Arm in Richtung der offenen Gartentür aus.

»Sie liegt da draußen! Ich flehe Sie an, legen Sie etwas drüber …«

Andrew sprang auf und lief in Richtung Gemüsegarten, konnte aber keine Spur von einem Unglück entdecken. Ratlos kam er in die Küche zurück.

»Wo ist die Leiche? Odile, bitte, stehen Sie auf und sagen Sie es mir!«

Blake nahm sie in den Arm, um sie zu beruhigen. Sie ließ es zu und lehnte ihren Kopf an seine Schulter, zitternd wie Espenlaub.

»Sie liegt da, direkt vor den Stufen …«

»Aber ich habe nichts gesehen!«

Blake schob seine Kollegin sanft auf den Stuhl zurück und ging erneut zum Eingang. Da entdeckte er das Opfer: eine kleine Maus ohne Kopf.

»Odile, haben Sie wegen dieser Maus hier so geschrien?«

»Ich hasse Mäuse«, schüttelte sie sich. »Ich ertrage ihren Anblick nicht. Und wenn sie tot sind, machen sie mir noch mehr Angst.«

Blake seufzte. »Das war bestimmt Mephisto.«

»Ich weiß«, entgegnete die Köchin, die langsam wieder zu sich kam. »Er macht das in regelmäßigen Abständen. Ich verstehe es nicht, er kriegt doch genug zu fressen. Sie haben sogar gesagt, es wäre manchmal zu viel …«

»Das hat nichts damit zu tun. Aus Sicht des Katers ist es eine Art Liebesbeweis.«

Blake betrachtete den getöteten Nager.

»Der Kopf ist nicht mehr da. Ich hoffe, er wird nicht als Gespenst umgehen und Sie heute Nacht erschrecken.«

»Wie können Sie damit Ihre Späße treiben?«

»Lachen ist immer noch das beste Mittel gegen Angst.«

»Versetzen Sie sich doch mal in meine Lage. Ich wollte nichtsahnend Lorbeer pflücken, als ich plötzlich … so ein böser Kater!«

»Nehmen Sie es ihm nicht übel. Mephisto folgt nur seinem Instinkt. Auf seine Art wollte er Ihnen sagen, wie gern er Sie hat.«

Blake musste sich sehr anstrengen, ernst zu bleiben.

»Irgendwann, in tausenden von Jahren, wenn seine Spezies sich weiterentwickelt hat, wird er Ihnen mit seinen kleinen Pfoten Blumensträuße binden, Bilder malen oder vielleicht in Katzensprache ein Gedicht rezitieren. Aber bis es so weit ist, legt er Ihnen gelegentlich eine tote Maus ohne Kopf zu Füßen.«

Allein die Erwähnung des Tatbestands reichte, um Odiles Entsetzen wiederzubeleben. Andrew nahm sie noch einmal in den Arm.

»Entschuldigung, das wollte ich nicht.«

»Es ist monströs, barbarisch …«, sagte sie zittrig.

»Ich lege ein weißes Taschentuch drüber, und wenn Sie irgendwo ein gelbes Band haben, schreibe ich *crime scene* drauf und stecke den Umkreis ab.«

»Sie machen sich über mich lustig. Sie sind gemein.«

»Ja, geben Sie's mir ruhig. Mephisto kann ja nichts dafür. Und was die kleine Käsefresserin betrifft, so hat sie ihre gerechte Strafe erhalten.«

In diesem Moment erschien Madame in der Küchentür und sah Odile in Blakes Armen.

»Wer hat denn diesen entsetzlichen Schrei losgelassen?«, fragte sie beunruhigt.

Als die Köchin die Stimme ihrer Chefin hörte, löste sie sich brüsk aus der Umarmung des Kollegen.

»Ich war's, Madame. Es tut mir leid.«

»Haben Sie sich wehgetan?«

»Nein, es war wegen der …«

Den Namen des Tiers auszusprechen schien bereits ihre Kräfte zu übersteigen, also sprang Andrew ein: »Odile stieß auf eine … Wie soll ich's sagen? Mein Erstes ist der Laut, den man beim Nachdenken macht, mein Zweites das Gegenteil von ›An‹.«

Madame Beauvillier ließ sich auf das Spiel ein, überlegte kurz und sagte dann lächelnd: »Mein Ganzes lebt in einem Loch, aus dem man manchmal eine kleine Schnauze herausschauen sieht …«

»In diesem sehr speziellen Fall ist sie nicht mehr vorhanden, so dass man nur etwas Blutiges sehen würde …«, präzisierte Andrew.

Der Majordomus und Madame bemerkten plötzlich Odiles strengen Blick.

»Sie sollten sich was schämen«, sagte sie empört.

Ohne jedes weitere Wort zog sich Madame in ihr Zimmer zurück. Blake versuchte Odile zu besänftigen: »Entspannen Sie sich, ich werde jetzt alle Spuren beseitigen.«

Er zog das Kehrblech unter der Spüle hervor und ging hinaus, um das arme Tier aufzusammeln. Dabei sah er sich gründlich um, ob der fehlende Teil nicht doch irgendwo zu entdecken war.

»Wissen Sie, Odile, Sie können Mephisto keinen Vorwurf machen. Er hat nur das getan, was Sie mit Ihren Monarchen gemacht haben. Vielleicht war dieses putzige Tierchen ja ein grausamer Tyrann, der das Katzenvolk unterjocht hat. Stellen Sie sich diese Schönheit auf einem Thron vor, mit einer winzigen Krone. Sie will immer mehr Käse, immer mehr Speck, während draußen vor ihrem Palast die Katzen Hunger leiden. Mephisto hat eine Revolution angezettelt!«

»Sie können nie ernst bleiben, was?«

»Doch, hier ist der Beweis: Ich habe alle Spuren des Verbrechens beseitigt. Nicht eine einzige Halbmaus weit und breit. Sie können jetzt die Augen aufmachen und herauskommen.«

Da erschien Mephisto an der Ecke des Gemüsegartens. Mit gänzlich unschuldiger Miene trottete er am Zaun entlang und nahm Kurs auf die Küche.

»Wenn ich du wäre, mein Freund, würde ich ein wenig mit dem Heimkommen warten. Was den Umgang mit Mädchen betrifft, hast du noch sehr viel zu lernen …«

34

Heather? Guten Abend, hier ist Andrew Blake.«

»Mister Blake! Wo sind Sie? Ich habe mir solche Sorgen gemacht! Sie sind ein bisschen schlecht zu verstehen.«

»Ich bin in Frankreich, in einem Wald, und es regnet. Ist ein bisschen schwer zu erklären.«

»Machen Sie so spät noch einen Spaziergang?«

»Versuchen Sie gar nicht erst, meine Beweggründe zu verstehen, Heather, ich tue es ja selbst nicht. Wie geht es Ihnen?«

»Ich kämpfe mich so durch. Sie haben mich in das große Becken geschubst, obwohl ich kaum schwimmen konnte.«

»Wie läuft es denn?«

»Ich versuche, den Kopf über Wasser zu halten. Ehrlich gesagt hatte ich gehofft, Sie würden mich früher anrufen. Als ich mich bei Mister Ward nach Ihnen erkundigt habe, hat er nur gesagt, Sie seien in einem Umerziehungslager …«

»Er lässt aber auch keinen lahmen Witz aus …«

»Was ist das denn für ein Umerziehungslager?«

»Das ist wirklich nicht von Bedeutung, Heather. Erzählen Sie mir lieber von sich.«

»Also gut. Ich habe die erste Zwischenbilanz seit Ihrem Weggang erstellt, und die Zahlen sind in Ordnung. Die Jungs aus der Produktion sind wunderbar. Sie erklären mir alles, was ich wissen muss. Die Meetings sind jetzt ein bisschen stürmischer als früher. Addinson hat ein Problem damit, dass eine Sekretärin das Unternehmen leitet.«

»Sie sind keine Sekretärin mehr, Heather, schreiben Sie sich das hinter die Ohren. Wenn Sie nicht selbst davon überzeugt sind, wie wollen Sie es denn den anderen weismachen?«

»Sie haben alles versucht, um mich aus dem Gleichgewicht zu bringen. Es ging sogar das Gerücht um, Sie wären gestorben, ich sei Ihre Geliebte gewesen und hätte Ihre Unterschrift gefälscht, um an die Macht zu kommen.«

»Lassen Sie sie reden. Mit diesen Menschen lohnt es kaum, Umgang zu haben, beschränken Sie sich auf das Geschäftliche. Und zögern Sie nicht, Mister Benderford, den Rechtsanwalt, einzuschalten, um sich Respekt zu verschaffen.«

»Wir werden demnächst vielleicht eine sehr lukrative Ausschreibung von einer schwedischen Firma an Land ziehen. Die Produktion sagt, wenn wir den Auftrag bekämen, müssten wir in eine neue Presse investieren.«

»Schön. Bereiten Sie alles Nötige vor, planen Sie gemeinsam mit der Produktion, aber warten Sie die Unterschrift der Schweden ab, bevor Sie die Bestellung aufgeben. Machen die Stahlkurse noch Probleme?«

»Wir haben nach wie vor Stahl auf Lager. Das sollte ausreichen, bis die Preise wieder sinken. Zum Jahresende dürfte sich die Lage aber insgesamt ein wenig anspannen, weil wir in der Buchhaltung die Weihnachtsprämien bereitstellen müssen.«

»Aber nicht einen Penny an Addinson und seine Handlanger!«

»Verlassen Sie sich drauf. Und übrigens, vielen Dank für die Gehaltserhöhung!«

»Das versteht sich ja wohl von selbst. Sie gehören jetzt zur Geschäftsleitung und tragen eine große Verantwortung.«

»Wann kommen Sie zurück?«

»Ich weiß es nicht, Heather. Selbst wenn ich zurückkomme, werde ich meinen Job wahrscheinlich nicht wiederaufnehmen, jedenfalls nicht so wie früher. Sie werden nie wieder einfach nur meine Assistentin sein. Ich hoffe, das gibt Ihnen ein bisschen mehr Selbstsicherheit.«

»Nun ja …«

»Heather, ich möchte Sie um einen Gefallen bitten.«

»Natürlich, Mister Blake.«

»Ich möchte, dass Sie über einen französischen Immobilieninvestor, ›Vandermel Immobilien‹, Erkundigungen einziehen.«

»Wollen Sie jetzt in der Baubranche Fuß fassen?«

»Aber nein. Ich hätte nur gern alle Informationen, die Sie mir liefern können: Bilanzen, Geschäftsergebnisse, Werdegang der Geschäftsführer, laufende Projekte und was Sie sonst noch finden.«

»Wird gemacht. Wie kann ich Ihnen die Informationen zukommen lassen?«

»Ich werde wieder Kontakt mit Ihnen aufnehmen. Und machen Sie sich um mich keine Sorgen, Heather, es geht mir wirklich gut.«

»Ja, Sie klingen auch gut. So gut wie schon lange nicht mehr.«

»Ich muss jetzt Schluss machen, bevor mich die Füchse fressen. Bis bald, Heather!«

35

Schon wieder war ein Brief von der Bank gekommen, den Madame Beauvillier kommentarlos in ihre Schublade gleiten ließ. Ohne rechte Begeisterung widmete sie sich einem Katalog, dessen Titelseite einen mit Girlanden und bunten Kugeln geschmückten Weihnachtsbaum zeigte, neben dem ein beleibter, fröhlicher Schneemann stand. Sie betrachtete einen Moment lang die Kreatur mit Karottennase und Zylinder, die vage gruselige Züge hatte, und legte den Katalog dann lustlos zur Seite. Dass sie so reagierte, war ein Zeichen dafür, dass es um ihre Gemütsverfassung nicht zum Besten stand. Die nächste Sendung ließ sie laut aufseufzen. Grüner Umschlag, handgeschriebene Adresse. Wie der Brief, der vor einem Monat gekommen war. Ohne viel Aufhebens schob sie ihn in den Aktenvernichter, der ihn zu feinen Streifen verarbeitete.

»Magere Ausbeute«, kommentierte sie, als sie feststellte, dass keine Sendungen mehr da waren, die sie hätte öffnen können.

»Sie sehen besorgt aus«, bemerkte Andrew.

»Kümmern Sie sich nicht darum, Monsieur Blake. Es gehört nicht zu Ihren Aufgaben, sich Sorgen zu machen. Das übernehme ich schon.«

Madame wandte ihren Blick ab, als ob sie befürchtete, Andrew könnte in ihren Augen mehr lesen, als sie preisgeben wollte. Er bohrte nicht weiter nach und wechselte das Thema: »Wenn Sie eine Minute Zeit für mich hätten, würde ich gerne einige Punkte ansprechen, die sich auf das Haus beziehen.«

»Ich höre.«

»Ich habe Odile vorgeschlagen, eine Katzenklappe für Mephisto in die Tür einbauen zu lassen, die zum Garten führt. Es würden keine Kosten entstehen. Spricht Ihrer Meinung nach etwas dagegen?«

»Wenn es dazu beiträgt, dass sie nicht mehr wegen toter Mäuse in wildes Geschrei ausbricht, haben Sie meinen Segen.«

Blake räusperte sich, bevor er fortfuhr. Das folgende Thema war delikaterer Natur. »Ich hätte auch gerne Ihre Meinung zu folgendem Vorschlag: Ich würde mich gerne zur Erledigung Ihrer Korrespondenz in der Bibliothek niederlassen. In meinem Zimmer habe ich keinen Schreibtisch, und dieser Ort wäre für Bürotätigkeiten sehr viel geeigneter als die Küche.«

»Ich habe etwas dagegen, dass man diesen Raum betritt.«

»Das weiß ich, Madame, und doch wäre er ideal für die zu erledigenden Aufgaben. Im Übrigen würde es der Büchersammlung Ihres verstorbenen Mannes nur guttun, wenn sie nicht permanent im staubigen Dunkeln ohne Lüftung stünde.«

Madame Beauvillier senkte den Blick.

»Ich werde darüber nachdenken. Morgen bekommen Sie eine Antwort.«

»Danke, Madame. Noch ein letzter Punkt, der etwas persönlicher ist …«

»Sie werden doch wohl nicht wieder versuchen, sich in meine geschäftlichen Angelegenheiten einzumischen?«

»Aber nein. Ich versuche nur, Ihnen zu helfen. Odile und ich finden, dass Sie in letzter Zeit erschöpft aussehen. Wir sind der Meinung, Sie sollten sich von einem Arzt untersuchen lassen.«

»Ganz bestimmt nicht. Damit er mich mit Medikamenten vollstopft, die ebenso viel kaputt machen wie heilen? Ihre Fürsorglichkeit rührt mich, aber ich bin alt genug, um selbst auf mich aufzupassen. Sonst noch was?«

»Nein, Madame.«

»Dann möchte ich jetzt bitte allein gelassen werden.«

»Erwarten Sie in nächster Zeit Gäste?«

»Es sind noch keine Termine vereinbart worden. Wenn es so weit ist, werden Sie informiert. Vielen Dank.«

Bevor er hinausging, sah Andrew sie noch einmal an. Ihr Gesicht war angespannt, beinahe verkrampft. Bei der ersten sich bietenden Gelegenheit würde er es sich zur Aufgabe machen, in den Tiefen des Kleiderschranks nach der Ursache dafür zu suchen. Er war sicher, dass dort Antworten auf ihn warteten.

36

Es ist wirklich sehr nett von Ihnen, dass Sie mich zum Mittagessen eingeladen haben«, sagte Manon und glitt schüchtern auf ihren Stuhl.

»Das wird dich auf andere Gedanken bringen«, erklärte Odile. »Außerdem haben wir so endlich mal Zeit zum Plaudern. Kommt ja sonst nicht so oft vor.«

Blake stellte das Tablett mit den Gewürzen in die Mitte des Tischs und setzte sich der jungen Frau gegenüber. Mit ihren tiefliegenden Augen wirkte Manon erschöpft. Als sie bemerkte, dass Mephisto auf dem Stuhl neben ihr Platz genommen hatte, hellte sich ihr Gesicht auf, und sie streichelte das Tier sanft mit ihren Fingerspitzen. Der Kater genoss die Streicheleinheiten, ohne auch nur ein Barthaar zu bewegen.

»Er ist wunderschön. Gestern hat er mir in der dritten Etage Gesellschaft geleistet. Er folgte mir auf Schritt und Tritt.«

»Ach, da fällt mir gerade ein, Madame Odile«, sagte Blake, »morgen oder am Donnerstag kommt Magnier vorbei, um die Telefonanlage auszutauschen. Bei der Gelegenheit bauen wir auch gleich die Katzenklappe ein.«

Odile nickte ohne Begeisterung, während sie die Herdklappe aufmachte. Sie freute sich zwar auf die Katzenklappe, aber wesentlich weniger über die Aussicht, in Zukunft telefonisch mit dem Haus des Verwalters verbunden zu sein.

»Das Essen ist fertig. Geben Sie mir Ihre Teller.«

Blake stand auf, um das Geschirr anzureichen, und die Köchin verkündete: »Seebarschfilet im eigenen Saft an gedünstetem Gemüsekompott.«

Als Andrew den Teller vor Manon abstellte, zeigte sie keine Reaktion. Ihr Blick verlor sich im Nichts.

»Odile, das ist ein Gedicht«, bemerkte Andrew. »Bei Ihren Kreationen gehen auch Augen und Nase nicht leer aus.«

»Vielen Dank.«

Um die Unterhaltung in Gang zu bringen, sprach Odile die junge Frau an: »Du brütest doch nicht gerade eine Erkältung aus, oder etwa doch? Du wirkst blass. Im Oktober fängt man sich leicht etwas ein. Vor allem wenn man mit offener Jacke Fahrrad fährt.«

Manon sah Blake mit einem flehenden Blick an.

»Du solltest es ihr sagen«, ermutigte er sie.

Vielleicht weil es das erste Mal war, dass sie von Blake geduzt wurde, und ganz sicher weil sie sich nicht vorstellen konnte, die ganze Mahlzeit über so zu tun, als gehe es ihr gut, brach Manon in Tränen aus.

»Ich bin schwanger«, flüsterte sie.

Odile klappte der Unterkiefer herunter. Dann fing sie sich wieder und rief: »Meinen Glückwunsch! Ist es die Übelkeit, die dir zu schaffen macht?«

»Nein, es ist wegen Justin. Er ist der Vater. Als ich ihm sagte, dass ich ein Baby bekomme, hat er mich verlassen.«

Spontan streckte Odile ihre Hand aus und drückte die der jungen Frau. »Arme Kleine.«

Ein paar Tränen fielen auf Manons Teller und zeichneten kleine helle Flecken in die Fischsauce. Odile philosophierte missmutig: »Wenn es darum geht, sich zu amüsieren, sind Männer immer vorne dabei, aber wenn es um Verantwortung geht …«

»Ich glaube nicht, dass dieser Kommentar sehr hilfreich ist«, warf Blake ein.

Odile ließ Manons Hand los und gab zurück: »Finden Sie die Reaktion des Jungen etwa ehrenhaft?«

»Bis auf Weiteres war sie erst einmal ungeschickt, wenn nicht sogar idiotisch.«

»Das ist eine treffende Zusammenfassung der männlichen Charaktereigenschaften«, giftete Odile zurück.

»Was Manon jetzt braucht, ist Hilfe und Unterstützung. Es bringt ihr nichts, aus dem Sammelbecken der schlimmsten Klischees über Männer zu schöpfen.«

»Gleich werden Sie noch vorschlagen, das Ganze philosophisch zu nehmen.«

»Pragmatisch reicht auch schon. Wir werden Manons Probleme bestimmt nicht damit lösen, dass wir sie gegen Justin aufhetzen.«

»Das ist schon seltsam: Es findet sich immer irgendwo ein Mann, um einen anderen in Schutz zu nehmen, egal, was er angestellt hat.«

»Ich nehme Justin nicht in Schutz. Ich versuche nur, seine und Manons Zukunft zu retten. Und ich hoffe, dass, wenn er mit jemandem zu Mittag isst, keiner der Meinung sein wird, dass er völlig recht hatte abzuhauen, weil Frauen hysterisch und unberechenbar werden, sobald sie schwanger sind.«

Während des Schlagabtauschs hatte Manon von ihrem Fisch gekostet.

»Er ist wirklich gut«, sagte sie fast ein wenig überrascht.

Dann sah sie Odile und Andrew an und fügte hinzu: »Ich mag Sie beide wirklich sehr gerne. Ich möchte nicht, dass Sie meinetwegen streiten. Dieses Kind ist mein Problem.«

»Wir streiten nicht«, sagte Odile, »wir diskutieren.«

»Dann möchte ich nicht dabei sein, wenn Sie diskutieren.«

Blake fragte: »Wie klappt es denn mit dem Fahrradfahren? Es dürfte langsam schwierig werden, nehme ich an?«

»Der Hinweg ist ein bisschen mühsam. Aber der Rückweg ist leicht, vor allem jetzt, wo ich nicht mehr so weit fahren muss ...«

Die junge Frau verstummte plötzlich. Blake witterte ein Problem.

»Wohnst du immer noch bei deiner Mutter?«

Manon umklammerte die Gabel fester und sagte: »Sie hat einen Brief von der Krankenversicherung gefunden.«

»Wie hat sie reagiert?«, fragte Andrew.

»Sie hat von mir verlangt abzutreiben, aber ich habe mich geweigert. Und es ist sowieso zu spät. Sie wurde wütend und sagte, sie hätte jetzt schon alle Mühe, über die Runden zu kommen, und dass sie nicht noch ein drittes Maul stopfen kann. Also bin ich gegangen.«

»Wo wohnst du jetzt?«, fragte Odile.

»Bei einer befreundeten Lehrerin, aber lange kann das nicht mehr so weitergehen.«

Odile und Blake tauschten einen Blick.

37

Blake bemerkte sofort das Buch, das auf dem Tisch lag. Der Umschlag war aus dickem Packpapier, das ungeschickt darumgewickelt worden war. Der Titel war mit dickem Filzstift handgeschrieben. Andrew nahm es in die Hand.

»*Youpla* von Jack London?«, fragte er verwundert.

»Na ja, ich hab mir gesagt, dass das den Kleinen bestimmt mehr interessieren würde als *Wolfsblut*. Schließlich liebt er Youpla. Und Tatsache ist, dass er von der Geschichte gefesselt ist. Die Hälfte haben wir schon durch. Für ihn ist meine Töle jetzt ein Held.«

»Wenn du ihm als Nächstes die Geschichte der Kaiserin Sissi erzählst, versuch nicht, dir die Hauptrolle auf den Leib zu schreiben …«

»Aber ich habe doch nichts an der Geschichte geändert, ich habe nur das Tier auf Youpla umgetauft.«

»Ich weiß ja nicht, was Jack London dazu sagen würde … Aber warum nicht? Youpla bringt eine spielerische Note rein, die sich in den dramatischen Szenen sicher gut macht. Es ist seltsam, aber ›Youpla sprang dem Wolf an die Kehle‹ klingt für mich nicht ganz so beängstigend …«

»Du kannst ruhig lachen, aber vom ersten Kapitel an hat Yanis aufgehört zu meckern.«

»Mit meiner Mathematik werde ich da sicher mehr Mühe haben. Ich kann mir nicht vorstellen, ›zwei‹ durch Pikachu und ›multipliziert‹ durch Iron Man zu ersetzen.«

»Schade, das wäre bestimmt lustig. Stell dir mal vor: Kater Tom geteilt durch Scooby-Doo und multipliziert mit der Maus Jerry!«

»Apropos Maus: Erwähne dieses Tier niemals vor Odile, sonst bekommt sie einen Herzinfarkt, und du fällst tiefer in Ungnade als je zuvor.«

»Nur wegen einer Maus? Was hat sie denn gemacht, als sie ihre Milchzähne verloren hat?«

»Ich sehe da keinen Zusammenhang.«

»Als du noch ein kleines Bürschchen warst und dich von einem Milchzahn trennen musstest, hat man ihn da nicht bei dir unters Kopfkissen gelegt, damit die kleine Maus kommt und den Zahn gegen eine Münze austauscht?«

»Bei uns ist es die Zahnfee, die diesen Job übernimmt.«

»Wie doof ist das denn?«

»Wieso sollte eine Zahnfee schlechter sein als ein Nagetier? Bei uns legt man keinen Wert darauf, dass Überträger von ansteckenden Krankheiten unter den Kopfkissen unserer Kinder herumwuseln, während die Kleinen selig schlafen.«

»Und ihr glaubt tatsächlich an eine kleine Fee, die wie eine Bekloppte in der Nacht herumdüst, um Zähne einzusammeln? Habt ihr sie schon mal gesehen? Mit ihren kleinen Flügeln und ihrem dümmlichen Lächeln im Gesicht? Vergesst bloß nicht, für eure Gebiss-Fee das Fenster offen zu lassen, sonst klatscht sie noch gegen die Scheibe.«

»Und deine kleine Maus hat bestimmt Mäusekot, Pest oder Cholera unter Odiles Kopfkissen hinterlassen, und seitdem bekommt die Arme jedes Mal einen Riesenschock, sobald sie eine Maus zu Gesicht bekommt.«

Magnier nahm die Diskussion sehr ernst, und Blake konnte es sich nicht verkneifen, ihn noch ein bisschen anzustacheln. Der Gutsverwalter hatte jede gesunde Distanz zum Thema verloren.

»Na sicher, weil eure Fee ja stubenrein ist …«

»Also unter den Kopfkissen der Kinder erledigt sie ihr Geschäft sicher nicht, es sei denn, eines war richtig böse.«

Magnier machte einen Schmollmund wie ein wütender Erstklässler, der nicht das letzte Wort behalten durfte. Er brummte: »Ich weiß schon, wie man Odile desensibilisieren könnte.«

»Denk nicht mal dran.«

Blake legte das Buch aus der Hand und fragte: »Weißt du, wo ich mir ein Auto leihen könnte?«

»Wozu?«

»Ich muss ab und zu in die Stadt fahren. Außerdem können wir damit Yanis einige Besorgungen abnehmen.«

»Ich habe ein Auto.«

Blake zog seine Brauen in die Höhe.

»Du hast ein Auto und lässt den Jungen deine schweren Einkäufe durch den Wald schleppen?«

»Das Auto gehört mir, aber ich habe keinen Führerschein.«

»Wo steht es?«

»In der alten Scheune. Aber ich weiß nicht, ob es noch fährt.«

Er zog die Schublade seines Buffets auf und wühlte darin herum.

»Die Schlüssel müssen hier irgendwo sein. Monsieur François hat mir den Wagen ein paar Wochen vor seinem Tod geschenkt. Er wollte, dass ich den Führerschein mache, aber die Zeit hat nicht gereicht. Seitdem wurde das Auto nicht mehr bewegt.«

»Kennst du dich mit der Technik ein bisschen aus?«

»Mit Gartengeräten und Rasenmähern, ja. Auch mit Werkzeugmaschinen und Motorsägen ein wenig, aber Autos … ich weiß nicht …«

»Wir schauen uns den Wagen erst einmal an, einverstanden?«

»Ich habe die Schlüssel gefunden!«

38

Als Odile und Andrew sich gemeinsam bei Madame vorstellten, um für Manons Sache zu plädieren, mussten sie nicht lange bitten. Madame Beauvillier war sofort damit einverstanden, das Hausmädchen unter ihrem Dach aufzunehmen. Die Chefin schlug sogar vor, sich an den Arztkosten, die nicht von der Kasse übernommen würden, zu beteiligen.

Am Nachmittag machte sich Andrew daran, eines der Zimmer im dritten Obergeschoss, die als Rumpelkammern dienten, für Manon herzurichten. Er wählte das größte und hellste, das von seinem Zimmer und dem der Köchin gleich weit entfernt war.

Den ganzen Abend lang räumten Odile und Blake auf und machten sauber, indem sie Kartons und alte Möbel in die benachbarten Räume verfrachteten. Philippe war gekommen, um beim Verrücken eines Kleiderschranks und beim Herauftragen eines Betts aus einem Gästezimmer der zweiten Etage zu helfen. Auch wenn sich Andrew dabei eigentlich übernommen hatte, war er in dem Moment vollkommen zufrieden. Während sich alle abmühten, das Bettgestell durch eine Engstelle im Treppenaufgang zu manövrieren, beobachtete er mit echter Befriedigung, wie der Gutsverwalter und die Köchin Hand in Hand arbeiteten. Blake hat es so eingerichtet, dass sie Seite an Seite standen. Manon verfolgte die Operation vom Geländer des oberen Treppenabsatzes aus, zunächst ein wenig beschämt darüber, nicht mitmachen zu dürfen, dann vor allem gerührt beim Anblick dieser Menschen, die sich ihretwegen so viel Mühe machten.

Zur Überraschung aller gab sich auch Madame Beauvillier die Ehre, das Endergebnis zu begutachten. Wie eine Königin, die ein Waisenhaus eröffnet, besah sie sich jedes Detail würdevoll. Odile war sich nicht sicher, ob es während der Jahre, die sie im Gutshaus arbeitete, schon einmal vorgekommen war, dass Madame bis in die dritte Etage hochgestiegen war. Bevor sie wieder hinunterging, bedachte sie Manon, die zusammen mit den beiden anderen Angestellten auf dem Treppenabsatz stand, mit einer freundschaftlichen Geste, indem sie ihr sanft über den Arm strich und ihr etwas Aufmunterndes zuflüsterte.

Inzwischen war es spät am Abend. Manon saß auf der obersten Treppenstufe und streichelte Mephisto, der es sich auf ihrem Schoß bequem gemacht hatte.

Blake wunderte sich, sie im Gang zu sehen, und ging auf sie zu.

»Fühlst du dich in deinem Zimmer nicht wohl?«

»Odile macht gerade das Bett. Sie sagt, dass man nach dem ganzen Umräumen mit dem vielen Staub gut durchlüften muss, und sie hat Angst, ich könnte mich erkälten. Wegen dem Baby, Sie wissen schon.«

Er setzte sich auf dieselbe Stufe dicht neben sie.

»Wie fühlst du dich?«

»Besser, dank Ihnen allen.«

»Wirklich? Ich wollte darüber nicht vor den anderen anfangen, aber hat Justin auf den Brief reagiert?«

»Nein. Immer noch nichts. Und mein Handy hat hier keinen Empfang. Eine Telefondose, um meinen Laptop anzuschließen, habe ich auch noch nicht gefunden.«

»Wir finden schon eine Lösung. Zur Not können wir Madame fragen, ob du Justin die Nummer vom Gutshaus geben darfst, damit er dich anrufen kann, wenn er mit dir sprechen möchte. Ich bin sicher, sie wird nichts dagegen haben.«

»Ich bin mir nicht sicher, ob wir überhaupt je wieder miteinander sprechen werden.«

»Denk nicht gleich das Schlimmste. Männer brauchen oft lange, um etwas zu verstehen, und noch länger, um es dann umzusetzen, aber es sind nicht alles Unmenschen.«

Mephisto schnurrte, die Augen halb geschlossen. Die junge Frau streichelte sein langes karamellfarbenes Fell. Trotz des Ernstes der Situation, in der sich Manon befand, war die Stimmung an diesem Abend alles andere als unangenehm. Blake mochte die Atmosphäre von Dachböden und Mansarden ganz besonders. Unter dem Dach eines Hauses fühlte er sich sowohl vor dem Himmel als auch vor den Menschen geschützt. Das warme Licht, in das der Korridor getaucht war, verstärkte diese Empfindung noch.

»Erinnern Sie sich an den Tag, an dem Sie Ihr Elternhaus verlassen haben?«, fragte Manon.

»Es war ein Mittwoch. Ich weiß das noch, weil meine Mutter und ich zu der Zeit mittwochs immer eine Polizeiserie sahen. Sie hat einen rührenden Versuch unternommen, mich einen Tag länger zu Hause zu halten, unter dem Vorwand, die Serie mit mir sehen zu wollen. Aber meine künftige Frau wartete auf mich, deshalb bin ich trotzdem gegangen. Für mich war das ein Abend wie jeder andere, ohne größere Bedeutung. Erst viele Jahre später, als meine Mutter darüber sprach, ist mir bewusst geworden, was er für sie bedeutet hatte. Sie hat mir gestanden, dass sie an jenem Abend nicht einmal die Kraft hatte, den Fernseher einzuschalten. Sie hatte den ganzen Abend lang nur geweint … Mir ging es vollkommen anders. Für mich war es nicht das Ende von irgendetwas, ich setzte einfach mein Leben fort.«

»Und Ihre Tochter?«

»Als Sarah ihr Zuhause verließ, um ein Studium zu beginnen, sollte ich sie morgens zum Flughafen begleiten. Ich habe fast die ganze Nacht nicht geschlafen. Mehrmals bin ich aufgestanden und zu ihrer Tür geschlichen, aber dann habe ich mich doch nicht getraut, ihr beim Schlafen zuzusehen wie damals, als sie noch ein Baby war. Um ehrlich zu sein, habe ich sie nicht einmal atmen hören. Ich stand einfach nur da und habe jede Sekunde der letzten Nacht ausgekostet, in der sie wirklich bei uns war.«

»Sie hat seitdem nie wieder bei Ihnen übernachtet?«

»Doch, aber ohne die tägliche Routine ist es nicht mehr das Gleiche. Sie hatte andere Gewohnheiten angenommen, sie hatte einen Freund. Ihr Leben spielte sich nicht mehr bei uns ab. So etwas lässt sich an vielen kleinen Dingen festmachen.«

»Sie waren bestimmt traurig.«

»Sarah war an der Reihe, den nächsten Schritt zu machen. So ist das Leben nun einmal.«

»Ich hätte mir nie träumen lassen, von meiner eigenen Mutter aus dem Zuhause, in dem ich großgeworden bin, fortgejagt zu werden.«

»Lass ein bisschen Gras drüber wachsen. Ich weiß, du wirst mir gleich wieder vorwerfen, wie ein Lehrbuch daherzureden, aber glaub mir, es hat keinen Sinn, jetzt schon voreilige Schlüsse zu ziehen. Ich bin sicher, deine Mutter bereut es bald.«

»Sie kennen sie nicht …«

»Du bist ihre Tochter. Die Kraft dieser Bindung wirst du zu gegebener Zeit selbst entdecken. Unterschätze sie nicht.«

»Aber als ich gegangen bin und sie die Tür hinter mir zugeworfen hat, habe ich tief in meinem Inneren gewusst, dass nichts je wieder so sein würde wie vorher. Ich sagte mir: Das war vielleicht das letzte Mal, dass ich mein Zimmer gesehen habe. Kennen Sie das Gefühl?«

»Ja … die letzten Male, damit kenne ich mich aus. Aber du

bist noch zu jung, um das Leben aus diesem Blickwinkel zu betrachten. Ich rate dir, Manon, dein Herz nur an die ersten Male zu hängen.«

»Im Moment ist das gar nicht so einfach. Da ist das letzte Mal, als mich Justin in den Arm nahm, das letzte Mal, als mich meine Mutter getröstet hat …«

»Erinnerst du dich daran, was du an dem Morgen empfunden hast, an dem du zum ersten Mal genau wusstest, dass du schwanger bist?«

»Nicht wirklich. Ich glaube, ich bin zur Toilette gerannt, um mich zu übergeben.«

Die Tür von Manons Zimmer ging auf, und Odile erschien auf der Schwelle.

»Dein Bett ist jetzt fertig bezogen. Der Schrank muss auf jeden Fall noch repariert werden, er ist wirklich in einem sehr schlechten Zustand, aber das kannst du ja mit den Männern hier abmachen. Und jetzt, junge Dame, ab ins Bett! Der Tag war lang genug für dich.«

Manon setzte den Kater ab, der sich ohne Probleme die ganze Nacht lang in ihrem Schoß eingerollt hätte kraulen lassen. Nachdem sich alle eine gute Nacht gewünscht hatten, ging jeder in Richtung seines Zimmers davon. Manons Tür schloss sich als erste, Odile und Blake hatten ein paar mehr Schritte zu machen zu ihren Zimmern an beiden Enden des Gangs. Andrew sah zwar nicht besonders gut in die Ferne, aber er konnte deutlich erkennen, dass Odile ihm mit einer kleinen Geste zuwinkte, bevor sich auch ihre Tür schloss. Er winkte zurück und betrat sein Zimmer, um Jerry und seiner Frau von diesem ereignisreichen Tag zu erzählen.

39

Bevor Andrew in dem Schreibtischsessel Platz nahm, den er soeben von Staub befreit hatte, hielt er einen Augenblick inne, als wollte er den Mann um Erlaubnis fragen, der ihn vor ihm so viele Jahre lang benutzt hatte. Er setzte sich an den Schreibtisch und ließ die Einrichtung, die er so oder so ähnlich vielleicht selbst gewählt hätte, wenn es sein Haus gewesen wäre, auf sich wirken. Er schloss die Augen und legte seine Hände flach auf die Schreibunterlage aus Leder. Seit Monsieur Beauvilliers Tod hatte niemand mehr auf diesem Stuhl gesessen.

Der Majordomus hatte zwar die Erlaubnis erhalten, sich in der Bibliothek einzurichten, um seine Büroarbeiten zu erledigen, es war ihm jedoch untersagt, den Inhalt der Schreibtischschubladen zu benutzen. Seine Arbeitsunterlagen und Stifte waren daher rund um die Unterlage auf der breiten, von einem helleren Zierstreifen umrandeten Holzplatte angeordnet. Andrew atmete tief ein und nahm sich die Zeit, den Raum zu betrachten. Durch das Licht der Wandleuchten aus Kupfer, die ihren sanften Schein auf die deckenhohen Regale aus Kirschbaumholz warfen, entstand ein ganz besonderes Ambiente. Jedes Regal enthielt schöne alte Bücher und Kunstobjekte. Fasziniert stand Blake auf, um den Raum genauer zu erkunden. Monsieur Beauvillier hatte eine beeindruckende Sammlung von Werken zusammengetragen, deren älteste Exemplare in einer Vitrine ihren Platz hatten. Andrew öffnete die Tür und entnahm ihr einen Gedichtband, in dem er vorsichtig blätterte. Siebzehntes Jahrhundert. Texte über die Liebe, den Tod, die vergehende Zeit. Andrew stieß auf etliche Ausdrücke aus dem Altfranzösischen. Mit seinen Fingern strich er über die Unebenheiten des Papiers, bevor er das Werk wieder einsortierte. In den meisten Regalen standen in überwiegender Zahl französische Publikationen: Literaturklassiker, aber auch viele Wörterbücher und Referenzwerke über Geschichte, Architektur, Medizin sowie einige Kuriositäten wie ein nahezu hundert Jahre altes Wörterbuch der Gaunersprache. In einem der unteren Fächer entdeckte Blake eine Hi-Fi-Anlage und eine bunt gemischte CD-Sammlung: Klassik, Filmmusik, eine oder zwei Opern und viele Künstler und Gruppen aus der Variété-Sparte, wobei die jüngsten CDs aus der Zeit kurz vor Monsieurs Tod stammten. Nachdem Blake seinen Rundgang abgeschlossen hatte, war ihm klar, dass er den Mann, der sich für all diese Dinge interessiert hatte, gerne persönlich kennengelernt hätte.

Andrew ging zur Tür, warf einen Blick nach rechts und links in den verlassenen Gang und schloss die beiden Türflügel, um ungestört zu sein. Aus seiner Hosentasche holte er eine Rolle Klebeband, die er von Philippe bekommen hatte, und ging zielstrebig auf eines der Regale zu. Er schob seine Hand hinter die Bücher und zog einen kleinen Plastikbeutel hervor, dessen Inhalt er auf den Schreibtisch schüttete. Blake hatte die feinen Papierstreifen an sich genommen, die einst der Brief mit dem grünen Couvert gewesen waren, den Madame durch den Aktenvernichter geschoben hatte. Es hat viel Zeit gebraucht, sie einen nach dem anderen aus dem Müll auszusortieren. Wahrscheinlich fehlten ein paar, aber der größte Teil lag nun vor ihm auf dem Schreibtisch. Blake seufzte, er war noch nie ein großer Fan von Puzzlespielen gewesen. Methodisch trennte er die Streifen des Umschlags von denen des Inhalts, der ihn wesentlich mehr interessierte. Paarweise versuchte er die elfenbeinfarbenen Papierstreifen zusammenzubringen, auf denen in feiner

Schrift Wortfetzen in schwarzer Tinte zu lesen waren. Es war die Unterschrift, die Andrew als Erstes wiederherstellen konnte: Hugo. Warum machte sich Madame nicht die Mühe, die Briefe ihres Sohnes zu lesen? Einer plötzlichen Eingebung folgend besah sich Blake die Reste des Umschlags mit der Briefmarke. Er brauchte nicht lange, um die Herkunft des Schreibens zu ermitteln: Jakarta, die Hauptstadt von Indonesien. Der Brief war mehr als drei Wochen unterwegs gewesen.

»Monsieur Andrew, sind Sie da drin?«, fragte Odile hinter der Tür.

Er hob die Schreibunterlage an und schob in aller Eile die Papierstreifen darunter. Die Köchin öffnete, ohne eine Antwort abzuwarten.

»Dachte ich mir schon, dass Sie hier sind.«

»Und von jetzt an werde ich sicher noch öfter hier sein. Warten Sie eigentlich nie ab, bis man Sie hereinbittet?«

»Sie sind doch nicht nackt …«

»Was kann ich für Sie tun?«

Odile ließ ihren Blick durch den Raum schweifen.

»Madame scheint Sie sehr zu schätzen, sonst hätte sie Ihnen diesen Raum sicher nicht zur Verfügung gestellt.«

»So haben Sie Ihren Küchentisch wieder ganz für sich allein, und ich störe Sie nicht bei der Zubereitung Ihrer wundervollen Gerichte.«

»Ach, Sie haben mich doch nicht gestört. Ich habe gern ein bisschen Gesellschaft. Magnier sucht nach Ihnen. Er wartet vor der Küchentür.«

»Warum haben Sie ihn nicht hereingebeten?«

»Das werden Sie schon sehen …«

Der Gutsverwalter stand in der Tür, Schmiere und Dreck auf Gesicht und Kleidung.

»Was ist denn mit dir passiert?«

»Hakim und ich sind in der Garage mit dem Auto zugange. Ich gehe ihm bei der Reparatur zur Hand, aber er redet die ganze Zeit von Dingen, die ich nicht verstehe. Du bist der mit dem Führerschein, und du wirst das Schätzchen fahren, also hab ich mir gedacht …«

»Ich komme.«

Als sie schon auf dem Weg waren, rief Odile Blake noch hinterher: »Und versuchen Sie, nicht im gleichen Zustand wie Magnier zurückzukommen!«

40

Mitten in der Scheune, zwischen dem, was einst eine Pferdebox gewesen war, und einem alten, verrosteten Traktor, stand ein kleiner Renault, Motorhaube und Türen sperrangelweit offen. Die Karosserie war von einer dicken Staubschicht überzogen, und auf dem Boden um das Auto herum lag jede Menge Werkzeug verstreut.

»Hakim, sind Sie noch da?«, fragte Philippe.

Eine Stimme von unter dem Auto antwortete: »Ich bin gleich fertig. Der Auspufftopf muss noch ausgetauscht werden, aber dafür müsste ich erst einmal die Nummer finden. Bei diesem Modell wird es sich vermutlich schon um ein Sammlerstück handeln.«

Der junge Mann schälte sich unter dem Auto hervor.

»Andrew, das ist Hakim, der große Bruder von Yanis.«

»So wie ich aussehe, gebe ich Ihnen mal lieber nicht die Hand, Monsieur.«

»Guten Tag. Ist es Ihnen gelungen, den Wagen zum Laufen zu bringen?«, fragte Blake.

»Ich will nicht behaupten, dass er locker durch den TÜV kommen würde, aber er wird laufen. Auf die Reifen muss man ein Auge haben, weil sie ganz sicher über die Jahre spröde geworden sind, aber was den Rest betrifft, ist alles okay. Wir haben die Batterie und die Zündkerzen ausgetauscht, das Motoröl gewechselt, die Filter gereinigt und Benzin eingefüllt, dann haben wir das Ding gestartet und … voilà. Wollen Sie mal versuchen?«

Blake setzte sich ans Steuer und stöhnte sogleich auf.

»Bei uns ist alles auf der rechten Seite«, erklärte der Engländer. »Ich bin zwar schon in Frankreich gefahren, aber das ist dermaßen lange her …«

»Sie werden sich schnell daran gewöhnen.«

Yanis' älterer Bruder war knapp über zwanzig. Die beiden hatten den gleichen neugierigen Blick. Andrew drehte den Zündschlüssel, und der Motor sprang sofort an.

»Drehen Sie lieber erst mal eine Runde durch den Park, bevor Sie auf die Straße fahren, aber eigentlich sollte es keine Probleme geben.«

Die Maschine schnurrte gleichmäßig.

»Mein Kompliment«, sagte Blake, »Sie kennen sich ja wirklich gut mit Autos aus.«

»Immerhin ist es ja auch mein Job, ich arbeite in einer Werkstatt. Hat Yanis Ihnen das nicht erzählt?«

Hakim schaute auf seine Uhr. »Könnte einer von Ihnen mal eben nach meinem Handy sehen? Es ist in der Jackentasche. Ich warte auf eine Nachricht und möchte es nicht verdrecken.«

»An sich sehr gern«, sagte Blake und stellte den Motor ab, »aber hier hat man sowieso keinen Empfang.«

»Das ist schlecht. Na ja, ich muss jetzt sowieso los.«

»Was schulden wir Ihnen?«, fragte Blake.

Hakim wischte seine Hände an einem alten Lappen ab.

»Gar nichts. Ich weiß, was Sie für Yanis tun, und dafür bin ich Ihnen sehr dankbar. Es tut ihm gut, mit Leuten wie Ihnen zusammen zu sein. Er kommt immer fröhlich und voller neuer Ideen nach Hause.«

»Ich dachte, er kommt heimlich hierher?«, wunderte sich Andrew.

»Meine Mutter weiß von nichts. Aber er ist mein kleiner Bruder, also behalte ich ihn im Auge …«

»Sind Sie sicher, dass wir Ihnen nicht wenigstens das Material bezahlen sollen?«

»Ganz sicher. Und zögern Sie nicht, mich anzurufen, wenn es ein Problem gibt. Übrigens sollten Sie vielleicht das Auto aus der Garage fahren, solange ich noch hier bin. Mit etwas Glück wird es regnen. Weil, im Moment kann man gar nicht sagen, welche Farbe es hat …«

Als Blake den ersten Gang einlegte, kuppelte er zu schnell, der Wagen machte einen Satz wie eine bockige Ziege, und der Motor soff ab. Der zweite Versuch klappte schon besser. Im Schneckentempo rollte das Fahrzeug aus der Scheune.

»So braucht er acht Tage, um in die Stadt zu kommen«, kommentierte Magnier.

»Aber wenn ein Reifen platzt, kann er ihn beim Fahren wechseln«, legte Hakim noch einen drauf.

Die beiden Männer prusteten los. Blake rief ihnen zu: »Ich merke sehr wohl, dass ihr euch über mich lustig macht!«

Magnier antwortete: »Achtung! Zweihundert Meter vor dir steht ein Baum. Du musst jetzt bremsen, sonst fährst du morgen auf!«

41

Wieder zurück im Haus, sah Blake zu seiner Verwunderung, wie ein Arm aus der Katzenklappe in der Küchentür hervorguckte und energisch ein bimmelndes quietschbuntes Katzenspielzeug hin und her schwenkte. Odiles dumpf klingende Stimme wurde hörbar: »Mephisto! Mephisto! Komm zu Mama! Höchste Zeit, nach Hause zu kommen. Komm durch das magische Türchen!«

Andrew blieb, von dem Schauspiel fasziniert, stehen. Er stellte sich die Köchin auf der anderen Seite vor, auf allen vieren, den Kopf halb in der Klappe eingeklemmt beim Versuch, ihren Angora-Killer anzulocken. Bei der Vorstellung hätte er fast laut aufgelacht. Auf Zehenspitzen schlich er an der Mauer entlang zur Tür. Blake fühlte sich mit einem Mal in seine Jugend zurückversetzt. Eine Situation wie diese hatte seiner Fantasie, unabhängig von seiner gesellschaftlichen Stellung, schon seit frühester Kindheit Futter gegeben. Das Potential der gegebenen Sachlage löste eine wahre Flut an Ideen bei ihm aus. Er spielte die möglichen Szenarien im Geist durch. Im Wesentlichen gab es zwei Optionen: Entweder klopfte er höflich an die Tür, sorgsam darauf achtend, nicht auf Odiles Hand zu treten, worauf sie ihren Arm einzog und ihm öffnete. Diese Lösung erlaubte allen Beteiligten, die Situation mit Anstand und Würde zu meistern. Oder aber, er ging zu Plan B über, in der stillen Hoffnung, dieses groteske Geschehen möge in die Annalen eingehen. Andrew zögerte. Odiles Hand schüttelte noch immer das lächerliche Spielzeug.

Blake stand jetzt direkt davor. Er ging in die Knie, um es aus der Nähe zu betrachten.

»Mephisto! Mephisto! Wenn du artig bist und schnell lernst, wie man durch das magische Türchen kommt, macht dir Mama Garnelen, genau wie du sie magst!«

Einen Moment lang verspürte Blake einen Anflug von Scham für das, was er gleich tun würde, aber mit einer Scheinheiligkeit, die Odile sicher als typisch männlich gerügt hätte, schaffte er es, sich einzureden, dass er noch gar nichts gemacht habe und daher auch kein schlechtes Gewissen haben müsse. Mit der für sie typischen Hartnäckigkeit kämpfte Odile unermüdlich an der Katzenklappen-Front. Mit einer Überzeugungskraft, die Andrew Respekt abnötigte, auch wenn ihr Arm in diesem Katzenloch wahrscheinlich inzwischen halb taub war, machte sie das Unmögliche möglich, um ihren Stubentiger anzulocken.

»Miez, miezmiez!«

Für den Bruchteil einer Sekunde genoss Blake die Vorstellung, wie sie reagieren würde, wenn er ihr eine Maus in die Finger legte. Dann aber befand er, dass das doch allzu gemein wäre, und begnügte sich damit, ihr spontan die Hand zu drücken und zu sagen: »Guten Tag, Madame Odile! Wie geht es Ihnen?«

Odile stieß einen erstickten Schrei aus, und ihr Arm verschwand schneller in der Katzenklappe als eine Muräne in ihrer Felsspalte beim Anblick eines großen weißen Hais. Ein dumpfes Schlaggeräusch sorgte bei Andrew für Beunruhigung. Als er Odiles Gesicht in der Türscheibe auftauchen sah, wusste er, dass er eine schwere Viertelstunde vor sich hatte. Sie rieb sich den Kopf, und ihr Blick war so finster, dass sie beinahe so furchterregend aussah wie Oleg. Andrew hatte offenbar den Zorn eines Cyborgs geweckt, der bis zu diesem Augenblick inkognito auf dem Planeten Erde gelebt hatte. Odile fing an zu schimpfen, noch bevor sie die Tür aufmachte. Nachdem sie sie vor Wut fast aus den Angeln gerissen hatte, erreichte Blake nach dem Bild nun auch der Ton.

»Ja, sind Sie denn jetzt völlig übergeschnappt? Sie sind ja total irre! Mich so zu erschrecken! Völlig Panne!«

Andrew kannte den Ausdruck nicht, aber er befand es nicht für opportun, in dieser Situation um eine Erklärung zu bitten. Odile gestikulierte, wütete und rieb sich gelegentlich die Stirn, wo eine hübsche Beule Gestalt annahm. Sie hatte sich noch lange nicht abreagiert und parlierte unaufhörlich über Geisteskrankheiten, psychische Folter, Herzinfarkt und viele andere Dinge, deren Sinn Blake nicht immer voll erfasste, da sie rasend schnell und in blumiger Ausdrucksweise vorgebracht wurden.

Plötzlich entdeckte Blake Mephisto, der mitten in der Küche seelenruhig hinter Odile saß, seinen Schwanz um die hübschen pelzigen Pfoten drapiert. Er war schon drin und hatte wahrscheinlich Odile interessiert dabei zugesehen, wie sie sich zum Affen machte, um ihn zum Benutzen eines Durchgangs zu überreden, den er längst für sich entdeckt hatte.

Blake versuchte erst gar nicht, Odile zu beruhigen, sondern begnügte sich damit, mit dem Finger auf den Kater zu weisen. Nach einer Weile unterbrach die Köchin ihren Wortschwall.

»Was?! Was ist?«

»Hinter Ihnen.«

Sie drehte sich um und entdeckte ihren Kater.

»Da bist du ja, mein Süßer!«, rief sie in einem Ton, der in krassem Gegensatz zu dem vorher verwendeten stand, was Blake direkt ein bisschen unheimlich anmutete.

»Guter Kater!«, kommentierte er. »Ganz von allein, wie ein Großer, ist er durch das magische Türchen gekommen …«

»Sie … Sie …«

»Eines Tages werden Sie mir bitte verraten, was ›völlig Panne‹ heißt, ja?«

Der Cyborg kam auf Andrew zu. Ein strategischer Rückzug schien angebracht.

42

Schon an der ersten Kreuzung bekam Andrew einen Anflug von Panik, als er ein Auto aus der falschen Richtung kommen sah. Dann verirrte er sich auch noch in der Peripherie der Ortschaft, nachdem er einige Kreisverkehre passiert hatte, die nirgendwo hinzuführen schienen. Schließlich fand er aber ins Zentrum zurück, wo er den nächstbesten Parkplatz ansteuerte und den Renault abstellte, nicht ohne bei den Passanten mit dem extrem alten und extrem schmutzigen Wagen Aufmerksamkeit zu erregen. Magnier hatte ihm angeboten, ihn zu begleiten, aber Andrew wollte lieber allein fahren. Das, was er zu tun hatte, musste er ohne Zeugen erledigen. Den letzten Teil der Strecke bewältigte er zu Fuß, wobei er mehrfach nach dem richtigen Weg fragte, bis er schließlich vor dem Eingang eines bescheidenen Mehrfamilienhauses mitten im Einkaufsviertel stand. Er besah sich die Namen auf den Briefkästen und wartete, bis jemand die Tür öffnete, um das Treppenhaus zu betreten. Immer noch fand er es seltsam, dass einem niemand mehr misstraute, wenn man ein gewisses Alter überschritten hatte, und doch wurden auch Gauner älter.

Als er an der Wohnung Nr. 15 läutete, zweifelte Andrew ein wenig an seinem Vorhaben. Das Letzte, was er wollte, war, Manon zu schaden. Die Tür öffnete sich.

»Sind Sie Justin Barrier?«

»Was wünschen Sie?«

»Mit Ihnen zu sprechen, nur ein paar Minuten.«

»Worüber?«

»Über Manon.«

Blake merkte, wie der junge Mann mit den schönen blauen Augen zurückwich. Gleich würde er die Tür schließen. Andrew legte seine Hand auf die Tür, um ihn davon abzuhalten.

»Ich bin weder hier, um Ihnen ins Gewissen zu reden, noch, um Sie zu beeinflussen.«

»Sind Sie ihr Vater?«

»Nein, wir sind nicht verwandt. Ich kenne sie, das ist alles.«

»Hat sie Sie geschickt?«

»Wenn sie wüsste, dass ich zu Ihnen gekommen bin, wäre sie wahrscheinlich sehr ärgerlich. Im Übrigen möchte ich Sie bitten, ihr auf keinen Fall davon zu erzählen. Darf ich eintreten?«

Justin zögerte, schließlich öffnete er die Tür.

»Ich habe nicht viel Zeit …«

»Es wird nicht lange dauern.«

Der junge Mann war sichtlich unruhig, er verlagerte sein Körpergewicht von einem Bein auf das andere, steckte seine Hände in die Hosentaschen und zog sie wieder heraus.

»Wir sollten uns vielleicht setzen«, schlug Andrew vor und zeigte auf die Stühle, die um einen mit allen möglichen Dingen überhäuften Tisch standen.

Die beiden Männer setzten sich einander gegenüber.

»Wie geht es ihr?«, fragte Justin, den Blick seines Gesprächspartners meidend.

»Gesundheitlich gut. Von der seelischen Verfassung her – nicht besonders. Ihre Mutter war alles andere als begeistert, als sie von der Schwangerschaft erfuhr. Im Moment wohnt sie im Gutshaus, also dort, wo sie arbeitet. Ich übrigens auch.«

Justin seufzte geräuschvoll auf und fuhr sich durch die kurzen Haare.

»Was wollen Sie?«, fragte er abwehrend.

»Nichts. Ich bin nicht gekommen, um Ihnen die Leviten zu

lesen oder eine Predigt zu halten. Wenn Sie nur wegen einer Standpauke zu ihr zurückkämen, würde es nicht lange dauern, und Sie wären wieder verschwunden.«

»Ich brauche Zeit, um nachzudenken.«

»Das ist genau der Satz, den wir Männer im Allgemeinen benutzen, um nicht nachdenken zu müssen …«

»Für jemanden, der keine Predigt halten wollte …«

»In meinem Leben habe ich sicher mehr Fehler gemacht als Sie, darauf könnte ich wetten. Und wenn zu dem einen oder anderen Zeitpunkt ein mir völlig fremder Mensch, dem ich keine Rechenschaft schuldig gewesen wäre, an meiner Tür geklopft hätte, um mir ein paar klare Worte zu sagen, dann hätte ich vielleicht manchmal eine Antwort gefunden, die mir so manchen Schiffbruch erspart hätte. Mit dem, was wir hier besprechen, können Sie machen, was Sie wollen. Es ist Ihr Leben.«

»Ich weiß nicht so richtig, woran ich bin. Das Baby verändert alles …«

»Tut es das wirklich?«

»Ich fühle mich dafür noch nicht reif genug …«

»Willkommen in der Welt der Erwachsenen. Wann ist man denn reif genug für die nächste Lebensetappe? Zwischen fünfzehn und zwanzig experimentiert man ein bisschen herum, man isst, was gerade kommt, und trinkt genauso, man baut Luftschlösser, man lügt sich was in die Tasche. Man testet. Im günstigsten Fall stößt man an seine Grenzen, im schlimmsten fällt man auf die Nase. In diesem Stadium sind Sie nicht mehr, Justin. Sie scheinen mir ein strukturierter junger Mann zu sein. Gut, was die Ordnung betrifft, gibt es vielleicht noch Raum für Verbesserung. Aber Sie haben einen Job. Ihre Beziehung zu Manon hatte eine Chance, von Dauer zu sein.«

»Das Baby war nicht geplant.«

»Das Leben wartet selten darauf, ob wir für etwas bereit sind.

Ich weiß nicht, ob Sie bei Manon bleiben sollten, aber jetzt ist der Zeitpunkt, sich genau diese Frage zu stellen.«

»Und Sie glauben, das entscheidet man einfach so, ja?«

»Sie werden niemals die richtige Antwort finden, bevor Sie nicht ein Stück des Wegs zurückgelegt haben. Aber Sie können zu sich selbst ehrlich sein, auf Ihre innere Stimme hören und sich nicht von Ihren Ängsten aufhalten lassen.«

»Sie reden wie ein alter, weiser Guru …«

Blake lächelte.

»Manon sagt immer, ich würde reden wie ein Lehrbuch, und dann sagt sie mir plötzlich Dinge, die mich aufrütteln. Selbst wenn wir alles dafür tun, um es nicht zu zeigen, haben Frauen oft diese Wirkung auf uns, stimmt's?«

»Spricht sie von mir?«

»Nur selten, aber sie denkt die ganze Zeit an Sie, das kann ich Ihnen garantieren.«

»Ist sie sauer auf mich?«

»Sie wartet auf Sie.«

»Sie hat mir geschrieben …«

»Und, haben Sie ihr geantwortet?«

»Ich wäre gar nicht in der Lage, so schöne Worte zu finden, und selbst wenn ich die Formulierungen hätte, wüsste ich nicht, was ich ihr antworten sollte.«

»Es gibt nur zwei Wege, Justin. Entweder ist Ihnen durch diese Schwangerschaft bewusst geworden, dass Manon für Sie nur ein Abenteuer war und dass Sie mit ihr nicht zur nächsten Stufe übergehen möchten – in diesem Fall müssen Sie es beenden. Oder Sie empfinden mehr für sie und haben sich nur von Ihrer Panik mitreißen lassen, weil Ihnen alles zu schnell ging. Beide Optionen sind denkbar, aber Sie müssen Manon wenigstens sagen, für welche Sie sich entscheiden, damit sie ihre Zukunft planen kann. Auch sie hat ein Leben.«

»Sind Sie verheiratet?«

»Ich war es. Und ich war derjenige, der ihr hinterhergelaufen ist.«

»Haben Sie sie in jungen Jahren kennengelernt?«

»In Ihrem Alter war ich schon vier Jahre verheiratet. Wir mussten sehr darum kämpfen, ein Kind zu bekommen.«

»Haben Sie sofort gewusst, dass sie die Frau Ihres Lebens ist?«

»Um ehrlich zu sein glaube ich, dass die Geschichten von der Liebe auf den ersten Blick und vom Füreinander-geschaffen-Sein eher so ein Frauending sind. Ein junger Mann empfindet Liebe auf den ersten Blick vor allem für einen knackigen Hintern oder schöne Brüste. Man sagt es zwar nicht laut, aber es ist einfach so. Erst später, wenn sich die Hormone ein wenig beruhigt haben, entdeckt man den Menschen dahinter. Die Mädchen wissen das ganz genau. Warum verbringen sie wohl so viel Zeit damit, sich hübsch zu machen? Wenn es keine Hormone gäbe, würden wir unter uns Jungs bleiben und dummes Zeug anstellen mit Pistolen, Motorrädern und unverdünntem Pastis. Spielzeug findet sich immer. Aber glücklicherweise sind sie da, die Hormone, weil sie uns zu den einzigen Kreaturen treiben, die imstande sind, aus uns unausgegorenen Idioten mehr zu machen. Ich weiß nicht, wie das bei Ihnen ist, aber als ich die Frau, die ich später geheiratet habe, genauer unter die Lupe genommen habe, tat ich es wie ein Statistiker. Ich weiß, es klingt furchtbar, und doch … Interessiert sie sich für dieselben Dinge wie ich? Wird sie mir das Leben versüßen? Wird sie mich mit all meinen Launen ertragen? Man würde es ihnen nie sagen, aber später, wenn man mit guten Freunden darüber spricht, stellt man fest, dass es da allen Männern gleich geht. Man wählt die Person aus, die am besten zu uns passt, aus dem Kreis derjenigen, die für uns erreichbar sind, und dann schaffen es die Clevereren unter uns, sie lieben zu lernen.«

Eine seltsame Stille senkte sich auf sie herab.

»Ist es für die Mädchen anders?«, fragte Justin schließlich.

»Ich weiß es nicht. Ich bin schon alt und verstehe gerade so eben meinesgleichen. Wie sollte ich mich da mit dem gegnerischen Lager auskennen?«

»Manchmal weiß man wirklich nicht, wie sie ticken …«

»Das stimmt. Die einzige Frage, auf die Sie, und nur Sie allein, heute eine Antwort finden müssen, ist: Sind Sie bereit, auf Ihr vorgefertigtes Ideal vom Leben zugunsten Manons und Ihres Kindes zu verzichten? Werden Autos, kurze Abenteuer, Bier und Videospiele Ihnen mehr Erfüllung bieten als das, was Sie vielleicht mit ihr erleben könnten? Wenn Sie Manon jetzt zurückweisen, um in ein paar Monaten das Gleiche mit einer anderen anzufangen, war Ihre Beziehung eine phänomenale Verschwendung. Wenn Sie aber den Rest Ihres Lebens ohne Frau und ohne Kinder verbringen wollen, dann tun Sie recht daran, sie zu verlassen. Jetzt ist der Moment, egoistisch zu sein, Justin. Lassen Sie niemanden über Sie richten. Aber wählen Sie, und stehen Sie zu Ihrer Wahl.«

»Ich gehe weg.«

»Sie verlassen die Stadt? Wann?«

»Morgen. Für einen Monat. Eine Geschäftsreise nach Deutschland. Wir werden in unserer Niederlassung in München Maschinen aufbauen. Ich habe mich freiwillig gemeldet. Ich ersticke hier.«

»Dann nur noch eines: Haben Sie Mitleid mit Manon, und lassen Sie sie nicht so lange ohne ein Lebenszeichen zurück.«

43

Unter dem Vordach der kleinen Hütte des Gutsverwalters standen Andrew, Yanis und Philippe, der Junge zwischen den beiden Männern, und schauten in den Regen hinaus, der in dicken Tropfen vom Himmel fiel. Der Park sah so grau aus, dass er an ein Schwarz-Weiß-Foto erinnerte. Drei Generationen nebeneinander, alle einander fremd, und doch immer näher.

Magnier sagte: »Wenn es so runterkommt wie jetzt, sagt man bei uns: Es regnet Bindfäden.«

»In England sagt man, es regnet Katzen und Hunde. Ich weiß, was du sagen willst, Philippe, und ich bin nicht abgeneigt, dir zuzustimmen.«

»Unsere Mathelehrerin sagt dazu, es pisst wie aus Eimern.«

Die beiden Älteren sahen Yanis wortlos an.

»Apropos Mathe«, sagte Blake, »hast du die Aufgaben fertig, die ich dir gegeben habe?«

»Die sind wahnsinnig schwer. Außerdem mag ich lieber Textaufgaben. Ich kapiere es besser, wenn eine Situation dabei ist, wenn irgendwas mit den Zahlen passiert.«

»Yanis, ich kann für dich nicht immer zweiseitige Geschichten erfinden, nur damit am Ende eine einzeilige Rechenaufgabe dabei herauskommt. Du musst die Hausaufgaben für morgen fertig machen, weil wir bald dividieren üben wollen.«

Das Kind machte ein missmutiges Gesicht.

»Dann wird meine Mutter ihren Fernseher erst im Jahr 3000 kriegen.«

»Bis dahin wird man etwas anderes erfunden haben. Kein Fernsehen mehr.«

»Und meine Mutter wird es auch nicht mehr geben.«

»Ein Grund mehr, dich mit deinen Aufgaben zu beeilen.«

»Und was hab ich davon, wenn ich mich beeile?«

Philippe und Andrew sahen wieder zu Yanis hinunter.

»Du bist ja wirklich ein harter Brocken …«

Yanis sah Blake an und sagte: »Ich wollte Sie eigentlich um etwas bitten.«

»Du meinst, um etwas anderes als die Zeit, die wir mit dir verbringen?«

Philippe ergänzte: »Ich möchte dich nur mal daran erinnern, dass du fast gar nicht mehr einkaufen musst …«

Yanis boxte frustriert in die Luft vor ihm.

»Sie sind ja so was von kompromisslos …«

»Kompromisslos?«, staunte Magnier. »Zuerst pädophile Sklaventreiber und jetzt auch noch kompromisslos? Du solltest besser die Beine in die Hand nehmen und dich in Sicherheit bringen. Aber warte lieber, bis der Regen aufgehört hat …«

»Wo hast du denn dieses Wort wieder aufgeschnappt?«, fragte Blake.

»Aus dem Buch, das wir gerade lesen. Es ist die Geschichte von fünf Kindern, die auf einer einsamen Insel einen Schatz suchen. Echt cool. Die haben einen Hund, der Youpla heißt.«

Magnier zwinkerte Blake unauffällig zu.

»Worum wolltest du mich eigentlich bitten?«

»Kennen Sie Halloween?«

»Ja, aber in England wird es weniger gefeiert als in Amerika.«

»In Frankreich ist es auch nicht gerade der große Renner«, ergänzte Magnier.

»Schon möglich«, sagte Yanis, »aber ich würde es trotzdem gerne hier mit meinen Freunden feiern.«

»Das dürfte sich machen lassen.«

»Wir brauchen tonnenweise Bonbons!«

»Wenn ein Kilo aus tausend Gramm besteht und eine Kaustange zwanzig Gramm wiegt, wie viele Kaustangen passen in ein Kilo?«

»Wie viel wiegt eigentlich eine Haribo-Erdbeere?«, mischte sich der Verwalter ein. »Die mag ich richtig gerne.«

»Philippe, bitte, wir machen hier gerade Mathe.«

Yanis fing an, angestrengt im Kopf zu rechnen. Lange Zeit war nur der Regen zu hören, der auf die Blätter, den Metalltisch und das Dach trommelte. Schließlich sagte er: »Das ist mir zu schwer. Ich brauche einen Computer.«

»Das ist leider nicht die Antwort, auf die ich gehofft habe. Tja, Pech. Dann musst du Halloween eben ein anderes Mal feiern.«

Das Kind maulte und machte sich wieder ans Rechnen. Philippe streckte die Hand aus, um zu prüfen, ob der Regen auch wirklich nass war.

»Bei den Mengen, die heute runterkommen, werden wir bald wissen, welche Farbe das Auto hat.«

»Ich glaube, es ist himmelblau«, sagte Blake.

»Ich meine mich zu erinnern, dass es eher mintgrün war«, sagte Magnier.

»Hattest du damals schon regelmäßig dein Gläschen vor dem Essen?«

»Was hat denn mein Aperitif damit zu tun?«

»Gar nichts. Ich sage nur, dieses Auto ist himmelblau.«

»Grün.«

»Wetten?«, sagte Blake.

»Um was wollen wir wetten?«, fragte Magnier interessiert.

»Fünfzig!«, rief Yanis in diesem Moment. »In ein Kilo passen fünfzig Kaustangen!«

44

Es war gut zehn Jahre her, dass Blake aus anderen Gründen als seiner düsteren Gedanken wegen bis in die Nacht aufgeblieben war. Wahrscheinlich war der Anlass ein Dinner mit Richard, vielleicht sogar die Hochzeit von Sarah und David gewesen. An diesem Abend aber hatte er sich vorgenommen, etwas herauszufinden.

Er war allein in der Bibliothek und hatte den Schreibtisch freigeräumt, um mit seiner mühsamen Puzzlearbeit fortzufahren. Langsam nahm der Brief Gestalt an. Die vom Klebeband zusammengehaltenen Streifen erinnerten ein wenig an Bastelarbeiten von Kindergartenkindern zum Muttertag, abgesehen von der fehlenden Farbe. Im Augenblick waren in dem Schreiben deutlich drei Absätze zu erkennen. Blake war noch zu sehr mit dem Schriftverlauf beschäftigt, um sich mit dem Inhalt auseinanderzusetzen. Er rückte die verbleibenden Streifen hin und her, um einzelne Fragmente miteinander zu verbinden. Der Zustand mancher Streifen, die mehrfach gerissen waren, machte die Aufgabe nicht einfacher. Mit viel Sorgfalt kam er aber letztlich ans Ziel. Als er den letzten Streifen befestigt hatte, nahm er den Brief in die Hand und kniff die Augen zusammen, um Hugos Schrift besser entziffern zu können.

Liebe Mutter,
dem mir selbst gegebenen Versprechen treu bleibend schicke ich Dir erneut unsere Neuigkeiten. Ich hoffe, dieser Brief

trifft Dich bei guter Gesundheit an. Langsam gewinnen wir Oberhand über die Kartons. Wir sind wirklich sehr glücklich über unser neues Zuhause. Auch wenn das Haus ein bisschen kleiner ist – wir haben ein Zimmer weniger –, liegt es näher an dem Viertel, in dem Isabella arbeitet, und nur zwei Straßen von einem Park mit Affen entfernt, für die sich Tania begeistert, auch wenn man sich vor ihnen ein wenig in Acht nehmen muss. Deine kleine Enkeltochter hat keine ihrer Freundinnen zurücklassen müssen, da sie immer noch auf dieselbe Schule geht wie zuvor. Für mich ist der Weg zur Uni ein bisschen länger geworden, aber das stört mich nicht. Wenn Du uns besuchen möchtest, worüber wir uns sehr freuen würden, werden wir problemlos einen Platz für Dich finden. Franck und ich sehen uns immer noch zweimal in der Woche. Nach der Erholung, von der ich Dir letzten Monat berichtet habe, hat sich sein Zustand rapide verschlechtert. Vor zwei Wochen war ich ernsthaft besorgt, aber die Ärzte geben sich zuversichtlich. Sie sagen, dass er vielleicht noch mehrere kleinere Rückfälle haben wird, bevor es richtig bergauf geht. Wir unterstützen ihn und seine Freundin, die unsere Sprache immer besser beherrscht, so gut wir können.

Ich finde es immer noch sonderbar, schon so lange nichts Neues aus Deinem Leben zu erfahren, während ich Dir alles über das meine erzähle. Ich will mich nicht aufdrängen, und auch wenn mich Deine Haltung schmerzt, respektiere ich sie. Ich weiß, dass es Franck viel bedeuten würde, Dich weniger feindselig zu wissen. Es wäre ihm ein Trost, den er in seinem Zustand gut gebrauchen könnte. Erst gestern haben wir über Dich gesprochen. Er ist mein Bruder. Ihn in meiner Nähe zu haben hilft mir zu vergessen, wie sehr ich meine Familie, zu der trotz allem auch er gehört, vermisse.

Ich hoffe immer noch auf ein Lebenszeichen von Dir. Noch

einmal gebe ich Dir meine Anschrift und meine E-Mail-Adresse. Ich denke sehr oft an Dich.

Liebe Grüße auch von Isabella,

Dein Sohn Hugo.

Jetzt sah Blake auch, was das Gekritzel zu bedeuten hatte, das ihm bei seinem Puzzle so viel Mühe gemacht hatte. Die kleine Tania hatte einen Affen gezeichnet und ihren Namen dazugeschrieben.

Andrew legte das Blatt aus der Hand und atmete geräuschvoll aus. Wie viele Menschen auf der Welt warteten wohl in diesem Augenblick verzweifelt auf ein Lebenszeichen von einem geliebten Menschen?

45

Manon steckte ihren Kopf durch die Küchentür. Als sie sah, dass Andrew allein war, kam sie mit federnden Schritten herein. Der Majordomus räumte gerade seine Frühstückstasse in die Spülmaschine.

»Monsieur Andrew!«, trällerte sie. »Justin hat mir eine Mail geschrieben!«

»Das sind ja wunderbare Neuigkeiten! Ich dachte, du hast hier kein Netz?«

»Ich hab meinen Computer für die Prüfungsvorbereitungen an die Telefondose in der Bibliothek angeschlossen, so wie Sie es mir gesagt haben, und da ist die Mail angekommen.«

»Fantastisch! Siehst du? Nicht immer gleich verzweifeln! Was schreibt er denn?«

Die junge Frau streichelte ihren Bauch, der sich zu runden begann, mit einem entzückten Gesichtsausdruck.

»Er schreibt, mein Brief – unser Brief – habe ihn sehr bewegt. Er sagt, es tut ihm leid, so reagiert zu haben, und dass er in Gedanken bei mir und dem Baby ist. Er muss für einige Zeit ins Ausland und wird dort über alles nachdenken. Und er hofft, dass meine Mutter nicht überreagiert hat – das hat schon mal nicht geklappt –, und schreibt, dass ich, falls es doch der Fall sein sollte, mit seiner Hilfe rechnen kann. Außerdem hat er mir noch versprochen, dass er für das Baby aufkommen und mich nicht im Stich lassen wird.«

»Wunderbar!«

»Er nennt es aber kein einziges Mal ›unser‹ Baby, und er schreibt auch nicht, dass wir wieder zusammenkommen …«

»Lass ihn sich in Ruhe an den Gedanken gewöhnen. Justin ist ein ernsthafter Junge. Ich bin sicher, dass er sich nach seiner Rückkehr bei dir melden wird, so wie er es versprochen hat.«

»Woher wollen Sie wissen, dass er ein ernsthafter Junge ist?«, fragte Manon erstaunt.

Andrew suchte nach Worten.

»Na ja, nach allem, was du mir über ihn erzählt hast … Außerdem hätte ein Mädchen wie du nicht den Erstbesten genommen, da bin ich mir sicher …«

Die junge Frau schien mit der Antwort zufrieden. Noch einmal davongekommen. Andrew beobachtete Manon, deren Gesicht nun wieder strahlte. Eine Mail hatte genügt, um ihre Tränen zu trocknen, ihre Augenringe zum Verschwinden zu bringen und ihre Lust am Leben wieder zu entfachen. Andrew dachte, mit wie wenig Frauen oft zufrieden waren, und wie schwer es den Männern fiel, ihnen dieses Wenige zu geben.

Die Katzenklappe ging hoch, und Mephistos Schnurrhaare wurden sichtbar.

»Ich glaube, er hat ein bisschen zugenommen«, stellte Manon fest, als sich der Kater durch das kleine Loch zwängte.

»Odile behauptet, das sei nur sein Winterfell, aber wenn das wirklich so ist, dann hat er genug Material, um alle Katzen in der Gegend mit Mänteln zu beliefern.«

Die letzte Bemerkung hörte Manon nicht mehr. Verträumt und gedankenverloren blickte sie ins Leere. Endlich hatte sie wieder Hoffnung, an der sie festhalten konnte. Von jetzt an würde sie die Tage zählen.

Der Kater trottete zu seiner Futterecke, schnupperte an den Kroketten, ohne sie anzurühren, und leckte den Teller ab, auf dem die Mahlzeit vom Vortag gelegen hatte, für den Fall, dass ein Molekül übrig geblieben war. Dann stellte er fest, dass die Milchschüssel leer war, sah die beiden Menschen im Raum fragend an und begann herzzerreißend zu miauen.

»Ich weiß, es ist Zeit für deine lauwarme Milch«, sagte Blake, »aber dein Frauchen ist noch bei Madame und wäre ganz und gar nicht glücklich, wenn wir ihr diese Aufgabe wegnehmen würden. Du musst noch ein bisschen warten, bis sie runterkommt.«

Als ob er verstanden hätte, setzte sich der Kater anmutig hin und begann sich zu putzen.

Manon war wieder gegangen, um den Haushalt zu machen, als Odile zurückkehrte. Sie sah Blake gar nicht erst an, sondern öffnete sofort den Kühlschrank, um den Kater zu versorgen.

»Entschuldige, mein Engel. Heute Morgen war viel zu tun. Hast du einen feinen Spaziergang gemacht?«

Mephisto rieb sich an ihren Beinen, während Odile die Milch in einen Topf goss und das Gas anzündete.

Blake startete einen Versuch: »Sind Sie mir immer noch böse?«

Mit einem Finger in der Milch, um die richtige Temperatur zu prüfen, antwortete Odile, ohne ihn anzusehen: »Meine Stirn tut immer noch weh, aber ich bin nicht mehr böse auf Sie. Ich habe jetzt größere Sorgen. Wegen Madame.«

Sie goss die Milch in die Schüssel und stellte sie auf dem Boden vor dem Herd ab. Dann fragte sie Blake: »Wären Sie wirklich in der Lage, Madame bei ihren Finanzangelegenheiten zu beraten?«

»Ja, das glaube ich schon.«

»Und mich auch?«

»Wie meinen Sie das?«

»Seit drei Jahren gebe ich meine ganzen Ersparnisse den Leuten, die sich um Madame Beauvilliers Geld kümmern, und langsam fange ich an zu glauben, dass da irgendwas faul ist. Ich bin dabei, alles zu verlieren. Wenn ich es Ihnen zeige, würden Sie mir Ihre Meinung dazu sagen?«

Sie sah ihm nun direkt ins Gesicht. Hilflosigkeit und Unruhe spiegelten sich in ihren Zügen, als sie hinzufügte: »Ich habe Angst, auf meine alten Tage mit nichts dazustehen, verstehen Sie?«

»Warum haben Sie nicht früher mit mir darüber gesprochen? Sie wissen doch, dass Sie mir vertrauen können. Wir werden es uns gemeinsam ansehen. Machen Sie sich keine Sorgen.«

Odile wirkte einen Moment lang erleichtert, doch dann fuhr sie fort: »Madame isst seit zwei Tagen nicht. Nicht einen Krümel. Wenn ich ihr morgens beim Ankleiden helfe, sehe ich, wie sie zusehends weniger wird. Die Sorgen nagen schwer an ihr. Ich habe es Ihnen noch nicht gesagt, weil ich gehofft hatte, dass sie wieder zu Kräften kommt. So war es bei ihr schon öfter, aber diesmal …«

»Ich sehe nach ihr.«

46

Auch wenn die Zeit für die Post noch nicht gekommen war, klopfte Andrew an Madames Tür.

»Kommen Sie herein, Odile.«

Blake öffnete die Tür einen Spaltbreit.

»Ich bin es, Andrew.«

»Was gibt es?«

»Wir sollten reden.«

»Später, Monsieur Blake, ich habe viel zu erledigen.«

»Wenn Sie erlauben, ich glaube, es ist dringend.«

Er betrat den Raum. Madame Beauvillier saß hinter ihrem Schreibtisch, Kontoauszüge vor sich ausgebreitet, mit einem Taschenrechner in der Hand. Sie verhärtete sich, als sie ihn ungebeten eintreten sah.

»Ich sagte, wir werden Ihr Anliegen zu gegebener Zeit besprechen.«

»Erlauben Sie mir, darauf zu bestehen.«

»Und wenn ich es Ihnen nicht erlaube?«

»Madame, Odile und ich sind sehr beunruhigt. Um Ihre Gesundheit steht es nicht zum Besten …«

»Es ist Herbst, jeder ist zurzeit ein bisschen müde …«

»Ich glaube aber, der Grund ist bei Ihnen ein ganz anderer: Ihre Anlageberater.«

Sie schnitt ihm scharf das Wort ab: »Das geht Sie nichts an.«

»Es ist nicht meine Absicht, mich in Ihre Angelegenheiten einzumischen …«

»Und doch tun Sie gerade genau das.«

»Ich halte es für meine Pflicht.«

Verärgert fing Madame Beauvillier an, ihre Dokumente wegzuräumen. Sie schob sie zu kleinen Stapeln zusammen und legte einen nach dem anderen in eine Schublade. Ihre Gesten, die immer brüsker wurden, verrieten ihren wachsenden Ärger.

»Ich denke, Sie sollten einen Arzt aufsuchen«, argumentierte Blake. »Hören Sie sich wenigstens an, was er zu sagen hat, lassen Sie einige Untersuchungen machen …«

»Jetzt sind Sie nicht nur ein Finanzexperte, sondern auch noch Mediziner?«

»Seien Sie bitte vernünftig. Sie essen fast nichts mehr. Jeden Morgen sehe ich Sie über Ihrer Post sitzen, noch niedergeschlagener als am Vortag. Warum lehnen Sie die Hilfe ab, die man Ihnen anbietet?«

Als die letzten Papiere weggeräumt waren, schob Madame die Schublade zu und stand auf.

»Ich brauche keine Hilfe, Monsieur Blake. Das reicht jetzt. Aus dem Alter für Lektionen und Ratschläge bin ich heraus.«

Sie ging auf ihre Schlafzimmertür zu, ohne sich noch einmal umzudrehen.

»Und jetzt fordere ich Sie auf, mich allein zu lassen. Ich möchte Sie heute nicht mehr sehen. Weisen Sie Odile an, mir zu gegebener Zeit meine Post zu bringen.«

Mit diesen Worten schlug sie die Tür hinter sich zu. Andrew zögerte. Er wollte nicht hinuntergehen, ohne etwas bewirkt zu haben. Einen Tag länger zu warten würde ihm auch nichts bringen. Deshalb stellte er sich vor ihre Tür und legte die Hand auf die Klinke.

»Madame, hören Sie mir bitte zu …«

Keine Antwort. Blake machte die Tür auf. Madame saß zusammengekauert auf ihrem Bett. Bei der Bewegung fuhr sie auf.

»Wie können Sie es wagen?«

»Sie lassen mir keine Wahl.«

»Ich habe Ihnen deutlich gesagt, Sie sollen mich in Ruhe lassen.«

»Mein Gewissen erlaubt es mir nicht.«

»Es ist nicht Ihr Gewissen, das Ihr Gehalt bezahlt. Sondern ich.«

»Sie werden einen Termin beim Arzt vereinbaren. Wenn er Ihnen nicht zusagt, werden wir eben so oft wechseln, wie es nötig ist.«

»Ich verbiete Ihnen …«

»Aus Respekt vor Ihnen werde ich dieses Mal Ihre Anweisungen nicht befolgen. Es geht um Ihre Gesundheit und um die Zukunft dieses Besitzes.«

Madame war aufgestanden. Sie starrte ihn mit einem Blick an, den er bei ihr nicht für möglich gehalten hätte. Aber er wollte keinen Rückzieher machen. Als er über die Schwelle trat, erhob sie die Hand, um ihn zu stoppen.

»Wenn Sie auch nur einen weiteren Schritt tun, entlasse ich Sie.«

Ihre Stimme war kalt, schneidend. Andrew wich zurück.

»Entlassen Sie mich nicht, Madame. Wir würden viel dabei verlieren, Sie und ich.«

47

Auch wenn es Blake nicht gelang, Näheres über den Termin von Madame zu erfahren, der am Nachmittag stattfinden würde, war er sicher, dass er etwas mit ihren finanziellen Schwierigkeiten zu tun hatte. Über die Köchin ließ die Chefin ihrem Majordomus mitteilen, dass er sich von ihr fernzuhalten habe, und ging so weit, ihm ausdrücklich zu verbieten, sie auch nur anzusprechen. Odile würde also die Gesellschaft bedienen, während Andrew dazu verurteilt war, auf seinem Zimmer zu bleiben. Doch damit wollte er sich nicht abfinden. Als die Klingel des Bildtelefons in der Halle ertönte, schlich er vorsichtig ans Geländer der dritten Etage, um sicherzustellen, dass alles wie geplant lief. Er hörte Stimmen, dann kam Madame die Treppen hinunter, und Odile geleitete die drei Personen in den kleinen Salon. Es war an der Zeit, in Aktion zu treten.

Mit einer Taschenlampe ausgerüstet stieg er in die erste Etage hinab, betrat auf Zehenspitzen Madames Gemächer und schlüpfte diskret in ihr Schlafzimmer. Das Bett war ungemacht, eine Schublade halb aufgezogen. Es war längst nicht so ordentlich wie beim letzten Mal, als er es betreten hatte. Zielstrebig öffnete er den Einbauschrank und steckte seinen Arm zwischen die Kleider, um die Rückwand aufzudrücken. Sie rührte sich nicht. Andrew machte einen neuen Versuch. Wieder ohne Erfolg. Aus dem Konzept gebracht fuhr er mit den Fingern über die Umrandung, auf der Suche nach einem Öffnungsmechanismus. Doch er entdeckte weder Einkerbungen noch Unebenheiten. War die Geheimtür seiner Fantasie entsprungen? Verwundert schaltete er die Taschenlampe ein und tauchte zwischen die Kleider.

Auf seiner fieberhaften Suche richtete Andrew den Lichtstahl in jede Ecke. Er ging sogar auf alle viere, um die Wand hinter den Schuhkartons zu inspizieren. Da entdeckte er ihn endlich: Hinter dem rechten Karton, direkt an der Wand, verbarg sich ein kleiner Hebel. Er zog vorsichtig daran, und ein Klick gab die Rückwand frei.

Andrew drückte die Geheimtür auf. Seine Taschenlampe enthüllte mehr als erwartet. Es war nicht nur ein kleines Versteck, sondern vielmehr ein richtiger Raum. Als er ihn betrat, erschloss sich ihm augenblicklich der Grund für die Differenz zwischen der Länge des Korridors und der Größe von Madames Schlafzimmer. Dieser Raum war fast ebenso groß, im Übrigen zum Bersten voll und bis zur Decke mit schwarzem Satin ausgekleidet. Den Lichtstrahl der Taschenlampe hin und her schwenkend kam Blake aus dem Staunen nicht mehr heraus. In der Mitte des Geheimzimmers stand ein mit Notizzetteln überhäufter Tisch. Mehrere offene Schränke und Regale enthielten Aktenordner und Bücher. Das Überraschendste jedoch waren die Wände, die mit Fotos und Briefen bedeckt waren, die alle François Beauvillier zum Thema hatten. Diverse Gegenstände und Kleidungsstücke ergänzten die unglaubliche Sammlung. Es war nicht so sehr ein Museum als vielmehr ein Tempel, ein geheimer Ort der Anbetung, der vollständig dem Gedenken an den Verstorbenen gewidmet war. Andrew fühlte sich plötzlich sehr unwohl, da er das Gefühl hatte, etwas zu entweihen und in den intimsten Teil von Madames Geist einzudringen. Den Raum wieder zu verlassen hätte jedoch nicht geholfen. Denn er würde ohnehin nicht mehr vergessen können, was er gesehen hatte. Das, was hier zum Vorschein kam, war einfach zu verblüffend. Er richtete den Lichtkegel auf Fotos, auf kleine Notizen an »Nalie«, auf vergilbte Kinderzeichnungen. Madame Beauvillier vergrub sich also nicht stunden- und tagelang in ihrem Zimmer, um zu schlafen oder fernzusehen – sie flüchtete in die Vergangenheit. Wusste Odile von der Existenz dieses Refugiums?

Als Blake die Fotos näher betrachtete, erfuhr er mehr über den Mann, dessen Schatten noch immer über dem Gut schwebte. Er hatte Charisma besessen, und trotz seines gutmütigen Äußeren zeugten seine Haltung und sein Blick von unleugbarer Autorität. Auf einer Aufnahme sah man ihn und Madame in einem Restaurant. Auf einer anderen posierte er vor dem Herrensitz, im Hintergrund war Magnier zu entdecken. Andrew verweilte länger bei einem Abzug, auf dem Monsieur in Gesellschaft einer anderen Frau und eines Kleinkindes zu sehen war. Der Kleidung nach zu urteilen war das Foto nicht viel älter als die Aufnahmen, auf denen er mit seiner Frau und Hugo abgebildet war. Seltsame Fragmente eines Lebens. Eingefrorene Augenblicke, die Essenz eines ganzen Daseins. Wenn man die Komplexität einer Persönlichkeit aus diesen wenigen Momentaufnahmen wiederherstellen wollte, müsste jedes Detail untersucht werden, die Haltung der Hände, die Blicke, all das, was nicht im ersten Moment ins Auge fiel, was das Bild aber dennoch festhielt. Madame hatte diese Zeugnisse der Vergangenheit gewählt, um sich zu erinnern, um sie wiederauferstehen zu lassen. Der Wert, den sie jeder dieser Aufnahmen beimaß, war wahrscheinlich ebenso von Bedeutung wie die Auskünfte, die sie gaben.

Andrews Blick fiel auf die Papiere, derentwegen er ursprünglich gekommen war. Bankauszüge, Besitzurkunden und offizielle Schreiben waren sorgfältig in beschrifteten Mappen eingeordnet. Im nächsten Moment wurde seine Aufmerksamkeit jedoch von etwas abgelenkt, was er direkt darunter fand. Zuerst glaubte er, sich verlesen zu haben, dann bückte er sich für einen erneuten Versuch und riss ungläubig die Augen auf. Madame besaß eine große Büchersammlung über Spiritismus und Kommunikation mit dem Jenseits. Die Werke zum Thema füllten zwei ganze Regalreihen, es waren vierzig oder fünfzig an der Zahl. Einige handelten von Methoden, mit den Toten in Verbindung zu treten, andere beschäftigten sich mit Zeichen, die von Geistern stammten. Blake konnte es kaum glauben. Niemals hätte er für möglich gehalten, dass Madame sich für esoterische Themen interessierte. Und doch war angesichts der Leere, die Monsieurs Tod in ihrem Leben hinterlassen hatte, deren Anziehungskraft auf sie verständlich. Andrew stieß auf eine Serie von Büchern, die sich mit automatischem Schreiben beschäftigten. Da er keine Ahnung hatte, was das bedeuten mochte, las er die Zusammenfassung des Inhalts auf einem der Buchrücken: »Lassen Sie die Geister Ihrer lieben Verstorbenen Ihre Hand führen, und lesen Sie, was sie Ihnen zu sagen haben! Fragen Sie, und Sie erhalten Antworten! Alle Techniken und Analysemethoden klar und verständlich erklärt. Verlieren Sie nicht den Kontakt zu den Lieben, die von Ihnen gegangen sind. Halten Sie Verbindung zwischen Diesseits und Jenseits.« Eine solche Gabe zum Preis eines Buches zu erwerben, war wahrlich ein Geschenk, dachte Andrew spöttisch. Diese Versprechen waren genauso glaubwürdig wie die Werbesendungen, auf die sich Madame jeden Morgen stürzte. Blake stellte das Buch wieder an seinen Platz zurück und wandte sich dem Tisch zu. Auch wenn er nicht an übernatürliche Kommunikation glaubte, war er beeindruckt davon, welche Bedeutung sie für Madame zu haben schien. In seinen Augen ließ das vor allem auf eine große Verzweiflung schließen, auf einen Mangel, der, auch wenn er damit anders umging, in seinem eigenen Leben ein verstörendes Echo fand.

Auf der Veloursdecke, die man über die runde Tischplatte gebreitet hatte, lagen Zettel, beschriftet mit deformierten, unterschiedlich großen, unregelmäßigen Buchstaben. Andrew nahm einige von ihnen in die Hand, wobei er darauf achtete, alles wieder genau an seinen Platz zurückzulegen. Manchmal war es nur ein Buchstabe ohne erkennbare Logik. Auf andere Zettel waren Striche gekritzelt, die nichts zu bedeuten schienen. Jedes Blatt war unten mit einem Datum versehen, manchmal sogar mit einer Uhrzeit. Madame gab sich offenbar fast jeden Tag diesen Experimenten hin, manchmal tagsüber, manchmal auch mitten in der Nacht. Blake stellte sich vor, wie sie mit einem Stift in der Hand und geschlossenen Augen dasaß, in der Hoffnung und Erwartung, François möge ihre Hand lenken, um ihr eine Botschaft zu senden.

Andrew bemerkte einen Stapel Schnellhefter an der Wand, den er zunächst für archivierte Dokumente hielt und der beim näheren Hinsehen eine beeindruckende Sammlung solcher Notizen beinhaltete, jede davon einen angeblichen Kontakt mit dem Jenseits dokumentierend. Sie waren nach Datum sortiert. In dem zuoberst liegenden Hefter hatte Madame Botschaften gesammelt, die sie als »interessant« klassifiziert hatte. Die ersten Notizen stammten von vor einigen Jahren, die letzten waren nur wenige Tage alt.

»15. Oktober: François vertraut den Anlagen von Gaerner nicht mehr«; »17. Oktober: François liebt mich immer noch«; »18. Oktober: François glaubt, ich solle das Angebot von Vandermel Immobilien noch einmal überdenken.«

Blake war zugleich fasziniert und besorgt. Offenbar versuchte Madame Beauvillier Tag für Tag, mit ihren Ängsten fertigzuwerden. Unaufhörlich sah sie sich von Problemen und Zweifeln bedrängt, die an ihr nagten und sie nicht mehr losließen. Er legte den Hefter wieder zurück. Noch länger hierzubleiben wäre zu riskant gewesen. Wie ein Dieb ließ er den Lichtkegel der Taschenlampe ein letztes Mal durch den Raum schweifen. Von nun an würde er Madame mit anderen Augen sehen. Sie erschien ihm nicht länger distanziert oder verwirrt. Sie beunruhigte ihn.

48

Während Manon in der ersten Etage mit Fensterputzen beschäftigt war, lieh sich Blake ihren Laptop und ging in der Bibliothek ins Netz. Seine Recherchen über Spiritismus und automatisches Schreiben führten ihn auf zahlreiche Seiten, die, so leid es ihm tat, generell zwei Dinge gemeinsam hatten: auf der einen Seite Menschen, die litten, und auf der anderen Seite Menschen, die daraus Profit schlugen. Unzählige Geschichten von gebrochenen Frauen und Männern, verzweifelt, weil sie ein Kind, einen Lebensgefährten, einen Verwandten verloren hatten, zu allem bereit, das ihnen versprach, der Tod hätte sie nicht endgültig von dem geliebten Menschen abgeschnitten. Diese Unglücklichen wurden mit offenen Armen von ganzen Scharen von Schwindlern, Dummschwätzern und Beutelschneidern empfangen, die mit verachtenswertem Zynismus das Blaue vom Himmel herunterlogen, um den Schmerz ihrer Mitmenschen zu Geld zu machen. Inmitten dieser Flut von Erzählungen registrierte Blake dennoch die eine oder andere Erfahrung, die die Überzeugung der eifrigsten Skeptiker zu erschüttern vermochte, aber über diese Begebenheiten wurde nie besonders viel berichtet. Im Netz geht es selten darum, zu informieren oder zu trösten, es geht vor allem um Selbstdarstellung und ums Verkaufen. Auch hier triumphierte die dunkle Seite der menschlichen Natur über den erhabenen Teil des Mysteriums, das sich ebenfalls in ihr verbergen mochte. Blake ging es nicht darum, über Madames Gläubigkeit zu urteilen. Egal wie die Natur der Kommunikation zwischen ihr und ihrem verstorbenen Mann war, eines war ihm klar: In der Welt der Lebenden brauchte sie Hilfe.

Er öffnete sein Postfach und begann zu tippen:

Hallo Heather,
ich hoffe, es geht Ihnen gut. Ich schicke Ihnen diese Nachricht, um Ihnen mitzuteilen, dass ich von jetzt an per E-Mail erreichbar bin. Das bedeutet jedoch nicht, dass ich dieses Gerät dreimal täglich nach Mails durchforsten werde. Und bitte geben Sie diese Adresse keiner anderen Menschenseele. Haben Sie über Vandermel Immobilien bereits Erkundigungen eingezogen? Vielen Dank dafür im Voraus.
Mit herzlichen Grüßen, Andrew Blake.

Bevor Blake sich an die nächste Mail machte, nahm er sich einen Moment Zeit zum Nachdenken. Seine gute Erziehung gebot ihm, diese Mail nicht zu schreiben, aber sein Instinkt flüsterte ihm ein, dass er es unbedingt tun musste. Seltsamerweise hätte er nicht einmal Dianes Sichtweise dazu einschätzen können.

Guten Tag, Hugo,
wir sind uns noch nie begegnet, und mein Schreiben wird Sie vermutlich überraschen. Ich erlaube mir, diese Nachricht an Sie zu richten, weil ich Ihre Mutter kenne. Es geht ihr so weit gut. Da sie von meiner Kontaktaufnahme zu Ihnen absolut nichts ahnt, möchte ich Sie zunächst bitten, ihr nichts davon zu sagen. Im Moment ist es für mich zu schwierig, Ihnen zu erklären, wer ich bin, aber ich habe mitbekommen, dass die Beziehung zwischen Ihnen und Ihrer Mutter kompliziert ist. Es liegt nicht in meiner Absicht, mich in Ihre Angelegenheiten einzumischen – obwohl, wenn Ihre Mutter von diesem Brief wüsste, würde sie sagen, dass ich dies bereits tue, und

hätte damit nicht ganz unrecht –, aber vielleicht wäre es für Sie ganz nützlich zu wissen, dass Sie jemanden aus ihrer unmittelbaren Umgebung kontaktieren können. Ich hoffe, Sie missverstehen mein Vorgehen nicht. Ich habe keinerlei persönliches Interesse. Wäre ich an Ihrer Stelle, wüsste ich es einfach nur zu schätzen, wenn jemand das Gleiche für mich tun würde. Sollten Sie nicht antworten, würde ich es verstehen, und dann werden Sie nie mehr von mir hören.

Mit freundlichen Grüßen,
Andrew Blake.

Odile stand im Eingang der Bibliothek. Als Blake sie entdeckte, fuhr er zusammen.

»Die Tür war offen«, verteidigte sie sich.

»Kommen Sie bitte herein. Wie geht es Madame?«

»Sie hat etwas gegessen.«

»Ist sie immer noch wütend auf mich?«

»Sie verliert darüber kein Wort. Aber sie hat mich gebeten, mich um alles zu kümmern. Außer mir will sie niemanden sehen – ›bis auf Widerruf‹, hat sie präzisiert.«

»Das tut mir leid. Jetzt haben Sie noch mehr zu tun.«

»Das spielt keine Rolle. Bevor Sie hier anfingen, habe ich jahrelang alles gemacht. Im Übrigen fühle ich mich für den Streit zwischen Ihnen beiden verantwortlich …«

»Das brauchen Sie nicht. Ich war es, der ihre Tür sozusagen eingetreten hat.«

»Hätte ich Ihnen nichts gesagt, wären Sie nicht hochgegangen.«

»Früher oder später hätte ich es auch so getan. Sie haben sich wirklich nichts vorzuwerfen.«

Blake erhob sich und fragte dann leise: »Wie fanden Sie mein Vorgehen bei Madame? Seien Sie bitte ehrlich.«

»Ich hätte es nie gewagt, sie so anzugehen, wie Sie es getan haben.«

»Sie haben meine Frage nicht beantwortet …«

Odile wollte nicht recht mit der Sprache heraus.

»Wenn ich den Mut dazu gehabt hätte«, sagte sie schließlich, »hätte ich ihr das Gleiche gesagt. Sie verschließt die Augen vor der Wahrheit und zieht sich in ihre eigene Welt zurück. Ich bin der Meinung, sie sollte unbedingt einen Arzt aufsuchen und ihr Vertrauen den Leuten entziehen, die sie in den Ruin treiben. Gleichzeitig habe ich das Gefühl, sie mit dieser Ansicht zu verraten, denn auch wenn Madame nicht gerade einfach ist, war sie doch immer gut zu mir. Ich verdanke ihr sehr viel.«

»Die größte Loyalität besteht manchmal darin, einen kleinen Verrat zu begehen. Deshalb würde ich gern von Ihnen wissen: Sind Sie auf meiner Seite, wenn ich noch einmal versuche, Madame zu überzeugen, oder muss ich es allein riskieren? Sie hat bereits gedroht, mich zu entlassen, und sie wird sicher nicht zögern, das auch wirklich zu tun. Aber ich glaube nicht, dass sie uns beide davonjagen wird.«

»Ich habe Angst. Man hat mir beigebracht, mich nicht in die Angelegenheiten anderer Menschen einzumischen.«

»Mir hat man das Gleiche beigebracht, aber in manchen Fällen kommt die Nichteinmischung einer unterlassenen Hilfeleistung gleich.«

Odile zögerte einen Augenblick, bevor sie zur Antwort gab: »Sie können auf mich zählen. Aber Sie müssen wissen, jedes Mal wenn bei Madame der Ton schärfer wird, schmilzt mein Mut wie Eis in der Sonne.«

»Ich kann Ihnen garantieren: Sie wird sich in erster Linie über mich ärgern.«

»Wenn es Ihnen gelingen sollte, sie vor dem Schlimmsten zu bewahren, wird sie Ihnen zu Dank verpflichtet sein.«

»Auch ich bin ihr zu Dank verpflichtet. Ihnen übrigens auch. Ich fühle mich hier zu Hause. Und ich kann Ihnen versichern, dass ich das nicht oft empfunden habe.«

Nach einer kleinen Pause fügte Blake hinzu: »Odile, darf ich Ihnen einen Vorschlag machen?«

»Wenn Sie vorschlagen möchten, uns bei unseren Vornamen zu nennen, sag ich nicht Nein. Aber das tun Sie ohnehin schon.«

»Ich wollte Ihnen vielmehr etwas im Zusammenhang mit Ihrer Küche vorschlagen.«

»Was ist es denn diesmal?«

»Ich würde mir wünschen, dass Sie, Manon, Philippe und ich, alle vier, an einem der nächsten Abende zusammen essen. Ich glaube, jeder von uns würde es zu schätzen wissen, sich weniger einsam zu fühlen. Und schließlich wohnen wir doch zusammen …«

49

Dem Sprung nach zu urteilen, mit dem Mephisto von seinem Kissen hochfuhr, hatte er sich noch nicht an die reparierte Sprechanlage in der Küche gewöhnt. Er hob ab, als hätte er einen Stromschlag bekommen, und jagte mit gesträubtem Fell davon. Magniers laut knisternde Stimme kam für alle Anwesenden überraschend.

»Ist es in Ordnung, wenn ich jetzt rüberkomme?«, fragte er vom anderen Ende des Parks aus.

Andrew drehte den Ton leiser, bevor er ihm antwortete: »Alles ist fertig, du kannst kommen.«

»Ich bin unterwegs!«

Odile hatte eine weiße Schürze um die Taille gebunden und jonglierte mit ihren Töpfen und Pfannen. Die Abzugshaube gab alles. Der Tisch war für vier Personen gedeckt, nur der Platz an der Stirnseite blieb leer.

»Was ist denn mit Mephisto passiert?«, fragte Manon, als sie die Küche betrat. »Er kam mir ganz panisch entgegengeschossen.«

»Philippes Stimme hat ihn erschreckt«, erklärte Andrew der jungen Frau, die zur Feier des Tages ein Kleid angezogen hatte, und machte ihr dann ein Kompliment: »Hübsch siehst du aus!«

Manon drehte sich, dass sich ihr Rock bauschte.

»Dann genießen Sie den Anblick. Bei meinem immer dicker werdenden Bauch habe ich es heute wahrscheinlich zum letzten Mal an.«

Blake sah, dass Odile ihre lockere Stimmung nicht teilte, und fragte unauffällig: »Stimmt etwas nicht, Odile?«

»Die Vorspeise ist gestrichen. Ich habe sie verbockt.«

»Das macht doch nichts, wir sind hier ja unter uns. Sie müssen niemanden beeindrucken. Es ist ohnehin schon ein Privileg, dass wir so eine talentierte Köchin unter uns haben, die uns immer wieder verwöhnt. Machen Sie sich keinen Stress, sonst haben Sie nichts von dem Abend.«

Sie rang sich ein Lächeln ab und schaute in einen der Töpfe. Da klopfte auch schon Philippe an die Scheibe in der Tür. Andrew bat ihn herein. Magnier hatte ein »gebügeltes« Hemd angezogen. Dem Resultat nach zu urteilen, war es allerdings Youpla gewesen, der das Bügeleisen geführt hatte. Magnier hatte sich auch frisiert, seine Haare lagen plattgekämmt und gescheitelt am Kopf an, etwas bislang noch nie Dagewesenes. Er sah aus wie ein Konfirmand, der dreißig Jahre zu spät zu seiner Konfirmation erschien.

»Damit das Essen heute nicht übertrieben üppig wird, lassen wir die Vorspeise ausfallen«, verkündete Andrew. »Nehmt bitte Platz.«

Der Gutsverwalter und das Zimmermädchen besetzten die eine Tischseite, der Majordomus und die Köchin die andere. Kaum hatte Magnier Platz genommen, verzog er auch schon eigenartig das Gesicht. Blake glaubte beinahe, er würde zu weinen anfangen.

»Was ist denn mit dir los?«

»Mir ist ganz komisch zumute. Es ist so lange her, dass ich hier im Haus gegessen habe. Ich danke euch noch einmal herzlich für die Einladung: Vielen Dank. Entschuldigt, aber ich hätte nicht gedacht, dass es diese Wirkung auf mich haben würde.«

»Vier Personen an diesem Tisch«, kommentierte Odile, »das ist auch für mich eine Premiere.«

»Viereinhalb!«, korrigierte Manon und zeigte auf ihren Bauch.

Da rief Blake aus: »Wir haben den Wein vergessen!«

»Nein, wir haben ihn nicht vergessen«, gab Odile zurück. »Der Wein ist im Weinkeller … Wenn Sie etwas trinken wollen, müssen Sie es sich schon selbst holen.«

»Ich rühr mich nicht vom Fleck«, erklärte Magnier. »Ich fühle mich pudelwohl und möchte keine Sekunde dieses Abends verpassen.«

Als auch Manon dankend ablehnte, sagte Blake: »Gut, dann machen wir eben das nächste Mal eine Flasche auf. Und heute Abend lassen wir unsere Geschmacksknospen durch nichts von Ihren Köstlichkeiten ablenken, liebe Odile.«

Während Odile die Teller vorbereitete, hatte Mephisto seinen großen Auftritt.

»Er ist wirklich beeindruckend«, kommentierte Magnier. »Ich hab ihn schon mal im Park gesehen, aber nur von Weitem. Ob er und Youpla sich wohl miteinander verstehen würden …«

Blake antwortete: »Dein Hund will immer hinter etwas herjagen, und Mephisto braucht ein bisschen Bewegung. Ich würde sagen, die Zeichen für eine echte Partnerschaft stehen gut.«

»Lasst bloß meinen Kater in Frieden«, grummelte Odile.

Mit einer professionellen Handbewegung setzte sie einen kunstvoll garnierten Teller vor Manon ab.

»Empfehlung des Hauses: Enten-Confit und Petersilien-Bratkartoffeln.«

Magnier faltete seine Serviette auf und steckte eine Ecke in seinen Hemdkragen. Als Odile ihm seinen Teller vorsetzte, folgte er ihm mit seiner Nase fast bis zum Tisch, inhalierte den Duft der im eigenen Fett gegarten Ente und brach in begeisterte Freudenrufe aus. Die Köchin bediente alle am Tisch, ehe sie zum Schluss ihrem Mephisto einen etwas kleineren Teller vorsetzte.

Alle warteten, bis die Herrin über Pfannen und Herdplatten am Tisch Platz genommen hatte, auch wenn Philippe seine Gabel bereits fest umklammert hielt.

»Guten Appetit!«, wünschte sie in die Runde.

Mit der Spitze seines Messers drückte Blake in die knusprige Entenhaut. Absolut perfekt. Befriedigt nickte er.

Nach den ersten Bissen lobten alle die kulinarische Großtat, sogar der Kater, der auf den Tisch sprang, um ein paar Leckerbissen zu stibitzen.

»Was ist denn das?«, schimpfte Odile und setzte ihn wieder auf dem Boden ab. »Das hast du doch noch nie gemacht!«

»Auch für ihn ist heute ein besonderer Tag«, nahm Magnier den Kater in Schutz. »Ich bin auf jeden Fall schwer begeistert.«

»Aber lass dir nicht einfallen, deshalb aus unseren Tellern zu picken«, scherzte Blake.

Die Konversation wechselte zum Wetter, das mit jedem Tag feuchter wurde, und driftete dann zu der kontrovers diskutierten Notwendigkeit ab, im Winter Schals und Mützen zu tragen. Als Manon ihre Freunde über peinliche Kopfbedeckungen erzählen hörte, zu deren Tragen sie von ihren jeweiligen Müttern gezwungen worden waren, und über Schneeballschlachten auf dem Schulhof, sah die junge Frau sie in einem neuen Licht. Odile, Blake und Philippe schnitten diverse Themen an, wie etwa die Uhrzeiten, zu denen sie als Kinder ins Bett gehen mussten, ihre Lieblingscomics und sogar den Geschmack von Zahnpasta – offensichtlich von Land zu Land sehr unterschiedlich. Als sie über ihre verstorbenen Eltern sprachen, trübte sich Manons Blick vor Wehmut, und da Andrew sie nicht in düstere Gedanken abgleiten lassen wollte, lenkte er das Gespräch in andere Fahrwasser.

»Letztendlich«, fasste er zusammen, »gefielen oder missfielen uns trotz unseres Altersunterschieds offenbar die gleichen Dinge, obwohl man behauptet, dass die Geschmäcker verschieden sind. Nehmen wir mal das Kino als Beispiel …«

Magnier bemächtigte sich des Themas: »Ich sehe am liebsten Actionfilme und Komödien, aber einmal fand ich auch einen chinesischen Film richtig großartig. Er war sehr ruhig, mit Untertiteln von etwa drei Wörtern pro Szene, obwohl die Schauspieler so an die zehn Minuten geredet haben. Und wie ist das bei Ihnen, Madame Odile?«

Sie seufzte und lächelte.

»Ich weiß nicht, ob ich es Ihnen verraten soll. Sie werden sich über mich lustig machen.«

Von allen Seiten bedrängt gab sie schließlich nach: »Ich hab eine Schwäche für die großen amerikanischen Musicals. Ich finde sie überwältigend. Diese Menschen, die von ihren Hoffnungen und Schmerzen singen, berühren mich ganz tief. Sie haben die gleichen Sorgen wie wir, aber dank der Musik werden sogar ihre größten Tragödien zu etwas Erhabenem. Die Schönheit ihrer Verzweiflung gibt mir Kraft. Schon wenn ich darüber spreche, bekomme ich Gänsehaut. Manche meinen vielleicht, das wäre der absolute Kitsch, aber ich finde, wenn man einem Außerirdischen das Intensivste an Gefühlen zeigen wollte, zu dem unsere Spezies fähig ist, wäre das Musical die ideale Wahl.«

Blake nickte beeindruckt. Philippe war vollkommen gebannt von ihren Worten.

»Sehen Sie sie oft, die Musicals?«, fragte Manon.

»Ich habe eine kleine DVD-Sammlung in meinem Zimmer. Das ist alles, was von meinem früheren Leben übrig geblieben ist. Aber ich kann sie mir nicht ansehen, ohne ein Taschentuch in Reichweite zu haben. Wenn Menschen auseinandergehen, weine ich, aber noch schlimmer ist es, wenn sie wieder zusammenkommen! Dann heule ich wie ein Schlosshund …«

»Hatte ich bisher noch gar nicht mitbekommen«, kommentierte Andrew, »aber nächstes Mal weiß ich Bescheid und bringe ein paar Taschentücher vorbei …«

»… und leisten mir beim Heulen Gesellschaft. Was sehen Sie am liebsten, Andrew?«, fragte die Köchin.

»Ich hab schon lange keine Filme mehr gesehen. Es war immer Diane, die die Titel ausgesucht hat, denn wenn ich diese Aufgabe übernahm, war die Wahrscheinlichkeit groß, irgendeinen Schund zu erwischen. Durch sie habe ich den klassischen französischen Film kennengelernt, aber auch andere außergewöhnliche Filme. Diane hatte die Gabe, mich für die merkwürdigsten Dinge zu begeistern – sie nahm mich an die Hand, und ich folgte. Ehrlich gesagt habe ich gar kein Lieblingsgenre. Manchmal lache ich gerne, ein anderes Mal passt mir ein Film mit einer ernsthaften Botschaft oder ein Drama besser ins Konzept. Hin und wieder grusele ich mich sogar ganz gerne.«

»Das ist es, was ich am liebsten mag …«, warf Manon ein. »Justin und ich haben oft Filme ausgesucht, bei denen wir wussten, dass wir auf jeden Fall Angst bekommen würden. Meistens war die Handlung nicht gerade anspruchsvoll, aber das machte gar nichts, solange wir vor lauter Angst schreien konnten. Etwas in der Art von: Jugendliche allein im Wald, die nachts von irgendeiner Kreatur gejagt werden. Herrlich! Noch besser ist es, wenn man das Monster nicht richtig zu sehen bekommt. Sobald man es gesehen hat, hat man nämlich direkt weniger Angst. Ich hab mich dann immer an Justin geklammert und seinen Arm gedrückt, bis er blaue Flecken hatte. Und danach hatte ich Angst, auf die Toilette zu gehen, obwohl sie nur zwei Meter weg war.«

»Der Horrorfilm, der mich am meisten beeindruckt hat«, erinnerte sich Magnier, »war *Die Hölle der lebenden Toten*. Zombies überall … und ich war erst fünf. Danach hatte ich einen Monat lang Angst vor allen Menschen. Sobald mich ein Erwachsener anfassen wollte, habe ich geschrien wie am Spieß. Einmal habe ich versucht, unserer Nachbarin den Arm auszureißen, weil ich überzeugt war, dass sie ein Zombie war.«

»Mit fünf Jahren?«, fragte Odile erstaunt nach. »Wer hat Sie denn mit fünf Jahren einen Zombiefilm sehen lassen?«

»Meine Mutter hatte mich damals zu einer Bekannten zum Aufpassen gebracht, die Kinder im Teenageralter hatte …«

»Ja, mit Zombies ist man immer auf der sicheren Seite«, kommentierte Blake. »Man sollte sie überall einbauen. Stellt euch nur mal vor: *My fair Lady und die Zombies*, *Zombiefieber* mit James Bond oder *Der Graf von Monte Christo und die Zombies* …«

»Komisch, dass du gerade *Der Graf von Monte Christo* erwähnst«, bemerkte Magnier. »Das ist das Buch, das ich gestern mit dem Kleinen angefangen habe.«

»Dann ist es also wahr«, sagte Odile, »Sie geben einem Jungen aus der Stadt Nachhilfeunterricht? Das ist eine sehr schöne Sache.«

»Er hilft mir ja bei den Einkäufen …«

»Wenn alle so wären wie Sie«, pflichtete Manon Odile bei, »wäre die Welt ein besserer Ort.«

»Im Moment haben wir mit dem Buch noch ganz schön zu tun«, sagte Magnier. »Der Wälzer hat über tausend Seiten, und ich weiß noch nicht, wo ich Youpla unterbringen soll …«

Als Nächstes verteilte Blake die Dessertteller, und Odile verkündete: »Nun schlage ich den Herrschaften vor: feine karamellisierte Apfeltörtchen mit Äpfeln aus dem Garten. Seien Sie bitte nachsichtig, ich habe sie seit Ewigkeiten nicht mehr gemacht …«

Keiner reagierte. Schlimmer noch, die drei Tischgäste verharrten in peinlichem Schweigen. Odile war verwirrt, bis sie ihren Blicken folgte, die zur Küchentür gerichtet waren. Im Eingang stand Madame Beauvillier. Blake und Magnier erhoben sich hastig.

»Lassen Sie sich nicht stören«, sagte Madame. »Auch wenn ich hier unangemeldet auftauche, ist das kein Kontrollbesuch. Das Gelächter hat mich einfach nur neugierig gemacht.«

Blake ergriff die Initiative.

»Essen Sie doch bitte ein wenig Nachtisch mit uns.«

Er deckte eilig ein weiteres Dessertbesteck ein.

»Das ist sehr freundlich von Ihnen, aber ich muss wieder nach oben.«

»Ich bestehe darauf …«

Kaum hatte er die Worte ausgesprochen, als er sie auch schon bereute.

»Sie bestehen ja ziemlich häufig auf etwas …«, spöttelte sie mit einem leisen Lächeln.

Da meldete sich Magnier zu Wort: »Bleiben Sie doch bei uns, es wäre wirklich schade, wenn Sie jetzt gehen würden!«

Odile, die zum Sprechen gerade nicht fähig war, hielt ihr einfach nur ein Törtchen entgegen.

»So sei es denn«, gab Madame nach. »Ich setze mich kurz zu Ihnen.«

Unter absolutem Schweigen der Anwesenden nahm sie Platz und wandte sich dann an Manon: »In Ihrem Zustand sollten Sie sich von dem Kater fernhalten. Das ist für Schwangere nicht gut.«

»Das ist kein Problem. Ich habe einen Test gemacht, und man hat festgestellt, dass ich die Toxoplasmose schon hatte. Aber es ist nett, dass Sie daran denken.«

Blake reichte Odile seinen Teller, die ihn entgegennahm, das Apfeldessert teilte und ihm eine Hälfte zurückgab.

»Es ist mir eine Freude, Sie zu sehen, Madame Beauvillier«, sagte Magnier. »Sie sollten mich einmal draußen besuchen. Ihr Park ist einfach wundervoll zu dieser Jahreszeit.«

»Meine Beschwerden erlauben es mir leider nicht hinauszugehen, aber ich bin Ihnen für die Einladung dankbar.«

Alle kosteten vom Nachtisch und trugen wohlerzogen die passenden Bemerkungen vor. Madame sagte zaghaft: »Ich hätte Ihnen gerne Champagner für Ihr nettes Zusammensein bereitgestellt, aber ich weiß nicht, ob noch irgendwo im Haus eine Flasche zu finden ist. Und ob er überhaupt noch trinkbar ist. Wissen Sie das, Odile?«

»Wenn noch etwas davon da ist, dann im Weinkeller, und den betrete ich nie. Hat zu tun mit …«

»Ich vergaß.«

Bald darauf verließ Madame sie wieder. Gegen Ende ihres Beisammenseins sprach sie mit Blake völlig normal, woraus er schloss, dass sie wieder besänftigt war. Der Abend neigte sich seinem Ende zu. Magnier verabschiedete sich mit Bedauern, denn die Zeit war für seinen Geschmack viel zu schnell verflogen. Bevor er sich auf den Heimweg machte, sagte er: »Madame Odile, das nächste Mal bringe ich Ihnen Steinpilze zum Schmoren mit. Und noch einmal vielen Dank, es war köstlich.«

Odile sah ihm nach, während er sich im Nachtnebel entfernte, die Serviette noch im Hemdkragen, die er abzunehmen vergessen hatte.

Manon bot ihre Hilfe beim Aufräumen an, aber ihr müdes Gesicht war Grund genug, sie ins Bett zu schicken. Mephisto schlüpfte zusammen mit ihr durch die Tür. Der Kater wurde der Köchin in letzter Zeit immer öfter untreu.

Odile und Blake blieben zurück, um die Küche in Ordnung zu bringen.

»Dieses Essen war eine gute Idee«, sagte Odile. »Wirklich. Glauben Sie, es hat ihnen geschmeckt?«

»Das fragen Sie noch?! Sogar Madame hat ein ganzes Törtchen verputzt.«

»Es hat mir Spaß gemacht, für Sie alle zu kochen. Vielleicht können wir das einmal wiederholen.«

50

Im Laufe der folgenden Tage änderten sich die Dinge im Gutshaus fast unmerklich. Manon hatte die Angewohnheit angenommen, jeden Nachmittag gegen 16 Uhr in die Küche zu kommen, um mit Odile einen Kaffee zu trinken. Dann redeten sie – vor allem Manon. Am häufigsten sprach sie über Justin und manchmal über ihre Mutter. Odile hatte ihr angeboten, ihr bei den Vorbereitungen für die mündlichen Aufnahmeprüfungen zu helfen. Magnier holte sein Essen nicht mehr wie ein Dieb ab. Wenn er seine Dose jetzt aus dem Mauerhäuschen draußen zog, winkte er zu der Köchin hinüber und ging sogar so weit, sich bei ihr zu bedanken und ihr je nach Uhrzeit einen guten Tag oder Abend zu wünschen. Manchmal, wenn Andrew seinen Mathenachhilfetermin mit Yanis hatte, nahm er das Essen zur Hütte des Verwalters mit. Dann teilte ihm Odile eine größere Portion zu, damit es auch für den Kleinen reichte. Sie hatte sich auch endlich dazu überreden lassen, für alle das gleiche Essen zu kochen, vom Kater bis zur Chefin, und keiner hatte Grund zur Klage, ganz im Gegenteil. Nur Madame stocherte oft auf ihrem Teller herum, aber daran war nicht die Küche schuld.

Blake war die Veränderung der zwischenmenschlichen Beziehungen auf dem Gut wahrscheinlich am meisten bewusst, und er freute sich darüber, aber er vergaß auch nicht, dass damit keines von Madames Problemen gelöst war.

Hugo hatte auf seine Mail mehr als enthusiastisch geantwortet. Der Beauvillier-Erbe hatte darauf gedrängt, mehr über den mysteriösen, wohlmeinenden Informanten zu erfahren, und sich für Blakes Einmischung außerordentlich dankbar gezeigt.

Der Dienstag war grau, kalt und verregnet. Die schlimmste Variante eines Novembertages – noch im Oktober. Auf dem Treppenabsatz der zweiten Etage hatte Blake am Fenster Position bezogen und überwachte das große Haupttor mit einem Fernglas.

»Was machen Sie da?«, fragte Odile, als sie ihn auf der Lauer erwischte.

»Ich verhelfe dem Wort Heuchelei zu neuem Glanz …«

»Wie bitte?«

Da sagte der Majordomus: »Ihr Taxi ist da. Pünktlich auf die Minute.«

»Warum überwachen Sie die Ankunft von Madame Berliner? Ist die Gegensprechanlage defekt?«

Blake antwortete nicht, sondern lief schwungvoll die Treppe hinunter bis in die Eingangshalle. Dort stellte er sich vor den Bildschirm der Sprechanlage, deren Ton er abgedreht hatte.

»Andrew, welche Machenschaften brüten Sie da aus?«

»Diese Frau ist die Pest.«

»Das ist richtig, aber was wollen Sie dagegen tun? Haben Sie etwa vor, ihr beim Klingeln einen Elektroschock zu verpassen, oder was?«

Blake sah Odile interessiert an. »Eine hervorragende Idee.«

»Sie sind wirklich verrückt. Lassen Sie Madames Freundin zufrieden. So viele hat sie davon nicht.«

»Von Freundinnen wie Madame Berliner hat man immer zu viele.«

Der Bildschirm der Sprechanlage leuchtete auf, und das Gesicht der Besucherin erschien. Sie hatte ihren Mantelkragen hochgestellt und den Kopf eingezogen, in der Absicht, sich vor dem strömenden Regen zu schützen, aber das Wasser lief ihr trotzdem über das Gesicht. Als sie auf den Rufknopf drückte, erhielt sie, obwohl er tadellos funktionierte, keine Antwort. Daraufhin klingelte sie wieder und wieder, die Kamera zeigte dabei ihr verzerrtes Gesicht, das zum Fürchten war. Ihre übertriebene Mimik und die fahrigen Bewegungen erinnerten an einen Zeichentrickfilm, in dem der verbitterte Bösewicht nicht ans Ziel kommt, zur größten Genugtuung aller. Von einem bestimmten Kamerawinkel aus hatte sie sogar Ähnlichkeit mit einer Spitzmaus, aber Blake hütete sich, diese Beobachtung mit seiner Kollegin zu teilen. Allen Erwartungen zum Trotz beobachtete diese das Spektakel mit offensichtlicher Freude.

»Wie lange wollen Sie sie unter der Dusche schmoren lassen?«

»Lange genug, um herauszufinden, ob ihre wasserfeste Mascara auch was taugt.«

»Meiner Erfahrung nach wird es bei den Fluten, die sich auf sie ergießen, keine Minute dauern, bis sie in schwarzen Strömen runtertrieft …«

Andrew hob überrascht eine Augenbraue. Er hatte Odile noch nie geschminkt gesehen. Die Vorstellung erschien ihm interessant. Alles in allem sah sie schließlich recht attraktiv aus.

Madame Berliner wurde langsam panisch. Andrew entschied, dass nach erfolgter Vorwäsche und Spülung nun die Zeit zum Auswringen gekommen war.

»Sagen Sie bitte Madame Bescheid, dass ihr Besuch eingetroffen ist.«

»Und Sie?«

»Wie ich schon sagte: Ich verhelfe dem Wort Heuchelei zu neuem Glanz.«

Blake schnappte sich einen riesigen Regenschirm und eilte hinaus, der armen Frau entgegen, die das Opfer einer bedauerlichen Panne geworden war …

51

In der Bibliothek schaltete Blake die Hi-Fi-Anlage ein und sichtete die CD-Sammlung. Er stieß auf einige Interpreten, die er sehr schätzte, aber dieser Abend schien ihm wie für klassische Musik gemacht. Er traf eine Vorauswahl: Debussy, Strauss und Mozart. Ein Präludium, ein paar Walzer und ein Requiem. Was davon entsprach seiner Stimmung am besten?

Diane liebte Debussy. Er legte die CD ein und setzte sich in einen Sessel. Als die ersten Takte der *Suite bergamasque* erklangen, ergriff ihn eine geradezu physisch greifbare Emotion. Das sanfte Licht, das Holz, die Bücher, die reinen aufsteigenden Töne … Andrew schloss die Augen, und eine Glückswelle durchflutete ihn. Jedes Instrument, jeder Takt hallte in ihm wider, strömte durch seinen Körper und erzeugte ein lange verdrängtes Gefühl. Seine Finger bewegten sich im Rhythmus der Musik über die mit Leder gepolsterte Lehne. Er kannte das Stück, hatte es hunderte von Malen gehört, und doch war ihm an diesem Abend, als würde er es neu entdecken, wie eine monumentale Skulptur, die unter einem Tuch verborgen liegt, das von einem Windstoß davongetragen wird. Blakes Geist erhob sich in eine andere Dimension, in eine Welt, in der es kein Grau gab, wo alles pulsierte, lebte, sogar die Vergangenheit. Durch die Musik getragen fand er die Kraft zu akzeptieren, dass Diane nicht mehr da war. Er konnte sich selbst sagen, dass sie noch bei ihm, in ihm war, ohne dass es sich wie ein Wunschtraum anfühlte. Auf seinem Höhenflug fand er die Kraft der Hoffnung.

Da stoppte die Musik abrupt. Blake öffnete die Augen und sah Madame Beauvillier neben der Hi-Fi-Anlage stehen.

»Verzeihen Sie«, sagte sie, »aber ich kann es kaum ertragen …«

In ihrem Morgenrock machte sie einige ziellose Schritte durch den Raum. Sie sah sich um wie gehetzt und warf Blake ängstliche Blicke zu, als sähe sie ein Gespenst. Blake begriff den Grund ihrer Verwirrung und stand eilig auf.

»Es tut mir sehr leid, ich wollte nicht …«

»Warum haben Sie dieses Musikstück gewählt?«

Blake suchte nach einer Antwort, aber Madame kam ihm zuvor.

»Genau diese Musik haben François und ich gehört, nachdem die Umbauarbeiten in der Bibliothek abgeschlossen waren. Er stand genau da, wo Sie jetzt stehen. Er war so glücklich, endlich einen Platz für seine Bücher gefunden zu haben. Dann hat er meine Hand genommen, und wir haben getanzt …«

»Dieses Stück wurde auch in dem Pleyel-Saal gespielt, als ich die Frau, die mein Leben verändern sollte, zum ersten Mal sah. Ich war mit einer Gruppe von Studenten da, Diane gehörte einer anderen Fakultät an. Sie saß in der Reihe vor mir. Ich wurde auf sie aufmerksam, als sich ihr Haar bewegte. Danach habe ich sie nicht mehr aus den Augen gelassen. Ich studierte ihr Profil, ihre Wimpern, ihre Lippen. Sie ging in der Musik auf. In der Pause entdeckte ich ihre Stimme und ihr Lachen …«

»Glauben Sie an Zufall, Monsieur Blake?«

»Und Sie?«

»Nein, das tue ich nicht.«

Madame Beauvillier wurde schwindlig, und sie taumelte. Blake eilte zu ihr hin, um sie zu stützen.

»Setzen Sie sich, ich hole Ihnen ein Glas kaltes Wasser.«

»Nein, bitte, lassen Sie mich hier nicht allein zurück. Ich bin nicht mehr hier gewesen, seit François ... Sie dort in seinem Sessel zu sehen hat mir einfach nur einen Stich versetzt.«

»Es tut mir unendlich leid.«

»Nein, das muss es nicht. Sie hatten recht. Aus Respekt vor seinem Andenken muss dieses Haus weiterleben.«

Ihr Gesicht bekam wieder etwas Farbe.

»Was glauben Sie, wie viel könnte man aus diesen Büchern herausholen?«

»Worauf wollen Sie hinaus?«

»Wenn ich mich recht entsinne, haben wir hier einige schöne Originalausgaben und ein paar sehr alte Werke. Welche Summe könnte durch den Verkauf zusammenkommen?«

»Meinen Sie das ernst?«

»Ich habe keine andere Wahl. Bei der Geschwindigkeit, in der es mit meinem Vermögen bergab geht, werde ich vermutlich nach Ihrer Probezeit nicht mehr die Mittel haben, Sie weiter zu beschäftigen. Um das Schlimmste zu verhindern, werde ich alles verkaufen, was ich kann.«

»Sie können doch nicht einfach die Bücher Ihres Mannes hergeben ...«

»Soll ich besser gleich den ganzen Besitz verramschen? Manchmal glaube ich wirklich, dass mein Leben dadurch einfacher würde. An manchen Tagen denke ich ernsthaft darüber nach. Ich würde mir eine kleine Wohnung in der Stadt zulegen. Allein die Vorstellung, keine Verantwortung mehr tragen zu müssen, verschafft mir Erleichterung. Ich würde durch die Stadt bummeln, Menschen begegnen, sie beobachten, vor Schaufenstern stehen bleiben und vielleicht sogar ins Kino gehen ... Mir mein Brot selbst vom Bäcker holen, ein paar Einkäufe machen und wieder nach Hause gehen. Nichts weiter tun, als meine armselige kleine Existenz am Leben zu erhalten ...«

Blake ließ sich in den Sessel ihr gegenüber fallen. Madame fixierte ihre Hände und drehte an dem Ehering, der für ihre abgemagerten Finger viel zu groß war. Sie hob den Blick.

»Als Sie Ihre Frau verloren haben, sind Sie da weggezogen?«

»Ich habe mit dem Gedanken gespielt, aber dann bin ich doch geblieben. Vor allem unserer Tochter wegen. Ich wollte nicht, dass sie einen weiteren Fixpunkt in ihrem Leben verlor. Und auch wegen Dianes Sachen. Mir war wichtig, dass alles an seinem Platz blieb, als könnte sie jeden Augenblick wiederkommen.«

»Wie gut ich Sie verstehe. François war es, der diesen Besitz damals unbedingt haben wollte, er hat ihn ganz nach seinen Vorstellungen gestaltet. Das Herrenhaus ist ein Teil von ihm. Wenn ich es verkaufte, hätte ich den Eindruck, ihn ein zweites Mal sterben zu sehen. Deshalb ziehe ich es vor, solange es noch irgendwie geht, nur seine Bücher und meinen Schmuck zu verkaufen.«

»Ihren Schmuck?«

»Er bedeutet mir nichts, das meiste davon habe ich geerbt. Madame Berliner hat bereits zugestimmt, mir einiges davon abzukaufen.«

»Erlauben Sie mir dazu eine Bemerkung?«

»Ob ich sie erlaube oder nicht, Sie werden sie ohnehin anbringen …«, erwiderte sie mit einem schwachen Lächeln.

Er beugte sich ein Stück zu ihr vor.

»Wenn es denn schon sein muss, dann lassen Sie es wenigstens mich abwickeln.«

»Sie sind Majordomus, kein Konkursverwalter.«

»Zuallererst bin ich einfach nur ein Mensch. Und wie Odile, Philippe und Manon fühle ich mich Ihnen verbunden.«

»Wie einem Arbeitgeber.«

Er schüttelte den Kopf.

»Es ist mehr als das, Madame.«

»Und was ist mit den Büchern?«

»Wenn Sie es wünschen, werde ich mich im Internet umsehen und Ihnen mitteilen, welche Möglichkeiten wir haben.«

»Ja, tun Sie das bitte, so schnell wie möglich.«

»Gleich morgen früh.«

»Danke. Ich habe auch über Ihr Vorhaben nachgedacht, Halloween mit diesem Jungen, dem Sie und Philippe Nachhilfe geben, zu feiern. Ich bin einverstanden. Übrigens habe ich selbst vor, demnächst eine sehr alte Freundin hier zu begrüßen. Sie ist eine Landsmännin von Ihnen. In der Schulzeit waren wir Brieffreundinnen, und auch wenn wir immer in Kontakt geblieben sind, haben wir uns seit fünfzehn Jahren nicht mehr gesehen. Mir schwebt ein gepflegtes Dinner vor. Lassen Sie uns diesem Herrenhaus ein wenig Glanz verleihen, bevor die Dämmerung anbricht.«

52

An der Supermarktkasse warf die Kassiererin den beiden Männern, die ihre Einkäufe gewissenhaft auf das Warenband legten, komische Blicke zu. Dutzende von Bonbontüten aller Art, die sie mit vollen Händen aus dem Einkaufswagen schaufelten, Limonade, Kerzen und Plätzchen, darunter Manons Lieblingskekse, die sie mittlerweile paketweise zu ihrem Kaffeeplausch mit Odile verschlang. Blake fing einen neugierigen Blick der Kassiererin auf und flüsterte ihr konspirativ zu: »Meinen Sie, wir sind zu alt, um eine Fete zu schmeißen?«

Magnier fügte hinzu: »Der Grundgedanke ist, auf einen Schlag Diabetiker zu werden, um uns von unseren Rheumaschüben abzulenken.«

Er zwinkerte ihr zu und fasste sich mit einer Grimasse an den vorgebeugten Rücken. Die Frau wagte nicht noch einmal hochzusehen und kümmerte sich fortan nur noch um die Strichcodes.

Wieder beim Auto, räumte Blake alles in den Kofferraum.

»Mit den Mengen haben wir vielleicht ein bisschen übertrieben … Wie viele kommen noch mal?«

»Fünf. Yanis und seine beiden besten Kumpels plus seine kleine Schwester und ihre Freundin.«

»Wenn sie auch nur ein Viertel von dem ganzen Kram verputzen, werden sie in der Notaufnahme enden.«

»Das Zeug geht nicht kaputt. Und außerdem wollen wir nicht kleinlich sein, immerhin stellen wir endlich einmal was Lustiges auf die Beine! Übrigens wird es auch eine kleine Überraschung geben. Ich bereite etwas vor …«

»Eine Überraschung?«, fragte Blake beunruhigt.

»Du wolltest mir deinen Trick mit dem Pik Ass auch nicht verraten, also sehe ich keinen Grund, dich einzuweihen …«

Die dicken grauen Wolken ließen die Nacht noch schneller hereinbrechen. Glücklicherweise war wenigstens kein Regen angesagt. Als die kleinen Gäste zur angegebenen Stunde aus dem Wald kamen, blieben sie mit offenen Mündern auf dem Weg stehen. Sogar Yanis, dem der Ort doch wohlbekannt war, konnte sich dem Zauber nicht entziehen. Um Magniers Haus herum waren Fackeln in den Boden gesteckt worden. Ihre tanzenden Flammen projizierten goldene Lichter auf die nahen Bäume und Büsche. In den Fensternischen standen Kerzen aller Größen und beleuchteten die Fassade mit ihrem flackernden Schein. Auf dem Gartentisch thronte ein großer ausgehöhlter Kürbis, der mit seinen spitzen Zähnen breit grinste. Eine unwirkliche Stimmung lag über dem Ort.

Als sie näher kamen, tauchte plötzlich ein befrackter Butler vor ihnen auf. Sein Gesicht war bleich wie das einer wandelnden Leiche, und seine schwarz umrandeten Augen verliehen seinem Blick etwas Beunruhigendes. Sein Umhang war eine alte durchlöcherte Decke mit Schottenkaros.

»Guten Abend, Kinder«, grollte er mit Grabesstimme. »Willkommen im Land eurer schlimmsten Albträume. Gleich werdet ihr die magischen Gefilde betreten …«

Plötzlich kam Youpla mit Gebell aus dem Wald geschossen. An seinem Kopf war ein Haarband mit kleinen blinkenden Sternen befestigt, und seinen Hundehals zierte eine Fliege.

»Komm zurück, du verrückter Köter! Du bist noch nicht dran!«, brüllte Magniers Stimme hinter dem Haus.

Der Hund stürzte sich auf die kleinen Mädchen und versuchte, ihre Gesichter abzulecken, womit er ihnen mehr Angst einjagte als der leichenblasse Butler.

Mit derselben Grabesstimme nahm Blake den Faden wieder auf: »Ihr betretet nun das verfluchte Land. Wollt ihr einen Süßigkeitenschatz erobern, so müsst ihr Mut beweisen und euch auf den Weg der tausend Zauberbanne begeben. Folgt den Lichtern … Aber gebt gut Acht, denn in dem verwunschenen Schloss erwartet euch eine schreckliche Hexe mit ihrer getreuen Gehilfin, um euch aufzufressen!«

Der Butler aus der Hölle brach in dröhnendes Gelächter aus, das er sich aus alten Gruselfilmen abgeguckt hatte. Yanis trat ungeduldig von einem Fuß auf den anderen.

»Ähm, Monsieur Blake, wir gehen jetzt den Weg zum Gutshaus rauf, oder was?«

»Monsieur Blake gibt es nicht mehr, ich habe ihn aufgefressen. Hahahahahaaaaa!«

Andrew hüllte sich in seinen mottenzerfressenen Umhang und lief, nachdem er über einen Gartenstuhl gestolpert war, in den schwarzen Wald davon.

Die Kinder, die nun wieder allein waren, setzten ihren Weg fort.

»Das ist doch alles Kacke!«, rief der kleinste von Yanis' Freunden entnervt. »Normalerweise läuft das anders: Wir machen ihnen Angst und nicht umgekehrt! Im Wald war es schon gruselig genug … Und überhaupt, wer war denn der große Spinner, der so gelacht hat, als hätte er nicht mehr alle Tassen im Schrank?«

Hinter einem der Büsche erhob sich eine Stimme: »Ich hab sehr wohl alle Tassen im Schrank! Fürchte den Zorn des Butlers aus der Hölle!«

Yanis lachte hell auf.

»Kommt schon! Ich wollte schon immer mal zum Gutshaus

rauf … Man erzählt sich die tollsten Sachen über diese Hütte. Angeblich wurde das Haus von Frankensteins Enkel gebaut, und man zerhackt da kleine Kinder, um mit ihnen Experimente zu machen …«

»Yanis, ich hab Angst«, murmelte die Freundin seiner Schwester.

»Ist schon okay. Die sind alle ganz cool.«

Die Kinder setzten ihre Wanderung auf dem Weg fort. Die in regelmäßigen Abständen aufgestellten Fackeln verbreiteten eine Stimmung, die ihrer Fantasie Flügel verlieh. In der ersten Kurve liefen sie geradewegs in ein gigantisches Spinnennetz hinein, an dem eine riesige Spinne befestigt war.

»Die ist nicht echt! Die ist nicht echt!«, schrie der zweite Freund von Yanis wie am Spieß.

Yanis' Schwester nahm seine Hand und ließ sie nicht mehr los.

»Das ist noch nicht mal gruselig!«, rief der zweite Freund, was nach Pfeifen im Wald klang.

In diesem Moment sprang Blake mit einem gewaltigen Geheul aus den Büschen. Die fünf Kinder fingen an zu schreien.

»Na, ihr kleinen Monster? Jetzt sind wir wohl nicht mehr so mutig, was? Hahahahahaaaaaaaaaaa!«

Als er wieder verschwand, wurde ihm sein Umhang von einem Ast von den Schultern gerissen und blieb daran jammervoll hängen.

Das dritte Stück des Weges legten die Kinder dicht aneinandergedrängt zurück, wie römische Legionäre in Kampfformation, und versuchten angestrengt, sich von nichts und niemandem mehr überraschen zu lassen. In der Ferne hörten sie lautes Wolfsgeheul.

»Wo sind denn jetzt die Bonbons?«, fragte eines der Mädchen.

»Wenn wir sie finden, schnappen wir sie uns und hauen so schnell wie möglich ab«, schlug einer von Yanis' Freunden vor.

Als schon die Dächer des Gutshauses zu sehen waren, erschien der Butler aus der Hölle ein weiteres Mal.

»Die Nacht ist finster, nicht wahr? Seht in den Himmel, und seid auf der Hut, denn der andere Spinner hat mir gerade gesagt, dass jetzt die Überraschung kommt. Und da ich nicht weiß, was er vorhat …«

Da ertönte die erste Explosion. Das Echo der Detonation verbreitete sich weit über die Grenzen des Besitzes hinaus. Ein winziger glühender Punkt schoss in den Himmel hinauf, und leuchtende Farben explodierten in die Nacht hinein. Dann stieg eine zweite Rakete auf und noch eine. Jetzt hatten die Kinder keine Angst mehr. Sogar der Butler aus der Hölle hatte seinen Blick zum Himmel erhoben. Unter ohrenbetäubenden Knallgeräuschen folgte eine Raketensalve auf die nächste. Die Kinder riefen begeistert: »Noch mehr! Noch mehr!«

»Ermuntert ihn nicht auch noch, er ist sowieso schon total aus dem Häuschen. Der Butler aus der Hölle hat euch gewarnt …«

Von der Knallerei erschreckt rannte Youpla in den Wald davon, aber das Spektakel war noch lange nicht zu Ende. Blake hatte keine Ahnung, wo Philippe dieses Raketenarsenal aufgetrieben hatte, aber er war schwer beeindruckt. Nach einer Serie roter Rosetten wurden die Explosionen noch intensiver, bis der Park taghell erleuchtet war. Dann kamen einige vereinzelte Geschosse und wieder jede Menge Knallerei, bis schließlich das große Schlussbouquet folgte. Der letzte Eindruck war wundervoll, auch wenn einige der Raketen für Blakes Geschmack etwas zu dicht über den Bäumen explodierten. Als die allerletzten drei Raketen mit riesigem Getöse ihren bunten Sternenregen verbreiteten, schrien die Kinder vor Begeisterung.

Von den letzten Funken, die vom Himmel fielen, ebenso fasziniert wie die Kinder, hatte Blake einige Mühe, in den Regieablauf zurückzufinden.

Vor dem Kücheneingang des Herrenhauses erwartete sie Odile, verwandelt in eine schreckliche Hexe, zusammen mit Manon, die eine Mumie darstellte. Die Köchin trug ein Lumpengewand und eine aus alten Stofffetzen genähte Perücke. Ihre schwarzen Zähne beeindruckten die kleinen Mädchen besonders.

»Kommt nur herein, ihr jungen Leute, in mein bescheidenes Gasthaus, kommt und stärkt euch ...«

Mit ausgestreckten Armen und heiserem Röcheln wackelte die Mumie hinter den Kindern her und geleitete sie zum Küchentisch, wo sie fürstlich verköstigt wurden. Sie probierten vom magischen Hexenkuchen und von den quietschorangen verfluchten Baisers. Schon bald achteten sie nicht mehr auf das bleiche Gesicht des Butlers, die Narben der Mumie und die kohlrabenschwarzen Zähne der Hexe, sondern stopften sich lachend mit Bonbons voll.

Als die Standuhr zehn schlug, wurde es Zeit für die Kleinen, sich auf den Rückweg zu machen. Yanis dankte Odile und Manon noch herzlicher als die anderen Kinder und gab ihnen zum Abschied sogar Küsschen. Während die anderen die letzten Süßigkeiten in ihre Taschen stopften, ging Yanis auf Blake zu.

»Das war der schönste Abend in meinem ganzen Leben. Schade, dass Monsieur Magnier nicht dabei war.«

»Ich weiß auch nicht, wo er geblieben ist. Jedenfalls bin ich sehr froh, dass es dir gefallen hat. Ich meine, der Butler aus der Hölle ist froh ...«

»Also ist es wirklich wahr?«

»Was denn, Yanis?«

»Dass Leute manchmal etwas für andere tun, ohne etwas dafür zu erwarten?«

»Ja, das kommt tatsächlich vor.«

Yanis schaute Blake aus seinen großen dunklen Augen an, und für einen Moment hatte Andrew den Eindruck eines Déjà-vus. Sarah kam ihm in den Sinn, als er auf einer Kirmes am Schießstand ein riesiges blaues Kaninchen für sie gewonnen hatte. Sein Herz schnürte sich zusammen. Er verstrubbelte Yanis' Haare und hätte ihn fast in den Arm genommen, aber er hatte so eine Ahnung, dass diese Geste nicht angebracht gewesen wäre. Also reichte er ihm stattdessen die Hand.

Der Junge legte seine Hand in die des Älteren und schüttelte sie kräftig.

»Vielen Dank, Monsieur.«

»Es war mir ein Vergnügen. Und vergiss deine fünf Aufgaben für kommenden Donnerstag nicht.«

»Mach ich, versprochen.«

Damit begaben sich die Kinder auf den Heimweg. Odile und Manon winkten ihnen von der Küchentür aus nach, und Blake begleitete sie. Er lauschte ihnen, wie sie sich an die besten Momente des Abends erinnerten und sie bereits jetzt mit ihrer eigenen Fantasie ausschmückten. Da zog ein ungewöhnlicher Ton, der aus dem Wald zu kommen schien, die Aufmerksamkeit der Gruppe auf sich. In der Ferne, zwischen den Bäumen, erschien ein Licht. Eine verschwommene, immer heller werdende Gestalt näherte sich, während zugleich ein lang gezogenes Heulen durch die Nacht hallte.

»Philippe, bist du's?«, rief Andrew.

Die Gestalt mit den undeutlichen Konturen bewegte sich schlängelnd durch den Wald. Manchmal verschwand das seltsame Gespenst, dann erschien es aufs Neue, wieder ein Stück näher. Es schien über dem Boden zu schweben.

»Was ist das, Monsieur Blake?«, fragte Yanis beunruhigt.

Seine kleine Schwester klammerte sich fest an ihn.

»Habt keine Angst, Kinder. Das ist bestimmt Philippe.«

Als das Leuchtgespenst den Waldrand erreichte, wurde es plötzlich schneller und raste schreiend auf die Kinder zu, die sofort zu kreischen anfingen und in alle Richtungen auseinanderstoben. Odile kam, von den lauten Rufen alarmiert, mit einer Bratpfanne bewaffnet den Weg entlang und stürzte auf die Kreatur zu, die hinter den völlig panischen Kindern herjagte. Die Szenerie wirkte wie eine seltsame Ballettinszenierung: Das Gespenst flog buchstäblich hinter Yanis und den Kindern her. Blake hatte sich hingekniet, um Yanis' kleine Schwester, die sich in seine Arme geflüchtet hatte, zu beschützen, das andere Mädchen war im Wald verschwunden. Nichts schien den fliegenden Geist stoppen zu können … bis er Odiles Weg kreuzte, die ihm mit der Pfanne einen satten Schlag vor den Kopf verpasste. Das Gespenst verstummte augenblicklich und setzte sein verrücktes Rennen nur noch wenige Meter fort, ehe es mit einem gewaltigen Rums im Gebüsch landete. Die Kinder brauchten mehr als eine halbe Stunde, um sich wieder zu beruhigen.

53

Ihnen war doch wohl klar, dass das Philippe war?«

»Mir war gar nichts mehr klar!«, verteidigte sich Odile. »Da war dieses Licht, dazu das unmenschliche Geheul und das Gespenst, das so rasend schnell war!«

»Sie haben ja richtig zugelangt …«

»Er hat die Kinder bedroht! Was hat er sich bloß dabei gedacht? Er hätte uns vorwarnen sollen.«

»Zum Glück ist er noch mal glimpflich davongekommen. Er hätte sich auch das Genick brechen können!«

»Was für eine bescheuerte Idee, die Kinder auf dem Fahrrad zu verfolgen, und dann auch noch mit diesem riesigen Scheinwerfer und dem Megaphon vorm Gesicht!«

Blake versuchte, nicht zu lachen.

»Die Batterien des Scheinwerfers haben ihm bei seinem Sturz fast das Knie zertrümmert.«

»Und die Kinder? Denken Sie auch mal an die Kinder? Die werden wochenlang Albträume haben. Und in dreißig Jahren, wenn sie irgendwo ein Fahrrad auf sich zukommen sehen, werden sie immer noch wie irre schreien und in alle Richtungen davonlaufen.«

»Es war trotzdem ein sehr schöner Abend.«

»Krank war das! Man sollte euch bis ans Ende eurer Tage zum Psychiater schicken!«

»Odile, entspannen Sie sich. Philippe geht es gut. Außer dem Abdruck Ihrer Pfanne auf seiner Stirn ist ihm nichts passiert.«

Hinter Odiles Verärgerung verbarg sich nur zu offensichtlich ihre Sorge um Magnier. Sie fragte: »Ist er sehr böse auf mich?«

»Er weiß nicht, dass Sie ihm eins übergezogen haben.«

»Wie denn das?«

»Gestern Abend nach dem Schlag und seinem Sturz wusste er nicht einmal mehr, welchen Tag wir hatten. Keinerlei Erinnerung an die letzten beiden Tage. Als ich ihm ins Bett geholfen habe, hat er mich Mama genannt …«

»Sie machen Witze.«

»Ich schwör's. Er hat auch gefragt, ob der Weihnachtsmann ihm bald sein rotes Fahrrad bringen würde.«

Odile war am Boden zerstört und Blake am Rande eines Lachanfalls.

»Deshalb haben Sie ihn also heute Morgen so früh besucht …«

»Als Sie mich gesehen haben, bin ich gerade zurückgekommen, um eine Dusche zu nehmen und meine Sachen zu wechseln. Ich habe die Nacht an seinem Bett verbracht, in meiner Verkleidung und mit meinem geschminkten Gesicht. Ich frage mich, wie wohl seine Mutter aussah …«

»Und sein Gedächtnis ist noch nicht zurückgekommen?«

»Ein paar Erinnerungsfetzen. Er weiß wieder, dass er Fahrrad gefahren ist. Er hat Youpla wiedererkannt. Aber er hat mich gefragt, warum das arme Tier eine komplett verdreckte Fliege um den Hals hatte …«

»Er erinnert sich also nicht daran, dass ich ihn k. o. geschlagen habe?«

»Ich hab ihm erzählt, dass er vor einen dicken Ast gefahren ist. Keiner wird Sie verpetzen, Ehrenwort.«

»Ich könnte vor Scham in den Boden versinken.«

»Machen Sie nur einfach kein Feuer, wenn er zu Weihnachten auf die Idee kommen sollte, durch den Kamin einzusteigen.«

»Manchmal sind Sie wirklich unmöglich.«

»Da sag ich nur: Bratpfanne …«

»Vielleicht sollte ich ihn besuchen?«

»Dann würde er sich bestimmt fragen, warum Sie auf einmal so viel Mitgefühl zeigen, und stutzig werden. Er ist nicht dumm, wissen Sie … Obwohl, gestern Abend glaubte er felsenfest, dass die Polizei kommt und ihn verhaftet, wenn er Pipi ins Bett macht.«

»Der Arme …«

»Mir würde eher die Polizei leidtun. Machen Sie sich nicht so viele Gedanken. Nächste Woche ist sein Geburtstag. Wir könnten für ihn eine kleine Überraschung organisieren. Was meinen Sie?«

»Auch wenn ich nicht so ein schlechtes Gewissen hätte, würde ich Ja sagen.«

Als Odile zu Madame hinaufging, um ihr beim Ankleiden zu helfen, fand sie sie in besserer Verfassung vor als in den letzten Tagen.

»Haben Sie die Raketen und Böller gestern nicht gestört?«

»Es hat ja nicht sehr lange gedauert.«

»Philippe und Andrew haben ihre Sache wirklich gut gemacht. Die Kinder waren begeistert. Sie hätten den Park sehen sollen … und das Feuerwerk war wirklich etwas ganz Besonderes.«

»Odile, was haben Sie da an den Zähnen?«

»An den Zähnen?«

»Man könnte meinen, Sie seien eine Bäuerin aus dem fünfzehnten Jahrhundert mit verfaulenden Zahnstümpfen …«

Die Köchin lief zum Spiegel im Bad und stieß einen Entsetzensschrei aus.

»Mein Gott!«

»Gehörte das zu Ihrer Verkleidung?«

»Monsieur Blake hatte mich überredet, mir die Zähne schwarz anmalen zu lassen wie bei einem Piraten, aber er hat nur einen Textmarker gefunden …«

Madame lachte auf.

»Ich sehe furchtbar aus!«, jammerte Odile.

»Für Halloween ist das bestimmt sehr passend, aber am Tag danach …«

Odile schlug ihre Hände vor den Mund und rief noch lauter aus: »Himmel!«

»Was ist denn?«

»Mit demselben Textmarker hat er der Mumie die Narben aufgemalt!«

»Welcher Mumie?«

»Manon! Was ist, wenn es auf das Baby abfärbt?«

54

An diesem Morgen war Madame Beauvillier beim Durchgehen der Sendungen, die sie noch vor einigen Wochen begeistert geöffnet hätte, der fehlende Elan deutlich anzusehen. Hatte sie ihr Geheimversteck zwischenzeitlich wieder aufgesucht? Welche Fragen hatte sie ihrem Mann gestellt? Hatte sie an ihren Sohn gedacht?

Als Andrew sie so beobachtete, fiel es ihm immer schwerer, sich nichts anmerken zu lassen. Er wusste bereits zu viel. Am Ende ihres Zusammenseins fragte er: »Sind Sie immer noch entschlossen, die Bücher zu verkaufen?«

»Ich bedauere es zwar sehr, aber meine Lage hat sich nicht gebessert.«

»Auf einer spezialisierten Webseite für Bücherfreunde habe ich eine Schätzung einholen können. Wenig später sind mehrere Angebote eingegangen, darunter ein durchaus zufriedenstellendes. Ein Sammler aus Paris ist bereit, die ganze Sammlung zu einem Preis zu nehmen, der um fünfundzwanzig Prozent über den großzügigsten Schätzungen liegt.«

»Warum will er so viel zahlen?«

»Er ist ein leidenschaftlicher Sammler von Wörterbüchern, und Ihre Sammlung enthält offenbar einige sehr seltene Werke. Ich habe in Ihrem Namen geantwortet, wenn er sie haben wolle, müsse er das Gesamtpaket nehmen oder gar nichts, und dass wir bereits andere Angebote vorliegen hätten. Er hat sofort erhöht.«

»Sie sind unersetzlich, Monsieur Blake. Bitte bringen Sie dieses Geschäft zum Abschluss, damit wir es schnell hinter uns haben.«

»Soll ich mich auch um Ihren Schmuck kümmern?«

»Ein anderes Mal, wenn es Ihnen recht ist. Eine schlechte Nachricht pro Tag ist mehr als genug. Kann ich Sie im Zusammenhang mit dem Bücherverkauf um einen Gefallen bitten?«

»Selbstverständlich.«

»Ist es möglich, alles in der Bibliothek noch so lange beim Alten zu belassen, bis meine englische Freundin uns wieder verlässt?«

»Gibt es schon einen festen Termin?«

»Wahrscheinlich wird sie am kommenden Freitag mit ihrem Ehemann kommen. Wenn der Käufer einverstanden ist, würde ich es sehr begrüßen, wenn die Bücher von François so lange an ihrem Platz bleiben könnten.«

»Ich werde ihn sicher überzeugen können.«

»Ich verlasse mich auf Odile und auf Sie, dass Sie uns ein wahres Festmahl bereiten. Es ist schon sehr lange her, dass ich liebe Gäste zum Dinner begrüßen durfte. Und wer weiß, ob ich es danach je wieder tun werde.«

Blake stand wieder vor dem Fenster des Treppenabsatzes im dritten Obergeschoss und beobachtete das Haupttor mit seinem Fernglas.

»Sie bemühen sich vergeblich«, sagte Odile, als sie aus ihrem Zimmer kam. »Es regnet nicht.«

Andrew senkte sein Fernglas nicht, während er antwortete: »Ich bemühe mich nie vergeblich, vor allem nicht bei Leuten wie Madame Berliner.«

Hinter dem Gittertor zwischen den Bäumen fuhr endlich das Taxi vor.

»Eins muss man ihr lassen«, sagte Blake und lief schnell zur Sprechanlage in der Halle hinunter, »pünktlich ist sie.«

Odile folgte ihm, neugierig geworden.

»Was haben Sie diesmal vor? Hetzen Sie das Fahrradgespenst auf sie?«

»Zu riskant, Philippe kann nicht gut bremsen.«

»Sie dagegen sind ein Meister an Zurückhaltung, ja?«

Madame Berliner klingelte, und ihr kugelrund verzerrtes Gesicht erschien auf dem Bildschirm. Blake kicherte wie ein böser Kobold und betätigte dann den Öffner, wobei er den Knopf die ganze Zeit gedrückt hielt.

»Manchmal machen Sie mir Angst«, erklärte Odile, ebenso neugierig wie beunruhigt.

Madame Berliner legte ihre Hand ans Gitter, um es aufzuschieben. Als ihre nackte Haut mit dem Metall in Berührung kam, wurde sie von einem Stromstoß durchgeschüttelt, der ihr das kleine modische Hütchen vom Kopf fegte. Mit ihrem halb offenen Mund schickte sie perfekt wahrnehmbare Töne durch die Sprechanlage, die sich zum einen nach dem Pfeifen eines undichten Reifens anhörten, zum anderen nach dem Röcheln eines Bären, der im Frühjahr mit Verstopfung kämpft.

»Sie sind ja krank!«, rief Odile aus. »Hören Sie sofort damit auf!«

»Das war Ihre Idee.«

»Andrew, ich werde Sie anzeigen!«

»Meinen Sie wirklich, man wird einer Frau mit schwarzen Zähnen Glauben schenken?«

Madame Berliner verließ das Gut am späten Nachmittag um einige Schmuckstücke reicher. Sie weigerte sich hartnäckig, noch einmal das Gitter zu berühren. Nachdem Andrew sie zum Tor begleitet hatte, ging er hinauf, um sich auf seinem Zimmer auszuruhen. Als er an Manons Zimmertür vorbeikam, schien es ihm, als hörte er sie schluchzen. Er klopfte.

»Hier ist Andrew. Ist alles in Ordnung?«

Keine Antwort. Blake gab nicht auf.

»Sprich mit mir, bitte.«

Die Tür wurde geöffnet. Die junge Frau hatte die Tränen abgewischt, aber ihr Blick sprach Bände.

»Was hast du? Ist irgendwas mit dem Baby?«

»Nein, da ist alles in Ordnung. Ich fabriziere gerade ein Kind, das ganz aus Butterkeksen und Bonbons besteht …«

»Gibt es Neuigkeiten von Justin?«

»Heute Nacht habe ich geträumt, dass er nicht zurückkommen wird.«

»Das war nur ein Traum.«

Manon ließ Blake eintreten und lehnte sich gegen ihren Kleiderschrank.

»Diesen Albtraum habe ich jede Nacht und manchmal sogar tagsüber. Nur noch elf Tage, dann müsste er wieder zurück sein. Entweder stelle ich mir vor, dass er noch am selben Abend zu mir kommt, oder ich glaube, dass es gar nichts mehr mit uns wird. Zwischen diesen beiden Versionen schwanke ich alle vierzig Sekunden. Meine Mutter fehlt mir auch. Außerdem habe ich die Strickjacke aus Mohair verloren, die mir Justin zu unserem Einjährigen geschenkt hat …«

Blake nahm die junge Frau in den Arm.

»Achtung, jetzt kommt wieder eine Weisheit: immer nur ein Problem auf einmal. Was machen deine Prüfungsvorbereitungen? Viel Zeit ist ja nicht mehr …«

»Noch zwei Wochen. Odile meint, dass ich gut im Zeitplan liege, außer in Pädagogik. Wie auch immer …«

Manon beendete ihren Satz nicht.

»Wie auch immer?«, hakte Blake nach.

»In zwei Wochen wird Justin zurück sein, und entweder habe ich dann eine Chance, oder er wird nicht da sein, und dann hat es sowieso keinen Zweck, die Prüfung zu machen.«

»Das Einzige, was du jetzt tun kannst, ist lernen.«

»Kann ich Sie was fragen?«

»Ich bitte drum.«

»Erinnern Sie sich an die Zeit, als Sie zwanzig waren?«

»Ja, damals befanden sich Frankreich und England im Krieg, wir trugen Rüstungen und hausten in Lehmhütten. Die Bettler kauten an Wurzeln, und wir schliefen bei den Schweinen, um es wärmer zu haben. Siehst du? Ich erinnere mich genau. Was möchtest du wissen?«

»Hatten Sie auch so viele Zweifel wie ich?«

»Das Leben war vielleicht in mancher Hinsicht anders. Wir hatten nicht dieses ganze elektronische Spielzeug, modische Kleidung, alle diese Sachen, die euch als Ablenkung dienen. Aber Zweifel und Ängste, ungeschickt hinter der Haltung versteckt, über alles Bescheid zu wissen, waren auch unser täglich Brot. Ich erinnere mich an einen Satz, den ich auf dem Giebel über dem Eingang zu den Katakomben in Rom las, die ich mit meinen Eltern besucht habe. Über einem Haufen aus Knochen und Schädeln stand zu lesen: ›Was du bist, war ich; was ich bin, wirst du sein.‹ Ich habe diesen Ort angsterfüllt verlassen und die Worte nie mehr vergessen. Seitdem betrachte ich alte Menschen als ehemalige Kinder und Kinder als zukünftige Erwachsene. Jeder geht seinen eigenen Weg, aber manchmal geht man ein Stück gemeinsam.«

»Ich kann mir nicht vorstellen, dass Sie vor irgendwas Angst gehabt haben könnten …«

»Angst, im Fußball nicht gut genug zu sein und von meinen Freunden nicht ins Team gewählt zu werden, Angst, nicht schön genug für die Mädchen zu sein, mit denen ich tanzen wollte,

Angst, nicht so entschlossen zu sein wie mein Vater, dessen Nachfolge ich antreten wollte, Angst, meine Traumfrau könnte über die Witze eines anderen mehr lachen, Angst, nicht zu erfüllen, was man von mir erwartet. Manchmal auch Angst, dem Leben die Stirn zu bieten …«

»Wow … Vielleicht sollte ich besser Sie trösten …«

»Es reicht mir schon, dich leben zu sehen. Du hast so viel Energie und ein großes Herz. Du trägst neues Leben in dir, die Zukunft gehört dir. Das Einzige, was ein alter Mann tun kann, um einem jungen Menschen zu helfen, ist, ehrlich zu ihm zu sein und ihm das Wenige mitzugeben, was er weiß, auch wenn sein Stolz darunter leiden sollte. Vergiss nie: Ein Erwachsener ist nur ein älter gewordenes Kind.«

55

Mit einer Gabel kratzte sich Philippe unter dem breiten Verband, der um seinen Kopf gewickelt war. Blake fragte ihn leise:

»Wie läuft es mit *Der Graf von Monte Christo*?«

»Yanis tut sich ein bisschen schwer damit«, antwortete Magnier ebenfalls im Flüsterton. »Es ist nicht das Lesen an sich, das ihm Probleme macht, das klappt immer besser. Aber was die Personen im Buch betrifft … um ihn bei der Stange zu halten, habe ich Bertuccio, den Diener, durch Youpla ersetzt.«

»Dein Hund ist der Helfer von Edmond Dantès?«, prustete Blake.

»Mhm … Und jetzt fragt sich der Kleine, warum der Graf auf seinem Rachefeldzug von einem sprechenden Hund begleitet wird. Außerdem hat er Schwierigkeiten zu begreifen, dass Mercedes, die von Dantès geliebte Frau, kein dickes deutsches Auto ist. Ich schwöre dir, an manchen Stellen wird es richtig surreal: Ein sprechender Hund überbringt eine geheime Nachricht an ein Auto mit 200 PS. Das ist nicht ohne.«

Yanis sah von den Matheaufgaben, über denen er gerade brütete, auf. Das Kind saß am Tisch des Verwalters, Youpla lag zu seinen Füßen. Mit sehr ernster Stimme tadelte er die beiden Geheimniskrämer: »Wissen Sie, was unser Rektor in der Schule mit schwatzenden Kindern macht, die andere vom Lernen abhalten?«

»Er schmeißt sie raus?«, schlug Blake vor.

Also gingen die beiden Männer hinaus, um ihre Unterhaltung

an der frischen Luft fortzusetzen. Philippe trug den Pulli, den ihm alle gemeinsam zu seinem Geburtstag geschenkt hatten.

»Du ziehst den ja gar nicht mehr aus«, bemerkte Blake mit einem Blick auf das Kleidungsstück.

»Stimmt doch gar nicht. Es ist kalt, also ziehe ich einen Pullover an. Interpretier da bloß nichts hinein.«

»Ich habe gesehen, mit welchem Gesicht du das Paket von Odile entgegengenommen hast …«

»Sie hat selbst gesagt, dass das von euch allen war.«

»Ihr seid aber beide ziemlich rot geworden. Und du hast Odile einen Kuss auf die Wange gegeben …«

»Ich habe jedem einen Kuss gegeben, auch Madame und dir.«

»Ja, weil du in einem Zustand warst, in dem du sogar den Kater geküsst hättest, wenn er da gewesen wäre. Du und Odile, ihr versteht euch immer besser.«

»Das stimmt. Aber ich mache mir nichts vor. Ich bin viel zu ungehobelt für eine Frau wie sie. Du dagegen bist so ein Typ, der weiß, wie man Frauen beeindruckt.«

Er äffte Blakes leichten englischen Akzent nach und deklamierte: »›Nichts wird unsere Geschmacksknospen von Ihren Köstlichkeiten ablenken‹, ›Nach Ihnen, verehrte Madame Beauvillier‹, ›Nicht im Mindesten, dies sei mir fern‹, ›Ihr Sauerkraut ist himmlisch‹ …«

»Machst du dich über mich lustig?«

»Dein Landsmann Sherlock hätte das nicht besser kombinieren können …«

»Ich schreibe das mal deiner Kopfverletzung zu.«

»Schreibe es meiner mangelnden Bildung zu. Ich habe einfach nicht genug Niveau, um für Odile interessant zu sein.«

»Was bedeutet, dass du es gern hättest?«

Magnier wandte sich ab, und Blake ließ es gut sein. Die beiden Männer gingen noch ein paar Schritte spazieren, bevor sie wieder zum Haus zurückkehrten, um zu sehen, wie weit Yanis war. Sie sprachen nicht mehr viel miteinander, außer über den Kleinen. Philippe hatte seit seinem Sturz ein paar seltsame Marotten entwickelt. Als Blake am Abend noch einmal zu ihm ging, um nach ihm zu sehen, fand er ihn vor dem Fernseher. Er lachte dümmlich vor sich hin, obwohl gerade ein Dokumentarfilm über den Anstieg des Wasserspiegels in Polynesien lief. Blake schickte ihn ins Bett, und Philippe erhob keine Einwände. Anders als an Halloween musste Blake ihm diesmal kein Schlaflied vorsingen.

56

Odile, seien Sie vernünftig.«

»Nein. Sie brauchen gar nicht weiter zu drängen, es bleibt bei meinem Nein.«

Blake gab nicht klein bei.

»Wir werden das Essen nicht ohne Wein servieren, und ich kann ihn nicht aussuchen. Ich war schon unten. Es sind einfach zu viele.«

»Nehmen Sie irgendeinen Roten. Er wird wunderbar passen.«

»Ich verstehe nicht, dass Sie sich mit dem Essen so viel Mühe geben, um dann beim Wein abzublocken.«

»Ich blocke nicht beim Wein ab, sondern beim Keller.«

»Wenn Sie wollen, geh ich mit Ihnen runter. Ich werde Ihr Bodyguard sein und alles, was kommt, in die Flucht schlagen …«

»Das ist sehr freundlich von Ihnen, aber gegen meine Phobien kommen Sie nicht an.«

»Sind Sie noch nie unten gewesen?«

»Doch, einmal, und das hat mir gereicht. Fragen Sie Madame, sie war dabei. Ich weiß nicht, was, aber irgendetwas hat mich gestreift, und ich bin raufgerannt wie der Blitz.«

»Dann werde ich Madame also verkünden, dass das großartige Essen mit Wasser aus dem Hahn serviert wird, da ihre Küchenchefin Angst vor irgendwas Diffusem hat.«

»Wenn wir Walkie-Talkies hätten, könnten Sie mir die Flaschen beschreiben, und ich würde Ihnen sagen, was Sie mit raufbringen sollen.«

»Warum schicken Sie nicht gleich einen ferngesteuerten Roboter mit Greifarmen runter? Jedenfalls haben wir keine Walkie-Talkies.«

Odile war entschlossen, ihre Position zu verteidigen, und verschränkte die Arme vor der Brust. Blake startete einen neuen Versuch. »Bitte begleiten Sie mich nach unten. Sie brauchen doch nur die Augen zu schließen und sich von mir führen zu lassen. Wenn wir vor den Weinregalen stehen, machen Sie die Augen auf, suchen die Flaschen aus, und dann gehen wir wieder nach oben – wenn Sie wollen, können wir auch rennen –, und dann verlieren wir kein Wort mehr darüber.«

»Haben Sie denn keine Phobien?«

»Doch, Königskrabben aus Alaska. Als ich jung war, gab es bei einigen Fischhändlern die Beine dieser Riesenkrabben zu kaufen. Sie waren lang, dünn und mit kleinen Stacheln bewehrt, so wie die Krallen von Aliens in Science-Fiction-Filmen. Ein Klassenkamerad aus dem Internat hat welche davon gekauft und sich unter meinem Bett versteckt. Als ich aus der Dusche kam, hat er damit herumgefuchtelt, und als ich diese Dinger auf dem Parkett herumkriechen sah, bin ich vor lauter Panik nackt in den Korridor gelaufen …«

»Sie armes Würmchen! Aber wenn es Sie tröstet, oft werden Ihnen diese Krabben aus Alaska hier nicht über den Weg laufen. Man hat in der Gegend schon lange keine mehr gesehen. Das letzte Mal war um die Kreidezeit herum.«

»Puh, jetzt bin ich beruhigt. Dann können wir uns also auf den Weg machen.«

»Was an dem Satz ›Ich gehe da nie runter‹ verstehen Sie eigentlich nicht?«

»Ich verstehe vor allem, dass uns die Zeit davonläuft, dass wir für heute Abend Wein brauchen und dass niemand besser geeignet ist als Sie, um ihn auszuwählen.«

Blake hielt Odile am Arm und führte sie. Ihre Augen waren mit einem Küchentuch verbunden. Sie war starr vor Angst, bewegte sich steif wie eine Puppe und atmete stoßweise.

»Entspannen Sie sich. Nur noch ein paar Stufen. Alles wird gut.«

Sie erreichten die Schwelle eines langen Korridors mit einer gewölbten Ziegeldecke. Blake schaffte es, den Lichtschalter mit seinem Ellenbogen zu betätigen, und sie betraten das Labyrinth. Der Keller erstreckte sich unter dem gesamten Anwesen. Bei der ersten Abzweigung zögerte Blake. Er erkannte den türlosen Raum, der mit vor sich hin rostenden Gartengeräten gefüllt war, und erinnerte sich wieder, an der Kreuzung, an der zwei Kinderräder standen und Stapel von vergilbten, mit Mäusekot bedeckten Zeitungen lagen, in den rechten Gang abgebogen zu sein.

»Sagen Sie jetzt nicht, Sie hätten sich verlaufen«, murmelte Odile schwach.

»Vertrauen Sie mir.«

Als sie die Stelle erreichten, an der ein mit einem Tuch abgedeckter Kinderwagen stand, atmete er auf. Die Abzweigung war also doch richtig gewesen. Kurz darauf betraten sie den ein paar Stufen nach unten versetzten Raum mit dem gestampften Lehmboden, dessen drei Wände mit Weinregalen versehen waren. Zudem stapelten sich einige Holzkisten auf dem Boden.

»Achtung, drei Stufen. Dann sind wir da. Ich lasse Sie ganz kurz los, weil ich beide Hände brauche.«

Blake machte sich vorsichtig frei und beseitigte mit ein paar raumgreifenden Handbewegungen einige überaus beeindruckende Spinnweben.

»Was tun Sie da?«

»Ich kümmere mich um Sie.«

»Das letzte Mal, als Sie sich um mich gekümmert haben, hatte ich fünf Tage lang schwarze Zähne.«

Blake schob Odile an den Schultern vorwärts bis zum Regal mit den Rotweinen. »Bei drei entferne ich Ihre Augenbinde, und Sie suchen schnell was aus. Dann haben wir's auch schon wieder geschafft. Los geht's!«

Odile öffnete vorsichtig die Augen und sah die Wand aus Flaschen vor sich.

»Wie schrecklich, so viele Spinnweben … und dieser ganze Staub … Ich kann die Etiketten kaum entziffern.«

»Wenn Sie es wünschen, mache ich mich sofort auf die Suche nach einem Staubtuch.«

»Gehen Sie nicht weg! Bitte! Gut, hier sind die Graves … die Saint-Émilion. Wir gehen kein Risiko ein. Sie sind zu dritt, also nehmen wir mindestens drei identische Flaschen.«

»Halten Sie diese Leute für Säufer, nur weil sie aus England kommen?«

»Eine zum Testen, ob der Wein noch gut ist, und zwei zum Essen. Bei diesen alten Jahrgängen erlebt man manchmal eine böse Überraschung.«

Odile bückte sich, um den Rest der Flaschen in Augenschein zu nehmen.

»Hier haben wir Château Lafite, Haut-Brion … und sogar einige Burgunder: Vosne-Romanée, Chassagne-Montrachet … Ein schöner Weinkeller.«

»Sie sollten öfter runterkommen.«

»Fangen Sie bloß nicht an.«

Sie zeigte auf das Nachbarregal.

»Hier sind die Weißen. Ein Sauternes wäre sicher ein wenig gewagt, aber wie Sie immer so schön sagen, warum eigentlich nicht …«

Sie beugte sich noch ein Stück weiter nach unten. Plötzlich nahm die Köchin ganz hinten zwischen den Regalen eine Bewegung wahr. Sie erstarrte.

»Diane liebte die Sauternes-Weine.«

Odile antwortete nicht. Sie versuchte, sich zusammenzureißen, aber der Anblick der kecken schwarzen Augen, die sie unverwandt fixierten, war zu viel für sie. Sie schrie nicht. Sie lief nicht davon. Alles, wozu sie sich in der Lage sah, war, Blake, der das Nachbarregal begutachtete, am Ärmel zu packen.

Beim Zurückweichen berührte Odile mit Arm und Hals ein dickes Spinnennetz und fühlte einen Schauer durch ihren Körper jagen. Die Spannung in ihr stieg ins Unermessliche, bis sie wie ein überhitztes Kraftwerk abschaltete. Bewusstlos fiel sie der Länge nach hin.

57

In ein paar Stunden kommen die Gäste. Wenn Odile im Keller aufwacht, wird sie sich davon nie wieder erholen.«

»Ich bin so schnell gekommen, wie ich konnte.«

Blake und Magnier liefen mit großen Schritten durch die unterirdischen Gänge. Als sie im Weinkeller ankamen, lag die Köchin immer noch bewusstlos auf dem Boden.

»Die Arme …«, sagte Magnier mit zärtlichem Mitleid, »man könnte meinen, sie schläft, wie Dornröschen.«

»In ihrem Palast aus Spinnweben, auf ihrem Bett aus Mäusekot. Wundervoll. Bei den vielen Nagern, die es hier unten gibt, ist sie wohl eher Aschenputtel. Meinst du, sie werden ein Kleid für sie weben und dabei ein Liedchen singen? So, jetzt ist Schluss mit lustig, du nimmst die untere Hälfte, ich die obere.«

»Zum Glück hat sie sich beim Fallen nicht den Kopf an den Regalen gestoßen.«

»Sonst hättest du heute Abend den Küchendienst übernehmen müssen.«

Mit dem affektierten Akzent eines Oberkellners verkündete der Verwalter: »Ravioli aus der Dose mit Soße aus gentechnisch veränderten Organismen an Toastbrot aus dem Plastikbeutel!«

»Bei drei geht's los.«

Sie hoben sie hoch und steuerten unter größten Mühen den Weg zum Ausgang an.

»Sie hat hübsche Beine, das muss man ihr lassen«, bemerkte Magnier.

»Sie interessiert dich also doch.«

»Sei still und mach, dass du vorankommst. Mein Rücken tut jetzt schon weh.«

»Du musst dir nur sagen, dass du eine Prinzessin rettest.«

»Eine anstrengende Rettung ist das«, schnaufte Philippe. »Wenn man bei uns etwas richtig Schweres zu tragen hat, sagt man, das ist schwer wie ein toter Esel.«

»Ist ja lustig. Bei uns in Devon sagt man, das ist schwer wie eine trächtige Kuh.«

»Ich hab euch beide gehört«, murmelte Odile. »Wartet nur ab, das gibt Ärger …«

Ihnen blieb weniger als eine Stunde bis zur Ankunft der Gäste. Manon hatte den Tag damit verbracht, den Salon auf Hochglanz zu bringen, und Blake hatte ihr geholfen, indem er Staub gesaugt und den Kronleuchter gereinigt hatte. Der Tisch, den sie nicht ausgezogen hatten, da nur drei Plätze benötigt wurden, war gedeckt. Auf einer weißen Tischdecke, die mit einer Ton-in-Ton-Stickerei verziert war, stand Madames edles Porzellanservice, zusammen mit mundgeblasenen Kristallgläsern und feinstem Besteck. Manon schüttelte noch rasch die Kissen des Ecksofas auf, und Andrew überprüfte, ob die Ausrichtung der Gläser in Bezug auf die Stuhllehnen perfekt war.

Durch einen Blick aus dem Fenster vergewisserte sich der Majordomus, dass Philippe seine Aufgaben gewissenhaft erledigt hatte. Es war schon dunkel. Auf Madames Wunsch hin hatte der Verwalter das Haupttor weit geöffnet. Er hatte die kiesbestreute Zufahrt mit Fackeln gesäumt und sogar das Laub von der Freitreppe gefegt. Gerade stand er auf einem Hocker unter der Glasüberdachung und tauschte eine Glühbirne aus.

»Ich lass dich jetzt allein«, sagte Andrew zu Manon, »und sehe mal nach, wie es in der Küche läuft.«

Die Küchentür war geschlossen, was selten vorkam und Blake dazu veranlasste anzuklopfen. Erst nach Odiles Aufforderung ging er hinein. Die Köchin war dabei, Rindfleisch fein zu tranchieren.

»Liegen Sie gut in der Zeit?«

»Mein Kopf dreht sich, aber ich komme klar. Würden Sie bitte den Wein in die Karaffe füllen?«

Ohne ihre Arbeit zu unterbrechen, fuhr sie fort: »Was werden Sie anziehen?«

»Ein beiges Hemd, meine braune Jacke und vielleicht eine Fliege. Warum?«

»Ich habe Philippe die Fackeln aufstellen sehen, deshalb habe ich mich gefragt, ob Sie vielleicht die Nummer mit dem Butler aus der Hölle durchziehen möchten. Lassen Sie die Fliege weg.«

»Warum denn?«

»In Frankreich ist sie in der Regel für die Gäste reserviert.«

»Na gut, dann also Krawatte. Welche Farbe? Ich habe eine blaue und eine grüne.«

»Sie haben auch eine hübsche dunkelrote, die Ihnen besser steht.«

Blake öffnete die drei Flaschen Haut-Brion, um den Wein atmen zu lassen, und füllte eine davon in die dickbauchige Karaffe um. Ihm fiel auf, dass seine Kollegin, anders als sonst beim Kochen, nichts für Mephisto abzweigte.

»Glauben Sie, Ihr Kater würde dieses Gericht nicht mögen?«

»Im Gegenteil. Er würde sich geradezu darauf stürzen, wie auf alles, was ich ihm in letzter Zeit vorsetze, aber ich habe ihn auf Diät gesetzt. Und bitte, keinen Kommentar dazu. Ich weiß auch so, was Sie denken.«

»Er hat sich ein Winterfell zugelegt, das ist alles, was ich denke …«

»Mephisto ist ein großer Fettklops, das ist die traurige Wahrheit. Gestern habe ich ihn im Gemüsegarten beobachtet. Er hatte sich hinter einem dünnen Zweig versteckt und starrte den Vögeln nach, als wollte er sie im Flug fangen, aber ich weiß nicht, wie er sich das vorstellt. Er sieht aus wie ein wandelndes Sofakissen, aber wenn er so weitermacht, wird ein Sofa draus …«

»Ich darf nicht daran denken, was Sie mit mir gemacht hätten, wenn ich es gewagt hätte, so über Mephisto zu reden.«

Odile schaltete die Abzugshaube eine Stufe höher und legte die Rindfleischscheiben zum Anbraten in die Pfanne.

»Sie braten sie jetzt schon?«, wunderte sich Blake.

»Ein kleiner Zubereitungstrick«, erklärte sie. »Für das optimale Aroma muss man die Scheiben ein paar Sekunden lang anbraten. Das macht das Fleisch zwar zunächst ein wenig trocken, aber wenn man dann einen Schuss Traubensaft dazugibt, wird es wieder weich und bekommt außerdem eine dezente neue Duftnote.«

»Ihr Franzosen gart das Fleisch sehr viel weniger als wir in England. Bei euch ist alles halb roh und innen blutig.«

»Und bei euch bevorzugt man die Schuhsohlenvariante. Ihr Engländer habt ein echtes Problem mit Fleisch, es ist immer viel zu durchgebraten. Schon von alters her. Schauen Sie nur, was Ihre Vorfahren mit unserer Johanna von Orléans gemacht haben. Sie haben sie so lange gebraten, bis sie verbrannt war.«

58

Trotz des einsetzenden Regens brannten die Fackeln tapfer weiter. Im Haus selbst stand alles Gewehr bei Fuß. Mit halbstündiger Verspätung verkündeten die Scheinwerfer eines nahenden Fahrzeugs schließlich die Ankunft der Gäste.

»Manon, geh zu Madame hinauf und sag Bescheid, dass der Besuch eingetroffen ist. Und dann lauf zu Odile.«

Der Wagen fuhr den gekiesten Weg im Schritttempo hinauf, umrundete die Kastanienbäume in einer eleganten Kurve und blieb schließlich vor der Außentreppe stehen. Blake wartete auf dem obersten Treppenabsatz mit einem Regenschirm in der Hand. Er stieg die Stufen hinunter und öffnete die Beifahrertür, wobei er den Schirm über die aussteigende Dame hielt.

»Guten Abend, Madame. Herzlich willkommen im Landsitz de Beauvillier.«

Als er die Frau ansah, glaubte er zunächst zu halluzinieren.

»Melissa?«

»Guten Abend, Andrew. Entschuldige, dass ich dich nicht umarme, aber wir müssen so tun, als würden wir uns nicht kennen. Du siehst gut aus.«

Blake schwankte. Er schaute zur Fahrerseite hinüber, wo gerade Richard Ward ausstieg.

»Und ich darf nicht unter den Schirm?«

»Was machst du denn hier?«

»Ich begleite meine Frau, die ihrer französischen Brieffreundin einen Besuch abstattet.«

Richard nahm einen prächtigen Blumenstrauß von der Rückbank und beeilte sich, aus dem Regen unter den Schutz des Glasdachs zu kommen.

»Du siehst fit aus, mein Bester. Ich bin entzückt.«

Blake hatte sich noch nicht wieder gefangen, so dass Ward fortfuhr: »Wenn mir einer gesagt hätte, dass du eines Tages bei einem feinen Dinner, zu dem ich eingeladen bin, die Bedienung übernehmen würdest, hätte ich es nicht geglaubt. Das ist wahrlich die Magie des Lebens!«

Richard freute sich jetzt schon riesig auf den Abend, der vor ihm lag.

»Kannst du dir vorstellen, wie ich mich dabei fühle?«

»Doch, doch, das kann ich, deswegen bin ich auch so glücklich, hier zu sein. Weil ansonsten, die Freundinnen meiner Frau, ehrlich gesagt, na ja …«

Richard Ward ging auf den Eingang zu.

»Jetzt solltest du mir normalerweise die Tür aufhalten, den kleinen Finger an der Hosennaht.«

»Richard …«

»Monsieur Ward. Wir stammen aus zwei verschiedenen Welten«, antwortete er und hielt dem Blick seines Freundes stand, dem ganz und gar nicht nach Lachen zumute war.

Blake schloss befangen die Tür hinter den Besuchern. Sein Freund legte seinen Mantel ab und reichte ihn dem Majordomus.

»Danke, mein Guter, Sie sind sehr freundlich.«

Blake war kurz davor, sich auf ihn zu werfen – wie vor vielen Jahrzehnten, als Ward dem Rektor der Universität weisgemacht hatte, dass Andrew mit seiner Tochter im Bett gewesen war –, aber Madames Ankunft ließ ihn zur Besinnung kommen. Sie stieg gerade die letzten Treppenstufen hinunter, majestätisch schreitend und in einer prachtvollen smaragdgrünen Robe, deren Schnitt ihre Figur betonte. Sorgfältig frisiert und geschminkt war Madame schlicht und ergreifend beeindruckend.

»Nathalie, ich freue mich so, dich wiederzusehen!«

»Melissa, herzlich willkommen! Wie schön, dass ihr hier seid.«

Die beiden Frauen umarmten sich überaus herzlich.

»Du erinnerst dich vielleicht noch an meinen Mann, Richard?«

Ward beugte sich zu einem Handkuss vor.

»Es ist mir ein Vergnügen.«

Er überreichte ihr den Blumenstrauß.

»Wie wundervoll!«, rief Nathalie aus. »Das wäre doch nicht nötig gewesen. Monsieur Blake, seien Sie bitte so freundlich, nach einer Vase zu sehen.«

Sobald Blake Madame die Blumen abgenommen hatte, ergriff sie die Hand ihrer Freundin.

»Ich bin dermaßen froh, euch hier zu haben! Gesichter von Freunden sehe ich in letzter Zeit viel zu selten. Nur herein, fühlt euch wie zu Hause.«

Blake stakste in die Küche zurück wie ein Roboter. Seine Gedanken wirbelten durcheinander. Als er sich den Abend in allen Details vorgestellt hatte, war er auf vieles eingestellt gewesen, aber keinesfalls auf das, was er nun erlebte. Und er konnte sich nicht einmal jemandem anvertrauen. Vorsichtig öffnete er einen Küchenschrank und nahm eine große Vase heraus, die er in der Spüle mit Wasser füllte.

Odile war zwar selbst sehr beschäftigt, merkte aber trotzdem, dass ihr Kollege sich nicht wie üblich verhielt.

»Ist alles in Ordnung mit Ihnen, Andrew?«

»Ich werde jetzt den Aperitif servieren. Madame sieht heute wirklich glänzend aus.«

Die Köchin sah ihm nachdenklich hinterher, wie er den Raum mit den Blumen verließ.

Der Aperitif wurde im kleinen Salon gereicht. Melissa und Nathalie brauchten nicht lange, um in ihre gemeinsame Vergangenheit einzutauchen. Sie saßen Seite an Seite auf dem Sofa, lachten und erinnerten sich an ihr erstes Zusammentreffen, als jede von ihnen die Sprache der anderen nur schlecht beherrschte. Madame machte einen überaus glücklichen Eindruck.

Ward hatte in einem Sessel Platz genommen, von dem aus er Blake bei jeder sich bietenden Gelegenheit zuzwinkerte. Als der Majordomus ihm ein Glas reichte, flüsterte er Richard zu: »Wenn du so weitermachst, du Perversling, werde ich dich wegen sexueller Belästigung anzeigen.«

Ward genoss es, seinen Freund in der Rolle des Butlers gefangen zu sehen. Er beugte sich vor, um sein Glas auf dem Beistelltisch zu platzieren, und murmelte ihm zu: »Stell dir einfach nur vor, wir geben einen Kostümball, bei dem nur du allein verkleidet bist …«

»Das wirst du mir büßen.«

»Morgen sehr gerne, aber heute Abend werde ich mich köstlich amüsieren.«

Die beiden Freundinnen waren viel zu sehr miteinander beschäftigt, um den Schlagabtausch zwischen den Männern zu bemerken. Ward fragte nun mit lauterer Stimme: »Sagen Sie, mein Freund, könnte ich ein wenig Eis haben?«

Blake hätte fast geantwortet: »In den Muskateller? Du Ignorant!«, konnte sich aber gerade noch zurückhalten.

»Sofort, Monsieur …«

Andrew hätte beim Hinausgehen fast die Tür hinter sich zugeschlagen, während sich Ward mit einem seligen Lächeln auf den Lippen tiefer in seinen Sessel gleiten ließ.

59

Als Blake die Türflügel des großen Salons mit einer feierlichen Geste aufdrückte, erzielte der Anblick durchaus die gewünschte Wirkung.

»Du empfängst uns ja wie Könige!«, rief Melissa aus.

»Nein, wie Freunde, die ich sehr schätze …«, lächelte Nathalie.

Blake zog Melissas Stuhl zurück.

»Bitte sehr, Gnädigste …«

Madame Ward vermied jeden Blickkontakt zu Blake. Im Gegensatz zu ihrem Mann schien sie seine Verlegenheit nicht zu amüsieren. Der Majordomus half nun seinem Freund in den Stuhl, und in dem Augenblick, als dieser Platz nahm, trat ihm Andrew heimlich auf den Fuß und strahlte ihn an. Der Gast biss die Zähne zusammen und bedankte sich freundlich. Danach widmete sich Blake Madame und bewunderte im Stillen ihre Haltung und ihr Auftreten. Die Freude über das Wiedersehen hatte ihr strahlende Anmut verliehen. Andrew entging jedoch nicht, dass sie außer ihrem Ehering keinen Schmuck trug, obwohl ein Collier auf ihrem Dekolleté sehr wirkungsvoll gewesen wäre.

»Ich weiß«, sagte Madame Beauvillier, »dass die Bediensteten in England oft die Servietten auffalten und den Tafelnden auf die Knie legen, aber in Frankreich ist diese Sitte nicht sehr verbreitet. Doch wenn ihr es wünscht, kann Monsieur Blake natürlich …«

Melissa und Richard beeilten sich, ihre Servietten selbst aufzufalten. Ward kommentierte: »Ich fand es immer schon amüsant, dass unsere Länder derart unterschiedliche Gepflogenheiten haben, wo wir doch eigentlich Nachbarn sind.«

Melissa lachte und sagte: »Nathalie, erinnerst du dich noch an die Lehrerin, die uns die französischen und englischen Lehnwörter lernen ließ?«

»Natürlich!«, sagte Madame. »Mrs Sarenson! Diese verrückte Frau, die sich immer wie eine Vogelscheuche kleidete.«

»Sie bestand darauf, dass die Franzosen ohne die Engländer nicht über Parking, Business, Weekend, WC, Club oder Sandwich reden könnten. Keine Dockers, keine Deos. Die *Frogeater* würden kein Fairplay kennen und keine Pullover, keine Hitparaden und keine Milchshakes!«

»Ich weiß nicht, ob Kidnapping, Dealer und Fastfood uns fehlen würden«, sagte Madame Beauvillier, »aber was Gentlemen und Stars betrifft, ist euer Beitrag unbestritten.«

»Sie hat uns sogar einen von ihr zusammengeschusterten Text auswendig lernen lassen, der voller Wörter war, die die Engländer von den Franzosen übernommen haben …«

»Ja, stimmt …«

»›Die *femme fatale*, sehr *chic*, mit einem *negligé à la mode* bekleidet, genoss ihren *aperitif*, während sie mit einem *blasierten* Gesicht in einem *restaurant* ihr *menu* bestellte. Sie gab ihrem *chevalier*, mit dem sie ein *rendez-vous* hatte, eine *carte blanche*, über sein *chalet* in den Bergen zu erzählen. Dieser *bourgeois* war für seine *protégée* zu allem bereit, deren *je-ne-sais-quoi* ihn betörte. Für sie, *noblesse oblige*, würde er bis zu einem *crime passionnel* gehen …‹ Danach war noch die Rede von *tour de force*, *bijou* und *nom de plume*, aber ich erinnere mich nicht mehr an die Details.«

»*C'est la vie.*«

Ward warf ein: »Ich liebe das Zitat, das Surcouf, eurem Korsaren, zugeschrieben wird, auch wenn es uns schlecht aussehen lässt.«

»Und wie lautet es?«

»Als er unserer Flotte die Stirn bot, sagte einer unserer Admiräle, in der Absicht, ihn zu demütigen: ›Ihr kämpft um Geld, wir aber kämpfen für die Ehre!‹, woraufhin der aus Saint-Malo stammende Pirat entgegnete: ›Jeder kämpft für das, was er nicht hat.‹«

Blake wartete ab, bis das Lachen verklungen war, um zu verkünden: »Als Vorspeise serviert Ihnen unser *chef de cuisine* ein *chef-d'oeuvre* aus Jakobsmuscheln mit *mousseline-sauce à l'orange. Bon appétit.*«

Das Essen verlief für jedermann äußerst angenehm, außer für Blake. Die Gänge zwischen Salon und Küche nutzte er, um seinen Stress abzubauen. Wie ein Schiffbrüchiger kurz vor dem Ertrinken versuchte er seine Lunge mit Luft zu füllen, bevor das Meer wieder über ihm zusammenschlug. Zweimal musste er sich kaltes Wasser ins Gesicht schütten. Dieser Abend war für ihn verstörend. Die Anwesenheit von Richard, mit dem er nicht sprechen konnte, obwohl er zum Greifen nah war, und die Distanz, die ihm von Melissa, die ihn normalerweise überaus herzlich behandelte, entgegenschlug, zwangen ihn, sich über seine Stellung Gedanken zu machen. Und die Tatsache, Madame Beauvillier so strahlend zu sehen, beschäftigte ihn mindestens ebenso sehr.

Manon hatte gerade die Vorspeisenteller abgeräumt, als er an den Tisch trat, eine Serviette perfekt über seinem linken Unterarm gefaltet, und die Hauptspeise ankündigte.

»Als Nächstes servieren wir Ihnen: geschichtetes Rinderfilet mit Stopfleber und Rosinen, dazu getrüffelte Kartoffelkrapfen.«

Das Dinner ging ohne Zwischenfälle und Misstöne weiter. Madame und ihre Gäste wechselten unbefangen vom Französischen ins Englische und wieder zurück. Einer stellte eine Frage in der einen Sprache, und jemand am Tisch antwortete in der anderen. In der Küche begann Odile sich langsam zu entspannen. Der Salat und der Käse standen bereit, und das Dessert machte ihr keine Sorgen: Eine Crème brûlée war ihr noch nie misslungen.

»Andrew, geht es Ihnen gut?«

»Es ist ein sonderbarer Abend.«

»Glauben Sie, dass ihnen mein Essen schmeckt?«

»Die Teller kommen leer zurück. Ich weiß nicht, wie das in Frankreich ist, aber in England ist es ein gutes Zeichen. Das Ehepaar haben Sie im Sturm erobert, und ich glaube, Madame ist von Ihrem Talent ebenfalls beeindruckt.«

Beruhigt wischte Odile ihre Hände am Küchentuch ab und gönnte sich eine kleine Auszeit.

Als Blake wieder in den Salon kam, hatte das Gespräch eine neue Wendung genommen. Madame vertraute ihren Gästen gerade an: »François brauchte mich hier bei sich, also habe ich ohne zu zögern meine Karriere auf Eis gelegt. Und ich bedauere es bis heute nicht. Kein Beruf hätte mich glücklicher machen können, als es dieser Mann vermochte.«

»Die Wege, die wir gehen, um unseren Platz im Leben zu finden, sind manchmal erstaunlich«, kommentierte Ward.

Da wandte er sich plötzlich an Blake und fragte: »Sie zum Beispiel, Monsieur, wie kommt es, dass Sie Majordomus geworden sind?«

Andrew verschlug es die Sprache. Madame ermunterte ihn: »Seien Sie nicht schüchtern, Monsieur Blake. Sagen Sie es uns.«

Blakes Gedanken überschlugen sich. Er stand da in Habachtstellung vor den Anwesenden, starrte seinen besten Freund an, den er nicht zu kennen vorgeben musste, und wurde von seiner Chefin, die er seit Monaten belog, bedrängt, eine unmögliche Frage zu beantworten.

»Ich weiß nicht …«, stammelte er. »Diese Frage habe ich mir nie gestellt.«

Hatte er Französisch oder Englisch gesprochen? Er wäre unfähig gewesen, es zu sagen. Alle Blicke hingen an ihm. So verwirrt wie er war, fand er schließlich doch eine Antwort: »Ich habe schon sehr viele Berufe ausgeübt. Rückblickend muss ich zugeben, dass die Tätigkeit als solche mir stets weniger bedeutet hat als die Menschen, die mich dabei begleiteten. Die Nähe, die Gespräche, die gegenseitige Unterstützung, die Tatsache, ein gemeinsames Ziel zu verfolgen … Das ist das wirklich Wichtige im Leben. In der Regel wurde der Beruf bald zweitrangig, und die persönlichen Beziehungen nahmen den ersten Platz ein. So habe ich es vor vielen Jahrzehnten mit meinem Vater erlebt, und dann mit vielen anderen Menschen, die meinen Weg gekreuzt haben. Im Grunde glaube ich, dass ich mich einfach gern um Menschen kümmere. Ich weiß nicht, ob das ein Beruf ist, aber diesem Ziel würde ich gerne mein ganzes Leben widmen.«

Seine Worte verklangen in absoluter Stille. Nathalie, Melissa und Richard hatten sie, jeder für sich, auf ihre Weise aufgenommen, und sie alle empfanden sie als bedeutsamer, als es die Natur des Gesprächs zuvor hatte vermuten lassen.

Um seine Fassung wiederzuerlangen, trank Ward einen Schluck Wein. Alle erwarteten nun, dass Blake wieder die Haltung des aufmerksamen Butlers einnehmen und das Gespräch zwischen den Gästen und der Hausherrin weitergehen würde, aber wider jede Erwartung hatte Blake noch etwas hinzuzufügen.

»Sie haben recht, Monsieur. Die Wege, die uns unseren Platz

im Leben finden lassen, sind oft überraschend. Ich denke gerade an einen guten Freund, der als kleiner Junge in der Nähe einer großen Landstraße in der englischen Provinz lebte. Jeden Morgen verzweifelte er darüber, totgefahrene Igel am Straßenrand zu finden. Oft habe ich ihn wegen dieser Tiere weinen sehen, die er im Garten seiner Eltern begrub. Viele Jahre später, als aus ihm ein junger Ingenieur geworden war, sprach er nicht mehr über die toten Igel. Aber mit einer Studie über spezielle Gräben und Tunnel, die die ländliche Fauna vor dem Straßenverkehr schützen sollten, gewann er einen Wettbewerb, der zum Sprungbrett für seine brillante Karriere wurde. Ist es nun der eingeschlagene Lebensweg, der aus uns macht, was wir sind, oder wählen wir unseren Weg in Entsprechung zu dem, was uns anrührt?«

60

Es war sehr spät, als sich die Gäste verabschiedeten. Gegen den Wind gestemmt begleitete Blake den Wagen zu Fuß bis zum Haupttor, um es nach der Durchfahrt der Besucher wieder zu verschließen. Kaum hatte der Wagen die Grenze des Besitzes passiert, da hielt Ward ihn auch schon an. Melissa sprang augenblicklich aus dem Auto.

»Welch ein Abend! Es war so bizarr, dich um alles kümmern zu sehen«, sagte sie und umarmte den Freund. »Aber es passt zu dir. Schließlich hast du das schon immer für jeden von uns getan.«

Ward stieg nun ebenfalls aus und rief seiner Frau zu: »Geh besser zurück ins Auto. Mit deinem dünnen Kleid wirst du dich noch erkälten.«

Melissa drückte Blake einen raschen Kuss auf die Wange und kehrte in die schützende Wärme des Fahrzeugs zurück. Ward legte beide Hände auf Blakes Schultern.

»Diesen Abend werde ich so schnell nicht wieder vergessen.« Er umarmte ihn.

»Und ich erst«, antwortete Blake. »Du hast den ganzen Abend damit verbracht, mich auf den Arm zu nehmen. Und jetzt hör auf, mich zu umarmen. Was ist, wenn man uns sieht?«

»Ich werde auf nicht schuldig plädieren wegen Liebe auf den ersten Blick.«

Ward wurde für einen Moment ernst.

»Weißt du, Andrew, wenn ich dich nicht schon kennen würde, hätte ich heute Abend dein Freund werden wollen. Schön, dass wir uns vor fünfzig Jahren über den Weg gelaufen sind.«

»Und sieh uns heute an! Ich bin als Butler verkleidet, und du erzählst irgendeinen Unsinn über die beste Art, aus dem Aufzug zu kommen, wenn er in einer von Schlangen befallenen Etage hält …«

»Ich bin froh, so alt geworden zu sein, um das alles zu erleben. Du hast mich fast zum Weinen gebracht mit dieser Igelgeschichte. Noch nicht mal Melissa wusste davon.«

»Wirst du ihr sagen, dass ich von dir gesprochen habe?«

»Sie hat mir in die Augen gesehen, sie weiß es schon.«

Über Blakes Schulter sah Ward in die Ferne zum Herrenhaus hinüber.

»Da kommt jemand auf uns zu. Ein Mann, glaube ich.«

Andrew drehte sich um.

»Das ist Magnier, der Gutsverwalter. Er erinnert mich oft an dich.«

»Ja, man wird schnell ersetzt …«

»Nicht doch, du bist unersetzlich.«

Philippe erreichte sie ganz außer Atem. Andrew tat so, als würde er den Besuchern gerade eine gute Fahrt wünschen.

»Fahren Sie bitte vorsichtig, Monsieur.«

»Noch einmal vielen Dank, mein Guter!«, rief Ward und ließ seine Hand in die Tasche gleiten.

Blake erblasste. Sein Freund holte einen Geldschein hervor und steckte ihn Blakes zu.

»Du Mistkerl«, schimpfte Andrew leise.

Ward antwortete mit lauter Stimme: »Doch, doch, das ist mir ein Bedürfnis, Sie waren großartig!«

Er stieg ins Auto und ließ den Motor an.

»Sie machen einen sehr sympathischen Eindruck …«, kommentierte Magnier.

»Madame hat einen guten Geschmack.«
»Ich helfe dir, das Tor zuzumachen.«
Auf ihrem Weg zum Haus zurück löschten sie die Fackeln.
»Philippe?«
»Ja?«
»Ich bin froh, dass du da bist. Du bist einfach unersetzlich.«

61

Die Männer von der Spedition brauchten keine zwei Stunden, um die gesamte Büchersammlung zu verpacken und die Kartons hinauszutragen. Blake war während der ganzen Aktion bei ihnen geblieben, während sich Madame in ihre Räume zurückgezogen hatte, um mit ihrem Kummer allein zu sein. Sogar Odile hatte Tränen in den Augen, als sie den Möbelpackern etwas zu trinken anbot. Dann war der Lastwagen auch schon weg. Der Landsitz hatte seine Ruhe wiedergewonnen, aber er hatte auch viel verloren.

Blake betrachtete die leeren Regale, in denen die wenigen verbliebenen Dekorationsstücke seltsam fehl am Platz wirkten. Im Supermarkt hatte er einige graubraune Laken erstanden, die er nun aus ihren Verpackungen nahm.

»Darf ich Ihnen helfen?«, fragte Manon, die im Türrahmen lehnte.

»Da sag ich nicht Nein. Diese Leere hier ist deprimierend.«

»Das mit den Tüchern ist eine gute Idee. Damit wird es ein bisschen kaschiert.«

»Ich will nicht, dass Madame die Bibliothek in diesem Zustand sieht. Und für mich ist es so auch angenehmer.«

»Steht es um die Finanzen des Besitzes so schlecht?«

»Madame sucht nach Lösungen …«

»Letzte Woche hat sie mich in bar bezahlt. Zum ersten Mal.«

Das war Blake neu. Manon fuhr fort: »Ich hoffe, sie wird uns nicht kündigen. Für Odile und für Philippe wäre das eine Katastrophe. Um Sie mache ich mir da weit weniger Sorgen, Sie werden mit Ihren Fähigkeiten bestimmt eine neue Anstellung finden.«

»Und du, Manon? Wo würdest du hingehen?«

»Justin wird in einigen Tagen zurück sein. Meine Zukunft hängt von ihm ab. Schlimmstenfalls gehe ich zu meiner Mutter zurück.«

»Ich wünsche dir auf jeden Fall, dass du aus anderen Gründen zu ihr gehen kannst, und nicht weil du es musst.«

»Sie hat mir eine SMS geschickt: ›Wie geht es dir?‹, mit einem weinenden Smiley. Sie hat sich nicht gerade viel Mühe gemacht, oder?«

»Es ist ein Anfang. Hast du mit deinem Telefon ein Netz gefunden?«

»Ich bin auf den Hügel geklettert – eine richtige Weltreise ist das. Denn ich hatte so eine Ahnung, dass Justin mir eine Nachricht geschickt haben könnte.«

»Das mit der Nachricht hat sich ja bewahrheitet. Zwar kam sie von einem anderen Absender, aber es ist trotzdem eine großartige Neuigkeit. Was machen deine Prüfungsvorbereitungen?«

»Es geht voran.«

»Dein Bauch wird immer runder.«

»Ja, der Kleine wächst und wächst.«

»Du glaubst, es wird ein Junge?«

»Noch so eine Ahnung. Ob sie wahr ist, wird sich noch herausstellen.«

Das Gespräch mit Manon brachte Blake plötzlich auf eine Idee.

»Einmal ganz unter uns: Was sagst du zum Thema Odile und Philippe?«

»Ich mag sie beide sehr gerne, sie haben Charakter. Und ich freue mich, dass sie sich immer besser verstehen.«

»Also hast du es auch gemerkt …«

»Im Vergleich dazu, wie es zwischen den beiden lief, als ich hier angefangen habe, ist es ein Unterschied wie Tag und Nacht.«

»Manon, wärst du einverstanden, mir bei etwas zu helfen?«

»Wobei denn?«

»Ihnen einen Schubs zu geben.«

62

An demselben Nachmittag, als Andrew zu Madame Beauvillier hinaufging, um nach ihr zu sehen, überraschte sie ihn mit einer Frage, die ihm die Sprache verschlug.

»Wissen Sie, wo der kleine Friedhof im Park liegt?«

Andrew sah sie stumm an. Er konnte sich nicht entscheiden, was er antworten sollte. Sein Wissen zugeben oder leugnen?

»Monsieur Blake?«

»Ich war einmal dort, mit Philippe.«

»Würden Sie mich begleiten?«

Da die Bäume keine Blätter mehr trugen, konnte man den weiten Himmel in alle Richtungen sehen. Das Gefühl von Raum hatte schon immer eine große Wirkung auf Andrew gehabt. Es begeisterte ihn, die unendliche Weite wahrzunehmen, den Horizont zu sehen oder den aus der Ferne kommenden Wind im Gesicht zu fühlen. Als kleiner Junge war er oft einfach losgelaufen, schreiend, mit nach oben ausgestreckten Armen. Später hatte er gelernt, unbeweglich dazustehen, zu lauschen, die Lunge mit Sauerstoff zu füllen, sein Herz hüpfen zu fühlen und seine Fantasie fliegen zu lassen. Auch als er älter wurde, war die innere Bewegung immer noch da, auch wenn er die in der Ferne zwitschernden Vögel nicht mehr so klar erkennen konnte. Der Wind, der an diesem Nachmittag durch den Park fegte, tat ihm gut.

Madame Beauvillier ging an seiner Seite. Sie hatte ihren Mantel eng um sich geschlungen, der hochgestellte Kragen verdeckte ihr halbes Gesicht, und ein um den Kopf gewickelter Schal schützte sie vor dem kalten Wind. Ihre Schritte waren unsicher. In seinen fast drei Monaten Dienstzeit hatte sie Blake noch nie einen Fuß vor die Tür des Hauses setzen sehen. Er hätte nicht sagen können, warum sie überhaupt hinausgegangen war und ob es sie froh machte.

Die Art, nebeneinanderher zu gehen, variiert je nach Alter. Diese Beobachtung hatte Andrew schon oft gemacht, in früherer Zeit ebenso wie hier auf dem Herrensitz. Yanis pflegte immer ein Stück vorauszulaufen, wobei er sich hin und wieder umdrehte, um Blake zu einem schnelleren Tempo zu bewegen. Philippe benahm sich wie sein Hund: Er ging ein Stück zur Seite, kam wieder und lief erneut weg, ständig durch alles Mögliche abgelenkt. Manon ging manchmal vorweg, manchmal blieb sie zurück. Ihrem Begleiter passte sie sich nur dann an, wenn sie sich nicht gerade in Gedanken verlor.

Madame und Blake gingen nebeneinanderher wie Menschen eines gewissen Alters, die ihre Schritte denen des anderen anpassten. Vielleicht war es so, weil das Leben sie den Wert des Miteinandergehens gelehrt hatte, die Wichtigkeit, die Gesellschaft des anderen zu genießen, bis hin zum Geräusch der im Einklang gesetzten Schritte.

Blake konnte sich noch gut an den Weg erinnern, trotzdem war er erleichtert, als er die riesige Eiche entdeckte, die den kleinen Friedhof überragte. Als Madame in der Entfernung das schmiedeeiserne Gitter sah, blieb sie stehen. Wortlos drehte sie sich um und blickte ratlos auf den zurückgelegten Weg. Blake nahm an, dass sie nach dem Gutshaus Ausschau hielt, aber es war zu weit entfernt, um es noch erkennen zu können. Suchte sie Halt, nachdem sie sich so weit hervorgewagt hatte?

»Der Spaziergang scheint Ihnen wohlzutun«, sagte Andrew.

»Ich würde es gerne glauben wollen.«

Blake zeigte auf die Eiche und bemerkte: »Welch ein majestätischer Baum!«

»Ja, in der Tat. François sagte oft, es sei der schönste auf dem ganzen Besitz.«

»Es war eine gute Entscheidung, diesen Ort als ewige Ruhestätte auszuwählen.«

»Der große Baum hat noch eine andere Bedeutung. Als François und ich diesen Besitz übernahmen, legte der Vorbesitzer Wert darauf, uns die Geschichte dieses Baums zu erzählen. Einer Legende zufolge diente er vor zweihundert Jahren einem Liebespaar als geheimer Treffpunkt. Der Junge war der Spross einer reichen Familie aus der Gegend, sie die mittellose Tochter eines Pächters. Die Geschichte sagt, dass sie sich sehr liebten, aber dass die reiche Familie kategorisch gegen diese Verbindung war. Als einer der Angestellten des Vaters entdeckte, dass die beiden Verliebten sich immer noch trafen, beschloss er, sich im Wald mit seinem Gewehr auf die Lauer zu legen, um das Mädchen durch eine Verwundung davon abzubringen, den jungen Mann weiterhin zu sehen.«

Sie waren nun am Baum angelangt. Madame legte ihre Hand sanft auf die Rinde und fuhr fort: »Der Mann hat schlecht gezielt, und der Schuss verwundete nicht die junge Frau, sondern tötete den Jungen. Seit jener Zeit wird über diese tragische Liebe berichtet, und kein Holzfäller hat es je gewagt, diesen Baum zu schlagen, während alle anderen um ihn herum zu Gebälk und Möbeln verarbeitet wurden.«

»Glauben Sie, dass die Geschichte wirklich so passiert ist?«

»Sie ist jedenfalls sehr schön, ein Hauch von Romeo und Julia. Aber ob wahr oder erfunden, kann ich nicht sagen. In der Liebe gibt es viele Widrigkeiten, nur der Baum steht immer noch da.«

»Glaubte Ihr Mann daran?«

»François liebte Geschichten. Seine ganze Büchersammlung spiegelt – spiegelte – es wider. Er glaubte, dass Geschichten uns die Möglichkeit bieten, das Leben aus der Mittelmäßigkeit des Alltags zu erheben.«

Madame Beauvillier betrat die Einfriedung mit den Grabstätten. Zunächst ging sie zum Grabstein ihrer Eltern, wo sie lange Zeit in Gedanken versunken dastand. Der Wind spielte mit einzelnen Haarsträhnen, die sich aus ihrem Tuch befreit hatten. Mit weit offenen Augen und zusammengepressten Lippen starrte sie die gemeißelten Namen an. Blake war auf der anderen Seite des Gitters geblieben, nur wenige Meter entfernt.

Dann stellte sie sich vor den Grabstein ihres Mannes, und ihr Verhalten änderte sich. Ihr Blick schweifte in die Ferne und verlor sich in der Landschaft, ihre Lippen waren entspannter. Woran dachte sie? Madame sah zu Blake herüber. Er war sich sicher, dass sie nur deshalb so lange vor dem Grab stand, weil sie sich beobachtet wusste. Wäre sie allein dort gewesen, hätte sie wahrscheinlich weniger Zeit vor den sterblichen Überresten ihres Mannes verbracht.

Schließlich drehte sie sich in Richtung des namenlosen Grabes um, machte einen Schritt darauf zu, zögerte und stellte sich dann doch davor. Sie sah den Stein nicht an, ihr Kopf war gesenkt. Vor diesem Grab sah sie noch kleiner aus, zerbrechlich, unglücklich.

Bevor sie die Umfriedung verließ, wandte sie sich über das Gitter hinweg an Blake. Dabei sprach sie mit einer völlig normalen Stimme, die nicht zur Andacht des Ortes passen wollte.

»Haben Sie Angst vor dem Tod, Monsieur Blake?«

»Ich glaube nicht. Aber ich hasse seine Auswirkungen auf das Leben.«

Madame Beauvillier lachte freudlos.

»Der Tod hat auch Ihnen Ihre Lieben genommen …«

»Ja, er hat mich von ihnen getrennt.«

Madame Beauvillier schloss die Gittertür hinter sich und drehte sich noch einmal zu den Gräbern um. Dann ergriff sie mit beiden Händen die Stäbe und sagte: »Und ich, ich hasse das Leben. Das Leben hat mich von meiner Familie getrennt. Wenn der Tod kommt, wird er alles wieder ins Lot bringen. Fehlt Ihnen Ihre Frau, Monsieur Blake?«

»Sie fehlt mir entsetzlich.«

»François fehlt mir auch. Haben Sie Ihre Frau geliebt?«

»Ich weiß nicht. Ich habe mich oft gefragt, was das bedeutet – zu lieben. Aber ich weiß, dass mein Leben schöner war, wenn sie bei mir war. In ihrer Nähe habe ich mich wohlgefühlt. Ich mochte, wie sie war und was sie tat. Sie hätte jeden Mann glücklich machen können. Mit ihr habe ich mich nie gelangweilt. Wenn ich stark war, hielt ich für sie bis zum Schluss durch. Wenn ich schwach war, machte ich nur für sie trotz aller Widrigkeiten weiter.«

»Haben Sie sie jemals betrogen?«

»Nicht ein Mal.«

»Sie scheinen über eine ungewöhnliche moralische Stärke zu verfügen …«

»Nein, das ist es nicht. Ich bin auch nur ein Mann. Es war nicht die Selbstbeherrschung, die mir die Seitensprünge erspart hat, sondern die Sorge, sie zu kränken. Für mich ist der Begriff von Schuld rein subjektiv. Nur die Gründe sind von Bedeutung. Gut und böse sind als Wertbegriffe nutzlos. ›Für wen‹ oder ›gegen wen‹ definiert unsere Persönlichkeit weit besser.«

»Man muss allerdings in der Lage sein, sich richtig entscheiden zu können … Sie sind ein guter Beobachter, sicher haben Sie sich schon gefragt, warum einer der Grabsteine keine Aufschrift trägt.«

»Es wird sicher einen guten Grund geben, dafür oder dagegen …«

»Dieses Grab ist ein Kompromiss, Monsieur Blake. Sie haben nur eine Frau gehabt, bei François war es anders. Fast zwanzig Jahre lang pflegte er eine heimliche Liebesbeziehung. Ich erfuhr rein zufällig davon, durch ihr Kind. François war mein Ein und Alles, aber ich war in seinem Leben nur ein Teil vom Ganzen. Als sie verstarb, hatte er die Idee, unsere Familien unter diesem Baum zu vereinen. Ich vermute, dass er diesen Friedhof nur deshalb anlegen ließ, um sie in seine Nähe zu holen. Und ich habe zugestimmt, Monsieur Blake, und diese Kränkung hingenommen, unter der Bedingung, dass ihr Name nicht auf dem Grabstein erscheinen würde.«

»Glauben Sie, Ihr Mann hat Sie nicht geliebt?«

»Hätten Sie es hingenommen, für den von Ihnen geliebten Menschen nur zweite Wahl zu sein? Hätten Sie mit dem Gedanken leben können, dass dieser Mensch für jemand anderen noch größere Risiken auf sich nimmt? Nicht die Tatsache, dass er mich betrogen hat, schmerzte mich am meisten. Was mich zutiefst bestürzte, war die Erkenntnis, dass er mich nicht ebenso sehr liebte wie ich ihn. Eine flüchtige Affäre hätte ich noch verwinden können, aber diese dauerhafte Liebesgeschichte hat mir eine offene Wunde zugefügt, die nicht verheilen will. Auch wenn er es immer leugnete, hatte ich seit jenem Tag stets den Eindruck, dass er mich aus Vernunftgründen geheiratet hat, während er sie aus tiefster Seele liebte.«

»Verübeln Sie es ihm immer noch?«

»Um zu verzeihen, braucht es Zeit oder viel Kraft. Ich habe weder das eine noch das andere.« Madame Beauvillier fröstelte.

»Kommen Sie«, sagte Blake, »wir sollten zurückgehen.«

»Noch einen kleinen Moment, bitte. Es ist wahrscheinlich das letzte Mal, dass ich herkomme.«

Sie klammerte sich an das Gitter wie eine Gefangene.

»François war mein Glück und mein Unglück zugleich. Ich beneide Sie um die Liebe zu Ihrer Frau. Ich beneide Sie so sehr, dass es mich eifersüchtig macht, und dann gehe ich so weit zu denken, dass alles, was Sie erlebt haben, nur eine Illusion gewesen sein kann. Und doch fehlt mir François. Ich wünschte, er wäre bei mir. Mit ihm hatte ich keine Angst.«

»Es hört sich für mich nicht so an, als wären Sie noch wütend auf ihn.«

»Wenn Sie wüssten, was ich alles unternommen habe, um ihm nahe zu bleiben … Aber ich glaube, letztendlich war ich schon immer allein.«

Blake legte seinen Arm um Madames Schultern. Sie ließ es zu. Auf dem Rückweg zum Haus wagte er nicht, sie auf ihren Sohn anzusprechen. Hatte auf dem Hinweg noch ein Angestellter seine Arbeitgeberin begleitet, so stützte auf dem Rückweg ein Mann eine Frau, beide gebeugt von der Last des Bedauerns und im Bewusstsein der schmerzlichen Lücken in ihrem Leben.

63

Ich habe Ihre Nachricht bekommen, Heather. Verzeihen Sie, ich konnte nicht eher zurückrufen. Wie geht es Ihnen?«

»Alles bestens. Wenn Sie ein bisschen Zeit haben, würde ich mit Ihnen gerne über die Fabrik sprechen.«

»Gibt es Probleme?«

»Ja und nein. Die Produktion läuft sehr gut, aber Addinson überspannt den Bogen deutlich. Er ist ein Idiot, ein ekelhafter Macho, und mit seinen kleinen Machtspielchen setzt er das Wohl aller aufs Spiel. Wenn ich könnte, würde ich ihn liebend gern entlassen …«

»Tun Sie sich keinen Zwang an, Sie sind die Geschäftsführerin. Aber passen Sie auf, er ist hinterhältig. Sie brauchen einen guten Grund. Geben Sie Ihre Absichten erst zu erkennen, wenn er genug auf dem Kerbholz hat. Und wenn Sie angreifen, machen Sie keine Gefangenen. Erledigen Sie ihn mit dem ersten Schlag, sonst kann er gefährlich werden …«

»So ähnlich habe ich mir das auch gedacht. Geben Sie mir also grundsätzlich Ihr Okay dazu?«

»Ich gebe Ihnen sogar meinen Segen und falls nötig meine Unterstützung. Und meine besten Glückwünsche, sobald Sie mit ihm fertig sind!«

»Ich danke Ihnen, Mister Blake. Was Ihr Anliegen betrifft, so habe ich es endlich geschafft, Informationen über Vandermel Immobilien einzuholen.«

»Was haben Sie erfahren?«

»Sie haben einige Bauprogramme durchgeführt, Einfamilienhaussiedlungen in ganz Frankreich. Die Firma hat keinen schlechten Ruf. Die von ihr gebauten Häuser haben einige Schwächen, aber nichts, was heutzutage außergewöhnlich wäre, hat man mir gesagt. Der einzige wirklich heikle Punkt ist die Art und Weise, wie sie an Bauland kommen. Mehrere Verkäufer haben sich über den von ihnen ausgeübten Druck und über ein Vorgehen am Rande der Legalität beschwert. Haben Sie mit denen zu tun?«

»Nicht direkt, aber sie haben ein Auge auf ein Grundstück geworfen, an dem mir etwas liegt.«

»Dann seien Sie bitte vorsichtig. Ich schicke Ihnen per E-Mail alle Daten, die ich über sie zusammentragen konnte.«

»Danke, Heather. Vielen Dank. Letztes Mal, als wir miteinander sprachen, sagten Sie, meine Stimme habe sich verändert, und heute gilt dasselbe für Sie. Sie wirken selbstsicherer, und das macht mich froh. Diese Stelle ist wie für Sie geschaffen.«

»Ich habe noch genauso viel Angst, Dummheiten zu machen, aber ich habe gelernt, es nicht zu zeigen.«

»Liebe Heather, ich habe eine gute und eine schlechte Nachricht für Sie. Die schlechte ist, dass diese Angst Sie nie verlassen wird.«

»Und die gute?«

»Ohne Angst gibt es keine Weiterentwicklung. Sehen Sie sich diesen Trottel Addinson an, der sich vor nichts fürchtet. Ich umarme Sie, bis bald!«

64

Andrew, ganz ehrlich, ich bin mir nicht sicher, ob das eine so gute Idee ist …«

Der Verwalter tigerte nervös in seiner Küche hin und her und wartete, bis Blake aus dem Schlafzimmer kam.

»Ich weiß, du meinst es nur gut«, fügte er hinzu, »und ich bin dir auch wirklich dankbar, aber …«

Durch die Tür antwortete Andrew: »Wenn ich daran denke, dass diese Bedenken von einem Mann kommen, der ein Fahrradgespenst verkörpert hat, dann finde ich sie ein bisschen unangebracht. Ich bin übrigens gleich so weit. Hast du den Tisch gedeckt?«

Magnier brummte, machte aber nach Blakes Aufforderung weiter. »Apropos Odile«, sagte er plötzlich, »seit einigen Tagen habe ich einen seltsamen Traum.«

»Erzähl mal.«

»Es ist immer der gleiche, haargenau der gleiche, und er fühlt sich richtig realistisch an. Ich fliege durch die Wolken, alles um mich herum ist weiß, und plötzlich sehe ich Odile, die vor mir auftaucht und mir mit einem irren Blick etwas vor den Kopf haut. Hier bricht der Traum ab, ganz abrupt. Das muss irgendeine Spätfolge meines Unfalls sein.«

»Bestimmt … Bist du bereit?«

Magnier stellte sich vor die Tür seines Schlafzimmers, und Blake öffnete. Als Philippe ihn erblickte, wich er entsetzt zurück und stieß einen erstickten Schrei aus.

»Himmel, Arsch und Zwirn! Das soll wie Odile aussehen? Ich würde eher sagen, wie eine Transe, die auf eine Mine getreten ist. Sogar Youpla hat mehr Ähnlichkeit mit ihr als du!«

Blake hatte sich mit einer Perücke ausstaffiert und Lippenstift aufgelegt. Das Ergebnis war umwerfend, aber nicht im Hinblick auf die Ähnlichkeit.

»Jetzt hör mal gut zu, Philippe: Wir sind hier nicht bei einem Doppelgänger-Wettbewerb. Ich mache das nur, um dir zu helfen, und wir haben nur noch eine Viertelstunde bis zu Phase drei.«

Magnier schaffte es nicht, seinen Blick von Andrews grotesk geschminktem Gesicht abzuwenden. Ohne sich dessen bewusst zu sein, wich er langsam zurück – so unwohl fühlte er sich in der Situation.

»So wird das nichts«, sagte er und schüttelte vehement den Kopf. »Du machst mir zu viel Angst. Ich glaube, ich würde lieber mit dem Butler aus der Hölle dinieren.«

»Setzen!«

Unter anderen Umständen hätte Philippe vor Lachen auf dem Boden gelegen, aber im Moment machte es ihn fassungslos, diesen ansonsten stets so gepflegten Mann mit der Perücke eines verstrahlten Rastafari vor sich zu sehen.

»Meine Mutter pflegte zu sagen, dass alle Menschen ihre Schattenseiten haben, aber du schlägst wirklich sämtliche Rekorde. Sogar eure Rockstars sehen gegen dich wie Zisterziensermönche aus …«

»Setz dich an den Tisch. Fang mit der Serviette an.«

Philippe faltete sie auf und machte den Hals lang, um sie sich in den Kragen zu stecken.

»Nein, so geht das nicht. Du fasst sie an einer Ecke, hältst sie in die Luft und siehst zu, wie sie durch die Schwerkraft der Erde aufgefaltet wird.«

»Ist es auch die Schwerkraft, die sie mir umlegt?«

»Anschließend legst du sie dir auf die Oberschenkel.«

»Das ist aber nicht die Stelle, wo ich mich meistens bekleckere …«

Magnier war gestresst. Blake stellte sich vor ihn hin.

»Philippe, ganz ruhig. Atme durch!«

»Versetz dich mal in meine Situation. Hast du dich überhaupt schon im Spiegel gesehen? Wahrscheinlich nicht. So wie deine Visage aussieht, hast du dich bestimmt im Dunkeln mit den Füßen geschminkt. Und deine Stimme …«

»Was ist mit meiner Stimme?«

»Na ja, es ist die gleiche wie immer, aber dein Gesicht … verstörend …«

»Ich dachte, es würde dir helfen.«

»Ich hoffe nur, du willst mir heute Abend nicht auch noch das Tanzen beibringen, denn wenn du mich anrührst, muss ich kotzen.«

»Versuch dich jetzt mal zu konzentrieren. Manon wird gleich kommen, und dann solltest du wenigstens wissen, wie man korrekt am Tisch sitzt.«

»Wird sie dich so zu Gesicht kriegen?«

»Wo ist das Problem?«

»Das arme Kind! Sie wird vor Angst ihr Baby noch auf meiner Türschwelle bekommen.«

»Ich habe sie vorgewarnt, dass ich mich verkleiden werde, und sie hat, im Gegensatz zu dir, kein Drama daraus gemacht. Und jetzt falte deine Serviette wieder zusammen und mach es noch einmal.«

Trotz aller gegenteiligen Beteuerungen gewöhnte sich Magnier langsam an seinen Trainer, verlor seine Angst und begann sich nach einer Weile sogar zu amüsieren.

»Philippe, das hier ist eine ernste Sache.«

»Na, ich weiß nicht … Wenn ich mir so dein Gesicht ansehe …«

»Konzentriere dich auf deine Serviette.«

»Ecke, Schwerkraft und hopp auf die Knie.«

»So ist es besser, aber denk dran, den Hals nicht zu strecken, sonst siehst du wie ein altes psychopathisches Hähnchen aus.«

»Selber.«

»So, und jetzt zu deiner Art, das Besteck zu halten.«

»Was ist damit?«

»Als Erstes ist da der Zeitpunkt, zu dem du es in die Hände nimmst. Essen ist kein Wettrennen. Du wartest, bis du bedient wurdest und auch alle anderen bereit sind anzufangen.«

»Okay, verstanden. Ich warte.«

»Jetzt nimm es.«

Philippe griff Messer und Gabel mit den Fäusten.

»Das sieht aus, als würdest du jemanden erstechen wollen …«

»So ist es auch ein bisschen. Ich bringe damit mein Steak zur Strecke.«

»Und was ist mit den Erbsen?«

»Die spieße ich auf, eine nach der anderen. Ein richtiges Massaker.«

»Wenn du hier den Clown machst, kommen wir nicht weiter.«

»Seit zehn Jahren esse ich für mich allein. Und du willst, dass ich an einem einzigen Abend lerne, am Hof von Österreich Einzug zu halten und mich für Baron von und zu Donnerwetter auszugeben? Da wird nichts draus, dazu bin ich viel zu eingefahren.«

»Das glaube ich nicht.«

Blake stand auf und legte seinem Freund das Besteck in die Hände.

»So ist es besser.«

»Aus der Nähe betrachtet ist deine Visage sogar noch schlimmer … Daneben sieht sogar Frankenstein wie die Mona Lisa aus.«

Es klopfte an der Tür.

»Vielleicht sollte besser ich aufmachen, damit die Kleine keinen Schreck bekommt.«

»Du bleibst, wo du bist.«

65

Manon stieß tatsächlich einen Schrei aus.

»Gut, dass du sie vorgewarnt hast!«, spöttelte Magnier.

Die junge Frau trat ein, ohne Blake aus den Augen zu lassen, während sie einen großen Bogen um ihn machte.

»Das ist Ihre Methode, Philippe beizubringen, wie man mit Damen umgeht?«

Magnier stand auf und begrüßte sie mit Küsschen.

»Guten Abend, Manon. Sagen Sie es ihm … Vielleicht hört er ja auf Sie. Stellen Sie sich vor, Sie sind eine Spezialagentin und machen eine Übung mit, bei der Sie auf Pappgestalten schießen müssen. Terroristen werden erschossen, Frauen und Kinder werden verschont. Was machen Sie, wenn er auftaucht?«

»Er ist tot.«

»Vielen Dank für eure Unterstützung«, schmollte Andrew. »Manon, wenn Sie jetzt bitte Platz nehmen wollen. Wir werden nun die Regeln und die Inszenierung leicht modifizieren.«

Blake zog die Perücke vom Kopf und wusch das Gröbste seines Make-ups unter dem Wasserhahn ab.

»Um euch so viel Raum zur Entfaltung zu geben wie möglich, werde ich mich etwas abseits von euch hinsetzen. Vergesst einfach, dass ich da bin.«

»Das ist gar nicht so leicht. Deine Schönheit hat sich mir regelrecht in die Netzhaut eingebrannt …«

»Ich werde nur dann eingreifen, wenn Philippe einen Fehler macht.«

Mit diesen Worten holte Blake einen Besen aus der Kammer und richtete den Stiel gegen Magnier.

»Wenn du dich nicht richtig verhältst, gebe ich dir einen kleinen Rippenstoß, und dann besprechen wir Schritt für Schritt, was es zu verbessern gibt.«

Manon hatte sichtlich Spaß an der Situation. Sie und Philippe nahmen einander gegenüber Platz, und Andrew zündete die Kerze auf dem Tisch an.

»Wie romantisch!«, feixte Manon.

Auch Magnier hatte einen Kommentar parat. »Du musst mir sagen, wann der Moment gekommen ist, in dem ich ihr das Fleischklößchen mit der Schnauze entgegenschiebe.«

»Seid ihr jetzt fertig?«

Der Verwalter lehnte sich zu dem Zimmermädchen vor: »Es ist wirklich nett von dir, das hier mitzumachen. Bestimmt ist es von Vorteil, mit einer richtigen Frau zu üben, aber ich komme mir trotzdem blöd vor. Das muss man sich mal vorstellen: In meinem Alter muss ich noch richtig essen lernen …«

»Das ist doch nicht schlimm, Philippe. Wir alle brauchen mal einen guten Rat, das hat mit dem Alter nichts zu tun. Mir hat Andrew auch schon geholfen. Die Methode war vielleicht ein wenig konventioneller …«

»Können wir anfangen?«

Serviettenecke, Schwerkraft, Besteck: Am Anfang konnte Philippe die volle Punktzahl abräumen. Im Gespräch tasteten Manon und er sich vorsichtig vor. Man hatte den Eindruck, sie spielten ein Spiel, bei dem man weder mit Ja noch mit Nein antworten durfte.

»Mögen Sie Blumen?«

»Sehr.«

»Sie haben doch keine Meeresfrüchteallergie?«

»Nicht, dass ich wüsste …«

Auf der Suche nach einem Gesprächsthema erzählte Manon von ihrem Wunsch, einmal ferne Länder zu bereisen.

»Und welche Reise steht bei Ihnen auf dem Wunschzettel?«

»Ich weiß nicht. Ich glaube, ich hab Flugangst, und ich werde leicht seekrank. Es müsste schon ein Land sein, wo man mit dem Zug hinfahren kann.«

Philippe wandte sich an Blake: »Die Bahamas – kommt man da mit dem Zug hin?«

Blake rollte mit den Augen und stupste Magnier mit dem Besenstiel in die Rippen.

Nach und nach fand das Trio zu einem natürlichen Miteinander in einer Konstellation, die alles andere als natürlich war.

Philippe schenkte Manon Wasser nach Art eines mexikanischen Barmanns ein, indem er die Flasche anhob und gleichzeitig eingoss. Blake rief ihn mit einem Rippenstoß zur Ordnung. Als der Verwalter den Salzstreuer fast nach seinem Gegenüber warf, gab es wieder einen Rüffel von Blake. Magnier hatte zuvor nur selten Gelegenheit gehabt, mit einer Frau zu sprechen. Dieses Rendezvous warf bei ihm daher einige Fragen auf, die ihn zwischen völlig unangemessenen Bemerkungen und Verschämtheit schwanken ließen. Er traute sich nicht, die junge Frau anzusehen, als er sagte: »So schön, wie Sie sind, hatten Sie bestimmt schon viele Verabredungen. Wie war denn Ihre erste?«

Die junge Frau errötete.

»Mein erstes Date würde ich lieber vergessen. Ich kannte den Jungen aus der Oberstufe. Er war sehr charmant, wollte im Grunde aber nur eins … Er sah super aus, wusste sich zu benehmen, war aber total oberflächlich. Was ich damals gelernt habe, war, mich vor einer schönen Verpackung in Acht zu nehmen.«

»Armes Kind«, kommentierte Magnier. »Ich hatte auch mal ein Rendezvous. Sie hieß Emilie. Ich erinnere mich noch an ihre schönen grünen Augen. Jedes Mal, wenn sie mich ansah, fühlte ich mich wie das Kaninchen vor der Schlange. Ich habe sie dutzende Male gebeten, mit mir auszugehen, und eines Tages sagte sie endlich Ja. Ich wählte das beste Restaurant, das ich mir leisten konnte, und kaufte Rosen, weiße Rosen. Dann wartete ich an unserem Tisch, aber sie kam nicht. Ich habe mir solche Sorgen gemacht … Noch heute sehe ich das Mitleid in den Blicken der Kellner, als ich mit meinen Blumen wieder abgezogen bin. Ich habe mich nicht einmal getraut, sie anzurufen. Drei Tage später traf ich sie zufällig Arm in Arm mit einem Freund von mir. Als ich sie fragte, was los war, hat sie mich ausgelacht. Sie hatte es einfach vergessen, weil es für sie völlig unwichtig gewesen war. Seitdem hatte ich nie wieder ein Rendezvous.«

Auch wenn Magnier sich bei seiner Erzählung ohne jede Eleganz auf seine Ellenbogen gestützt hatte, ließ ihn Blake in Ruhe.

»Manon«, fuhr Magnier fort, »Sie sind hier, weil Sie sich zusammen mit Andrew um mich kümmern wollen, und Sie können sich nicht vorstellen, was das für mich bedeutet. Aber ich glaube, für mich ist es zu spät. Verplempern Sie nicht Ihre Zeit mit einem alten Griesgram wie mir. Sie müssen für Ihre Aufnahmeprüfung lernen, und in einigen Monaten werden Sie Mama. Andrew hat mir gesagt, dass Sie auf einen jungen Mann warten, der ins Ausland gegangen ist. Wann kommt er zurück?«

66

Finden Sie es normal, dass er sich noch nicht gemeldet hat?«

»Entspann dich, Manon. Es ist erst 8 Uhr morgens.«

Manon saß hinter dem Schreibtisch der Bibliothek und ließ ihre Mailbox, wie ein U-Boot-Navigator seinen Radarschirm, nicht aus den Augen. Andrew hatte sie dort noch vor Tagesanbruch vorgefunden, als er sich auf den Weg gemacht hatte, um die Zeitung zu bügeln. Seitdem hatte sie sich nicht mehr fortbewegt, bis auf zwei kurze Momente, in denen sie die Toilette aufgesucht hatte, wobei sie ihn jedes Mal gebeten hatte, so lange ihren Posten zu übernehmen, für den Fall eines Torpedoeinschlags.

»Du machst dir noch die Augen kaputt, wenn du den Bildschirm weiter so anstarrst.«

»Er müsste jetzt eigentlich zurück sein. Was macht er nur? Vielleicht hat er meine Mail übersehen?«

»Warum soll er deine Mail übersehen haben?«

»Was ist, wenn er auf der Rückreise einen tödlichen Unfall hatte? Können Sie sich diese Tragödie vorstellen? Dahingerafft in der Blüte seiner Jugend, auf dem Weg zu der Frau seines Lebens, die sein Kind unter dem Herzen trägt … wobei … vielleicht bin ich ja gar nicht die Frau seines Lebens …«

»Du musst dich jetzt wirklich beruhigen. Auf diese Weise hältst du den Tag niemals durch. Ich übrigens auch nicht …«

»Ich weiß nicht, was mit mir los ist. Ich fühle mich wie eine Waschmaschine im Schleudergang, komplett durchgerüttelt und unfähig, auf ihrem Platz zu bleiben. Mir ist schon klar, dass ich dummes Zeug rede, aber wenn ich es nicht herauslasse, dann bleibt es in meinem Kopf, bis mir das Gehirn platzt!«

»Es ist sicher nicht einfach, eine junge Frau zu sein …«

»Er fehlt mir so sehr. Ich denke pausenlos an ihn. Wissen Sie, was mir am meisten fehlt? Sie werden mich bestimmt für übergeschnappt halten, aber ich liebe es, ihm beim Atmen zuzuhören, wenn er schläft. Manchmal schnarcht er, aber meistens atmet er langsam und tief. Dabei hat er einen bestimmten Rhythmus, wie ein Musikstück, und ich denke die ganze Zeit: Er ist hier bei mir. Dann lege ich meinen Kopf in die Vertiefung an seiner Schulter – davon wacht er nicht mal auf! – und fühle die Wärme seiner Haut an meiner Wange, rieche ihn. Ich höre ihm zu, ich genieße seine Herzschläge und fühle mich total sicher. Wenn ich daran denke, dass ich das wahrscheinlich nie wieder erleben werde …«

»Fang nicht wieder damit an.«

»Was fehlt Ihnen am meisten bei Ihrer Frau?«

Manon wurde die Ungeschicklichkeit ihrer Frage augenblicklich bewusst. Justin konnte zurückkommen, Diane nicht mehr.

»Verzeihen Sie mir«, sagte sie leise. »Ich rede wirklich nur Blödsinn. Ich wollte Ihnen nicht wehtun …«

»Ist nicht schlimm. Ich erzähle dir gerne von Diane, wenn ich damit verhindern kann, dass dein Gehirn platzt …«

Andrew rief sich seine Frau in Erinnerung. Es machte ihn nicht traurig, und es schmerzte auch nicht. Inzwischen dachte er ganz natürlich an sie, als hätten sie sich am Vorabend noch gesehen.

»Ich mochte vieles an ihr, und alles fehlt mir. Am schönsten war, wenn sie mich tief in ihre Augen blicken ließ. Man sagt oft, dass die Augen die Fenster der Seele sind. Menschen sind zärtlich zueinander, berühren sich, aber es braucht viel Vertrauen, bevor man jemanden so lange in die eigenen Augen sehen lässt, wie es der andere möchte. In solchen Augenblicken versteht man nicht nur, was er oder sie einem sagen möchte, sondern man sieht, was wirklich da ist. Mit Diane konnte das irgendwo passieren: wenn wir zum Essen eingeladen waren, irgendwo auf der Straße oder abends, wenn wir allein zu Hause waren. Dann stand die Welt still, und wir waren außerhalb von Raum und Zeit miteinander verbunden. Es gibt nichts Vergleichbares. Die kleinste Bewegung ihrer Pupille öffnete mir den Zugang zu ihrem Geist. Auch wenn es ohne physischen Kontakt geschah, war dieses Erlebnis sinnlicher als jede körperliche Nähe. Der eine fühlte, was der andere fühlte. Sie wusste es. Sie akzeptierte es. Die Tatsache, ihr Vertrauen zu besitzen, war ebenso schön wie das, was ich in ihr sehen konnte: ihre innerste Energie, ihre Wesensessenz.«

»Sie haben einander sicher sehr geliebt. Mich hat noch nie jemand auf diese Weise angeschaut. Manchmal verschlingt mich Justin mit seinen Augen, aber das ist wohl nicht das Gleiche. Meinen Sie, er wird mailen oder anrufen?«

»Ich weiß nicht.«

»Hat es Madame wirklich nichts ausgemacht, dass ich ihm ihre Nummer gegeben habe?«

»Sie hofft fast ebenso sehr wie du, dass er bald anruft.«

Odile steckte ihren Kopf durch die Tür.

»Gibt es Neuigkeiten?«

Blake hob seine Arme zum Himmel.

»Jetzt sind es schon drei, die auf den Märchenprinzen warten! Ich bin umzingelt.«

Odiles Gesicht wurde plötzlich ernst, und sie fragte: »Habt ihr vielleicht irgendwo Mephisto gesehen? Ich vermisse ihn seit gestern Abend. Er hat sein Essen nicht angerührt, und heute Morgen war er immer noch nicht zurück …«

Manon und Blake schüttelten den Kopf. Andrew versuchte sie zu trösten: »Er wird sicher bald wiederkommen. Bei dem Wetter da draußen …«

Manon seufzte: »Diese Kerle! Kommen nur dann nach Hause, wenn es ihnen passt …«

Blake wollte schon protestieren, als Madames Klingel Sturm läutete.

»Was wird sie wohl um diese Zeit wollen?«, fragte Blake.

»Telefon!«, riefen die beiden Frauen im Chor und stürzten in den Flur hinaus.

67

Es war ein Anblick, den Blake nicht so schnell wieder vergessen würde: Manon und Odile, die die Treppen wie zwei Teenager außer Rand und Band hochstürmten und in den Kurven an dem ehrwürdigen, knarzenden Geländer Schwung nahmen. Auch Madame war nicht in ihrem Normalzustand. Es war tatsächlich Justin am anderen Ende der Leitung.

Als Andrew ein paar Momente später im Vorzimmer der Chefin eintraf, klammerte sich Manon gerade an den Hörer. Sie strengte sich an, die mit ihr durchgehenden Gefühle aus ihrer Stimme herauszuhalten, und gab ruhige Antworten, obwohl ihr Körper das Gegenteil ausdrückte. Um sie herum trippelten Madame und Odile hin und her und erlebten mit der jungen Frau zusammen alle paar Sekunden ein Wechselbad der Gefühle. Als sie schließlich auflegte, waren alle drei erschöpft. Das Gespräch hatte keine zwei Minuten gedauert, und Blake fragte sich, warum sich bloß immer wieder Frauen auf dieser Welt für einen Mann in so einen Zustand versetzten.

Justin hatte versprochen, Manon noch am selben Abend um 19 Uhr abzuholen. Wahrscheinlich in bester Absicht hatte er es für gut befunden, zum Schluss des Gespräches »Ich liebe dich« zu sagen, was sie leider nicht beruhigte, ganz im Gegenteil. Für Manon und die beiden Frauen stellte diese Liebeserklärung sogar einen ernstzunehmenden erschwerenden Faktor dar. Nach dem kurzen Telefonat kehrte Manon mit einer Energie ins Leben zurück, die einem Angst einjagen konnte. Die Anspannung und die Zweifel der letzten Wochen flogen in einem Wirbelsturm davon, der auf seinem Weg alles mit sich riss. Die Chefin und die Köchin ließen sich ohne alle Hemmungen mitreißen. Nach einer Stunde, in der sie das Gespräch dreimal nachgesprochen und daraus öfter zitiert hatten als aus einem literarischen Klassiker, entschied Blake, es wäre besser für seine mentale Gesundheit, bei Philippe um Asyl zu bitten. Dort würde er allenfalls Youpla und Yanis antreffen – also ausschließlich Männer sozusagen. Er wäre auch bereit gewesen, Mephisto zu seiner Rettung herauszuschleusen, aber er fand ihn nicht.

Als Blake am Spätnachmittag wieder zum Haus zurückging, zusammen mit Philippe, der die Rückkehr des verlorenen Sohns nicht verpassen wollte, fand er die drei Frauen zusammen in der Küche vor, wo sie am Tisch saßen und Tee tranken. Manon lachte ausgelassen mit Odile und Madame. Die Intensität, die ihre Gemeinschaft ausstrahlte, war für Andrew beeindruckend. Drei Generationen waren versammelt, und das Glück der jüngsten färbte auf die beiden anderen ab. Madame Beauvillier lächelte wie selten, so dass sich ihre Grübchen hübsch abzeichneten, und ihr Blick war lebhaft. Philippe verschlang Odile, die ihre sonst so steife Haltung zugunsten einer erfrischenden Redseligkeit aufgegeben hatte, mit bewundernden Blicken.

Blake betete im Stillen, Justin möge pünktlich sein. Er hatte die Befürchtung, dass, wenn 19 Uhr auch nur um eine Sekunde überschritten war, die drei Frauen völlig durchdrehen würden. Manon würde denken, »ihr« Justin wäre von niederträchtigen Mafiosi entführt worden, Madame würde jammern, dass sie nicht genug Geld hätte, um das Lösegeld zu bezahlen, und Odile würde sich schon mal in Kampfstimmung bringen, um den hübschen Jungen mit Hilfe ihrer Pfanne zu befreien.

Um 18 Uhr 30 tigerte Manon wie im Käfig in der Küche auf

und ab. Sie nahm planlos irgendetwas in die Hand, legte es wieder zurück und griff sich etwas anderes. Nach acht Minuten hatte sie in der Küche zwei Runden gedreht und alles mindestens einmal angefasst. Um 18 Uhr 45 beschloss sie plötzlich, sich mit Odiles Hilfe umzuziehen, da die Kleidung, die sie nach stundenlangen Diskussionen ausgewählt hatte, für diesen historischen Moment nicht mehr angemessen war. Um 18 Uhr 50 saß sie auf der Bank im Eingangsbereich, bereits mit ihrer Jacke bekleidet, und fixierte die Sprechanlage wie ein Hund ein Steak im Schaufenster der Metzgerei, während Madame ihre Hand festhielt, um ihr Mut zuzusprechen.

Philippe und Andrew hielten sich bewusst im Hintergrund. Magnier hatte zwar einen Kommentar abgeben wollen, aber Blake war es gerade noch rechtzeitig gelungen, ihn zum Schweigen zu bringen. Lektion eins: sich niemals einmischen oder mit vernünftigen Argumenten kommen, wenn eine Frau verliebt ist. Lektion zwei: das Schauspiel genießen und hoffen, dass eine Frau irgendwann das Gleiche für dich tut.

Um 18 Uhr 59 belauerte Manon die Sprechanlage wie ein Cowboy seinen Gegner in einem Duell, um ja als Erster seinen Colt zu ziehen. Madame und Odile hatten auf dem Treppenabsatz Stellung bezogen, von wo aus Odile das Haupttor mit Blakes Fernglas beobachtete.

»Wenn es klingelt und du sofort drangehst«, flüsterte Andrew Manon zu, »wird er wissen, dass du nichts anderes getan hast, als auf ihn zu warten. Du hast einen Butler, nutze ihn. Mach dich rar.«

»Sie haben recht. Gehen Sie bitte dran. Das ist ganz einfach, Sie brauchen nur die Taste hier zu drücken …«

Blake sah die junge Frau amüsiert an.

»Oh, entschuldigen Sie bitte«, sagte sie verwirrt. »Ich weiß nicht, wo mir der Kopf steht.«

Mit schriller Stimme rief Odile aus: »Ein Wagen fährt vor!«

»Welche Marke?«

»Es ist zu dunkel, um das zu erkennen, aber er scheint orange zu sein.«

»Aschenbrödel, deine Kürbiskutsche ist da«, kommentierte Blake. »Und jetzt einmal tief durchatmen. Es ist kein guter Zeitpunkt, um in Ohnmacht zu fallen.«

Manon hielt sich den Bauch. Sie war immer noch im Schleudergang und wusste nicht, ob sie lachen oder weinen sollte. Blake hob ihr Kinn ein wenig an, so dass sie ihm in die Augen sehen musste.

»Manon, an dem Tag, an dem *dein* Mann sich ungeschickt oder albern benehmen wird, wie es nur wir Männer können, denke an diese Augenblicke zurück und sieh freundlich darüber hinweg.«

Manon umarmte ihn. Die Klingel ließ die drei Frauen hochfahren.

»Domaine de Beauvillier, guten Abend«, sagte Andrew mit seiner professionellsten Stimme.

»Mein Name ist Justin Barrier. Ich bin mit Manon verabredet …«

»Ich öffne Ihnen.«

Blake machte die Außenbeleuchtung über der Freitreppe an. Vom oberen Treppenabsatz hörte man Odile brabbeln: »Verabredet! Er sagte, sie sind verabredet! Das ist so romantisch!«

Blake und Magnier wechselten einen ungläubigen Blick. Manon sah an sich hinunter und verweilte auf ihrem Bauch.

»Ich sehe wie ein Wal aus.«

»Du siehst wunderbar aus. Mach dir keine Sorgen. Und lass ihn um Himmels willen ausreden.«

»Sie haben recht. Ich halte mich zurück.«

»Er kommt jetzt den Weg hoch!«, berichtete Odile.

»Sagen Sie uns, wenn er am Waldstück vorbei ist«, bat Blake.

»Er hat einen entschlossenen Gang. Manon, ich muss schon sagen, er sieht wirklich niedlich aus …«

Philippe riss erstaunt die Augen auf. Als Blake zu Odile hochsah, stellte er fest, dass Madame ihr das Fernglas abgenommen hatte, um auch mal gucken zu können. Er seufzte.

»Er ist an den Kastanien vorbei«, verkündete die Chefin.

Andrew legte die Hand auf die Klinke.

»Manon, der Vorhang geht auf. Zeit, die Bühne zu betreten.«

Die junge Frau wirkte zerbrechlich, und doch strahlte sie eine majestätische Erhabenheit aus. Wie kam es nur, dass Frauen diese Wirkung auf Männer hatten? Manon holte noch einmal Luft und trat über die Schwelle, als tauchte sie von einem Felsen in die Fluten eines Ozeans. Blake schloss die Tür hinter ihr.

Philippe und Andrew positionierten sich diskret hinter den Fenstern des großen Salons, während Madame und Odile das Wiedersehen vom Treppenabsatz aus beobachteten.

Manon stieg die Treppe hinunter, bis sie vor Justin stand. Der junge Mann riss sie in seine Arme und drückte sie fest an sich – da musste das Baby jetzt durch. Er sah sie an, strich ihr eine Haarsträhne aus dem Gesicht und flüsterte etwas in ihr Ohr, das sie zum Lachen brachte. Langsam gingen sie Arm in Arm die Allee hinunter. Die Kälte machte ihnen nichts aus, weil sie sich im Land des ewigen Frühlings wähnten. Er umarmte sie noch einmal. Blake hatte den Eindruck, dass nur Justin redete. Ihr gemeinsames Glück machte die beiden jungen Leute strahlend schön. Sie verströmten eine Energie, die für jeden sichtbar war, zugleich unbesiegbar machte und die Zeit aus den Angeln hob.

»Philippe, du weinst ja …«

»Gar nicht. Ich hab was im Auge.«

»Ach so. Schade aber auch. Wie kannst du nur so gefühllos sein? Ich habe Tränen in den Augen.«

»Ernsthaft jetzt?«

Manon und Justin blieben eine ganze Weile draußen und redeten, ehe sie schließlich zum Haus zurückkamen. Manon zog ihn sanft hinter sich her. Blake erwartete sie auf der Freitreppe.

»Justin lädt mich zum Essen ein«, sagte Manon strahlend glücklich.

»Sehr wohl, Mademoiselle.«

»Morgen bin ich wieder da, vielleicht ein kleines bisschen später …«

»Lassen Sie sich ruhig Zeit«, warf Madame ein, die mit Odile und Philippe herausgekommen war.

Justin kam die wenigen Stufen hoch und gab allen die Hand. Er begann bei den Damen, bei denen er sich bedankte, dass sie sich um Manon gekümmert hatten, und kam zuletzt zu Blake.

»Danke, Monsieur Blake.«

»Ich wünsche Ihnen einen schönen Abend!«

Die beiden jungen Menschen gingen aneinandergeschmiegt fort. Manon winkte allen noch einmal zu, und Magnier antwortete ihr, indem er seinen Arm weit ausgestreckt nach oben schwang, als würde er einen Ozeandampfer am Horizont grüßen, obwohl das Mädchen nur drei Meter entfernt war.

Als sie schon die Baumgruppe erreicht hatten, ließ Manon plötzlich die Hand ihres Freundes los und lief zur Treppe zurück. Sie sprang die Stufen hinauf und umarmte Andrew überschwänglich.

»Danke«, flüsterte sie. »Ohne Sie wäre ich verrückt geworden.«

»Irgendwas ist wohl schiefgegangen, weil du immer noch ein bisschen verrückt bist«, scherzte Blake, um sich von seinen Emotionen nicht übermannen zu lassen.

»Es ist komisch, aber vorhin hatte ich das Gefühl, Justin würde Sie kennen …«

»Wahrscheinlich wieder so eine Ahnung. Denk dran, nicht jede davon stimmt …«

Wo sie gerade in Schwung war, küsste Manon Madame, dann Odile, die sie in den Arm nahm, und Philippe, der sie ebenfalls umarmte. Bevor sie wieder zurücklief, sagte sie leise zu Andrew: »Ihre Tochter hat großes Glück. Einen Vater wie Sie zu haben, der so viel für einen tut, ist ein Geschenk des Himmels. Bis morgen!«

68

Seit den Morgenstunden regnete es ununterbrochen. Andrew kippelte auf seinem Stuhl im Schutz der Überdachung vor Philippes Haus hin und her und hörte zu, wie der Regen rhythmisch auf den Gartentisch aus Metall trommelte.

»Was für ein Wetter!«, schimpfte der Verwalter, als er sich zu ihm setzte.

»Ja, der Winter ist bald da. Mir ist ständig kalt.«

Philippe hatte seinen Kollegen zwar schon öfter über dies und jenes klagen hören, aber noch nie über etwas, das ihn persönlich betraf.

»Du siehst irgendwie unzufrieden aus. Gibt es ein Problem?«

»Nein.«

Magnier fand die Antwort wenig überzeugend, ließ das Thema aber fallen.

»Hör mal, Andrew, ich frag nicht gerne, aber ich werde wahrscheinlich deine Hilfe brauchen. Ein unangenehmer Job, muss aber sein.«

»Worum geht es?«

»Die Regenrinnen am Haupthaus leiten das Wasser nicht mehr vernünftig ab, weil die Gitter der Fallrohre wahrscheinlich mit Blättern verstopft sind. Jeden Spätherbst das Gleiche. Und jetzt quillt das Wasser über die Giebel und läuft in Bächen runter …«

»Das heißt, man muss da rauf?«

»Die meisten Rinnen erreicht man durch die Dachfenster,

von wo man sich abseilen lässt, aber an drei kommt man nur mit der großen Leiter dran. Mit einem Seil gesichert am Dach runterklettern geht ja noch, aber vor der langen Leiter habe ich Schiss.«

»Wann gehen wir es an?«

»Je eher, desto besser. Es wird von Tag zu Tag kälter, und bald wird es frieren. Dann wird es glatt und richtig gefährlich.«

»Dann lass es uns heute machen.«

Magnier hob das kleine Kippfenster an und steckte den Kopf nach draußen. Auch wenn der Wind die Dachpfannen getrocknet hatte, war es immer noch ein gefährliches Unterfangen, auf den Dächern des Herrenhauses herumzuklettern. In einem Gurtgeschirr für Kletterer und mit einem langen Haken ausgerüstet zwängte er sich nach draußen durch und gab Andrew ein Zeichen, in der Nähe des ausgeklügelten Flaschenzugsystems zu bleiben, das extra für Dacharbeiten installiert worden war.

»Alles, was du zu tun hast, ist, das Seil zu halten. Wenn ich es sage, gibst du ein bisschen nach. Auch wenn der Seilzug die meiste Arbeit übernimmt, sei darauf vorbereitet, mich zu halten. Wenn ich abrutsche, liegt mein Leben in deinen Händen.«

»Du kannst auf mich zählen.«

Normalerweise hätte Blake an der Stelle einen Witz gerissen. Er hätte zum Beispiel gesagt, dass es von einem Franzosen sehr unvorsichtig sei, sein Leben in die Hände eines schurkischen und eidbrüchigen Engländers zu legen. Aber diesmal blieb er still und begnügte sich damit, das Seil zu sichern.

Sich wie ein Alpinist abseilend gelangte Magnier von einer Dachschräge zur nächsten. Vorsichtig kletterte er zu den Regenrinnen hinunter und kratzte mit Hilfe des Hakens das angesammelte Laub aus der Rinne. Als Nächstes entfernte er den

Pfropfen aus toten Blättern, der das Gitter des ersten Fallrohrs verstopfte. Auf der anderen Seite wiederholte er das Manöver, wobei er es vermied, nach unten zu sehen.

»Hältst du noch fest?«

Keine Antwort.

»Andrew, spiel keine Spielchen mit mir. Ich riskiere hier mein Leben. Bist du noch da?«

»Ich spiele keine Spielchen, ich habe dich nur nicht gehört. Keine Angst, ich bin hier.«

Magnier hätte einen idiotischen Witz weit weniger beunruhigend gefunden als diesen ernsten Ton, der so wenig zu Blake passte. Er arbeitete sich bis zum Dachrand vor, wobei er regelmäßig die Spannung des Seils testete.

Als er den letzten Blätterpfropfen entfernt hatte, seufzte er erleichtert auf. Heilfroh, seine Arbeit abgeschlossen zu haben, stieg er wie eine Raupe wieder durch das Klappfenster ein. Mechanisch rollte Blake das Seil zusammen.

»Eine Sorge weniger!«, verkündete Magnier.

»Bleibt nur noch die Leiter.«

»Du musst das nicht tun.«

»Ist schon gut. Wie gesagt, ich bin schwindelfrei.«

Wenig später lehnten die beiden Männer die lange Leiter an den Westgiebel.

»Ganz schön schwer«, schnaufte Blake und versuchte zu Atem zu kommen.

Magnier zog an dem Seil, das die Leiter ausfuhr.

»Andrew, wir müssen nicht alles heute erledigen …«

Die Leiter hatte jetzt ihre Maximallänge erreicht, die Endstücke der Holme lagen gerade so eben auf der Dachkante auf.

»Gib mir den Haken.«

Philippe reichte ihn herüber. Dabei hatte er ein ungutes Gefühl, denn die Wettervorhersage hatte zwischen Wind und Regen geschwankt, und außerdem benahm sich Andrew ein wenig merkwürdig, als wäre er nicht richtig bei der Sache. So verhielt er sich schon seit ein paar Tagen, und nur deshalb hatte Philippe wahrscheinlich letztens eine Schachpartie gegen ihn gewonnen. Zum ersten Mal überhaupt. Magnier überlegte noch, ob er Andrew davon abhalten sollte, die Leiter hinaufzusteigen, aber da war er schon auf dem Weg nach oben.

Als Blake die erste Etage hinter sich gebracht hatte, legte er eine Pause ein. Mit lauter Stimme, so dass Magnier ihn unten gut verstehen konnte, sagte er: »Als ich noch ein Kind war, gab es bei uns im Dorf eine alte Kirche. Sobald der Vikar uns Kindern den Rücken zudrehte, machten wir uns einen Spaß daraus, mit bloßen Händen die Kirchenwände hochzuklettern. Wer am schnellsten den Kirchturm erreicht hatte und ein Elsternest fand, der hatte gewonnen.«

»Sei vorsichtig, Andrew.«

Blake setzte seinen Aufstieg fort und erreichte bald die Fenster der zweiten Etage. Er fing an, vor sich hinzupfeifen. Magnier hielt die Leiter fest und ließ ihn nicht aus den Augen. Er hatte genauso viel Angst, als stünde er selbst dort oben. Schließlich erreichte Andrew das Dach. Er machte einige Verrenkungen, bis sein Arm oberhalb der Regenrinne war, dann begann er darin zu kratzen. Dicke Laubhaufen regneten vom Himmel. Blake machte so lange weiter, bis er das Geräusch des Hakens auf nacktem Metall hörte, dann sagte er: »Die ist sauber.«

»Dann komm runter. Schön langsam.«

Blake brachte sich auf der Leiter wieder vorsichtig in Position und begann den Abstieg. In der zweiten Etage hielt er an, immer noch pfeifend. Magnier war erleichtert, als er ihn näher kommen sah.

»Das ist doch ganz schön hoch«, gab Blake zu, der jetzt etwa auf halber Höhe der Fassade war. »Du bist ein richtiger Winzling von hier oben, ein Gnom sozusagen.«

»Ich geb dir gleich den Gnom …«, konterte Philippe, der sich zu entspannen begann.

Er nahm sich vor, das Schicksal an diesem Tag nicht weiter herauszufordern. Es würde bald anfangen zu regnen, deshalb würden er und Blake die Leiter wieder an ihren Platz in die Scheune räumen und dann zusammen ein Gläschen trinken. Für die beiden noch verbleibenden Regenrinnen würde er Hakim um Hilfe bitten. Damit fühlte er sich wohler.

Blake war nur noch einige Meter vom Boden entfernt, als er plötzlich eine Sprosse verpasste, auf die er gerade einen Fuß setzen wollte. Magnier sah ihn abgleiten. Fast hätte er es noch geschafft, sich zu fangen, aber er hatte zu viel Schwung, und seine Hand fand keinen Halt mehr. Andrew Blake fiel wie ein Stein aus einer Höhe von mehr als fünf Metern zu Boden.

Magnier schrie und stürzte auf ihn zu. Er verfluchte sich im Stillen. Er hatte es befürchtet. Er hatte es geahnt. Er hätte Andrew aufhalten sollen, ihn gar nicht erst fragen sollen. Blake lag auf der Seite, zwischen Dreck und Kieselsteinen, und bewegte sich nicht. Blut lief ihm über Gesicht und Hände. Philippe kniete neben ihm und traute sich nicht, ihn zu berühren.

»Andrew, sprich mit mir! Bitte!«

Blakes Augen waren halb geschlossen. Er konnte kaum den Mund bewegen.

»… lebe noch …«

»Was hast du gesagt?«, fragte Magnier und beugte sich über ihn.

»Ich lebe noch. Du hast versagt, du hinterhältiger Froschfresser …«

Blake wurde von Sekunde zu Sekunde schwächer, bald würde er das Bewusstsein verlieren.

»Andrew, bleib bei mir. Bleib bei mir.«

»Wenn du meine kleine Sarah siehst, sag ihr, dass ich sie liebe und dass es mir leidtut … Alles, was ich nicht getan habe …«

»Der beste Freund, den ich jemals hatte, sagte mir einmal: Wenn du mit einem Kind ein Problem hast und dir etwas leidtut, musst du es ihm selbst sagen. Deswegen bleibst du gefälligst am Leben.«

Als der Rettungswagen kam und den leblosen Körper mitnahm, wollte keiner der Ersthelfer eine Prognose abgeben. Madame und Magnier wichen nicht von seiner Seite. Als der Krankenwagen gerade mit eingeschaltetem Blaulicht losfahren wollte, kam Odile angerannt. Sie legte Jerry, das kleine Plüschkänguru, auf die Trage neben Blakes Gesicht. Den Tränen nahe sah sie die Sanitäter an.

»Bitte achten Sie darauf, dass er immer bei ihm bleibt.«

69

Zuerst ein fernes Donnergrollen wie aus einem schlechten Traum. Dann das Dröhnen von Hufen, als würden hunderte von Wildpferden die grün bewachsenen Hügel von Windermere hinunterjagen. Ein plötzliches scharfes Einatmen, eine Schockwelle durch den Brustkorb, wie der erste Schrei eines Neugeborenen. Dann endlich Licht – blendend mit schattenhaften Konturen. Ein bleiernes Gefühl, als würde sich sein Körper mit heißem, flüssigem Metall füllen, das zunächst zu einem warmen reißenden Strom wurde und nach einer Weile ruhig in einem See mündete.

»Er wacht auf. Sagen Sie dem Arzt Bescheid.«

Wieder war es dunkel. Er war eine riesige schattenhafte Gestalt, die in den See glitt und in der Flüssigkeit schwamm bis zum Grund. Zeit existierte nicht mehr.

Durch halb geschlossene Lider sah Blake eine verschwommene Silhouette. Diane?

»Öffnen Sie Ihre Augen. Wenn Sie mich verstehen, öffnen Sie bitte Ihre Augen.«

Ein Mann und eine Frau beugten sich in einer Wolke aus Weiß über ihn. Er verstand sie, aber die Sprache, die sie sprachen, war eine fremde.

»So ist es gut«, sagte die Frau, »lassen Sie sich Zeit, versuchen Sie nichts zu erzwingen.«

»Wie ist Ihr Name?«, fragte der Arzt.

Blakes Gehirn nahm sich der Frage an und begann in dem

Durcheinander von Informationen nach einer Antwort zu suchen. Die erste, die ihm einfiel, war »Andy«, die Koseform seines Vornamens. Er zögerte.

»Andrew«, brachte er unter Schwierigkeiten heraus.

»Wunderbar.«

Nach und nach wurde sein Geist klarer, und von Stunde zu Stunde schwamm er seltener in dem See. Man forderte ihn auf, seine Hände zu bewegen, jeden Finger einzeln, seine Beine. Man gab ihm Spritzen. Auch wenn er es hasste, hatte er nicht die Kraft zu protestieren.

»Was ist passiert?«

»Sie sind von einer Leiter gefallen. Eine ernste Sache, aber Sie hatten Glück.«

»Wann?«

»Vor zehn Tagen.«

Blake fasste sich an den Kopf.

»Ich muss meine Tochter von der Schule abholen.«

Die Krankenschwester hatte mit dieser Art von Verwirrtheit ihre Erfahrungen.

»Machen Sie sich keine Sorgen, man kümmert sich darum.«

Blake nahm zum ersten Mal das Zimmer wahr, in dem er untergebracht war: hellgrün gestrichene Wände, ein Fenster mit heruntergelassener Jalousie, ein fremdes Piepgeräusch, das ihn sicher bald stören würde.

Auf dem Nachttisch stand ein Stofftier, das in ihm eine vage Erinnerung weckte. Eine wichtige Erinnerung. Unter großer Anstrengung schaffte er es, das Spielzeug zu greifen. Der Geruch des kleinen Kängurus löste ebenfalls etwas in ihm aus. Sein Geist zoomte einzelne Bilder heran. Ein Zimmer. Ein leeres Bett. Bücher auf einem Regalbrett. Ein Gesicht.

»Sagt Ihnen der Name Richard Ward etwas?«

Andrew konzentrierte sich.

»Mein Bruder?«

»Ich glaube nicht. Versuchen Sie weiter, sich zu erinnern. Das ist gut für Sie.«

Plötzlich sah Blake das Gesicht seines Freundes vor seinem geistigen Auge.

»Ich erinnere mich an ihn. Ist er hier?«

»Nein, aber er ruft dreimal am Tag aus England an. Er lässt Sie herzlich grüßen. Sie hatten sehr viel Besuch, während Sie im Koma lagen. Zwei Frauen waren hier und sogar ein kleiner Junge, der einen Umschlag für Sie dagelassen hat.«

Die Krankenschwester legte ihn aufs Bett.

»Wenn Sie ihn aufmachen, wird er Ihnen sicher neue Impulse geben. Soll ich Ihnen helfen?«

Andrew nickte, und die Frau riss den Umschlag auf. Sie entnahm ihm einen Mathematiktest, auf dem in großer Schrift »13 von 20 – sehr gute Arbeit« stand, und einen Brief. Sie legte die Blätter vor ihren Patienten hin. Blake reagierte nicht.

»Ich kann gerade nichts entziffern«, entschuldigte er sich.

»Dann lese ich es Ihnen vor, einverstanden? ›Hallo, Mister Blake. Ich hoffe, es geht dir gut und du kommst bald zurück. Ich habe in Mathe die beste Note meines Lebens bekommen! Madame Crémieux hat gedacht, ich hätte geschummelt, also hat sie mir neue Aufgaben gegeben und die ganze Zeit auf mich aufgepasst, aber es lief super. Ich hab's ihr ganz schön gezeigt! Ich war mit meiner Mutter jeden Tag hier, aber sie lassen uns nicht in deine Abteilung. Ich hoffe, dass du nicht draufgehst, denn ich hab schon mal was Totes gesehen, das Frettchen von Kevin, und das war schrecklich. Es hat sich gar nicht mehr gerührt. Ich fände es cool, wenn wir uns bald wiedersehen würden, von mir aus auch zum Matheüben. Hau rein. Yanis. P. S. Der Fernseher für meine Mutter ist bald fällig!‹«

Die Krankenschwester fügte hinzu: »Und drunter hat der

Kleine ein Monster mit nach unten gerichteten Hörnern gemalt und ›Youpla‹ danebengeschrieben. Diese japanischen Zeichentrickfilme … Sie müllen den Kindern nur ihre Köpfe zu.«

»Yanis …«, wiederholte Blake langsam.

»Was bedeutet Ihnen dieses Kind? Denken Sie nach. Strengen Sie sich an. Ich weiß, dass es schwer ist.«

Blake fand im Augenblick keine Antwort. Er tauchte wieder in den See ein, in dem man sich so wunderbar treiben lassen konnte.

70

In den nächsten Tagen kamen die Erinnerungen und die Kräfte langsam zurück. Die neurologischen Untersuchungen hatten nichts Schwerwiegendes offenbart, nur die üblichen Störungen, die auf solche Traumata folgten.

Als er von der computertomographischen Untersuchung zurückkehrte, warteten Manon und Justin in seinem Zimmer auf ihn.

»Na, ihr beiden? Wie geht es euch?«

»Sie sehen ja schon viel besser aus! Wir sind zu einer Ultraschalluntersuchung hier, also haben wir uns gedacht, wir besuchen Sie bei der Gelegenheit einmal.«

»Ich freue mich sehr, euch zu sehen. Eigentlich könnte ich laufen, aber ich muss den ganzen Tag im Bett oder im Rollstuhl bleiben. Sie gestehen mir gerade mal zehn Minuten Freiheit zu. Die reinste Strafkolonie.«

Manon trat auf ihn zu.

»Wir wissen jetzt, dass es ein Junge wird.«

»Dein Bauchgefühl war also richtig.«

»Wir werden ihn Theo nennen.«

»Ein hübscher Name.«

Die junge Frau fügte hinzu: »Sein zweiter Vorname wird Andrew sein.«

Blake schaltete nicht so schnell.

»Theo, das ist gut …« Dann stockte er: »Andrew?«

Er wurde von einem seltsamen Gefühl überrollt.

»Ihr solltet einen alten Mann nicht mit solchen Emotionen konfrontieren. Kommt her, damit ich euch drücken kann. Ihr könnt euch nicht vorstellen, was mir das bedeutet.«

»Es ist uns eine Freude«, sagte Justin.

»Und mir eine große Ehre. Der arme Kleine! In der Schule werden ihn seine Klassenkameraden mit Steinen bewerfen, wenn sie spitzkriegen, dass er einen englischen zweiten Vornamen hat.«

»Im Haus ist es ohne Sie nicht mehr wie vorher«, sagte Manon. »Odile und Madame stehen komplett neben sich.«

»Wenn ich es zugelassen hätte, dann hätte mir Odile morgens, mittags und abends Essen gebracht. Und ich muss zugeben, wenn ich mir das Krankenhausmenü anschaue, komme ich in Versuchung, ihr ihren Willen zu lassen …«

»Auch Madame kann es kaum erwarten, dass Sie wieder zurückkommen.«

»Apropos zurückkommen – immer noch nichts Neues von Mephisto?«

»Nein, leider nicht. Odile ist überzeugt, dass er unter ein Auto gekommen ist.«

»Armes kleines Fellknäuel. Das wäre wirklich traurig.«

Manon entdeckte Magnier in der Tür zum Krankenzimmer. Sie winkte ihm zu und sagte: »Wir lassen Sie dann allein. Wir müssen jetzt sowieso los.«

An Blake gewandt fügte sie hinzu: »Wenn's geht, kommen wir morgen wieder vorbei.«

»Noch einmal vielen Dank für das Geschenk.«

Manon schenkte ihm ein breites Lächeln, dann ging sie mit Justin hinaus. Immer noch steif in der Tür stehend beobachtete Magnier seinen Kollegen, wobei er den direkten Blickkontakt vermied.

»Erkennst du mich wieder?«, fragte er schüchtern.

»Aber sicher. Sie sind der Baron von und zu Donnerwetter. Was stehst du da in der Tür herum? Komm rein.«

»Wie fühlst du dich?«

»Es wird langsam besser. Ich freue mich über deinen Besuch. Schade, dass du das Schachspiel nicht dabeihast, sonst hätte ich meine Revanche genommen. Schnapp dir einen Stuhl. Du bleibst doch ein paar Minuten, oder?«

Magnier ließ sich nicht lange bitten. Als er saß, starrte er Andrew geradezu an. Blake zeigte auf den Verband um seine Stirn.

»Siehst du, jetzt habe ich den gleichen schönen Verband wie du, als du den Baum mitgenommen hast. Ich hoffe aber, dass ich nicht genauso viel wirres Zeug reden werde wie du damals.«

»Ich hatte solche Angst«, gab Magnier zu. »Einen Moment lang dachte ich, du seist tot. Das hätte ich mir bis ans Ende meiner Tage nicht verzeihen können.«

»Tja, das hat sich dann wohl erledigt. Hast du deshalb so lange gebraucht, um herzukommen? Sogar Madame ist früher aus ihrem Loch gekrochen.«

»Ich hab mich nicht getraut. Ich schämte mich zu sehr.«

»Das war ein Unfall, Philippe, nichts weiter. Niemand hat mich gezwungen.«

»Die Ärzte sagen, dass du wieder ganz der Alte wirst, sobald deine Rippe verheilt ist.«

»Nicht ganz, Philippe.«

Magnier erschrak.

»Was meinst du damit?«

»Ich erinnere mich genau, worum ich dich gebeten habe, als ich dachte, mein letztes Stündlein hätte geschlagen.«

»Du meinst das mit deiner Tochter?«

»Das Leben ist seltsam, mein Freund. Einige Tage vor dem Sturz hat mich eine Bemerkung von Manon tief getroffen. Sie sagte, es sei für meine Tochter ein Geschenk des Himmels, einen Vater wie mich zu haben. Wäre ich ein Kartenhaus gewesen, dann wäre ich in dem Moment zusammengefallen. Furchtbar. Ich habe für meine Tochter nichts getan, gar nichts. Seit Jahren kümmere ich mich um Gott und die Welt, nur nicht um sie. Das ist mir in der Sekunde aufgegangen, als Manon das sagte, und ich war am Boden zerstört. Den zweiten Elektroschock bekam ich von dir verpasst, als du mich dazu angehalten hast, ihr selbst zu sagen, was ich bereue.«

»Tut mir leid, dir wehgetan zu haben.«

»Du hast mir nicht wehgetan. Ich glaube sogar, deine Bemerkung war der Grund dafür, dass ich noch lebe. Weißt du, Philippe, der Gedanke zu sterben hat mich vorher nicht groß gekümmert. Ich hatte den Eindruck, auf dieser Erde nichts mehr zu tun zu haben. Aber jetzt sehe ich das anders. Der Tod soll so lange seine Finger von mir lassen, bis ich alles erledigt habe, was noch zu erledigen ist.«

Magnier drückte den Arm seines Freundes und bemerkte: »Ich freue mich, dass du wieder ganz der Alte bist, mit deinem störrischen Charakter und deinen großen Ideen … Verzeih mir, ich hätte früher herkommen sollen.«

»Wenn du irgendwann mal im Koma liegen solltest, du undankbare Kröte, lasse ich dich nicht einfach so fallen. Ich werde sofort an dein Bett gerannt kommen, dir eine Perücke aufsetzen, dein Gesicht schminken und dir schöne Brüste machen lassen. Wenn du dann aufwachst, wirst du dich an nichts erinnern können, und ich werde dir erzählen, dass du Angelina Jolie bist.«

»Du hast sie ja nicht alle.«

71

Ich kann die Heizung hochstellen, wenn Ihnen kalt ist …«

»Danke, Justin, das ist nicht nötig. Passen Sie lieber auf das Glatteis auf, es ist nicht überall gestreut.«

Auf der Rückfahrt zum Herrensitz erkannte Blake die Landschaft kaum wieder. Nach drei Tagen üppigen Schneefalls mit dicken Flocken war sogar das Unterholz weiß. Die Äste bogen sich unter dem Gewicht des alles bedeckenden bauschigen Schnees. Philippe hatte das große Portal für den Wagen geöffnet, und Justin schaltete runter, bevor er die Zufahrt zum Haus nahm. Der Park war prächtig anzusehen, aber das Haus war noch beeindruckender. Wie im Märchen waren die Dächer, die Balkone und Sträucher mit einer makellosen Schneeschicht bedeckt, die an Zuckerguss erinnerte. Trotz des wolkenverhangenen Himmels blendete das vom Schnee reflektierte Licht.

Kaum hatte Justin den Wagen vor dem Treppenaufgang abgestellt, da traten auch schon Odile, Manon, Philippe und sogar Madame vor die Tür.

»Welch ein Begrüßungskomitee!«, rief Blake, als er sich mühsam aus dem Wagen stemmte.

Philippe wollte ihm die Treppe hinaufhelfen, aber Andrew betrachtete es als Ehrensache zu beweisen, dass er es allein schaffte, auch wenn er hinaufhumpeln musste.

»Wie lange habt ihr das Haupttor schon ausgespäht?«, scherzte er. »Bestimmt auch noch mit meinem Fernglas, nehme ich an … Ich bin ja so froh, wieder hier zu sein.«

Die kleine Gruppe begleitete den Genesenden ins Hausinnere, wo ihm Odile vorsichtig aus dem Mantel half und Manon ihm den Schal abnahm, während sich Magnier um seine Tasche kümmerte. Madame Beauvillier stand dabei, zufrieden, dass Blake wieder zurück war.

»Die Brille steht Ihnen gut«, kommentierte Odile.

»So ramponiert wie die alte aussah, war die Gelegenheit günstig, mir eine neue zuzulegen.«

Madame warf ein: »Könnten wir uns jetzt endlich mit der Post beschäftigen? Wir haben über eine Stunde Verspätung …«

Als Blake das schelmische Lächeln auf ihren Lippen sah, wusste er, dass sie damit weniger einen Vorwurf als vielmehr ihre Ungeduld ausdrücken wollte, die alten Gewohnheiten wiederaufzunehmen. Odile drückte Andrew den Briefstapel in die Hand, und er folgte Madame in die erste Etage.

Sie führten die längst zur Routine gewordenen Gesten aus, jeder auf seiner Seite des Schreibtischs. Mehr denn je wirkten sie wie Kinder, die ein Spiel spielten. Er sah ihr dabei zu, wie sie einen Umschlag nach dem anderen mit ihrem Brieföffner in Degenform öffnete. Einige von ihnen reichte sie ihm mit Anweisungen zur Erledigung hinüber. Dennoch waren es nicht die Briefe, die heute ihre volle Aufmerksamkeit hatten, sondern Blake.

»Das letzte Mal, als ich Sie sah«, sagte sie, »dachte ich wirklich, es sei das letzte Mal …« Sie merkte, dass es sich seltsam anhörte.

Andrew nickte. »Ich verstehe schon. Aber manche letzten Male stellen sich im Nachhinein als Begegnungen heraus, denen noch viele folgen …«

Sie spielte mit ihrem Miniaturdegen herum und fragte: »Haben Sie vor, über die Weihnachtstage frei zu nehmen?«

»Nein.«

»Gibt es niemanden, den Sie besuchen möchten?«

»Vermutlich erst im Januar. Wenn Sie erlauben, würde ich gerne bis zum Ende meiner Probezeit hierbleiben. Wenn ich Ihre früheren Aussagen richtig interpretiere, werde ich danach ohnehin Zeit im Überfluss haben.«

»Vielleicht habe ich eine Lösung gefunden. Wenn meine Finanzen wieder stabil sind, wird die Zukunft des Besitzes wieder rosiger aussehen …«

Trotz der positiv klingenden Ankündigung war Blake sofort in Sorge. Er hätte gerne mehr erfahren, wollte es sich aber nicht herausnehmen, Fragen zu stellen.

Ihre Postsitzung an diesem Morgen hatte einen besonderen Anstrich. Weder Madame noch Andrew nahmen ihre Tätigkeit sonderlich wichtig, die gewohnten Gesten dienten vielmehr als Vorwand, einander wieder neu zu entdecken. Sie sahen sich abwechselnd verstohlen an, wobei sie direkten Augenkontakt vermieden. Auch wenn sie es sich nie eingestanden hätten, genossen sie die gemeinsamen Augenblicke.

Als Madame eine Werbesendung vom Stapel nahm und zur Seite legte, entdeckte sie darunter einen neuen grünen Umschlag mit handgeschriebener Adresse. Sie beugte sich zum Reißwolf und schaltete ihn ein. Blake stand vor einer Gewissensfrage. Sie hatte den Umschlag gerade aufgenommen und machte sich bereit, ihn der Vernichtung zuzuführen, als er sagte: »Erlauben Sie mir eine Bemerkung?«

Sie hielt inne. Der Umschlag war nur noch wenige Zentimeter von dem Schneidwerk entfernt. Das Geräusch der wartenden Maschine übertönte alles im Raum.

»Bitte zerstören Sie ihn nicht.«

»Sie haben also Ihre gesamten Fähigkeiten wiedererlangt … einschließlich der, sich in Dinge einzumischen, die Sie nichts angehen.«

»Ich habe sogar noch einige dazugewonnen. Ich weiß nicht, ob es daran liegt, dass ich dem Tod so nahe war, aber ich bin heute mehr denn je davon überzeugt, dass nichts so wertvoll ist wie Frieden. Man sollte so oft wie nur möglich Frieden schließen, mit sich, mit anderen. Bedauern und Groll über die Vergangenheit bringen einen nicht weiter. Nur die Gegenwart und die Zukunft spielen eine Rolle. Auch ich vermisse den einen oder anderen Menschen, genau wie Sie, und auch ich lebe im Schatten ihrer Abwesenheit. Ich glaube, dass wir beide uns denen, die uns verlassen haben, noch sehr nahe fühlen, und das macht uns oft verletzlich, aber andere Menschen sind noch da, und sie brauchen uns.«

Andrew wollte nicht zu viel sagen. Madame Beauvillier drehte den Brief in den Händen, wie um seinen Inhalt abzuschätzen, dann legte sie ihn vor sich auf den Tisch. Der Reißwolf lief immer noch.

»Was würde Ihre Frau dazu sagen?«, fragte sie ihn mit erstaunlicher Selbstsicherheit.

»Was würde Ihr Mann dazu sagen?«, gab er zurück.

72

Odile, bitte, vertrauen Sie mir. Hat Madame in letzter Zeit Besuch von Vandermel Immobilien bekommen?«

»Es gab Treffen, einige. Aber ich könnte nicht sagen, worum es dabei ging …«

»Haben Sie denn gar nichts gesehen? Hat sie irgendwas unterschrieben?«

»Andrew, es ist mir unangenehm.«

»Das tut mir leid, aber es ist sehr wichtig.«

»Das Einzige, was ich mit Bestimmtheit sagen kann, ist, dass Madame einen Termin bei der Bank hatte. Sie wurde letzte Woche hinzitiert. Als sie die Filiale verließ, war sie totenblass und sprach kein Wort.«

Odile hob Mephistos unangetasteten Napf auf und leerte den Inhalt in den Kompostmülleimer.

»Immer noch nichts Neues von Ihrem Kater?«

»Jetzt sind es schon drei Wochen … An manchen Morgen hatte ich den Eindruck, dass er davon gefressen hat, und hin und wieder glaube ich, die Katzenklappe mitten in der Nacht zu hören. Letzten Sonntag bin ich sogar runtergegangen, um nachzusehen, aber er war nicht da. Sie denken bestimmt, dass es idiotisch ist, so viel Aufhebens um einen Kater zu machen. Wahrscheinlich wurde er überfahren, Schluss, aus. So was passiert jeden Tag, das zeigen sie nicht extra in den Nachrichten …«

»Das Fernsehen berichtet fast nie über die Dinge, die in unserem Leben wichtig sind …«

Blake ging auf Odile zu, um sie zu trösten, aber sie wandte sich ab.

»Wie ein kleines naives Mädchen stelle ich ihm immer noch seine Schüssel hin. Aber ich habe mir geschworen, nach Weihnachten damit aufzuhören.«

Die Köchin spülte den Behälter aus und stellte ihn vorsichtig neben Mephistos Kissen ab. Sie war den Tränen nahe.

»Er hat die Wärme immer geliebt. Ich hoffe, es ist nicht kalt, dort, wo er jetzt ist …«

Sie zog die Nase hoch, trocknete ihre Hände ab und versuchte sich zusammenzureißen.

»Hat Madame mit Ihnen über ihre Pläne für Weihnachten gesprochen?«

»Noch nicht, wir hatten so viel anderes zu bereden …«

»Sie möchte ein gemeinsames Essen für uns alle ausrichten, Manon, Philippe, Sie und ich. Und ich glaube, sie will auch Justin einladen.«

»Sie haben ›Philippe‹ gesagt …«

Odile wurde rot wie eine Tomate.

»Na und? Sie nenne ich ja wohl auch Andrew? Was das Essen betrifft, so hat mir Monsieur Magnier erzählt, dass das schon zu Lebzeiten von Monsieur Beauvillier eine Tradition war.«

»Monsieur Magnier?«

»Hören Sie auf damit!«, schimpfte Odile. »Ich habe wirklich schon genug gelitten! Wir dachten, Sie seien tot, und dann hab ich noch meinen Kater verloren. Ich habe stundenlang geweint. Und kaum sind Sie wieder zurück, fangen Sie an, mich zu quälen …«

»Sie haben mir auch gefehlt, Odile. Sehr sogar. Und ich will Ihnen etwas sagen: Auch wenn ich bei jeder Mahlzeit im Krankenhaus von Ihren Kochkünsten geträumt habe, war es nicht Ihr Essen, das ich am meisten vermisst habe. Dass ich Jerry neben meinem Bett sitzen sah, hat mich mehr berührt, als Sie sich vorstellen können. Zum einen, weil er da war, und zum anderen, weil nur Sie so wunderbar aufmerksam sein konnten.«

Er ging zu ihr hin und küsste sie auf die Stirn.

»Danke«, sagte er.

73

Kaum hatte Odile die Türen des kleinen Salons hinter sich geschlossen, da atmete sie schon geräuschvoll aus, um Druck abzulassen. Ihr Gesicht war hochrot, und ihre Hände umklammerten das Tablett, als wäre sie kurz vor dem Explodieren. Andrew hatte sie noch nie zuvor so verärgert gesehen. Leicht hinkend folgte er ihr in die Küche.

»Ihrem Zustand nach zu urteilen, ist Madame Berliner heute offenbar gut in Form …«, witzelte er. »Wer ist diesmal ihrer bösen Zunge zum Opfer gefallen?«

»Eine Schande ist das!«, platzte die Köchin erregt heraus. »Diese taktlose Frau besitzt die Dreistigkeit, mit einem von Madames Ringen am Finger herzukommen. Sie hat ihn ihr vor knapp zwei Wochen abgekauft, und obwohl sie gesehen hat, dass es ihr das Herz brach, sich davon trennen zu müssen, hat sie das nicht daran gehindert, auch noch den Preis runterzuhandeln. Und jetzt kreuzt sie hier auf und hält ihn Madame unter die Nase … Können Sie sich das vorstellen? Und so eine Person besitzt auch noch die Frechheit, große Reden zu schwingen und sich für eine Dame von Welt zu halten. Pah!«

»Sind Sie sich ganz sicher, was den Ring betrifft?«

»Absolut. Es ist ein schöner Smaragd, ein Geschenk von Monsieur François. Ich habe ihn schon oft gereinigt. Die Ärmste … Es macht mich so wütend! Sie haben gut daran getan, die alte Ziege unter Strom zu setzen.«

»Ich übernehme ab jetzt.«

»Nein, das brauchen Sie nicht. Keine Angst, ich weiß mich zu benehmen. Sie müssen Ihr Bein schonen.«

»Ein bisschen Bewegung wird mir ganz guttun …«

Als Andrew den Salon mit frischem Kaffee und noch mehr feinem Gebäck betrat, bemerkten weder Madame noch die Besucherin, dass er Odile abgelöst hatte. Die eine war zu sehr damit beschäftigt, endlose Monologe über alles und jedes zu halten, und die andere war wie betäubt, unfähig zu antworten.

»Ich darf an dieser Stelle mal kurz lachen, ja? Es überrascht mich wirklich, dass Sie diese banale Liebesgeschichte zwischen einem Zimmermädchen und einem Fabrikarbeiter so bewegt hat. Man könnte meinen, ein schlechter Fernsehfilm für Hausfrauen …«

Blake stellte das Tablett auf dem niedrigen Tisch ab. Madame Berliner erkannte ihn und reagierte prompt: »Welch eine Überraschung! Man hat mir gesagt, Sie seien krank. Ich habe von Ihrem Unfall gehört. Sie müssen Acht geben, wohin Sie Ihre Füße setzen, mein Freund, vor allem in Ihrem Alter.«

Andrew ließ sich nichts anmerken.

»Wünschen Sie noch ein wenig Kaffee?«, fragte er ehrerbietig.

Blake ging seit jeher auf diese Weise mit bedrohlichen Menschen um. Er ließ sie näher kommen, ihre Deckung verlassen, er machte sie glauben, dass sie die Oberhand hatten. Gleichzeitig achtete er darauf, sich nicht in ihre provozierenden Spielchen hineinziehen zu lassen. Er schätzte sie ein, unterschätzte sie aber nie. Das Leben hatte ihm beigebracht, dass es keine unwürdigen Gegner gab und dass derjenige, der sich stark wähnte, oft auf der Verliererseite endete.

»Abgesehen davon«, fügte Madame Berliner hinzu, »bin ich recht froh, dass Sie übernommen haben, da die Köchin wirklich mit sehr wenig Charme bedient …«

Während er Kaffee einschenkte, betrachtete Andrew den Ring. Er war schlicht, elegant und faszinierend – alles, was seine gegenwärtige Trägerin nicht war. Mit einer Geste gab sie ihm zu verstehen, dass sie genug hatte. Sie verschlang ein Plätzchen und nahm den Faden wieder auf. »Um auf Ihr Zimmermädchen zurückzukommen: Passen Sie bloß auf! Je mehr sie sich in ihren Liebestaumel hineinsteigert, desto mehr dürfte ihre Arbeit darunter leiden. Irgendwann werden Sie wahrscheinlich darum bitten müssen, bedient zu werden. Und das alles wegen einer vulgären, von kitschigen Gefühlen triefenden Geschichte, die mangels Vermögen nicht einmal vor dem Rechtsanwalt enden wird! Wenn dann noch Kinder im Spiel sind, dürfen wir am Ende für die Sozialleistungen aufkommen, auf die diese Leute so versessen sind!«

Blake fing einen Blick von Madame auf. Wahrscheinlich erriet sie seine Absichten und verstand die in seinem Gesicht stehende Frage, denn sie gab ihr Einverständnis mit einem kaum wahrnehmbaren Nicken.

Blake stellte die Kaffeekanne mit ruhiger Geste ab und sah Madame Berliner so lange unverwandt an, bis sie ihn nicht mehr ignorieren konnte.

»Warum sehen Sie mich so an?«

»Weil Sie eine wahre Rarität sind …«

»Wie meinen Sie das?«

»Für wen halten Sie sich eigentlich?«, fragte Blake mit erstaunlich ruhiger Stimme.

»Bitte?«

»Verstehen Sie Ihre eigene Sprache nicht?«

Madame Berliner warf einen beunruhigten Blick zur Hausherrin hinüber, die seelenruhig ihren Kaffee trank.

»Ich weiß nicht, wie das in Ihrem Land ist, mein Freund«, sagte die Frau mit gekräuselter Nase, »aber in Frankreich haben die Hausangestellten …«

»Ich bin nicht Ihr Freund. Ich höre Ihre verächtlichen Reden, Ihre Verurteilungen, und frage mich, für wen Sie sich halten, um sich das herausnehmen zu können. Ist das für Sie die einzige Möglichkeit, sich wichtig zu fühlen? Zu allem haben Sie eine Meinung, und immer eine negative. Niemand findet Gnade vor Ihren Augen. Haben Sie eigentlich irgendetwas vorzuweisen außer Ihrer Eitelkeit und Ihrem Hochmut? Liebe bezeichnen Sie als Kitsch, Freundlichkeit ist für Sie ein Zeichen von Schwäche, und in einer schnörkellosen Ausdrucksweise sehen Sie einen Mangel an Bildung.«

»Das ist ungeheuerlich! Noch nie hat jemand gewagt, so mit mir zu reden!«

»Vermutlich ist das die Wurzel allen Übels. Einige wohldosierte Lektionen hätten vielleicht Ihren Blick erweitert und Ihre zusammengekniffenen Arschbacken ein wenig entspannt.«

»Bitte?! Nathalie, sagen Sie doch was!«

Madame Beauvillier setzte eine mitfühlende Miene auf.

»Wenn er in diesem Zustand ist, schweige ich lieber. Mit ihm ist nicht zu spaßen …«

Blake beugte sich zu Madame Berliner hinunter, die vor ihm zurückwich. Er kam ihr so nahe, dass sie sich in die Sofakissen pressen musste.

»Was ist los? Keine stichelnden Bemerkungen mehr? Keine tückischen Bonmots? Wo bleibt Ihr kategorisches Urteil? Was ist mit Ihrem Zynismus passiert? Üblicherweise kommen Sie damit durch, weil sich niemand traut, Ihnen Paroli zu bieten. Das bedeutet aber noch lange nicht, dass man nicht denken kann. Sogar Hausangestellte wissen, wo man draufdrücken muss, damit es wehtut. Im Grunde tun Sie mir leid, weil Ihr Leben wahrscheinlich genauso ist wie Sie: kalt, voller Bitterkeit und stupide. Sie verbringen Ihre Zeit damit zu zerstören, zu lästern und alles, was Sie nicht verstehen, mit Schmutz zu bewerfen. Sie hätten das ›Zimmermädchen‹ und den ›Fabrikarbeiter‹ nur sehen sollen: Die beiden haben einen Schatz gefunden, den *Sie* nie besitzen werden, so wie Sie sich verhalten. Für Sie sind Menschen mit Herz Naivlinge. Sie haben ein krankes Vergnügen daran, sie zu verletzen, nur um sich überlegen fühlen zu können, wie ein Parasit, der nur deshalb am Leben bleibt, weil er sich von den Gefühlen und Hoffnungen anderer nährt.«

Blake sprach leise, aber jedes Wort stand deutlich im Raum. Er war nur einige Zentimeter von Madame Berliners Gesicht entfernt. Sie stammelte hilflos: »Ich war immer bemüht, diesem Haus eine Hilfe zu sein, und als Dank dafür werde ich beleidigt …«

»Und sobald Sie kein Oberwasser mehr haben, nehmen Sie die Opferrolle ein – warum überrascht mich das nicht? Feigheit und Dummheit sind oft gemeinsam anzutreffen. Und was Ihr Verständnis von Hilfe betrifft, so sollten Sie vielleicht Ihre Begrifflichkeiten neu justieren. Es gibt hier ohnehin nichts mehr für Sie zu holen. Und nun fordere ich Sie auf zu gehen. Es ist nicht der Bedienstete, der das von Ihnen verlangt, sondern ein Mensch. Lassen wir doch endlich die Sozialspielchen und die Normen beiseite, die Ihnen so sehr entgegenkommen, und konzentrieren wir uns auf das Wesentliche. Wie konnte es nur so weit kommen, dass man heutzutage Gesindel wie Sie über Menschen wie Odile stellt, die Ihnen hundertmal überlegen sind? Raus. Sie kennen den Weg. Betreten Sie dieses Haus nie wieder.«

Madame Berliner sprang auf und machte sich, ohne einen Moment zu zögern, aus dem Staub.

»Ein letzter Rat noch«, rief ihr Andrew hinterher, »nehmen Sie sich in Acht, und rutschen Sie nicht auf dem glatten Weg aus. In Ihrem Alter kann das ernste Folgen haben …«

74

Nachdem Andrew seine Mails an Richard und Heather abgeschickt hatte, ging er nach oben, um sich endlich ins Bett zu legen. Als er in seine Etage kam, fand er die Tür von Manons Zimmer weit offen vor. Die junge Frau lag auf ihrem Bett und las.

»Kannst du nicht schlafen?«

»Nein. Ich glaube, das Baby fängt an, sich zu bewegen.«

»Bestimmt bist du auch ein bisschen wegen der Prüfung beunruhigt …«

»Ja, das auch.«

»Wann bekommst du die Ergebnisse?«

»Nächste Woche, am Tag vor Heiligabend.«

»Und was sagt dein Bauchgefühl?«

»Ich habe Angst, aber ich wünsche mir sehr, dass es klappt. Es wäre ein tolles Geschenk.«

»Du kannst ja dem Weihnachtsmann einen Wunschzettel schreiben, auch wenn ich glaube, dass er wenig Einfluss darauf hat.«

»Sagen Sie, Andrew, ist das wahr? Odile hat mir gesagt, dass Madame Sie hierbehalten kann …«

»Dann weißt du mehr als ich. Bis jetzt hat sie mit mir noch nicht darüber gesprochen. Aber wo wir gerade so schön geheimniskrämerisch sind: Kann ich dich noch mal um einen etwas speziellen Gefallen bitten?«

»Alles, was Sie wollen.«

Blake überprüfte, ob der Gang immer noch leer war, und senkte seine Stimme: »Nächsten Dienstag, bei unserem Personalessen, wenn wir alle zusammensitzen, möchte ich, dass du etwas bekommst …«

»Was denn?«

»Einen ordentlichen Schwächeanfall.«

»Warum sollte ich?«

»Weil ich hier der Einzige mit Führerschein bin und dich deshalb ins Krankenhaus zur Untersuchung fahren werde.«

»Haben Sie denn keine Lust, mit den anderen zusammen zu sein?«

»Doch, natürlich, aber diesmal möchte ich, dass Odile und Philippe allein zurückbleiben. Ich habe vor, dem Schicksal ein bisschen auf die Sprünge zu helfen.«

Jetzt verstand Manon und grinste.

»Und was ist, wenn Madame runterkommt?«

»Wird sie nicht. Sie hat zugestimmt, ihre Räume nicht zu verlassen.«

»Sie war damit einverstanden?«

»Ja, vollkommen.«

»Und Sie haben ihr gesagt, worum es geht?«

»Natürlich.«

Manon drohte mit dem Zeigefinger, als würde sie mit einem kleinen Kind schimpfen.

»Sie sind ein merkwürdiger Mann, Monsieur Blake. Aber auf mich können Sie zählen. Mein Schwächeanfall wird Weltklasse sein.«

»Sieh nur zu, dass du ihnen nicht gleich den Appetit raubst …«

Manon verdunkelte ihre Stimme und sagte ernst: »Sollte bei dieser Mission Sie oder einer Ihrer Komplizen gefasst werden, werden wir leugnen, von Ihren Aktivitäten Kenntnis gehabt zu haben, und Odile wird ihre Pfanne schlagkräftig einsetzen, um Sie wegen Anstiftung zur Unzucht zu bestrafen …«

An diesem Abend fand Blake in seinem Zimmer keinen Schlaf. Durch das Fenster betrachtete er den eingeschneiten Park. Die Landschaft, die in bläuliches Mondlicht getaucht war, erinnerte ihn an die Weihnachtskarten, die er auf Geheiß seiner Mutter an die gesamte Verwandtschaft hatte verschicken müssen. Der Schnee auf den altmodischen Illustrationen war mit pulverartigem Glitter versehen, der dem jungen Andrew danach tagelang überall anhaftete.

Blake setzte sich auf das Bett und nahm den Bilderrahmen in die Hand. Wie lange schon hatte er die Begegnung mit seiner Tochter hinausgeschoben? Durch welches Paradoxon entzog man sich den Menschen, die man am meisten liebte? Und die schlimmsten Schmerzen dabei waren die, die man sich selbst zufügte … Seit er nach seinem Unfall den Entschluss gefasst hatte, sie zu besuchen, um sich mit ihr auszusprechen, zählte er die Tage. So ungeduldig war er schon lange nicht mehr gewesen, Heather hatte für ihn bereits das Flugticket reserviert. Er wollte noch bis Weihnachten warten, um Sarah dann anzurufen und ihr von seinem geplanten Besuch zu erzählen. Wie sollte er es ihr sagen? *Was* sollte er ihr sagen? War es vielleicht schon zu spät? Was, wenn sie ihn abwies?

Mitten in der Nacht, als Blakes schläfriger Geist träge zwischen Träumen und noch mehr Fragen schwebte, riss ihn ein Geräusch aus seinem Halbschlaf. Ihm war, als hätte er ein Kratzen gehört. Beim ersten Mal glaubte er, sein Gehör hätte ihm einen Streich gespielt, aber das Phänomen wiederholte sich.

»Termiten. Also liegt *doch* ein Fluch auf diesem Haus …«

Er lauschte und versuchte dabei, die Quelle des geheimnisvollen Knisterns zu lokalisieren. Vorsichtig stellte er sich auf das Bett, dann auf den Stuhl und schließlich sogar auf den Tisch, um zu prüfen, ob das Schaben aus dem Gebälk kam. Systematisch bewegte er sich an den Wänden entlang, das Ohr dicht an die Tapete gelegt. Gelegentlich hörte das Geräusch auf, um kurze Zeit später wieder einzusetzen – offensichtlich verstummte es immer dann, wenn Andrew der Geräuschquelle zu nahe kam. Irgendwann legte er sich ratlos ins Bett und versuchte einzuschlafen, aber in diesem Moment setzte das Geräusch prompt wieder ein, als wollte es ihn verspotten. Nach einer Stunde war er völlig entnervt und hellwach. Er wusste, dass er keine Ruhe finden würde, ehe er der Sache nicht auf den Grund gegangen war. Also stand er wieder auf. Wie ein Jäger auf der Lauer wartete er regungslos. Das Geraschel begann von Neuem, und Blake nahm die Treibjagd wieder auf. Sie führte ihn aus seinem Zimmer und hinaus in den Flur, den er nun auf Zehenspitzen und mit der Taschenlampe in der Hand erkundete. Es war anzunehmen, dass Mäuse im hintersten der Abstellräume ein Nest gebaut hatten, zwischen Unmengen von Gerümpel und ausrangierten Möbelstücken. Blake wusste, dass die Nager beim kleinsten Geräusch sofort erstarren und sich bis zur nächsten Nacht nicht wieder rühren würden. Er stellte sich Odiles Gesicht vor, wenn sie erführe, dass der Grund für ihre Phobie sich direkt neben ihrem Zimmer eingenistet hatte … Blake sah sie schon in den Schnee hinauslaufen, barfuß, im Nachthemd und kreischend die Arme gen Himmel schwenkend …

Das Rascheln wurde immer lauter, Blake war jetzt ganz nah dran. Es war deutlich zu hören, dass das Geräusch aus einer der Abstellkammern kam, deren Tür angelehnt, aber nicht verschlossen war. Andrew verdeckte den Lichtstrahl seiner Taschenlampe mit der Hand und schob die Tür auf. Kein Zweifel, da bewegte sich etwas. Vorsichtig ließ er etwas mehr Licht durch seine Finger strömen.

Obwohl Andrew Blake in seinem Leben schon vieles gesehen hatte, blieb er angesichts des Bildes, das sich ihm bot, wie angewurzelt stehen.

75

Odile, wachen Sie auf!«, flüsterte Blake leise und klopfte ein weiteres Mal zart an die Tür.

Schließlich öffnete die Köchin, völlig schlaftrunken.

»Was ist denn passiert?«

»Hübsches Nachthemd ...«

»Um mir das zu sagen, holen Sie mich aus dem Bett? Haben Sie getrunken oder was?«

»Ich habe eine gute und eine schlechte Nachricht für Sie.«

»Ganz ehrlich, Andrew, es ist drei Uhr in der Nacht. Ich hoffe wirklich, Sie haben einen guten Grund. Ist Madame krank?«

»Die gute Nachricht ist, Ihr Kater ist wieder zurück. Die schlechte, er ist transsexuell ...«

Die Abstellkammer war ein einziges Chaos aus Möbeln und aufeinandergestapeltem Gepäck. Allein dieser Raum hätte genug Objekte für ein Koffermuseum liefern können. Es gab sie in allen Größen: aus Karton, Plastik, Leder, mit und ohne Rollen, riesige Schrankkoffer und kleine Kosmetikkoffer. Blake bewegte den Strahl seiner Taschenlampe wie einen Scheinwerfer zwischen Gefängnismauern, auf der Suche nach dem Flüchtigen ...

»Wir dürfen sie nicht erschrecken«, sagte Andrew.

»Wenn das ein Witz sein soll ...«

»Es ist einer, aber er stammt nicht von mir. Darüber müssen Sie sich schon mit Ihrem *Kater* auseinandersetzen.«

Zwischen zwei Koffern traf der Strahl der Taschenlampe auf

ein reflektierendes Augenpaar, das sofort wieder wegschaute. Als das Licht schließlich enthüllte, was auf den Dielen lag, riss Odile ihre Augen weit auf und stieß einen Schrei aus.

»Mein Gott! Mephisto!«

Das Tier lag gemütlich in einem weichen Nest aus Socken und einer Mohair-Strickjacke. An seinen Zitzen nuckelten zwei Kätzchen.

Blake witzelte: »Wer auch immer Ihnen gesagt hat, dies sei ein Kater, der hat Sie angelogen.«

»Woher sollte ich so etwas denn wissen? Ich kenne mich da nicht aus, und bei diesem langen Angorafell ist es ja wohl auch nicht so einfach … Hätte ich dem Tier vielleicht ein Mikroskop unter den Popo halten sollen?«

»Wissen Sie schon, wie die Kleinen heißen sollen?«

»Ja, lachen Sie nur … Was sollen wir überhaupt mit der ganzen Menagerie anfangen? Wie viele sind es denn?«

»Bis jetzt habe ich vier gesehen … Sie könnten zum Beispiel einen Zirkus aufmachen, einen Minizirkus mit Minitigern. Sehen Sie sich nur diesen da mit seinem milchverschmierten Schnäuzchen an! Wie er seine kleinen Reißzähne fletscht und glaubt, uns Angst machen zu können …«

»Jedenfalls war er doch nicht fett, mein Kater. Er war nur trächtig.«

»*Er* ist immer noch eine Schönheit, und das, was angeblich sein Winterfell war, tummelt sich hier auf dem Boden und spielt mit allem, was nicht niet- und nagelfest ist.«

Vorsichtig ging Odile auf Mephisto zu. Die Kleinen sprangen sofort auseinander. Sie ging auf die Knie und streichelte das Tier, das ihr seinen Kopf entgegenstreckte.

»Ich bin sehr, sehr glücklich, dich wiederzusehen, mein … meine Große. Ich war ganz schön besorgt, weißt du?«

Mephisto miaute und fing an zu schnurren.

»Du hast also Nachwuchs bekommen? Das ist doch eigentlich gar nicht die richtige Jahreszeit dafür …«

»Wenn ich daran denke, dass Sie Youpla verdächtigt haben, Mephisto gefressen zu haben …«

»Ich war eben ratlos.«

»Nun ja, das brauchen Sie jetzt nicht mehr zu sein. Ich hoffe bloß, euer französisches Sprichwort bewahrheitet sich hier nicht.«

»Welches Sprichwort?«

»Eines verloren, zehn wiedergefunden.«

76

Passt genau!«, stellte Magnier erfreut fest. Die Spitze des großen Tannenbaums berührte gerade so eben die Decke des Salons.

»Er ist noch höher als der in der Schule«, rief Yanis begeistert aus.

Er hatte Magnier und Blake geholfen, den Baum im Wald des Besitzes zu schlagen und ins Haus zu tragen. Nun wandte er sich an Blake: »Dann geht das also klar? Ich darf meiner Mutter einen Super-Mega-Monster-Fernseher zu Weihnachten schenken?«

»Unser Deal steht, mein Großer«, sagte Blake. »Da deine Schulnoten so gut sind wie erhofft, hast du ihn dir redlich verdient.«

Magnier fügte hinzu: »Aber Vorsicht! Wenn dein Notenschnitt sinkt, nehmen wir ihn dir wieder ab.«

»Das stimmt doch nicht, oder? Das können Sie nicht machen!«

»Natürlich nicht. Du darfst dann nur Youpla nicht mehr so oft sehen.«

Blake machte ein paar Schritte zurück, um den Baum in seiner vollen Pracht bewundern zu können. Sein würziger Duft erfüllte bereits den Raum. Zusammen mit Philippe fixierte er ihn in einem dicken Baumstamm, der als Ständer diente. Manon erschien mit zwei Kartons, die sie auf dem Boden abstellte.

»Ich habe die Weihnachtsdekoration gefunden, Kugeln, Girlanden, alles Mögliche …«

Yanis tauchte in die Kartons ab und wühlte mit Begeisterung in dem bunten Baumschmuck.

»Wenn wir hier fertig sind, darf ich dann die Kätzchen sehen?«, fragte er.

»Odile wird nachher mit dir nach oben gehen. Im Moment ist sie beschäftigt.«

»So beschäftigt, dass sie nicht einmal den Baum sehen möchte?«, wunderte sich Blake.

»Sie ist mit Madame unterwegs …«, sagte Manon ausweichend.

Das offensichtliche Unbehagen der jungen Frau machte Blake stutzig, und er bohrte nach: »Sie wissen nicht zufällig, was die beiden gerade tun?«

»Nein.«

»Ist jemand bei ihnen?«

»Wenn Madame erfährt, dass ich es Ihnen gesagt habe, wird sie sehr böse auf mich sein.«

»Wann sind sie angekommen?«

»Direkt nachdem Sie zu Philippe gegangen sind, um den Baum zu holen.«

Blake rechnete auf seiner Armbanduhr nach.

»Dann sind sie also seit über einer Stunde bei ihr. Sind sie zu zweit?«

»Andrew, bitte, zwingen Sie mich nicht, es Ihnen zu sagen.«

»In dunklen Anzügen?«

»Sie haben ihre Mäntel gar nicht abgelegt. Sie sind mit Madame und Odile direkt in den Park gegangen.«

Blake stockte das Blut in den Adern.

»Sie sind wegen der Unterschrift da!«

Andrew drehte sich zu Philippe um. »Geh und hol dein Gewehr, wir treffen uns am Haupttor. Sie dürfen auf keinen Fall mit dem Vorvertrag das Grundstück verlassen!«

»Okay, alles klar. Wenn du willst, bin ich der böse und du der gute Bulle.«

»Was meinst du denn damit?«

»Ich gebe den Bösewicht, und du bleibst ganz ruhig, dann werden sie eher mit dir reden wollen.«

»*Why not?*«

Das Auto der Besucher stand vor der Einfahrt zum Gutshaus. Blake taxierte es, während er vor dem Eisengitter wie ein Löwe im Käfig hin und her lief. Philippe kam im Laufschritt auf ihn zu, das Gewehr über die Schulter gehängt. Youpla tollte ausgelassen im Schnee herum.

»Warum hast du den Hund mitgebracht?«

»Ich hab mir gedacht, dass wir damit mehr Eindruck schinden.«

»Du hast ihm einen Maulkorb verpasst.«

»Er soll wenigstens aussehen wie ein Wachhund. Hätte ich es nicht getan, bringt er ihnen womöglich Stöckchen und versucht, sie abzuschlecken …«

Blake ließ seinen Blick durch den Park schweifen.

»Ich hatte schon befürchtet, dass sie etwas in dieser Richtung unternehmen wollte.«

»Du glaubst also, Madame hat ihnen das Grundstück für die Wohnsiedlung verkauft?«

»Was sonst? Sie spricht nicht mehr über ihre Geldprobleme und hat sogar davon angefangen, die Bäder neu machen zu lassen.«

»Und das ist nicht gut?«

»Ich habe über die Firma Erkundigungen eingezogen. Wenn man sich ihre Methoden anschaut und auf der anderen Seite Madames riesige Geldsorgen, dann wette ich, dass sie die Situation schamlos ausgenutzt haben. Da Madame niemals einen Außenstehenden um Rat fragen würde, hat sie sich bestimmt über den Tisch ziehen lassen.«

»Aber wenn sie nicht verkauft, geht es ihr doch wieder so schlecht wie vorher, nicht wahr?«

»Wir werden schon eine Lösung finden. Bestimmt gibt es bessere Möglichkeiten, als Geschäfte mit diesen Betrügern zu machen. Ich frage mich sogar, ob die Bank nicht mitgespielt hat, indem sie Madame unter Druck gesetzt hat.«

»Glaubst du wirklich?«

»Du kannst dir nicht vorstellen, was manche Leute für so viel Geld alles tun würden ... Nun ja, ich würde sagen, jetzt sorgen wir erst einmal dafür, dass diese Haie Nathalie nicht zum Frühstück verspeisen. Ist dein Gewehr geladen?«

Philippe legte den Gewehrriemen quer über den Kopf auf die andere Seite und schwang das Gewehr.

»Wenn die Sache aus dem Ruder laufen sollte, kann ich einen Warnschuss abgeben, um sie zu erschrecken.«

»Tu bloß nichts Unüberlegtes. Wir nehmen die Papiere an uns, jemanden zu töten, ist nicht eingeplant.«

Nach einer Weile sagte Philippe: »Du bist echt ein komischer Kerl, Andrew ...«

»Wie meinst du das?«

»Als Kompliment. Aber trotzdem ... Du ziehst Erkundigungen ein, du weißt mehr über Madame als ich, obwohl ich schon jahrelang hier bin. Sag mal ehrlich, warst du immer schon Majordomus?«

»Dir kann ich es ja verraten: Früher war ich Primaballerina und Fischverkäuferin. Es geht los, sie kommen.«

77

In der Ferne des eingeschneiten Parks hatte sich die Vierergruppe in zwei aufgespalten. Madame und Odile schlugen den Weg zurück zum Haus ein, während die beiden Männer lachend ihr Auto ansteuerten. Als sie sich dem Tor näherten, traten Blake und Magnier hinter einer Hecke aus Lebensbäumen hervor. Der Verwalter hielt sein Gewehr deutlich sichtbar in den Händen und zog an Youplas Leine, damit es so aussah, als wollte sich das Tier losreißen, um anzugreifen, während der arme Hund in Wahrheit nur herumgezerrt wurde.

»Guten Tag, meine Herren«, sagte Blake mit ernster Stimme.

Überrascht blieben die Männer stehen.

»Wir hatten gerade einen Termin bei der Eigentümerin, Madame Beauvillier. Sind Sie die Wildhüter?«

»Könnte man so sagen.«

Einer der beiden Grundstücksmakler zeigte auf den Luxuswagen draußen vor dem Tor.

»Tut uns leid, wenn wir Sie behindert haben, wir sind gleich weg.«

Er versuchte, das kleine Tor zu öffnen, aber es war verschlossen. Ratlos wich er einen Schritt zurück. Blake ging in die Offensive. »Falls Madame Beauvillier heute etwas unterzeichnet haben sollte, fordere ich Sie hiermit auf, mir diese Papiere auszuhändigen.«

Die beiden Männer sahen sich an, in gleichem Maße amüsiert wie irritiert.

»Das geht Sie nichts an«, sagte der Ältere der beiden mit einem verächtlichen Gesichtsausdruck. »Einen schönen Tag noch.«

»Ich wiederhole: Sollte Madame Dokumente unterzeichnet haben, bekomme ich sie. Vorher geht hier keiner raus.«

Magnier zerrte wieder ein wenig an Youplas Leine und spielte am Abzug seiner gesicherten Waffe herum.

»Ist das eine Drohung?«, fragte einer der Geschäftsmänner.

»Das ist ein Versprechen«, antwortete Blake.

Der Ältere fing an zu lachen, und der Jüngere erklärte: »Wir wissen nicht einmal, wer Sie sind. Wenn Sie keine Probleme bekommen wollen, rate ich Ihnen, uns jetzt gehen zu lassen.«

»Sie haben mich nicht verstanden«, sagte Blake. »Sie sind es, die Probleme bekommen werden, wenn Sie mir nicht geben, was ich haben will. Händigen Sie mir die Dokumente aus, dann können Sie unbehelligt diesen Ort verlassen und Ihre kleinen, miesen Geschäfte woanders abwickeln.«

»Unsere ›kleinen miesen Geschäfte‹ gehen Sie einen Dreck an. Lassen Sie uns gehen, oder wir werden Sie anzeigen und für Ihre Entlassung sorgen.«

Die beiden Grundstücksmakler waren fest entschlossen, sich nicht einschüchtern zu lassen. Bei dem großen Fisch, den sie soeben vermutlich an Land gezogen hatten, war dies auch mehr als verständlich.

»Das reicht jetzt. Öffnen Sie auf der Stelle dieses Tor.«

Blake ging langsam auf die Männer zu. »Wir wissen über Ihre Methoden Bescheid«, sagte er und sah dem Älteren unverwandt in die Augen. »Und wir werden nicht zulassen, dass Sie aus Madames Schwäche Profit schlagen.«

Der Mann boxte seinem jungen Kollegen kumpelhaft gegen die Schulter. »Was sagt man denn dazu? Er ist nicht nur Wildhüter, sondern auch ein internationaler Agent. War ja klar bei seinem englischen Akzent …«

Dann drehte er sich zu Blake um und fügte spöttisch hinzu: »Ich will dir mal was sagen: Madame Beauvillier hat unterschrieben, und das, was sie uns verkauft hat, ist jetzt *unser* Eigentum – ob es dir gefällt oder nicht. Du wirst dich dran gewöhnen müssen, Kumpel. Bald wirst du deine Schlingen in einem anderen Wald auslegen müssen. Nichts für ungut.«

Auch Magnier kam auf die Männer zu. Youpla erfasste die veränderte Stimmung und knurrte die beiden Besucher nun an.

Mit einem provozierenden Lächeln zeigte der Ältere zur westlichen Seite des Parks.

»Genieße deine verschneite Landschaft, Kumpel, solange du noch kannst. Sobald es taut, kommen die Bagger, und sechs Monate später habt ihr neue Nachbarn.«

»Sie sind ja offenbar sehr mit sich zufrieden«, grollte Blake. »Das war wohl der Deal des Jahrhunderts.«

»Wir können nicht klagen«, grinste der andere Typ.

»Das ist also Ihr Beruf: beim Kauf eines Grundstücks zu betrügen, um dann beim Weiterverkauf wieder zu betrügen.«

»Ich muss hier nicht mit dir diskutieren. Mach jetzt endlich das verdammte Tor auf!«

»Was ist euer Lebenszweck? Wozu seid ihr auf dieser Welt?«

»Ich werde hier nicht mit einem kleinen Bediensteten philosophieren, vor allem wenn er ein schlechter Verlierer ist …«

Bevor die Geschäftsleute das Tor auch nur berührt hatten, riss Blake das Gewehr aus Magniers Händen und legte dem Älteren den Lauf an die Kehle.

»Gib mir sofort diesen Vertrag, du Darmausgang!«

Magnier mischte sich ein: »Andrew, beruhige dich! Das Gewehr ist geladen. Und außerdem heißt es ›Arschloch‹. ›Darmausgang‹ ist irgendwie zu fachsprachlich. Und sollte nicht eigentlich ich den bösen Bullen spielen?«

Der Grundstücksmakler bewegte sich nicht. Er hielt Blakes

Blick stand und raunte ihm zu: »Armes Würstchen, du. Glaubst du, du bist hier im Wilden Westen? Das wird dich noch teuer zu stehen kommen …«

Mit überraschender Geschwindigkeit entsicherte Blake das Schrotgewehr und schoss auf den Wagen. Die Scheiben zerbarsten, die Türen wurden durchlöchert. Der Schuss erzeugte ein lautes Echo, das in den Hügeln verklang.

»Glaubst du ernsthaft, ich habe ein Problem damit, einen Parasiten wie dich auszuschalten? Denk nach. Meinst du, das freie Unternehmertum steht nur dir offen? Ich ballere dir eine Kugel in den Kopf, dann schneide ich deine Leiche in kleine Würfel und verfüttere sie an den Hund. Schau dir deinen Wagen an: So wird deine Rattenvisage aussehen, wenn du mir nicht sofort gibst, was ich haben will.«

Blake lud wieder durch. Der Mann schluckte.

»Andrew«, sagte Magnier beunruhigt, »du bist ja ganz rot. Du willst ihn doch nicht wirklich abknallen, oder? Obwohl … Ich kenne da einen Ort, wo wir die Leichen verscharren können. Nicht mal ihre Bagger werden sie dort finden.«

Der Jüngere der beiden wurde panisch und floh in die verschneite Landschaft, seinen Kollegen mit der Aktentasche zurücklassend.

»Wir können uns bestimmt einigen …«, machte der Mann einen Versuch. Seine Stimme klang verzerrt durch den Gewehrlauf, der gegen seinen Unterkiefer drückte.

»Du willst mich kaufen?«

»Was willst du haben?«

»Den kompletten Vertrag. Und dann verschwindest du.«

Magnier ergänzte: »Er will damit sagen: Du rückst den Papierkram raus, und zwar pronto, und dann machst du die Fliege, du armseliger Volltrottel.«

»Und wenn du auch nur ein Wort davon Madame Beauvillier erzählst, dann schwöre ich, dass ich dich finden werde. Und dann wirst du es bitter bereuen. Hast du verstanden?«

Magnier war jetzt ganz in seinem Element: »Damit will er sagen: Wenn du es der Chefin steckst, dann treiben wir dich aus deinem Rattenloch und machen dich alle, *capisce*?«

Jetzt hatte der Mann richtig Angst.

»Sie sind ja total durchgeknallt!«, flüsterte er mit zittriger Stimme. »Das ist keine Verhandlung, das ist Raub.«

»Da dies von einem Fachmann kommt, nehme ich es als Kompliment. Vielen Dank. Und jetzt gib mir den Vertrag. Sonst hat dein Kopf gleich ein Schiebedach wie der Sportwagen, den du sicher gerne hättest.«

Der Mann warf die Aktentasche in den Schnee. Magnier hob sie auf und öffnete sie. Vorsichtshalber durchsuchte Blake den Mann.

»Ich darf doch, ja?«

Der Geschäftsmann hob ergeben die Hände.

»Da!«, rief Magnier triumphierend. »Der Verkaufsvorvertrag und die Abtretungsrechte. Volltreffer!«

Blake senkte das Gewehr.

»Jetzt hau ab, und sag deinem mutigen Freund, dass diese Art Waffe nur zwei Patronen hat. Du wärst tot, er nicht. Aber vielleicht kann er ja nicht einmal bis zwei zählen.«

Als der Wagen der Grundstücksmakler mit Vollgas davonfuhr, hoben Magnier und Blake ihre Hände zu einem Gruß, als würden sie ihre besten Freunde verabschieden.

»Ich glaube, er hat sich fast in die Hose gemacht«, kommentierte Philippe. »Einen Moment lang habe ich wirklich gedacht, du würdest ihm die Rübe wegpusten.«

»Wenn er mir die Papiere nicht freiwillig gegeben hätte, dann hätte ich sie notfalls auch aus seinen erkaltenden Händen gerissen. Und denk dran: Nicht ein Sterbenswörtchen zu Madame, und wenn die Polizei aufkreuzt, dann wissen wir von nichts.«

Die beiden Männer machten sich auf den Rückweg. Der Schnee dämpfte das Geräusch ihrer Schritte, und um sie herum war es vollkommen ruhig, als wollte der Winter die letzten Weihnachtsvorbereitungen in friedlicher Atmosphäre ablaufen lassen. Allerdings sah es so aus, als würde es bald wieder schneien.

»Philippe?«

»Ja?«

»Was hat er eigentlich mit ›total durchgeknallt‹ gemeint?«

78

Odile, Manon, Andrew und Philippe saßen Seite an Seite auf dem Sofa im Salon und betrachteten den im Dunkeln blinkenden Tannenbaum. Die Lichterketten beleuchteten ihre Gesichter mit bunten, ständig wechselnden Lichtern. Alle vier waren vollkommen in den Bann des Baumes gezogen, der sich alle paar Augenblicke neu definierte. Zwischen den geschmückten Ästen entstanden im Rhythmus der Lichter unzählige kleine Märchenwelten, die die Fantasie anregten und Erinnerungen aus Kindertagen wachriefen. Ein Kätzchen versuchte eine rote Kugel zu fangen, die an einem der tiefsten Äste hing, während zwei seiner Geschwister auf der anderen Seite mit einer goldenen Girlande spielten. Die ganze Katzenfamilie hatte den Salon inzwischen zu ihrem Spielplatz erkoren. Vorsichtig löste Philippe die Krallen eines hübschen getigerten Kätzchens aus seinem Lieblingspulli. Mephisto nutzte den Moment der Ruhe und schlummerte eingerollt auf Odiles Schoß.

Manon murmelte: »Wenn ich den Weihnachtsmann heute zu sehen bekomme, wünsche ich mir ein eigenes Zimmer für das Baby, eine Hochzeit mit Justin und außerdem, dass ich hier weiter arbeiten darf, mit euch allen zusammen …«

Odile ging auf das Spiel ein.

»Ich würde mir wünschen, zehn Jahre jünger zu sein und ein bisschen mutiger, aber ich glaube nicht, dass er das in seinem Sack hat …«

Philippe ergriff das Wort: »Ich würde gern ein Essen für meinen Vater und meine Mutter ausrichten, nur ein einziges. Wir würden diesmal wirklich miteinander reden. Ich hätte ihnen so viel zu sagen …«

Blake wusste nicht, wo er anfangen sollte. Er wünschte sich so vieles, das man nicht kaufen konnte und das bestimmt auch nicht durch den Kamin passte.

Madame betrat den Salon. Immer noch im Glauben, die beste Lösung für ihre Probleme gefunden zu haben, war sie bester Laune.

»Was machen Sie denn hier alle im Dunkeln?«

»Wir unterhalten uns über Weihnachten«, antwortete Philippe.

»Nur noch zwei Tage, vorausgesetzt, wir waren alle brav … Wollten Sie nicht heute Abend zusammen essen?«

»So ist es«, sagte Odile und stand auf. »Und deshalb muss ich jetzt los und den Rest fertig machen. Sind Sie ganz sicher, Madame, dass Sie nicht doch mit uns zusammen den Abend verbringen möchten?«

»Lieb von Ihnen, dass Sie fragen, aber mein Tag war recht anstrengend. Ich werde früh zu Bett gehen.«

Sie zeigte auf zwei Katzenjunge, die einander tollpatschig über den Teppich jagten.

»Ihre kleinen Freunde werden ihre Freude daran haben, meinen Teil zu vertilgen. Auf einmal ist richtig Leben im Haus! Jedenfalls wünsche ich Ihnen allen einen wunderbaren Abend und danke für alles, was jeder von Ihnen für unser Zusammenleben tut. Auch Ihnen habe ich es zu verdanken, dass ich mich hier wohlfühlen kann.«

Madame war schon auf dem Weg nach oben, als Manon sich vom Sofa erhob und mit einem kleinen Aufschrei ihren Bauch hielt. Odile stürzte auf sie zu.

»Was hast du?«

»Ich weiß nicht. Es tut weh …«

Philippe trat ebenfalls zu ihr, das Kätzchen hing noch an seinem Pulloverärmel.

»Sollen wir einen Arzt rufen?«

Blake meldete sich zu Wort: »Es ist wahrscheinlich nichts Ernstes …«

»Wie können Sie das sagen? Nichts Ernstes …«, empörte sich Odile. »Das ist wieder typisch Mann. Man sieht, dass ihr keine Kinder austragen müsst!«

»Odile hat recht!«, pflichtete ihr Philippe bei. »So eine Schwangerschaft ist etwas Großes. Es ist ein Mysterium, ein Wunder!«

Dabei ruderte er mit den Armen, und das Kätzchen schaukelte mit und miaute verängstigt.

»Lasst mich ausreden«, sagte Blake mit Bestimmtheit. »Ich wollte gerade vorschlagen, Manon ins Krankenhaus zu fahren, um kein Risiko einzugehen.«

»Wieso denn ins Krankenhaus?«, fragte Odile.

»Falls es ein Problem gibt, haben sie dort alles parat, um Manon sofort helfen zu können.«

»Und was ist mit unserem Essen?«, fragte Philippe.

Manon schwankte leicht und hielt sich die Hand an die Stirn.

»Alles verschwimmt mir vor den Augen, ich sehe Sternchen …«

»Geh bloß nicht durch den Tunnel!«, rief Philippe aus.

Diesmal konnte das Kätzchen seiner gewaltigen Armbewegung nicht genug entgegensetzen und flog im hohen Bogen auf das Sofa.

Blake legte mit einer theatralischen Geste seinen Arm um Manon.

»Zieht ihr etwas über, ich hole den Wagen. Macht euch keine

Sorgen, diese Art Unwohlsein habe ich bei schwangeren Frauen schon öfter gesehen. Wir lassen die Ärzte nur mal nachsehen, ob alles in Ordnung ist. Fangt am besten schon mal mit dem Essen an, wir stoßen später dazu.«

79

So kurz vor Weihnachten glänzte die Stadt mit ihrer prächtigen Dekoration. Die Menschen eilten durch die Straßen, um die letzten Weihnachtseinkäufe zu erledigen. Blake parkte das Auto in der Nähe eines Restaurants im Stadtzentrum.

»Bist du ganz sicher, dass du hier essen möchtest? Willst du nicht lieber warten, bis wir wieder zu Hause sind?«

»Ich habe einen Riesenhunger. Wenn ich noch zwei Stunden warten muss, kriege ich einen echten Schwächeanfall. Außerdem ist es ein nettes Lokal, Sie werden sehen.«

»Dein Wunsch ist mir Befehl … Aber wenn du nichts dagegen hast, werde ich dich jetzt zuerst ein paar Minuten allein lassen, um zu telefonieren. Immerhin habe ich hier ausnahmsweise mal Empfang …«

»Nehmen Sie sich Zeit, ich besetze schon mal einen Tisch und mache mich über das Brotkorbchen her.«

Blake stellte sich vor ein Schaufenster mit Weihnachtsartikeln und wählte eine Nummer. Auf der gegenüberliegenden Seite der Straße sah er durch die kleinen, mit Kunstschnee besprühten Kassettenfenster, wie Manon gerade an einem Tisch Platz nahm.

»Guten Abend, Richard.«

»Welch eine schöne Überraschung! Jetzt sag bloß nicht, dass du um diese Zeit auf deinen einsamen Hügel hinaufgehumpelt bist.«

»Ich bin in der Stadt, und meinem Bein geht's wieder besser.«

»In der Stadt? Hat Mogli also seinen Dschungel verlassen?«

»Mogli entschuldigt sich bei Balu für die Störung, aber er braucht einen Rat …«

»Einen Rat? Gedenkst du ihn diesmal zu befolgen, oder wirst du ihn in den Wind schlagen wie die anderen davor?«

»Ich kann nichts versprechen, aber ich würde gern deine Meinung hören. Also: Ich hab es geschafft, Madame Beauvillier am Verkauf ihres Grundstücks zu hindern.«

»Wie denn das?«

»Mit Feingefühl und Diplomatie, genauer gesagt, mit einem Hund, einem Verrückten und einem Gewehr. Erzähl ich dir ein anderes Mal. Das Problem ist, dass sie gehofft hat, durch den Verkauf wieder flüssig zu werden, und nun wird sie dieses Geld vermissen. Ich könnte ihr das Stück Land meinerseits abkaufen, aber dafür müsste ich ihr sagen, wer ich wirklich bin …«

»Du hast Zweifel.«

»Es ist mehr als Zweifel. Es ist ein Risiko.«

»Lass uns das mal pragmatisch sehen. Wenn du ihr das Grundstück abkaufst, seid ihr miteinander verbunden. Hast du damit ein Problem?«

»Nicht wirklich.«

»Wenn ich die Lage richtig einschätze, hast du vor allem Angst, sie könnte sauer auf dich sein, weil du sie angelogen hast. Womöglich wird sie den Mann ablehnen, der sich hinter der Figur des Majordomus verbirgt. Ist es das?«

»So wie du es sagst, hört es sich ganz simpel an …«

»Wie du auch entscheidest, eines Tages wird sie erfahren, wer du bist. Du kannst sie nicht ewig hinters Licht führen.«

»Und was mache ich, wenn sie wütend auf mich wird? Wenn sie mich feuert?«

»Sie würde auf einen Schlag ihren exzellenten Majordomus verlieren und zugleich einen Freund, der ihr aus einem Schlamassel helfen kann. Du bist ein anständiger Mann, und Nathalie ist nicht dumm. Vertrau ihr.«

»Ich zweifle nicht an ihr, sondern an mir.«

»Vor einigen Monaten war bei dir außer Bedauern nichts mehr da. Jetzt stellst du dir unzählige Fragen. Das ist ein Fortschritt. Wenn ich es richtig sehe, ist es sehr lange her, dass du dich in deinem Leben so wohlgefühlt hast wie im Moment. Endlich erkenne ich den alten Andrew wieder, du bist lebendig, unternehmungslustig. Letztendlich war deine Idee, nach Frankreich zurückzugehen, längst nicht so schlecht, wie ich gedacht hatte. Es fällt mir nicht leicht, das zuzugeben, alter Knabe, aber du hattest recht! So wie du auch recht damit hast, Sarah wiedersehen zu wollen … und dieses Grundstück zu kaufen. Ich glaube sogar, dass es die richtige Entscheidung ist, dich um Nathalie kümmern zu wollen. Sie ist es definitiv wert, und du hast nichts zu verlieren, Andrew. Von klein auf hast du immer an dir gezweifelt, aber jetzt hast du ein Alter erreicht, in dem du gelernt haben solltest, dir selbst zu vertrauen.«

Blake ließ die Worte auf sich wirken.

»Danke, Richard.«

»Sehr gerne, alter Freund.«

Als Blake Manon gegenüber Platz nahm, stellte er fest, dass nur noch ein einziges Stück Brot im Korb übrig war.

»War ich so lange weg, oder warst du so hungrig?«

»Wenn das hier nicht das Endstück wäre, hätte ich es auch noch gegessen.«

Eine brennende Kerze stand auf dem Tisch. Um sie herum saßen nur junge Paare oder Gruppen von Freunden.

»Es ist komisch, mit Ihnen zusammen hier zu sein«, kommentierte die junge Frau, »wir fallen ein wenig aus dem Rahmen. Aber ich freue mich. Sie arbeiten erst einige Monate bei

Madame, und doch habe ich den Eindruck, Sie schon ewig zu kennen.«

Der Kellner kam und nahm ihre Bestellung auf: zwei Pizzas.

»Wenn Odile uns hier essen sehen würde, wäre sie nicht begeistert«, bemerkte Blake.

»Ich hoffe, es läuft gut zwischen ihr und Philippe …«

»Das werden wir bald sehen. Hauptsache, wir finden nicht einen leblosen Körper auf dem Boden vor, der den Kätzchen als Spielwiese dient.«

»In diesem Fall würde ich auf Philippe tippen.«

»Sehe ich auch so.«

Als die Pizzas kamen, sagte Andrew: »Ich hab etwas auf dem Herzen, Manon, das ich gerne mit dir besprechen würde. Es ist ein bisschen schwierig für mich … Ich brauche wieder deine Hilfe. Leider habe ich mich ein wenig verirrt und glaube, du könntest mir aus dem Labyrinth hinaushelfen.«

»Sie brauchen *meine* Hilfe?«

»Es geht um meine Tochter. Dazu würde ich dir gern ein paar Fragen stellen. Vielleicht klingen sie in deinen Ohren taktlos, aber ich muss es wissen …«

Er atmete tief ein und fuhr fort: »Wenn dein Vater mit dir Kontakt aufnehmen wollte, auf welche Weise sollte dies idealerweise geschehen? Was sollte er tun oder sagen?«

Manon hatte gerade ein mundgerechtes Stück Pizza aufgespießt. Nun hielt sie in ihrer Bewegung inne und legte die Gabel wieder ab. Sie sah Blake mit einer Mischung aus Zärtlichkeit und Wehmut an.

»Sie können sich nicht auf eine Stufe mit dieser Person stellen«, sagte sie leise. »Mein Vater hat uns verlassen, meine Mutter und mich. Er hat sich um nichts gekümmert und es nie bedauert. Er hat an keinem meiner Geburtstage angerufen oder sich nach meinen Schulnoten erkundigt. Ich hatte nie einen Vater.

Sie sind ganz und gar nicht mit ihm zu vergleichen. Wenn ich Sie über Ihre Frau sprechen höre, wenn ich sehe, wie Sie sich um andere Menschen kümmern, habe ich daran nicht den geringsten Zweifel. Ich hätte es wunderbar gefunden, Sie zum Vater zu haben, aber Ihre Freundin zu sein, ist auch schon ein großes Privileg. Was haben Sie denn Ihrer Tochter gegenüber falsch gemacht, das Sie so unglücklich macht?«

»Ich habe sie fallen lassen. Seit ihre Mutter nicht mehr da ist, habe ich mich kaum um sie gekümmert. Ich weiß nicht einmal mehr, wann wir uns zuletzt nahestanden und warum die Verbindung dann abgebrochen ist. Als Diane starb, gab sich Sarah sehr stark. Und ich ließ sie allein, weil ich für mich selbst schon nicht genug Kraft hatte. Dann hat sie wohl gelernt, ihr Leben zu leben, ohne sich auf ihren Vater zu verlassen, und wenn man nicht mehr gebraucht wird, bricht die Verbindung ab. Am Anfang sieht ein Kind nur dich, es kann nicht existieren ohne das, was du ihm gibst. Seine Arme strecken sich dir entgegen, sobald es dich wahrnimmt, seine Blicke folgen dir. Später wird es dann neugierig und zieht los, um die Welt zu entdecken, die sich ihm auftut. Es erweitert seinen Horizont und entfernt sich schrittweise von dir. Und in dem Moment, wenn du dir dessen bewusst wirst, ist das Kind schon weit weg. In nur wenigen Monaten habe ich meine Frau und meine Tochter verloren. Ich habe gemerkt, dass sie mich nicht mehr brauchte. Jetzt geht es mir nicht darum, Vergangenes ungeschehen zu machen, sondern ihr zu sagen, dass es mir leidtut. Ich hätte ihr ohne Zweifel eine Stütze sein sollen, aber damals konnte ich es nicht. Nun mochte ich ihr begreiflich machen, dass sie wieder auf mich zählen kann.«

»Für alle Kinder kommt die Zeit, in der der Kontakt mit den Eltern nicht mehr den wichtigsten Part einnimmt. Sehen Sie nur, wie es mir mit meiner Mutter geht. Wir schicken uns SMS, die immer länger werden, und das genügt mir vollkommen. Bestimmt werden wir irgendwann unseren Frieden miteinander machen, aber die Situation macht mich nicht mehr krank. Ich habe ein neues Kapitel aufgeschlagen. Sie haben mir selbst erzählt, wie Sie und Sarah auseinandergegangen sind. Sie hat sozusagen die Nabelschnur durchtrennt.«

»Ich aber nicht. Ich brauche das Gefühl, für sie wichtig zu sein. Wie habe ich es immer genossen, auf sie zu warten, wenn ich mit ihr verabredet war. Wie habe ich mich gefreut, wenn ich sie von der Schule abholen durfte. Ich erinnere mich noch an das Mäuerchen, auf dem sie lief, während ich ihre Hand hielt. Das letzte Mal, als wir daran vorbeigingen, hat sie mir geholfen, darauf Platz zu nehmen … Die Zeit vergeht, und hier sitze ich nun und weiß nicht, wie ich es anfangen soll, ihr wieder näherzukommen. Ich werde sie im Januar besuchen, und bis jetzt weiß ich nicht einmal, was ich ihr sagen soll, wenn sie mich vom Flughafen abholt. Soll ich sie umarmen? Soll ich erst mit ihr reden, wenn wir im Auto sitzen? Wenn du wüsstest, Manon … Ich verbringe ganze Nächte damit, mir diesen Augenblick auszumalen und vor dem Spiegel meine Worte zu üben.«

»Haben Sie keine Angst. An Sarahs Stelle würde ich mir einfach nur wünschen, dass Sie wieder da sind und Ihren Platz einnehmen. Lassen Sie sich vom Leben tragen. Ein guter Mensch hat mir einmal gesagt, dass es Zeit braucht, Dinge auf einfache Weise sagen zu können. An diesem Punkt sind Sie jetzt angelangt.«

80

Das kleine Auto flitzte in hohem Tempo durch die morgendliche Landschaft. Andrew saß am Steuer, Philippe hielt sich leichenblass an der Armlehne fest.

»Andrew, jetzt mal ehrlich … wegen deinem Plan. Ich hab da kein gutes Gefühl. Und um Himmels willen, fahr ein bisschen langsamer, es hat gefroren.«

»Im Grunde gibt es nur zwei Vorgehensweisen: überzeugen oder einschüchtern. Und bei dummen Leuten sind Drohungen nun einmal effizienter. Man muss sich nicht so sehr anstrengen, und schneller geht es auch. Keine komplizierten Sätze, kein Konjunktiv Imperfekt. Nur Imperative. Hast du deine Skimaske dabei?«

»Ich will nicht ins Gefängnis.«

»Vertrau mir.«

»Und wenn sie uns wiedererkennt?«

»Das wird sie nicht.«

»Nur weil du meine Klamotten anhast und ich deine?«

»Wenn man unter Stress steht, verschwindet die Hälfte der Gehirnkapazität, das ist erwiesen. In ihrem Fall bedeutet das, dass nicht mehr viel übrig bleibt …«

»Das kannst du dann dem Richter erzählen. Inzwischen sehen wir wie zwei Komiker aus, weil dir meine Sachen zu klein sind und ich in den deinen ersaufe.«

»Hast du dir einen Akzent ausgesucht?«

»Fang nicht wieder damit an. Das kann doch alles nicht wahr

sein! Bestimmt haben sie im Krankenhaus irgendwas mit dir angestellt, und das Experiment ist misslungen. Und wer muss am Ende die Suppe auslöffeln? Meinereiner.«

»Was für ein idiotischer Ausdruck! Unsereiner ist ja schon schräg, aber meinereiner …«

»Andrew, ich hab Angst.«

»Glaubst du an Gott?«

»Nicht wirklich.«

»Schade. Sonst hätte ich dir jetzt nämlich erzählt, dass er auch in diesem Moment über uns wacht. Aber du kannst dir immer noch sagen, dass wir für eine gerechte Sache kämpfen.«

»Heute Morgen musste ich Odile anlügen. Ich mag das nicht.«

»Ich hab gesehen, wie sie deinen Pullover gestopft hat: mit sehr viel Lie…«

»Mit Nadel und Faden«, unterbrach ihn Philippe, »und sonst nichts. Die Kätzchen haben ihn auf dem Gewissen. Beim Essen hatten wir nicht eine ruhige Minute. Sie sind ständig auf den Tisch gesprungen und jagten hinter allem her, was sich bewegte, zogen mir Fäden aus dem Pulli oder fielen vom Kühlschrank. Aber sie sind schon sehr putzig, wir hatten viel Spaß.«

»Ist ja schön, wie du das Wir betonst.«

»Mach dich nur lustig.«

»Du hast aber hoffentlich nicht den Salzstreuer nach Odile geworfen?«

»Wir haben uns über viele Dinge unterhalten. Es war wirklich sehr nett.«

»Dann ist es ja gut. Weißt du, Odile spricht oft über dich. Sie findet, dass du ein erstaunlicher Mann bist, mit vielen Qualitäten und Ideen. Kürzlich meinte sie sogar, ein kleines bisschen Verrücktheit entdeckt zu haben, was ihr sehr gut gefiel …«

»Ist das wahr?«

»Wir sind fast da. Mach dich bereit.«

Philippe sprang zuerst auf die andere Seite der Umzäunung, dann half er Andrew hinüber.

»Bist du sicher, dass sie allein ist?«

»Ich habe sie oft genug über ihr Leben schwadronieren hören, da waren auch einige nützliche Infos dabei.«

Sie umrundeten das stattliche Gemäuer, indem sie sich zwischen den eingeschneiten Büschen hindurchschlängelten. Als die Veranda in Sicht kam, gab Blake seinem Komplizen ein Zeichen, im Schutz der Bäume stehen zu bleiben.

»Jetzt die Handschuhe und die Skimaske.«

»Warum hab ich die grüne abgekriegt? Damit sehe ich aus wie ein Zombie. Ich hätte lieber so eine wie du.«

Blake riss ihm mit einem Schnauben die Mütze aus der Hand und gab ihm dafür seine schwarze. Magnier zog sie zufrieden über den Kopf.

»Das hat auf jeden Fall mehr Klasse. Sieht nach Sondereinsatzkommando aus.«

Andrew streifte die grüne Skimaske über und rückte seine Brille so zurecht, dass sie über dem Augenschlitz saß. Magnier musterte ihn.

»Wie ich gesagt habe: Du siehst damit wie ein toter Fisch aus.« Plötzlich wurde er ernst und fügte hinzu: »Andrew, wir können es immer noch abblasen.«

»Ab jetzt *haisst ess* Helmut, *jawoll.*«

»Oh nein, bitte nicht …«

»Und du?«

Sich ins Unvermeidliche fügend antwortete der Verwalter: »Mein Name ist Luigi …«

»*Ach! Guten Tag*, Luigi.«

»Mein Gott …«

»Du glaubst doch nicht an ihn. Warum sollte er dir zuhören?«

Blake lief eilig über die Freifläche und erreichte die Terrassentür. Dort hob er den am Rand stehenden Blumenkübel an und zog den Notschlüssel darunter hervor. Er schloss die Tür auf und schlüpfte ins Haus, Magnier dicht auf seinen Fersen. Die beiden bewegten sich nach Art von Spezialagenten durch die Räume. Küche, überdachter Innenhof, Bibliothek und Eingangsbereich waren *sauber*.

»Deine Skimütze kratzt«, maulte Philippe. »Nachher kriege ich noch deine Läuse.«

Als sie sich dem Esszimmer näherten, hörte Andrew ein Geräusch in der Etage über ihnen. Er bedeutete seinem Komplizen, die Treppe zu nehmen, und sie stiegen Stufe um Stufe nach oben, auf Zehenspitzen. Plötzlich zog Blake aus seiner beziehungsweise Philippes Manteltasche eine Plastikpistole, die er sich von Yanis geliehen hatte. Magnier protestierte mit gedämpfter Stimme: »Das ist nicht dein Ernst! Du willst ihr das Ding unter die Nase halten?«

»*Nicht* Kommentar! *Verboten* Kommentar! Luigi Vertrauen haben.«

»Ich kann es kaum erwarten zu hören, wie du der Polizei die Geschichte in deinem jämmerlichen Pidgin erklärst.«

Sie hörten, wie am Ende des Korridors, vielleicht im Schlafzimmer oder im Bad, eine Schublade geschlossen wurde.

»Ich sag dir nur eins: Wenn sie nackt ist, muss ich kotzen.«

Die beiden Männer schlichen weiter, dicht an den Wänden des Korridors entlang. Kein Zweifel, Madame Berliner war im ersten Zimmer. Die Tür stand offen. Mit seinen Fingern zählte Blake den Countdown von drei bis null herunter. Dann machte er einen Satz und blieb mit gezogener Waffe im Türrahmen stehen. Das letzte Mal hatte er so etwas mit sechs Jahren gemacht, als er einen Superhelden gespielt hatte, um seine Mutter zu erschrecken. Madame Berliner war glücklicherweise fast vollständig angezogen. Als sie Blake aus dem Nichts auftauchen und sich breitbeinig vor ihr aufbauen sah, stieß sie einen Schrei aus.

»Du nicht schreien! *Das sein* ein Überfall! Wenn du vernünftig, du *kein Problem.*«

Die Frau schwankte zwischen Angst und Fassungslosigkeit. Sie betrachtete die beiden Banditen, die wie Vogelscheuchen aussahen. Einer von ihnen, offenbar schwer kurzsichtig, hatte eine Waffe auf sie gerichtet, eine sehr kleine Waffe.

»Her mit Kleinoten! *Schnell, schnell*!«

Obwohl sie eine Heidenangst hatte und sich so unauffällig wie möglich zu verhalten versuchte, musste sie doch nachfragen: »Nicht verstehen. Was du gesagt?«

»Her mit Schmuck! *Schnell*, oder *groß Problem*!«

Luigi warf Helmut einen ungläubigen Blick zu. Wie waren sie bloß in diese Situation geraten?

Madame Berliner zeigte auf den Schmuckkasten auf ihrer Frisierkommode, und Blake reichte seine Waffe Magnier, damit er die Hausherrin weiter in Schach halten konnte.

Philippe protestierte: »Io no volere die Pistoletto, Luigi Metall-Allergia …«

Aber unter dem scharfen Blick seines Komplizen schmolz sein Widerstand dahin. Blake kippte den Schmuckkasten auf dem Bett aus, was Madame Berliner erneut aufschreien ließ, doch was er suchte, war nicht dabei. Er drehte sich zu ihr um und hielt ihr anklagend den Zeigefinger entgegen: »Du lügen! Wo mehr Schmuck? *Schnell*!«

Magnier fügte, einem Geistesblitz folgend, hinzu: »Pronto rapidissimo!«

Madame Berliner zeigte panisch auf ihre Kommode: »Primo Schublade. Aber Sie mir bitte nichts tun.«

Blake entdeckte rasch den kleinen Samtbeutel, in dem alle Schmuckstücke aus Nathalies Besitz verstaut waren. Er schüttete den Inhalt aus und nahm zwei Ringe, darunter den Smaragdring, drei Armreifen und ein schönes Collier an sich. Dann nahm er Philippe die Pistole ab und ging langsam auf sein Opfer zu: »Wenn du *telefonieren* mit *Polizei*, wir wiederkommen und *groß Problem*. Verstehn?«

»Si señor!«, antwortete die Frau, zitternd wie Espenlaub. »Ich nichts sagen, null, nada, niente. Großes Ehrenwort.«

Philippe wollte nichts wie weg. Die Skimaske kratzte immer unangenehmer, und der Schweiß rann ihm nur so den Rücken hinunter. Plötzlich griff Blake in seine Jackentasche, zog ein dickes Bündel Geldscheine hervor und warf es aufs Bett. Die Frau war genauso perplex wie Magnier.

»Ma, che tu face?«

»Luigi Vertrauen haben.«

»Warum Knete für alte Ziege?«

»*Keine* Kommentar.«

»Helmut cretino? Plemplem?«

Blake wandte sich zu der Frau um: »Ersatz. Du alles vergessen. Wenn reden, ich *kommen zurück* und dann *große Katastrophe*!«

Madame Berliners Blick sprang von den Geldscheinen zu dem vor ihr stehenden Verrückten und wieder zurück, dann zu dem zweiten, kleineren, der sicher ebenfalls mentale Probleme hatte.

»*Ich* capisce. Ich zu niemand reden.«

Die beiden Männer ergriffen die Flucht ohne jeden Versuch, einen Anschein von Würde wahren zu wollen. Auf dem Rückweg, auf halber Strecke, hielt Andrew auf Drängen seines Komplizen das Auto mitten im Nirgendwo an, Philippe sprang heraus, lief zum eingeschneiten Straßengraben und erbrach sich. Blake war verwundert. Schließlich war Madame Berliner doch ganz anständig angezogen gewesen.

81

Madame Beauvillier hob ihr Champagnerglas und brachte einen Toast aus: »Ich schlage vor, wir trinken auf Manons gute Ergebnisse und auf den wundervollen Abend!«

»Auf Manon!«, rief die Tischgesellschaft im Chor.

Die Gläser erklangen. Niemand bemerkte, dass Blake und Magnier an ihren Getränken nur nippten. Sie hatten noch viel vor an diesem Abend und mussten daher nüchtern bleiben. Die Stimmung in der Personalküche hatte an diesem Abend nichts von einem Festmahl, das die Chefin ihren Angestellten spendierte. Es war viel Herzlichkeit und Wärme zu spüren. Vielleicht, weil Justin da war, ganz bestimmt, weil heute Heiligabend war, und ohne Zweifel, weil sich jeder an den Vorbereitungen beteiligt hatte.

Um Odile einen Abend an den Herdplatten zu ersparen, hatte Andrew die Idee vorgebracht, jeden um einen Beitrag zum Festessen zu bitten. Zunächst hatte die Köchin Vorbehalte gehabt, ihre angestammte Domäne zu verlassen und ihre Arbeitsgeräte weniger erfahrenen Händen anzuvertrauen, aber schließlich ließ sie sich doch überzeugen, allerdings unter der Bedingung, wohlwollend über alles zu wachen. Manon hatte eine wunderbare Seeteufelterrine zubereitet, von der allerdings nicht viel für die Zweibeiner übrig geblieben war, nachdem die Katzen ihre kurze Abwesenheit genutzt hatten, um die Hälfte davon noch warm zu vertilgen. Madame Beauvillier hatte eine exzellente Gänsestopfleber beigesteuert und das Brot dazu selbst geröstet, vielleicht einen Tick zu kräftig. Andrew hatte sich an Seezungenmedaillons in Champagnersauce versucht, die Mephisto, obwohl durch die Terrine schon gut gesättigt, besonders zu schätzen wusste, und Philippe hatte ein Blech Makronen produziert, die optisch einen Hochgenuss versprachen, sich jedoch als nahezu ungenießbar herausstellten, da ihre Beschaffenheit der von Beton nicht unähnlich war. Alle waren von Madames Taktgefühl beeindruckt, die sich als Erste mit Begeisterung darauf gestürzt hatte.

»Makronen! Was für eine wunderbare Idee! Seit Jahren habe ich keine mehr gegessen.«

Nach dem ersten Bissen jedoch wich ihr Enthusiasmus so schnell, wie sich ihre Zähne verabschiedet hätten, wenn sie weiterhin versucht hätte, die Makrone klein zu kriegen.

»Sehr … interessant«, erklärte sie mit der ihr eigenen Gelassenheit.

Die mutigeren Tischgenossen begannen an dem Gebäck zu nuckeln, in der Hoffnung, es würde sich irgendwie erweichen lassen, die anderen versuchten, ihre Makronen so diskret wie möglich loszuwerden, indem sie sie in den Hosentaschen verschwinden ließen oder einen Korbleger in den Abfalleimer ausführten. In einer rührenden Bemühung, Philippe ihre Wertschätzung auszudrücken, brachte Odile als Einzige eine ganze Makrone herunter.

Es war fast Mitternacht, als Madame Beauvillier vom Tisch aufstand.

»Ich würde vorschlagen, dass wir jetzt alle ins Bett gehen. Morgen wird ein langer Tag. Ich danke Ihnen allen. Das war mein schönster Heiligabend seit langem.«

Plötzlich unterbrach sie sich.

»Da kommt mir eine Idee. Da ich morgen am Spätnachmittag meine Freunde Madame und Monsieur Ward erwarte, läge es doch nahe, wenn auch Sie Ihre Lieben mitbringen würden?«

Alle sahen sich an.

»Justin, kommen Sie doch morgen wieder zu uns. Sie können sogar hier übernachten, wenn Sie mögen.«

»Sehr gern. Vielen Dank, Madame«, antwortete der junge Mann.

Die Aussicht darauf machte Manon noch glücklicher.

Magnier bemerkte: »Außer Youpla habe ich keinen, den ich mitbringen könnte. Alle meine Freunde sind schon hier …«

»Und was ist mit dem kleinen Yanis, der so fleißig war?«, fragte Madame.

»Er wird das Weihnachtsfest mit seiner Mutter, seinem Bruder und der kleinen Schwester verbringen.«

»Dann sind sie hiermit alle eingeladen. Je mehr, desto lustiger. Wir werden schon miteinander auskommen.«

Odile sagte nichts. Sie hatte niemanden, den sie hätte einladen können, nicht mal einen Hund. Blake ebenfalls nicht, und die Aussicht, Melissa und Richard wieder bedienen zu müssen, war auch nicht sehr verlockend … Die beiden Junggesellen tauschten einen Blick, der zwar ihre Situation nicht änderte, aber zumindest ihre Herzen wärmte.

»Dann ist es also abgemacht!«, schloss Madame. »Ich wünsche Ihnen allen eine geruhsame Nacht.«

Als die Küche aufgeräumt war, lehnte sich Odile gegen den Spülstein und seufzte.

»Machen Sie sich Gedanken wegen morgen Abend?«, fragte Blake.

»Irgendwie werden wir alle diese Leute satt kriegen müssen. Und ich weiß noch nicht mal, wie viele es sein werden.«

»Machen Sie sich keine Sorgen. Wenn sie nach dem Nachtisch immer noch Hunger haben sollten, fangen wir mit den Resten einfach noch mal von vorne an.«

»Ich frage mich, ob Madame vielleicht ein wenig beschwipst war, als sie diese Einladung ausgesprochen hat.«

»Gut möglich. Es ist trotzdem eine hervorragende Idee.«

»Sind Sie so lieb und holen morgen den Champagner aus dem Keller?«

»Natürlich.«

In der Küchenecke war Philippe damit beschäftigt, die Kätzchen mit einem selbst gebastelten Spielzeug aus Korken und Bratenschnur zu bespaßen. Nun sagte er zu Odile: »Wenn es Ihnen hilft, ich habe Tiefgefrorenes bei mir zu Hause. Es ist zwar nicht so gut wie Ihre Sachen, aber es würde Ihnen Arbeit ersparen.«

»Das ist lieb von Ihnen, Philippe. Ich komme morgen vorbei und gucke mir an, was Sie dahaben.«

Schüchtern schob der Hausverwalter nach: »Madame Odile, wären Sie damit einverstanden, wenn ich Youpla mitbringen würde? Ich fände es traurig, wenn er an Weihnachten ganz allein sein müsste …«

»Aber natürlich«, sagte sie, butterweich geworden, »ich werde ihm etwas Besonderes zubereiten.«

Blakes Mund klappte weit auf. Hätte er eine Prothese getragen, dann wäre sie jetzt ganz sicher herausgefallen.

82

Philippe und Andrew standen im Dunkeln im verschneiten Park und warteten.

»Odile und du seid also so weit, euch an der Kühltruhe ein Stelldichein zu geben, ja? Herzlichen Glückwunsch, das ist ein sehr gutes Zeichen. Wusstest du, dass auf der Skala der besten Plätze, um einer Frau den Hof zu machen, die Kühltruhe fast so hoch rangiert wie die Gondeln in Venedig? Ich glaube sogar, dass die berühmte Szene aus Romeo und Julia ursprünglich nicht für einen Balkon geschrieben war, sondern für eine Kühltruhe …«

»Mach dich nur lustig, mir ist inzwischen auch was aufgefallen. Wer schmachtet denn hier Madame den ganzen Tag aus runden Karpfenaugen an? Sehr wohl, Madame, zu Diensten, Madame. Ich bin ganz Ihrer Meinung, Madame, auch wenn das, was Sie sagen, keinen Sinn macht …«

»Wenn Nathalie etwas sagt, hat das immer einen Sinn.«

»Nathalie, so, so. Es ist wieder so weit! England versucht, Frankreich zu erobern, was ja bis jetzt noch nie geklappt hat. Aber mal im Ernst, ihr passt gut zusammen.«

»Meinst du wirklich?«

»Wenn du aufhörst, mich auf den Arm zu nehmen, werde ich dir ehrlich antworten. Wenn nicht …«

»Ist ja gut. Ich bin ganz still, versprochen.«

»Also dann: Ja, ich finde wirklich, dass ihr gut zueinanderpasst.«

»Schade.«

»Wieso schade?«

»Schade, dass ich dich nicht mehr mit Odile aufziehen kann. Mir ist da nämlich was Witziges über Youpla eingefallen ...«

Die beiden Männer lachten. Magnier sah nach oben und betrachtete in der klaren Nacht interessiert die Sterne.

»Weißt du, wo der Große Bär ist?«

»Rechts vom Kleinen Pinguin«, antwortete Blake, der immer noch wachsam zum Haus hinübersah.

»Der Kleine Pinguin?«

»Ja, da, direkt unter dem Bügeleisen und links von der Gefüllten Krabbe.«

Blake fing sich einen Schneeball am Kopf ein.

»Nur weil Mister studiert hat, braucht sich Mister nicht über kleine Leute lustig zu machen.«

Blake rückte seine Brille gerade und zeigte in den Himmel.

»Guck doch mal! Da ist das Sternbild des Wagenhebers und darunter das von Batman.«

Der zweite Schneeball traf Blake an der Stirn.

»Provozier mich nicht, Blake. Jetzt reicht es langsam mit deinen versponnenen Ideen. Erst bedrohen wir Leute mit dem Gewehr, dann rauben wir eine Verrückte aus ...«

»Übrigens, sie hat angerufen.«

»Was?«, erschrak Magnier.

»Ja, heute Nachmittag. Ich war gerade bei Madame, als das Telefon klingelte.«

»Diese blöde Ziege! Ich wusste, dass sie uns verpfeifen würde. Und du mit deinem Edelmut warst doof genug, ihr auch noch Kohle dafür zu geben ...«

»Wir haben sie aufgesucht, um etwas zurückzuholen, nicht um sie zu bestehlen. Und lass mich ausreden. Sie hat netterweise angerufen, um Madame zu warnen, dass eine Bande von Bulgaren die Gegend unsicher macht, denen sie bereits zum Opfer gefallen ist. Zum Glück konnte auch der große Kerl mit seinem feurigen Blick nicht gegen ihren Heldenmut an, und erst recht nicht der Winzling, der wohl Flöhe hatte, weil er sich die ganze Zeit kratzen musste. Sie sagte, die Typen wären von ihrer Tapferkeit so beeindruckt gewesen, dass sie überhaupt nichts mitgenommen haben.«

»Feuriger Blick? Wer's glaubt … Und ich habe keine Flöhe. Das war nur deine bescheuerte Skimütze.«

»Mitarbeiter von Sondereinsatzkommandos kratzen sich eben nicht wie räudige Aussätzige.«

»Wer ist hier aussätzig?«, fragte Magnier streitlustig und formte einen noch dickeren Schneeball.

Blake zeigte auf das Gutshaus.

»Guck mal, Manon hat gerade das Licht ausgemacht.«

Philippe sah auf seine Uhr.

»Auf die Minute genau. Hakim erwartet uns an der Hütte. Wenn ich an die Nacht denke, die vor uns liegt, tun mir die Arme jetzt schon weh …«

»Einer muss ja den Weihnachtsmann spielen, damit die anderen an ihn glauben können.«

Die beiden Männer gingen in die verschneite Nacht hinaus und stimmten *Jingle Bells* an, jeder in seiner eigenen Sprache.

83

Die Nacht war zwar kurz gewesen, aber die Morgendämmerung wartete wie zur Belohnung mit einem besonderen Zauber auf. Die ersten Sonnenstrahlen verwandelten den frisch gefallenen Schnee in einen makellosen Teppich, der glitzerte, als wäre er von funkelnden Diamanten durchwebt. Der Himmel war einen Gutteil der Nacht damit beschäftigt gewesen, die perfekte Kulisse für diesen jungen Weihnachtsmorgen zu schaffen.

Andrew war früh aufgestanden und hatte mit noch mehr Sorgfalt als sonst seine beste Kleidung gewählt. Nun wartete er auf seinem schmalen Bett, bis es sieben Uhr wurde. Er hatte Angst.

Um sich Mut zu machen, flüchtete er sich in die Betrachtung der Aufnahme, die seine Frau und seine Tochter zeigte. Ihrer beider Lächeln und der vertraute Anblick gaben ihm Zuversicht. Fast meinte er Dianes Stimme zu hören, die ihn in seinen Absichten bestärkte, genau wie an jenem Tag, als er sich für die Modernisierung der Firma hatte einsetzen wollen, morgens bei den Angestellten und am Nachmittag bei den Banken. Sarah war damals noch klein gewesen. Als er sich auf den Weg machen wollte, hatte sie ihm in der Haustür ihre Lieblingsfigur, den Schlumpf Jokey, mit dem Versprechen in die Hand gedrückt, er würde ihn beschützen.

Andrew zog seine Weste glatt und fuhr noch einmal mit der Hand über sein Kinn, um die Rasur zu prüfen. Zehn vor sieben. Er nahm Jerry in die Hand, drückte ihn fest an sich und mit ihm alle, die ihm so sehr fehlten. Dann strich er über die Falte seiner Hose und griff an die Krawatte. Zwei vor sieben. Er stand auf, fragte Jerry, was er von seiner Erscheinung hielt, und stellte sich, da er keine Antwort bekam, vor den Spiegel im Badezimmer. Zum ersten Mal versuchte er das zu betrachten, was ihm die Zeit gelassen, und nicht, was sie ihm genommen hatte.

Andrew verließ sein Zimmer so leise wie möglich. Er wollte weder Manon noch Odile über den Weg laufen, denn obwohl er sich beiden Frauen verbunden fühlte, betraf das, was er zu tun gedachte, nur ihn.

Als er vor Madames Räumen stand, war das Haus vollkommen still, bis auf die Katzen, die auf dem Läufer im Korridor spielten. Ihr Herumtollen und Springen, das von niedlichem Miauen begleitet wurde, gaben eine angenehme, zarte Geräuschkulisse ab. Um sich weniger allein zu fühlen, kraulte Blake einen Moment lang Mephistos Köpfchen, dann klopfte er. Keine Reaktion. Andrew wagte sich vorsichtig in Madames Büro vor und klopfte direkt an ihre Schlafzimmertür. Schlief sie noch? Das sah ihr gar nicht ähnlich. War sie vielleicht in ihrer Geheimkammer?

Da ging die Tür auf. Madame Beauvillier war überrascht, nicht Odile, sondern Andrew draußen stehen zu sehen, noch dazu außergewöhnlich gut angezogen.

»Was ist los, Monsieur Blake?«

»Ich wünsche Ihnen ein frohes Weihnachtsfest, Madame.«

»Danke schön … ich Ihnen ebenfalls.«

Sie schlang ihren Morgenmantel enger um sich und zog den Gürtel fest.

»Kommen Sie deshalb so früh? Um mir frohe Weihnachten zu wünschen? Ist das in England so üblich?«

Manon hatte Blake geraten, in einfachen Worten zu sprechen. Richard hatte ihn ermutigt, ins kalte Wasser zu springen.

Niemand hatte ihm prophezeit, er würde beides auf einmal tun müssen.

»Wenn Sie erlauben, würde ich Ihnen gerne etwas zeigen. Wollen Sie mich begleiten?«

»Jetzt sofort? Können wir nicht warten, bis ich angezogen bin? Odile wird sicher bald kommen.«

Die Aussicht, dass sie bald nicht mehr allein wären, erschreckte Andrew.

»Jetzt sofort wäre mir sehr lieb. Erlauben Sie mir, darauf zu bestehen?«

Madame lächelte.

»So sei es denn. Ich möchte auf jeden Fall vermeiden, dass Sie sich unwohl fühlen. Nachher fällt Ihnen noch ein, mir an den Kopf zu werfen, dass Sie mich für eine verbitterte alte Schneppfe halten …«

Sie stiegen die große Treppe hinunter. Blake lief einige Schritte voraus und durchquerte die Eingangshalle so feierlich, als ginge er am Tag seiner Krönung zum Altar der Westminster Abbey. Vor den Türen der Bibliothek blieb er stehen.

»Sehr geheimnisvoll …«, murmelte Madame. »Warum bringen Sie mich hierher?«

Blake öffnete die Tür. Alle Lampen und Leuchten waren eingeschaltet. Die Laken hingen immer noch vor den Bücherregalen, aber auf dem Schreibtisch lag ein kleines Geschenkpaket.

Mit einer einladenden Geste bat Andrew Nathalie hinein.

»Sie stecken voller Überraschungen, Monsieur Blake.«

Er griff nach dem Paket und überreichte es ihr respektvoll.

»Frohe Weihnachten.«

»Wollen Sie mir das jetzt den ganzen Tag über wünschen? Was ist denn da drin? Ich habe auch ein kleines Geschenk für Sie, aber das wollte ich Ihnen heute Mittag bei der allgemeinen Bescherung überreichen.«

Sie zog das Geschenkband ab, faltete das glänzende Papier auseinander und verharrte, als sie merkte, dass es sich um ein Schmucketui handelte.

»Das hätten Sie nicht tun sollen. Das kann ich nicht annehmen …«, flüsterte sie, zugleich überrascht und peinlich berührt.

»Es ist nicht das, was Sie meinen.«

»Sie glauben zu wissen, was ich meine?«

»Öffnen Sie es bitte.«

Zaghaft klappte sie den Deckel auf und erkannte den Smaragdring. Sie erzitterte. Ungläubig nahm sie das Schmuckstück heraus und betrachtete es genauer.

»Es ist keine Kopie. Das ist der echte. Wie ist das möglich …?«

Andrew forderte sie mit einer Geste auf, sich zu setzen, und ohne die Augen von dem Ring zu nehmen, ließ sie sich nieder.

»Geben Sie mir Ihre Hand?«

»Bitte?«

»Ich möchte nur Ihre Hand, ich habe nicht darum angehalten …«

Madames Wangen röteten sich leicht. Blake schob den Ring über ihren Finger.

»Wie kommen Sie zu diesem Ring? Was haben Sie nur angestellt?«

Plötzlich hob Madame ihre Hand an den Mund und hielt sich gerade noch davon ab, laut zu rufen: »Die Rumänenbande!«

»Bulgaren. Und man sollte wirklich aufhören, ihnen alles anhängen zu wollen. Aber lassen Sie uns nicht weiter darüber reden. Vor allem, weil ich noch eine Überraschung für Sie habe …«

Blake ging ein paar Schritte zurück. Am Ende des Raums angekommen breitete er die Arme aus.

»Sie machen mir Angst«, flüsterte Madame.

Mit einer theatralischen Geste zog er das Laken vom ersten

Regal herunter. Diesmal konnte Madame ihren Überraschungsschrei nicht zurückhalten. Die Bücher waren alle wieder da. Andrew zog ein Laken nach dem anderen von den Möbeln, und die kostbaren Bände erschienen der Reihe nach an ihren Plätzen. Madame erhob sich und fragte, mit den Tränen kämpfend: »Wie ist das nur möglich? Haben Sie alles wieder zurückgekauft?«

»Das spielt keine Rolle. Ich habe gelogen und gestohlen, aber alles, was ich getan habe, tat ich für Sie. Und jetzt muss ich Ihnen etwas sagen. Es wird sicher einer der schwersten Momente in meinem ganzen Leben …«

»Was kommt jetzt?«

»Ich habe eine gute und eine schlechte Nachricht.«

»Ich weiß, dass Sie dieses Spielchen mögen, aber ich für meinen Teil …«

»Welche wollen Sie zuerst hören?«

»Müssen wir es wirklich so machen?«

»Das hilft gegen meine Nervosität …«

»Na gut, dann sagen Sie mir zuerst die schlechte.«

»Vandermel Immobilien wird Ihr Grundstück nicht erwerben. Sie können es nicht mehr …«

»Warum denn das? Es war doch alles schon unter Dach und Fach, ich brauche dieses Geld!«

»Fragen Sie mich nach der guten Nachricht.«

»Dieses Spiel gefällt mir nicht.«

»Die gute Nachricht ist, dass ich das Grundstück, das Sie verkaufen wollen, selbst erwerben kann. Zu einem besseren Preis und mit dem Versprechen, es so zu belassen, wie es ist.«

»Warum sollten Sie das tun?«

Blake kam aus dem Konzept.

»Das war nicht die Frage, die ich erwartet habe …«

»Und welche haben Sie erwartet?«

»Ich hätte gewettet auf: ›Wie kommt es, dass Sie sich das leisten können?‹ Auf jeden Fall hätte mir diese Frage besser gefallen …«

Nathalie lächelte schelmisch und artikulierte übertrieben deutlich: »Wie kommt es, dass Sie sich das leisten können? Und wo wir schon dabei sind: Wie kommt es, dass Sie mir die Bücher meines verstorbenen Mannes schenken? Und meine Exfreundin ausrauben?«

»Die Antwort ist nicht einfach. Sind Sie bereit, sich alles anzuhören?«

Madame Beauvillier ging auf Andrew zu und legte mit einer seltsam sanften Geste ihren Zeigefinger auf seinen Mund.

»Sagen Sie nichts.«

Sie trat zu der Hi-Fi-Anlage und schaltete sie ein. Bei der Auswahl der CD ließ sie sich viel Zeit. Andrew beobachtete sie neugierig und fasziniert. Schließlich fand sie, was sie gesucht hatte, ließ die CD in das Gerät gleiten und kam zu ihm zurück.

An den ersten vibrierenden Violinen-Akkorden erkannte Blake den bekanntesten aller Strauß-Walzer, *An der schönen blauen Donau*. Die Töne wurden lauter, erfüllten den Raum und jagten ihm Schauer über den Rücken. Madame nahm seine Hände und zog ihn zu sich.

»Tanzen Sie Walzer, Monsieur Blake?«

»Für diese Art von Tanz sind wir noch ein bisschen zu jung …«

»Das haben meine Eltern auch immer gesagt.«

Sie begannen, sich im Raum zu drehen. Im Takt der Musik kreisend ließ sie ihn nicht aus den Augen. Andrew ließ sich führen, genauso schüchtern wie auf seiner ersten Studentenparty.

»Also, wer sind Sie, Monsieur Blake?«

»Ich bin nicht der von uns gegangene Sänger, den man noch hier und da zu sehen glaubt. Ich bin auch nicht der flüchtige Terrorist, der überall, sogar hier in Ihrem Land, gesucht wird …«

»Da bin ich aber froh.«

Die Musik riss sie mit. Die durch die Melodie hervorgerufenen Emotionen gingen ihnen unter die Haut.

»Monsieur Blake, ich habe für Sie eine gute und eine schlechte Nachricht.«

»Ich dachte, Sie mögen dieses Spiel nicht.«

»Jetzt schon.«

»Dann bitte die schlechte.«

»Sie sind nicht der Einzige, der anderen etwas vorspielen kann.«

Blake wurde schwach, aber er blieb im Takt.

»Was wissen Sie?«

»Fragen Sie mich nach der guten Nachricht.«

»Was ist die gute Nachricht?«

»Melissa Ward ist eine wunderbare Freundin.«

»Und das bedeutet?«

»Dass, so wie Sie und Richard, auch Melissa und ich unsere Geheimnisse teilen …«

»Wie lange wissen Sie es schon?«

»Alles zu seiner Zeit. Zunächst möchte ich Ihnen eine wichtige Frage stellen, auf die ich gerne eine Antwort hätte.«

Der Walzer näherte sich seinem Finale, die Bläser und die Streicher vereinten sich zu einem berauschenden Crescendo. Um sich verständlich zu machen, ging Nathalie auf die Zehenspitzen und sagte Andrew ins Ohr: »Den Brief, den Sie vor dem Reißwolf gerettet haben, habe ich gelesen. Ich habe einige Fragen zu der Art und Weise, wie Sie diesen Aspekt meines Lebens entdeckt haben, aber darüber werden wir uns später unterhalten. Vorerst möchte ich Ihnen sagen, dass Sie vermutlich recht haben. Nichts ist so wichtig wie der Frieden. Ich habe beschlossen, Hugo zu antworten … und mit seinem Halbbruder zu reden. Unsere Familie hat lange genug gelitten.«

»Ich freue mich, dass Sie es so sehen. Wenn Sie es wünschen, können Sie ihnen gleich heute eine Nachricht schicken. Es wäre ein schönes Weihnachtsgeschenk.«

»Warum nicht! Sehen Sie? Jetzt rede ich schon wie Sie …«

In perfektem Einklang schwebte das Paar durch den Raum, von den Klängen getragen.

»Und jetzt meine Frage: Werden Sie nach der Reise zu Ihrer Tochter wieder zu uns zurückkehren?«

»Das hängt von der Stellung ab, die Sie mir anbieten.«

»Bleiben Sie schön auf dem Teppich! Sie können noch nicht mal eine Zeitung bügeln, ohne sie zu verbrennen …«

»Apropos verbrennen: Sollen wir uns mal über Ihr geröstetes Brot unterhalten?«

84

Auch wenn die Idee, Youpla einzuladen, eine schöne war, war sie deshalb nicht unbedingt gut. Als Philippe am späten Vormittag in Begleitung von Odile und Youpla im Gutshaus ankam, gestaltete sich die Begegnung des Golden Retriever mit den Katzen eher turbulent. Als Mephisto den Hund herbeistürmen sah, verdreifachte sie im Handumdrehen ihr Volumen, was dazu führte, dass der Hund von der großen Fellkugel und ihren vier Miniaturausgaben derart begeistert war, dass er auf dem Weg zu ihnen sämtliche im Weg stehenden Stühle umkegelte. Odile schaffte es, den Enthusiasmus des Neuankömmlings ein wenig zu kanalisieren, indem sie ihm zu fressen gab. Gegen alle Erwartungen war es eines der Kleinen, das sich als Erstes abenteuerlustig daranmachte, das riesige Tier zu erforschen. Bei dieser Begegnung überraschte der Hund alle mit seiner Engelsgeduld. Er begriff, dass das kleine Wesen mit den langen Schnurrhaaren nicht unbedingt wusste, was es tat, und so legte er sich hin und ließ sich von dem Kätzchen in Ruhe beschnuppern. Das Kleine stupste seine Schnauze an, versuchte seinen zuckenden Schwanz zu fangen und, nachdem es den Hund ausgiebig erklettert und aus großen staunenden Augen angestarrt hat, schmiegte es sich schließlich zufrieden schnurrend an ihn.

Als die übrigen drei feststellten, dass der Eindringling ihren Spielkameraden keineswegs verschlungen hatte, zögerten sie nicht lange, sich dazuzugesellen. Nur Mephisto saß noch immer mit gesträubtem Fell unter der Kommode, einem Staubwedel nicht unähnlich. Unter den zärtlich-stolzen Blicken von Odile und Philippe begannen sich ihre jeweiligen Schützlinge gut miteinander zu verstehen. Es war trotzdem nicht alles Sonnenschein, vor allem als Youpla, vom Spiel mitgerissen, nach einer Weile zu bellen begann. Die Minitiger schossen daraufhin blitzschnell in die unmöglichsten Ecken davon, aus denen sie sich nur mit allergrößter Mühe wieder hervorlocken ließen.

Das Mittagsmahl hatte einen beinahe familiären Charakter. Odile hatte ein Menü zusammengestellt, das raffiniert, aber nicht überkandidelt war: Hummer- und Krabbensoufflé, gefolgt von gebratener Ente mit Äpfeln aus dem Garten. Das Dessert wurde auf den Spätnachmittag verlegt, wenn die geladenen Gäste eintreffen würden.

Zum ersten Mal saß nicht eine Ansammlung bunt zusammengewürfelter Individuen am Tisch, die mehr oder weniger in ihrem jeweiligen Leben herumirrten, vielmehr hatten sich drei im Werden begriffene Beziehungen versammelt. Drei Generationen – sechs Hoffende mit unterschiedlichen Lebensläufen – waren hier vereint. Andrew, Odile und Manon waren sich am meisten darüber bewusst, welch langen Weg sie in nur wenigen Monaten zurückgelegt hatten. Die Blicke, die sie bei ihren Gesprächen, zwischen Lachen und vertrauten Berührungen, austauschten, sprachen Bände.

Ab und zu galoppierte Youpla vorbei, hinter einem seiner neuen Spielkameraden herjagend. Zu Weihnachten hatte er Spielzeug bekommen, das komische Geräusche erzeugte, wenn er mit der Schnauze draufdrückte, und sogar von selbst rollte, ohne dass man es hätte werfen müssen, was einem viel Mühe ersparte. Von Zeit zu Zeit wusste er nicht, wohin mit seiner sabbernden Zärtlichkeit, und klemmte eines der Kätzchen zwischen seinen Pfoten fest, um es von oben bis unten abzulecken.

Am späten Nachmittag trafen als Erste Yanis, Hakim, ihre kleine Schwester und die Mutter ein. Die Mama, die selbst gebackene Mandelhonigkuchen mitgebracht hatte, war von dem Herrenhaus sehr beeindruckt, verwechselte Madame mit Odile und hielt Manon für Philippes Tochter. Yanis flitzte sofort los, um mit Youpla und den Katzen zu spielen, und Hakim vertiefte sich mit Madame bald in eine Diskussion über Klempnerarbeiten. Yanis' Mutter gesellte sich zu Blake.

»Ich freue mich, dass Sie wieder auf den Beinen sind. Das letzte Mal, als ich Sie sah, waren Sie ohne Bewusstsein in einem Krankenhausbett.«

»Die Schwestern haben mir gesagt, dass Sie mich besucht haben. Vielen Dank dafür.«

»Yanis hat keine Ruhe gegeben, die ganze Zeit hat er von Ihnen und Philippe gesprochen. Er hat mir von Halloween erzählt und von Ihren kleinen Geschichten, die ihm dabei geholfen haben, sich für Mathematik zu interessieren. Dank Ihnen hat er jetzt gute Chancen, die Schule zu schaffen. Ich hätte ihm gerne selbst geholfen, aber ...«

»Was zählt, ist, dass er Fortschritte macht. Er ist ein guter Junge.«

»Ich möchte mich auch vielmals für das Geschenk bedanken, das ich heute Morgen bekommen habe. Ich weiß nicht, was ich sagen soll. Sie hätten Yanis sehen sollen! Er konnte vor Aufregung nicht still stehen. Es war ihm viel wichtiger, dass ich mein Geschenk auspackte, als seine eigenen zu begutachten. Aber ich würde es Ihnen gern zurückzahlen.«

»Das kommt überhaupt nicht in Frage. Sie brauchen sich weder bei mir noch bei Philippe dafür zu bedanken, sondern bei Ihrem Sohn. Er hat hart dafür gearbeitet. Und Ihr großer Sohn hat uns auch sehr geholfen. Heute Nacht zum Beispiel hat er mit uns zusammen den Weihnachtsmann gespielt ...«

»Wissen Sie, mein Vater sagte oft, dass manche Menschen, die in unser Leben kommen, wie Sonnenstrahlen, andere wiederum wie Wolken sind. Für unsere kleine Familie sind Sie eine ganze Sonne.«

»Ihr Vater hatte recht, aber ich glaube eher, dass wir alle manchmal Wolken und manchmal Sonnenstrahlen sind. Doch das, was Sie sagen, ehrt mich sehr, und ich danke Ihnen dafür. Aber auch wenn ich für Yanis eine kleine Aufheiterung bedeuten mag, vergessen Sie nicht, dass Sie für ihn der ganze Himmel sind.«

85

Am frühen Abend begann Nathalie unruhig zu werden. Die Wards waren schon über eine Stunde verspätet, und sie machte sich Sorgen wegen des neu eingesetzten Schneefalls. In der Bibliothek hörten Hakim, Manon und Justin Musik, und der Raum war mit Klängen von Pop, Disco, Soul und sogar alten Schlagern erfüllt. Die jungen Leute hatten ihren Spaß an den Liedern, von denen sie manche sogar perfekt mitsingen konnten, obwohl sie aus einer anderen Generation stammten. Im Korridor der ersten Etage amüsierten sich Philippe, Yanis und seine Schwester mit der Tierbande und brachen immer wieder in lautes Gelächter aus. Man hätte sich beinahe fragen können, wer mit wem seine Spielchen trieb, wenn man den Katzen bei ihren Streichen zusah … In der Küche fachsimpelten Yanis' Mutter und Odile. Auch wenn sie aus unterschiedlichen Kulturen stammten, stellten sie sehr schnell fest, dass sie in Bezug auf das Kochen das gleiche Konzept hatten. Beide sahen darin einen sozialen und emotionalen Aspekt, der weit über die Bedeutung des Essens als schlichtem Nährstofflieferanten hinausging. Interessiert tauschten sie Kniffe und Kochgeheimnisse aus. Das ganze Haus strotzte vor Leben. Wären aus den Tiefen des Universums in jenem Moment Außerirdische angereist, um unsere Spezies zu studieren, wäre das Gutshaus der perfekte Ort gewesen, um ihnen zu demonstrieren, wie die Menschen waren: hungrig – sowohl nach Nahrung als auch nach Emotionen –, oft verspielt, manchmal albern, und immer dann ihren wahren Wert erkennend, wenn sie mit anderen Menschen zusammen waren. Sogar einander Fremde bildeten eine wunderbare Einheit, sobald sie etwas miteinander teilten.

Als die Lichter des Wagens hinter den Fenstern aufblitzten, seufzte Nathalie erleichtert. Blake erhob sich noch schneller vom Sofa als sie.

»Erlauben Sie mir, Ihre Gäste zu begrüßen?«

»Sie müssen nicht mehr den Majordomus spielen.«

»Das wissen bisher nur Sie und ich …«

Mit äußerster Professionalität erschien Blake genau in dem Moment am Fuße der Freitreppe, als die Limousine mit den getönten Scheiben zum Stehen kam. Mit einer eleganten Geste öffnete er für Melissa die Tür.

»Guten Abend, Andrew. Frohe Weihnachten.«

Da sie nicht wusste, ob sie ihn zur Begrüßung umarmen sollte oder nicht, versuchte sie herauszufinden, ob sie beobachtet wurden. Blake blieb reserviert, also verhielt sie sich wie ein Gast.

»Sieh zu, dass du bald mit Nathalie sprichst«, flüsterte sie ihm zu. »Langsam wird es unerträglich …«

»Ich arbeite dran.«

Auch Richard stieg aus dem Wagen.

»Guten Abend, mein Guter!«, rief er Blake jovial zu. »Im Kofferraum haben wir Pakete. Ich verlasse mich auf Sie, dass Sie sie ins Haus schaffen, ohne etwas kaputt zu machen.«

Mit ganzer Kraft warf Blake den Schneeball, den er hinter dem Rücken versteckt gehalten hatte, und ließ ihn auf Richards teurem, maßgeschneidertem Anzug platzen.

»Sie unverschämter Lümmel!«, protestierte der Gast.

»Rutsch mir den Buckel runter, du kapitalistischer Ausbeuter! Damit hast du wohl nicht gerechnet, was?«

Melissa lachte auf und umarmte Andrew.

»Du hast also doch mit ihr gesprochen! Wie ist es gelaufen?«

»Wenn man davon absieht, dass ich mich wie ein pubertierender Jugendlicher aufführe, der von Frauen nicht die geringste Ahnung hat, könnte man sagen, dass ich noch nichts verkorkst habe.«

»Freut mich zu hören.«

Die hintere Tür ging auf, und Blake erkannte zu seiner Überraschung, wie David aus dem Wagen stieg. Völlig unvorbereitet und nicht damit rechnend, den Mann seiner Tochter zu sehen, brauchte er eine Sekunde, um ihn zu erkennen. Während er gerade begriff, was sein Erscheinen noch implizierte, öffnete sich auch schon die zweite Tür, und Sarahs Gesicht erschien. Ward sagte grinsend: »Damit hast *du* wohl nicht gerechnet, was?«

Blake erzitterte, aber nicht vor Kälte. Nun stand sie also vor ihm. Eingehüllt in ihren langen dunkelvioletten Mantel verkörperte Sarah die Eleganz ihrer Mutter.

»Ich habe mir gedacht, dass es dich vielleicht freuen würde, uns zu sehen …«

Andrew machte einen Schritt auf sie zu. Auch wenn Sarah eine erwachsene Frau war, hatte sie die niedliche Eigenart beibehalten, auf ihre Unterlippe zu beißen, was ihn schon hatte dahinschmelzen lassen, als sie noch ein kleines Mädchen gewesen war. Zum ersten Mal seit sehr langer Zeit nahm Blake etwas anderes in den Arm als ein Kuscheltier oder einen Hund. Er hielt sie einen Augenblick an sich gedrückt, zog dann David an der Schulter zu sich und drückte auch ihn.

Die anderen standen in der Tür des Hauses, manche verständnislos, andere wiederum gut darüber informiert, was sich vor ihren Augen abspielte.

»Begrüßt er alle Gäste auf diese Weise?«, fragte Justin Madame. »Kommt mir doch etwas speziell vor …«

Seit Wochen hatte sich Blake diesen Moment ausgemalt. Er

hatte ihn erwartet, herbeigesehnt. Nächtelang hatte er versucht, sich die Begegnung vorzustellen, und nach den Worten gesucht, die er als Erstes sagen würde.

»Bleibst du ein bisschen hier?«, fragte er.

Er hatte nie vorgehabt, das zu sagen. Aber jetzt, wo er seine Kleine in den Armen hielt, wollte er sie nicht mehr gehen lassen.

»Ehrlich gesagt haben David und ich beschlossen, nach Europa zurückzukommen. Es hat uns so vieles gefehlt. Wir sind uns aber noch nicht sicher, in welches Land wir gehen, denn wir haben die Qual der Wahl. Seismische Verwerfungen gibt es überall ...«

Philippe erschien auf der Freitreppe.

»Kann uns mal einer helfen? Ein Kätzchen hat sich hinter dem Buffet in der ersten Etage eingeklemmt. Es scheint sich nicht sehr wohl zu fühlen ...«

Der Abend begann also mit Möbelrücken. Alle Männer krempelten ihre Ärmel hoch, um das riesige Buffet anzuheben, während die Frauen die Tiere beruhigten und der kleinen Schwester von Yanis gut zuredeten, die Angst hatte, die »Miezekatze« könnte sterben. Als Odile den kleinen Überlebenden schließlich zu fassen bekam, freuten sich die Anwesenden so geräuschvoll, dass alle Tiere in Panik davonstoben.

Dann wurden die Gäste einander vorgestellt. Manon begrüßte Sarah spontan mit Wangenküsschen. Bald unterhielten sie sich über Schwangerschaften, was Blake nicht entging. Justin testete an David seine Englischkenntnisse. Melissa und Nathalie unterhielten sich leise in einer Ecke miteinander und lachten viel. An diesem Abend hatte jeder etwas zu erzählen. Wo Andrew auch war, immer wieder suchte er Sarah mit seinen Blicken. Nach allem, was er durchgestanden hatte, war ihre Gegenwart wahrscheinlich das schönste Geschenk, das er jemals bekommen hatte.

Als alle unter dem Tannenbaum versammelt waren, begann Ward von den Streichen zu erzählen, für die Andrew und er in ihrer Jugend verantwortlich gewesen waren. Sogar Melissa und Sarah kannten einige davon noch nicht. Die Erzählung von Blake in Unterhosen auf der Polizeistation von Bromley, mit einem Schild um den Hals, auf dem geschrieben stand: »Ich komme vom Pluto, bitte nicht anfassen, ich bin radioaktiv, außer du bist hübsch«, war ein großer Erfolg. Als Nächstes erzählte Philippe einige der schlimmsten Situationen, in die Blake ihn hineingezogen hatte. Nur die Helmut-und-Luigi-Episode sparte er glücklicherweise aus.

»Und hat er dir auch gedroht?«, fragte ihn Ward.

»Mehrmals. Einmal wollte er mir Brüste implantieren lassen.«

»Ich musste einmal als Mädchen verkleidet auf die Hochzeit eines Freundes gehen …«

»Du hattest eine Wette verloren!«, verteidigte sich Andrew.

»Als ob es dir jemals an Vorwänden gefehlt hätte«, witzelte Magnier. »Du kranker Typ, du!«

Dann brachte er seinen schwersten Vorwurf vor versammelten Zeugen an: »Gleich am ersten Tag hat er meinen Schnittlauch plattgetreten!«

Mit der Hand auf der Brust erklärte Ward feierlich: »Im Namen Großbritanniens möchte ich mich in aller Form für ihn entschuldigen. Normalerweise behalten wir die schlimmsten Exemplare auf unserer Insel, aber diesem hier ist die Flucht gelungen.«

Die Ankunft des ersten Desserts lenkte die allgemeine Aufmerksamkeit von Andrew ab. Er nutzte die Tatsache, dass alle beherzt zugriffen, und fragte Magnier: »Du bist doch nicht sauer auf mich, oder?«

»Warum sollte ich?«

»Weil ich dir nicht gesagt habe, wer ich bin.«

»An deiner Stelle hätte ich es genauso gemacht. Und überhaupt sind mir deine Vergangenheit und dein richtiger Beruf völlig wurst. Du kannst Fischverkäuferin sein, wenn es dir in den Kram passt, das ist mir gleich. Hauptsache, du bleibst hier.«

»Das hängt nicht von mir ab.«

»Wer's glaubt …«

Ihr Gespräch wurde von einer Stimme unterbrochen, die »Papa« rief. Wie lange hatte Andrew das nicht mehr gehört? Er drehte sich zu Sarah um.

»Ja, Liebes?«

»Madame Beauvillier hat uns angeboten, hier zu übernachten. Was meinst du dazu?«

Blake nahm Sarahs Hände in seine und küsste sie.

»Finde ich gut. Und du darfst sogar so lange aufbleiben, wie du möchtest … Wenn du nachher etwas Zeit für mich hast, später, wenn es ruhiger ist, möchte ich dir gerne noch einiges sagen.«

»Ich dir auch. Es scheint dir jetzt so viel besser zu gehen, du siehst gut aus! Ich wollte dir damals so gerne helfen, aber du hast mich nicht gelassen. Was hat dich gerettet?«

»Die Sorgen anderer Menschen und mein Wunsch, dich wiederzusehen.«

Odile kam aus der Küche mit einer Pfanne in der Hand, gefüllt mit gebratenen und in Rum karamellisierten Ananasscheiben.

»Wer möchte von meiner Spezialität kosten?«

Magnier erstarrte bei ihrem Anblick. Er erbleichte, als hätte er ein Gespenst gesehen, oder vielmehr als hätte ein gewisses fahrradfahrendes Gespenst plötzlich jemanden wiedererkannt … Eine Flut von Bildern durchströmte seine Gedanken, als sein Albtraum zu neuem Leben erwachte. Er sah sich in rasender

Geschwindigkeit vorwärtsbewegen, ganz in Weiß gehüllt, und plötzlich schlug ihn Odile mit genau dieser Pfanne nieder …

Philippe fuhr sich mit der Hand an den Kopf.

»Mein Gott! Das warst du! Du hast mich an Halloween mit der Pfanne niedergeschlagen …«

Alle Gespräche verstummten. Odiles verzweifelte Miene glich einem Geständnis.

»Ich wollte nur die Kinder beschützen … Tut mir leid.«

»Das ist wahr«, griff Blake ein. »Du warst völlig neben der Spur, Philippe. Frag Yanis! Irgendjemand musste dich aufhalten.«

Alle hingen an Philippes Lippen in Erwartung seiner Reaktion. Er ging auf die Köchin zu und nahm ihr sachte die Pfanne aus der Hand.

»Hau mich noch *einmal*«, sagte er, »dann sage ich meinem Freund Helmut Bescheid, und er wird mich rächen. Du wirst sehen, er und sein Pferdegesicht sind wahrlich furchterregend.«

»Wer hat hier ein Pferdegesicht?«, fragte Andrew.

»Wer ist Helmut?«, fragte Madame.

Sarah flüsterte ihrem Vater zu: »Sag mal, ihr scheint euch ja hier nicht zu langweilen. Die spinnen tatsächlich, die Gallier. Es macht direkt Lust hierzubleiben …«

Auch wenn an diesem Abend keiner der Anwesenden an den Weihnachtsmann glaubte, so glaubten doch alle an das Leben. Und sie genossen jeden Augenblick, als könnte es ihr letzter sein, als wäre es ihr erster.

Zu guter Letzt …

Danke, dass ihr mir bis zu diesen letzten Seiten gefolgt seid. Wenn ihr erlaubt, möchte ich an dieser Stelle ein sehr persönliches Erlebnis mit euch teilen, von dem ich hoffe, dass es euch nützlich sein wird.

An einem Mittwoch vor sehr langer Zeit verbrachte ich, wie so oft in jenen Tagen, den Nachmittag bei einer alten Dame, die gegenüber von uns wohnte. An diesem Tag hatte sie eine Vase fallen lassen und sie zerbrochen. Die Vase war klein und, um ganz ehrlich zu sein, recht hässlich gewesen, aber der Verlust dieses Gegenstands hatte sie sehr geschmerzt. Sie hatte sich hingesetzt und mir um Fassung ringend erzählt, dass diese unscheinbare Vase das erste Geschenk war, das sie ihrer Mutter von ihrem Taschengeld gekauft hatte. Trotz der vielen Jahre, die dazwischenlagen, war die Erinnerung an die Freude ihrer Mutter in ihr noch immer lebendig, und der Glanz, der ihre Augen erfüllte, als sie mir davon erzählte, beeindruckte mich tief. Diese liebenswerte alte Dame hieß Alice Coutard-Faucon, aber wir nannten sie alle Nénène. An jenem Tag haben sie und ihre kleine Vase mein Bild von älteren Menschen für immer verändert. Alice schenkte mir einen jener Schlüssel, die uns die Geheimnisse der Welt offenbaren, indem sie mich lehrte, dass die »Alten« auch einmal Kinder waren. Ich war damals gerade sieben.

Seit diesem Tag sehe ich in jedem Menschen, der mir begegnet, das Kind, das er einmal gewesen ist. Die Glücklichsten unter uns haben dies nie vergessen und konnten sich daher die fantastischen Fähigkeiten bewahren, zu staunen, zu zweifeln, zu lernen und zu spielen. Dadurch dass ich viele Fragen stellte und diese Menschen mir ihre Geschichten immer mutig anvertrauten, wurde mir klar, dass dieser Austausch meinen zahllosen Ängsten etwas Wahrhaftiges entgegensetzen konnte. Zugleich bescherte er meinen Gesprächspartnern einen Energieschub, den sie zu schätzen wussten. Wir lebten Seite an Seite, und die Zeit hatte keine Bedeutung für uns. Durch den Kontakt zu ihnen habe ich entdeckt, dass der Gang durchs Leben dem Überqueren eines breiten Flusses gleicht. Als Kleinkinder stehen wir am Ufer und haben Angst, ins Wasser zu gehen. Aber bald darauf verbringen wir unsere ganze Existenz damit, ans andere Ufer zu schwimmen, und so manches Mal werden wir dabei von der Strömung hin und her gewirbelt. Dabei gibt es nur eine Regel: Es führt kein Weg zurück. Manche Menschen werfen uns Rettungsringe zu, andere versuchen, uns untergehen zu lassen, und leider gibt es auch viele Verräter an ihrer Art, die auf dem Rücken eines anderen über das Wasser zu kommen versuchen … Ich bin jetzt sechsundvierzig und irgendwo in der Mitte des Flusses. Stehen kann ich schon lange nicht mehr. Wenn ich mich umdrehe, sehe ich die, die nach mir kommen, manche von ihnen sind schon jetzt hervorragende Schwimmer. Während ich weiterschwimme, sehe ich einige Personen vor mir, viele davon bewundernswert mutig. Alle, egal an welcher Stelle sie sich befinden, nötigen mir für ihren Kampf in den Fluten Respekt ab.

Ich möchte dieses Buch den Menschen widmen, die mit ihrem Strahlen in mein Leben hineingeleuchtet und mich so gelehrt haben, weniger Angst zu haben – vor mir selbst und vor der Welt. Sie waren nicht alle alt, aber sie konnten viel besser schwimmen als ich.

Von meinem Taschengeld kaufte ich einen ultrastarken Kleber, mit dem man jemanden an der Zimmerdecke hätte festmachen können. Damit klebte ich die sechsundzwanzig Scherben von Nénènes Vase zusammen. Es war das einzige Puzzle, das ich in meinem Leben gemacht habe, und es kostete mich einen ganzen Nachmittag. Bei der Gelegenheit lernte ich auch, dass ein starker Kleber die Finger genauso miteinander verbindet, wie er ein T-Shirt an den Küchentisch kleben kann, außerdem eine Pinzette auf Mutters Lieblingsservierplatte und meine Handflächen an meine Haare … Aber all diese Katastrophen waren bedeutungslos gegen das, was ich in Nénènes Augen las, als ich ihr die kleine Vase – nun noch um einiges hässlicher als zuvor – zurückbrachte. Der Gedanke daran treibt mir noch heute die Tränen in die Augen. Stets fühle ich mich denen nahe, die um zerbrochene Vasen weinen, und ich bin bereit, viel in einen Reparaturversuch zu investieren. Dafür sind diejenigen verantwortlich, die mir darin Vorbilder waren und ihre Erfahrungen mit mir teilten. Sie haben mir einen wundervollen Weg durch ein tosendes Gewässer gezeigt.

An Nénène, an meine Großmutter Charlotte Legardinier, meine Tante Marie Camus, Georgette und Charles Juhel, Andrée Juhel, Marguerite Juhel, Fanny und Jacques Brondel, Janine und Georges Brisson, Yvette und Bernard Turpin, Jacqueline und André Gilardi, Gaby und Roger Le Pohro, Mathilde und Gabriel Bouldoire, Géraldine und Pierre Devogel, Germaine und Robert Fresnel, aber auch an Jean-Louis Faucon, Sean, Douglas, Ray, William Gassner: Danke für euer Wohlwollen und eure Ehrlichkeit. Zum Glück sind viele von euch noch da.

Für meine Eltern, deren Worte ich jeden Tag besser begreife. Papa, Mama: Auch wenn ihr nicht mehr da seid, um meine Entschuldigung für alles, was ich euch zugemutet habe, entgegenzunehmen (ich habe eine sehr ausgeprägte Blake-Seite an mir …), kann ich euch trösten: Meine Kinder sorgen munter für ausgleichende Gerechtigkeit.

An euch alle, die ihr mir nahe seid, Brigitte Gaguèche, Sylvie Descombes, Gaëlle und Philippe Leprince, Hélène und Sam Lanjri, Martine und Stéphane Busson, Michèle Fontaine, Roger Balaj, Dominique und Patrick Basuyau, Christine und Steve Crettenand, Soizic und Stéphane Motillon, Élizabeth und Michel Héon, Chantal und André Deschamps, Cathy und Christophe Laglbauer, Marc Monmirel, Éric Laval, Isabelle und Stéphane Tignon, Andrew Williams. Wir stecken bis zum Hals im Wasser und strampeln uns gemeinsam ab. Mit euch bin ich abgedriftet, habe Stürmen getrotzt, einige Klippen umschifft und auch den einen oder anderen Strand mit weißem Sand passiert. Zum Glück ist es noch nicht vorbei. Ich weiß, wer ihr seid und warum ich euch liebe. Was meint ihr? Sollen wir uns auf einer einsamen Insel treffen?

An dich, Thomas, für unsere gemeinsamen Momente, an Katia und euren Sohn, der immer noch nicht alle Zähne hat, aber wen wundert's, bei einer Mutter, die immerzu vom *Haifischbaby* singt … Sei vorsichtig, Leute verlassen sich auf dich, weil sie dich brauchen. Ich zuallererst. Scheibenbremsen, es gibt nichts Besseres.

An dich, Éric. Ich kann mich nicht daran sattsehen, dich rennen und dann plötzlich stoppen zu sehen, um wieder zurückzulaufen, weil du irgendwas vergessen hast. Nur die Arabeske® könnte dich noch retten … Immer noch bin ich von deiner Fähigkeit beeindruckt, uns in den sicheren Hafen zu bringen, indem du die Karte verkehrt herum hältst. Nehmt das »Flachland«, sagte er … Übrigens, es tut mir ehrlich leid, dass die Kannibalen deinen Ururgroßonkel gefressen haben.

An Annie und Bernard, für alles, was wir miteinander teilen, für alles, was ihr mir beibringt zu tun und vor allem nicht zu tun … Bernard, ich glaube, Annie erwartet, dass du die Diamanten für sie selbst herstellen wirst. Halt dich ran, versuch in der kleinen Werkstatt kein Feuer zu legen und, bitte, halte die Kinder von einem neuen Reaktorunfall fern …

An dich, Guillaume. Gerade habe ich dich zu deiner Englandreise verabschiedet und warte jetzt schon auf deine Rückkehr. Dein Leben liegt vor dir, aber vergiss nicht, ich werde immer für dich da sein, als eine Art Majordomus … Ich verspreche dir, dass ich Koala, Murmeltier und der ganzen Bande sagen werde, dass du wiederkommen wirst. Wie schaffst du es, so liebevoll zu sein und auch noch so gut zu zielen? Die kleine Hand …

An dich, Chloé. Wie du dich auch entscheidest, was du auch aus deinem Leben machst, der Gedanke, dich zu sehen, hält mich aufrecht. Ich hoffe, wir werden noch viel Zeit füreinander haben. Egal bei welchem Wetter, wir werden uns immer »somewhere only we know« treffen. Du bist und bleibst mein Babydrachen, und dein Schwertkampf war wirklich klasse …

An dich, Pascale. An deiner Seite zu schwimmen bleibt das größte Glück meines Lebens. Auch wenn du viel besser kraulst als ich, möchte ich auf keinen Fall, dass du das andere Ufer vor mir erreichst. Du bist mein Floß, meine Insel, mein Rettungsboot. Einmal warst du auch ein Krake und eine Babyrobbe. Kein Fluss ist stark genug, um uns zu trennen.

Ich möchte auch jenen danken, die es möglich gemacht haben, dass ich meine Gedanken mitteilen kann: Céline Thoulouze, Deborah Druba, Thierry Diaz und ihren Teams, Laurent Boudin, François Laurent, Marie-Christine Conchon und allen, die sich bei Fleuve Noir abrackern.

Vielen Dank an Familie Bergeron für die Aufnahme in ihrem prächtigen Château de la Rapée.

Und zum Schluss, mehr als allen anderen, danke ich dir, der dieses Buch in den Händen hält. Viele Leserinnen und Leser, aber auch einige passionierte Buchhändler haben sich für *Julie weiß, wo die Liebe wohnt* ins Zeug gelegt und meinen Namen verbreitet. Ihr alle sorgt für mich, und ich stehe in eurer Schuld. Ich verspreche euch, alles dafür zu tun, dass dies nicht die dämlichste Sache war, die ihr in eurem Leben jemals gemacht habt …

Ich danke allen, die mir geschrieben haben. Eure Worte haben mich sehr bewegt. Eure Namen und eure Geschichten begleiten mich jeden Tag. Wenn ihr Lust habt, können wir noch ein Stück weiter miteinander schwimmen. Wie gesagt: Ich arbeite für euch und bin sehr froh darüber. Und ich freue mich darauf, euch wiederzusehen, eure Bekanntschaft in Zukunft zu machen und mich immer mit euch auszutauschen. Mein Leben liegt, wie dieses Buch, in euren Händen.

Von ganzem Herzen danke, dass ihr da seid.

Gilles

www.gilles-legardinier.com

Gilles Legardinier

Gilles Legardinier wurde 1965 in Paris geboren und arbeitete lange Jahre in der Kinobranche. Mit seinen weisen, zauberhaften romantischen Komödien feiert er in Frankreich sensationelle Erfolge und sorgt auch international für Begeisterung. Sein Debüt »Julie weiß, wo die Liebe wohnt« war 2013 das erfolgreichste Taschenbuch in Frankreich.

<u>Von Gilles Legardinier außerdem bei Goldmann lieferbar:</u>

Julie weiß, wo die Liebe wohnt. Roman
(auch als E-Book erhältlich)

GOLDMANN
Lesen erleben

Lucinda Riley
Das italienische Mädchen

496 Seiten
ISBN 978-3-442-48009-8
auch als E-Book und Hörbuch erhältlich

Mit elf Jahren begegnet Rosanna Menici zum ersten Mal dem Mann, der ihr Schicksal bestimmen wird. Der junge Tenor Roberto Rossini ist in seiner Heimat Neapel bereits ein umschwärmter Star und schenkt dem schüchternen Mädchen, das bei einer Familienfeier singen soll, kaum Beachtung. Doch als die ersten Töne den Raum erfüllen, kann er seine Augen nicht mehr von Rosanna lösen, so rein und einzigartig ist diese Stimme. Sechs Jahre später treffen Rosanna und Roberto an der Mailänder Scala wieder aufeinander – und gemeinsam treten sie einen unvergleichlichen Siegeszug durch die Opernhäuser der Welt an. Doch ihre leidenschaftliche Liebe wird zu einer Obsession, die sie für alles um sie herum blind werden lässt …

www.goldmann-verlag.de
www.facebook.com/goldmannverlag

GOLDMANN
Lesen erleben

Um die ganze Welt des
GOLDMANN Verlages
kennenzulernen, besuchen Sie uns doch
im **Internet** unter:

www.goldmann-verlag.de

Dort können Sie
nach weiteren interessanten Büchern ***stöbern***,
Näheres über unsere ***Autoren*** erfahren,
in ***Leseproben*** blättern, alle ***Termine*** zu Lesungen und
Events finden und den ***Newsletter*** mit interessanten
Neuigkeiten, Gewinnspielen etc. abonnieren.

Ein ***Gesamtverzeichnis*** aller Goldmann Bücher finden
Sie dort ebenfalls.

Sehen Sie sich auch unsere ***Videos*** auf YouTube an und
werden Sie ein ***Facebook***-Fan des Goldmann Verlags!

www.goldmann-verlag.de
www.facebook.com/goldmannverlag

GOLDMANN
Lesen erleben